Annas Geheimnis

Iris Krumbiegel

Impressum

iris.krumbiegel@t-online.de

Korrektorat/ Lektorat: Anita Held/Textstübchen

Covergestaltung: ©2017 Vercodesign, Unna

ISBN: 9781973443674

Zwei Jahre waren vergangen, seit Eli an Jonahs Krankenbett gesessen und sein Bruder die Augen für immer geschlossen hatte. Inzwischen lebten Noel und ich im Haus meiner Eltern, wo uns sein Großonkel regelmäßig besuchte. Immer wenn er kam, brachte er das Tagebuch mit. Ich weiß nicht, ob er es überhaupt jemals aus den Händen legte. Es bedeutete ihm viel.

Dann saßen wir in unserem wunderschönen Garten oder im Wohnzimmer, während Eli uns daraus vorlas. Anfangs hatte es sich für mich ungewohnt angefühlt. Schließlich war ich es gewesen, die in den einsamen Nächten in der Klinik an Jonahs Bett gesessen und ihm seine Geschichte vorgelesen hatte. Doch je länger Onkel Elias, wie ich ihn nun auch nannte, daraus las, umso mehr berührte es mich. Wie auch in diesem Moment.

Der alte Mann saß mit einer gemusterten Decke über den Beinen in dem antiken Schaukelstuhl, den Noel auf dem Dachboden gefunden hatte, und erzählte von seinem Bruder. Im offenen Kamin hinter uns flackerten die Flammen und warfen ein warmes Licht auf Eli, der gerade innehielt und tief in sich versunken schien. Ich bemerkte die Tränen, die über seine faltigen Wangen liefen. Er vermisste Jonah, er hatte ihn sein halbes Leben lang vermisst.

Ohne zu zögern stand ich auf, ging zu ihm und nahm ihn in die Arme. Er ließ es geschehen und lächelte mich an, als ich mich nach einem Blick zur Uhr von ihm löste.

„Es tut mir leid“, sagte ich. „Aber ich muss los.“

„Wann wechselst du endlich in den Tagdienst?“, fragte Noel und warf mir einen enttäuschten Blick zu. Ich wusste, wie sehr er sich wünschte, dass ich aufhörte, die Nachtschichten zu übernehmen. Doch bisher hatte ich mich nicht dazu durchringen können. Ich mochte einfach die Atmosphäre in den stillen Fluren, meine Gespräche mit den Patienten, die ich verrückterweise noch immer führte, und vermutlich war auch die Erinnerung an Jonah ein Grund. Nirgendwo sonst fühlte ich mich ihm so nah wie an seinem Krankenbett, das längst durch einen neuen Patienten belegt war.

„Wir reden später darüber“, versprach ich und gab ihm einen Kuss, bevor ich mich erneut Onkel Elias zuwandte.

„Morgen habe ich frei, dann lesen wir weiter, okay?“

„Sehr gerne, mein Kind.“

Der alte Mann nickte. Ich sah die Freude in seinen Augen. Ich vermutete längst, dass er nur deshalb las, damit sein Bruder nicht in Vergessenheit geriet. Indem wir ihm zeigten, wie viel es auch uns bedeutete, fühlte er sich bestärkt.

„Wir sehen uns morgen, macht es gut, ihr zwei.“

Ich ging zur Tür. In diesem Moment stand Noel auf und kam zu mir. Lächelnd nahm er mich in seine Arme und drückte mir einen Kuss auf die Stirn.

„Fahr vorsichtig!“, mahnte er mich wie jeden Abend. „Und lass deine Patienten auch ein wenig schlafen, bevor du von ihnen verlangst, endlich aufzuwachen.“

„Aber das tue ich“, rechtfertigte ich mich. Noel grinste.

„Bestimmt. Ich liebe dich.“

„Ich liebe dich mehr“, flüsterte ich ihm zu. „Und dich auch, Onkel Eli“, rief ich laut.

Dann musste ich wirklich los. Ich hörte noch, wie der alte Mann lachte und etwas zu Noel sagte. Doch ich verstand die Worte nicht mehr. Es wurde höchste Zeit, zur Klinik zu kommen. In einer halben Stunde begann mein Dienst. Maja, die inzwischen im sechsten Monat schwanger war, wartete sicher schon. Ich würde also ganz schön aufs Gas treten müssen.

Tatsächlich stand meine Freundin bereits am Eingang der Klinik, als ich ankam. Ich bemerkte sofort, dass mit ihr etwas nicht stimmte. Sie sah ziemlich blass aus.

„Gut, dass du da bist“, empfing sie mich. „Corinna hält oben die Stellung und wird mit dir Übergabe machen. Womit ich gleich beim Stichwort wäre. Das Einzige, was ich gerade übergebe, landet in der Toilette. Im Moment will ich nur noch nach Hause.“

„Du Arme“, bedauerte ich sie. „Vielleicht solltest du doch schon früher mit dem Arbeiten aufhören und dich ganz auf dein Baby konzentrieren. Du könntest das Kinderzimmer herrichten und …“

„Vergiss es!“, unterbrach sie mich und rollte mit den Augen. „Nicht, bevor wir endlich eine eigene Wohnung haben. Ich würde es keinen einzigen Tag mit meiner Schwiegermutter aushalten. Dagegen ist die Übelkeit das reinste Vergnügen.“

„Entschuldigen Sie“, sprach mich plötzlich eine fremde Stimme an. Als ich mich umschaute, sah ich in das Gesicht einer jungen Frau, der ich offensichtlich im Weg stand. Verlegen wollte ich gerade zur Seite treten, als sie völlig gefesselt auf Majas gewölbten Bauch schaute. Wie zum Schutz lag deren rechte Hand darauf. Als meine Freundin bemerkte, dass die Fremde sie anstierte, lächelte sie.

„Sechster Monat“, verriet sie ihr. „Es wird ein Mädchen.“

Die Fremde erstarrte. Über ihre Wangen liefen Tränen, doch sie sagte kein Wort. Erschrocken fragte ich sie, ob alles in Ordnung sei. Die Frau stand völlig neben sich. Selbst ein Blinder würde das erkennen.

„Nichts ist in Ordnung, gar nichts“, schluchzte sie auf, bevor sie, ohne nach rechts oder links zu schauen, über die Straße lief. Im selben Moment kam ein Auto gefahren. Doch die junge Frau schien es nicht zu bemerken.

„Vorsicht!“, schrie ich ihr zu. Aber es war bereits zu spät. Ich hörte Bremsen quietschen, der Fahrer des Wagens hupte laut, gleichzeitig folgte der Aufprall. Geschockt beobachteten Maja und ich, wie die Frau durch die Luft geschleudert wurde, bevor sie reglos am Fahrbahnrand liegen blieb.

„Hol Hilfe! Schnell!“, rief ich meiner Freundin zu, die noch immer wie erstarrt neben mir stand. Erst nachdem ich sie an den Schultern rüttelte, kam sie zu sich und rannte los. Ich hingegen ging über die Straße zu der Verletzten. Inzwischen war der Fahrer des Autos ausgestiegen und beugte sich über das Unfallopfer.

„Geht es Ihnen gut?“, fragte ich den Mann, der sichtlich unter Schock stand. „Sind Sie verletzt?“

„Nein, ich …“, begann er zu stottern.

„Okay“, fiel ich ihm ins Wort. „Dann treten Sie bitte zur Seite! Es wird sich gleich jemand um Sie kümmern.“

„Aber ich muss doch …“

„Bitte!“, unterbrach ich ihn erneut. „Wir dürfen keine Zeit verlieren.“

Endlich machte er Platz und sackte, an sein Auto gelehnt, zusammen. Währenddessen versuchte ich, mir einen Überblick zu verschaffen. Die junge Frau hatte es schlimm erwischt, das war nicht zu übersehen. Aus Nase und Ohren lief Blut, was auf eine schwere Kopfverletzung hinwies. Außerdem war ihr rechtes Bein verdreht, ein Knochen ragte heraus. Allerdings bereitete mir die offensichtliche Fraktur die geringsten Sorgen. Ich fühlte kaum einen Puls und ihre Atmung war inzwischen so flach, dass ich befürchtete, sie könnte ganz aussetzen.

„Machen Sie bitte Platz!“

Ich atmete erleichtert auf, als ich hörte, wie der Notarzt und die Sanitäter angerannt kamen. Ohne viele Worte schoben sie mich zur Seite und versorgten die Verletzte. Alles lief routiniert ab und ging rasend schnell. Bevor ich auch nur eine Frage stellen konnte, hatten sie das Unfallopfer auf eine Trage gelegt und verschwanden durch den Hintereingang in die Notaufnahme. Nur eine Ärztin blieb zurück und kümmerte sich um das andere Unfallopfer. Inzwischen war auch die Polizei eingetroffen.

„Die junge Frau ist mir direkt vor den Wagen gelaufen“, hörte ich den Fahrer jammern, während sich einer der Polizisten Notizen machte. Sein Kollege kam währenddessen auf uns zu.

„Können Sie etwas zum Unfallhergang beitragen?“, fragte er, wobei sich sein Blick besorgt auf Maja richtete, deren Gesichtsfarbe dem Kittel der Ärztin glich. „Geht es Ihnen gut?“

„Mir ist übel“, presste meine Freundin heraus und lief hinter die nächste Hecke. Wenig später hörten wir würgende Geräusche. Ein erstaunter Blick des Polizisten traf mich.

„Sie ist schwanger. Vielleicht wäre es besser, sie später zu befragen. Ich kann Ihnen gerne erklären, wie es zu dem Unfall kam. Der Fahrer sagt die Wahrheit. Die junge Frau ist ihm vor das Auto gelaufen.“

„Einfach so? Hat sie den Wagen nicht gesehen?“

„Ich weiß nicht, sie hat geweint und wirkte verstört. Es geschah alles so schnell.“

„Es könnte sich also auch um Absicht gehandelt haben?“

Der Polizist sah mich fragend an.

„Nein.“ Ich schüttelte den Kopf. Schon die Vorstellung, dass die Fremde einen Suizid geplant haben könnte, löste Entsetzen in mir aus. Gleichzeitig erinnerte ich mich an ihren verzweifelten Blick auf Majas Bauch.

„Ich weiß es nicht, es wäre möglich.“

„Danke, wir werden uns um alles Weitere kümmern. Ich würde vorschlagen, Sie schauen erst einmal nach Ihrer Kollegin. Bei weiteren Fragen melden wir uns. Wenn Sie mir nur noch kurz Ihre Personalien nennen könnten?“

„Natürlich.“

Ich zog meinen Ausweis aus der Tasche. Mit meinen Gedanken war ich bei dem Unfallopfer. Die Frau war noch so jung. Konnte es wirklich sein, dass sie absichtlich vor das Auto gerannt war? Oder handelte es sich doch um einen tragischen Unfall?

Es war fast zweiundzwanzig Uhr, als ich endlich auf der Station ankam, wo Corinna mich bereits ungeduldig erwartete. Sie hatte von dem Unfall gehört und auch, dass Maja und ich Zeuginnen geworden waren. Nun wollte sie Details wissen. Doch mit mehr als dem Wenigen, das ich den Polizisten mitgeteilt hatte, konnte ich nicht dienen.

„Sie hat also auf Majas Bauch gestarrt?“ Corinna wippte nachdenklich mit den Füßen.

„Heute fand die Abendsprechstunde von Doktor Schilling statt."

„Wer ist Doktor Schilling?"

„Gynäkologe!"

„Und du denkst, es könnte etwas mit dem Unfall zu tun haben?"

„Keine Ahnung, es fiel mir nur gerade ein. Warum sollte sie sonst in Tränen ausgebrochen sein, nachdem sie eine werdende Mutter gesehen hat? Vielleicht hat sie ihr Kind ja verloren."

„Ich weiß nicht."

Corinnas Theorie erschien mir dann doch etwas zu abenteuerlich. Zumal die junge Frau nach einer Fehlgeburt wohl im Krankenhaus hätte liegen müssen.

„Aber vielleicht werden wir das ja bald erfahren. Im Moment ist nur wichtig, dass sie überlebt. Wenn du mich fragst, stehen die Chancen nicht gerade gut. Und jetzt lass uns Übergabe machen. Gibt es etwas Neues? Wie geht es unseren Patienten?"

„Wie gestern auch, nur Linda macht mir Sorgen. Das ist bereits die zweite Lungenentzündung innerhalb der letzten Monate. Die Infekte häufen sich."

„Du hast recht, ich schaue gleich nach ihr. Hast du die Temperatur gemessen?"

„Natürlich und alles fein säuberlich in der Kurve notiert. Sonst noch Fragen?"

„Nein, verschwinde!", erwiderte ich lächelnd. „Ich möchte mit meinen Patienten alleine sein."

„Nichts lieber als das." Corinna gähnte. „Ich habe wirklich keine Ahnung, wie du das jede Nacht aushältst. Diese Stille würde mich verrückt machen."

„Siehst du, deshalb übernehme ich die Dienste. Ich mag gerade diese Stille. Nun geh schon! Du schläfst ja gleich ein."

„Okay, dann bis morgen. Ich hoffe, du hast bis dahin in Erfahrung gebracht, was mit dieser jungen Frau los ist. Ich möchte Details hören. Immerhin wirft sich nicht jeden

Tag jemand vor ein Auto."

„Tut mir leid, dich enttäuschen zu müssen. Morgen habe ich frei. Du wirst dir die Informationen schon selbst besorgen müssen. Aber ich bin sicher, dass es dir gelingt."

„Stimmt." Meine Kollegin grinste. „Ich wüsste zu gerne, was die Frau dazu gebracht hat. Dir wünsche ich schöne freie Tage. Erhol dich!"

Ja, das wüsste ich auch gerne, dachte ich, während ich Corinna nachsah, die zum Fahrstuhl ging. Was mochte in der Frau vor sich gegangen sein? Warum hatte sie so entsetzt auf Majas gewölbten Bauch reagiert? Konnte das tatsächlich der Auslöser des Unfalls gewesen sein?

Ich seufzte, drehte mich um und steuerte auf Lindas Krankenzimmer zu. Ich musste den Unfall, zumindest für den Moment, vergessen. Jetzt brauchten die Patienten auf der Wachkomastation meine volle Aufmerksamkeit. Und die würde ich ihnen schenken, Unfall hin oder her. Leise öffnete ich die Tür.

„Hallo, Linda", begrüßte ich meine Patientin. „Geht es dir immer noch nicht besser?"

Wie gewohnt starrte Linda mit offenen Augen durch mich hindurch.

„Nein? Dann werde ich dich jetzt einreiben, okay? Es wird dir guttun, vertrau mir!"

Mit geübten Griffen drehte ich die Patientin zur Seite und unterstützte diese Position mit einem Kissen. Dann nahm ich eines der ätherischen Öle zur Hand und verrieb einige Tropfen auf Lindas Rücken, bevor ich begann, sie stimulierend zu massieren. Der Duft des Öls verbreitete sich augenblicklich im gesamten Raum.

Ich lächelte. Dieser Geruch ließ das Krankenzimmer heimeliger wirken und erinnerte mich an Schwester Agatha, die Nonne, die mich praktisch großgezogen hatte. Wenn mich als Kind eine Erkältung geplagt hatte, war sie es gewesen, die meinen Rücken mit Pfefferminzöl eingerieben hatte, welches die Nonnen des Heims selbst herstellten.

„Na, habe ich zu viel versprochen?", fragte ich Linda, nachdem ich sie in ihre alte Position gebracht hatte. Ihre Atmung ging gleichmäßig, was ich als gutes Zeichen wertete. Nachdenklich schaute ich in ihre leeren Augen.

Linda hatte schon so viel überstanden und vermutlich würde sie es auch dieses Mal tun. Und warum das alles? Um dann weitere Wochen, Monate und Jahre reglos in ihrem Bett zu liegen?

Es war einer der seltenen Momente, in denen ich meine Arbeit infrage stellte. Doch gleich darauf erinnerte ich mich an Marc. Der Gedanke genügte, um mir ein Lächeln ins Gesicht zu zaubern.

„Manchmal brauchen Wunder eben etwas länger, Linda", sagte ich zu meiner Patientin und strich ihr über die Wange. „Das heißt nicht, dass es sie nicht gibt."

***

Nachdem ich meinen Rundgang beendet hatte, ging ich zurück ins Dienstzimmer. Ich brauchte dringend einen Kaffee. Der Unfall hatte mich wohl doch mehr mitgenommen, als ich anfangs geglaubt hatte. Ich konnte nur hoffen, dass es Maja in ihrem Zustand nicht ähnlich erging, sondern sie längst schlafend in ihrem Bett lag. Sie litt schon genug unter der ständigen Übelkeit. Wenn sie jetzt auch noch glaubte, dass sie der Auslöser für die Panik der jungen Frau gewesen sein könnte, wäre das sicher nicht gut für sie.

Ich füllte gerade Kaffee in die Filtertüte, als ich Schritte hörte, die rasch näher kamen. Inzwischen konnte ich sie fast alle am Klang erkennen und einordnen. In der Stille der Nacht war es für mich einfach, sie zu unterscheiden. In diesem Fall handelte es sich mit großer Wahrscheinlichkeit um Doktor Werner und dem Schritt nach zu urteilen, gab es keinen Grund zur Aufregung.

„Haben Sie auch einen für mich?“, fragte er, nachdem er das Zimmer betreten hatte, und zeigte auf die Maschine, die vor sich hin gluckerte.

„Habe ich Sie jemals hängen lassen?“

„Nicht wirklich, Schwester Marie. Wie viele Liter Kaffee haben wir wohl schon in den vergangenen Nächten in uns hineingeschüttet?“

„Sehr viele nehme ich an. Milch?“

„Gerne.“

Der Arzt ließ sich auf den Stuhl fallen und streckte die Beine weit von sich. Er wirkte erschöpft, was kein Wunder war. Die Notaufnahme quoll über, wie ich von Corinna erfahren hatte. Damit gab es auch für Doktor Werner mehr als genug zu tun.

„Wie ich hörte, wurden Sie Zeugin des Unfalls gestern Abend?“

„Richtig, woher wissen Sie davon?“

„Die halbe Klinik spricht von nichts anderem. Außerdem hat mich Doktor Scherer, der die junge Frau operierte, darüber informiert.“

„Wie geht es ihr? Ist sie schwer verletzt?“

„Ja, leider hat sie massive Kopfverletzungen erlitten. Sie liegt auf der Intensivstation. Noch ist sie nicht über den Berg.“

„Wissen Sie inzwischen, wer sie ist?“

„Spielen Sie etwa wieder Detektiv, Schwester Marie?“

Der Arzt lächelte. Dann trank er einen Schluck von dem heißen Kaffee. Ich tat es ihm nach und musste ebenfalls lächeln. Ohne es jemals beabsichtigt zu haben, verband uns Jonahs Geschichte. Keiner hatte so oft an seinem Bett gesessen wie Doktor Werner und ich. Keiner der Kollegen hatte sein Tagebuch gelesen und seine berührende Geschichte erfahren. Das genügte, um ein freundschaftliches Verhältnis zwischen uns zu schaffen. Ich mochte den Arzt.

„In diesem Fall ist das nicht nötig“, klärte er mich auf, bevor ich antworten konnte. „Bei der jungen Frau handelt es sich um eine Patientin Doktor Schillings. Ihr Name ist Claudia Mehring."

Claudia Mehring? Irgendwie kam mir der Name bekannt vor.

„Sie haben bestimmt schon von ihr gehört. Frau Mehring ist Autorin, ziemlich erfolgreich, meine Frau liest alles von ihr."

„Stimmt, jetzt fällt es mir ein. Sie schreibt diese romantischen Liebesgeschichten. Wurde nicht kürzlich eine davon verfilmt? Ich habe das Buch gelesen. Es war gut."

„Das zu beurteilen, überlasse ich Ihnen. Ich lese lieber Fachzeitschriften. Aber eines ist sicher. Frau Mehrings Unfall wird für einiges Aufsehen sorgen. Ich hoffe nur, dass unser Sicherheitspersonal uns die Presse vom Hals hält."

„So schlimm wird es schon nicht werden. Was mich viel mehr interessiert, ist, warum die Patientin so verstört war. Wissen Sie etwas darüber?"

„Nicht wirklich, nur was in der Presse stand. Und ich schwöre Ihnen, Schwester Marie, ich rühre diese Zeitschriften nicht an. Meine Frau jedoch kann gar nicht genug davon kriegen. Ich glaube, sie hat mir irgendwann erzählt, dass Frau Mehring seit Jahren versucht, ein Kind zu bekommen. Offensichtlich erfolglos, die Presse schrieb von mehreren Fehlgeburten. Ihr aufgelöster Zustand, von dem Sie berichteten, könnte darauf hindeuten, dass sie eine weitere Enttäuschung hinnehmen musste."

„Das könnte tatsächlich der Grund sein", sagte ich nachdenklich und erinnerte mich daran, wie die Autorin entsetzt auf Majas Bauch gestarrt hatte.

„Ich hoffe wirklich, sie schafft es."

„Wir werden sehen."

Doktor Werner stand auf. Es wurde Zeit, die Pause zu beenden. Doch an der Tür blieb er noch einmal kurz stehen und drehte sich zu mir um.

„Wie geht es eigentlich Marc? Haben Sie noch Kontakt

zu ihm?"

„Oh ja." Ich nickte. Ein warmes Gefühl machte sich in mir breit, wenn ich an unseren ehemaligen Patienten dachte. Trotz aller schlechten Prognosen hatte er es geschafft und war aus dem Koma erwacht. Seitdem machte er fast täglich Fortschritte. Ich bewunderte, wie er sein Leben meisterte.

„Wir treffen uns ab und an. Er hat sogar wieder eine Freundin. Ist das nicht schön?"

„Das ist es, Schwester Marie. Ich wünschte, wir würden solche Erfolge häufiger erleben. Und nun muss ich los. Viel Vergnügen mit Ihren Patienten. Ich bin sicher, Sie haben sich wie immer viel zu erzählen."

Er grinste und schloss die Tür, bevor ich ihn fragen konnte, ob er sich gerade über mich lustig machte. Meine Gespräche mit den Patienten hatten sich inzwischen in der ganzen Klinik herumgesprochen, nachdem Marc behauptet hatte, meine Stimme erkannt zu haben. Was bedeuten würde, dass er mich gehört haben musste, während er im Koma lag.

Ich war mir da nicht so sicher. Vielleicht wollte Marc auch nur damit zeigen, wie dankbar er mir war, nachdem ihm seine Eltern von mir erzählt hatten. Letztendlich spielte es auch keine Rolle. Zumindest änderte es nichts daran, dass ich auch weiterhin mit den Patienten sprach, als könnten sie mir antworten. Es gehörte einfach dazu. Außerdem wusste ich, dass Doktor Werner mich nicht wirklich auslachte. Er hatte mich damals an Jonahs Krankenbett sogar darin bestätigt.

Nach einem letzten Schluck Kaffee verließ auch ich das Dienstzimmer und begann meinen Kontrollgang. Leise klopfte ich an die Tür des ersten Patienten. Mir war bewusst, dass der ältere Herr dahinter mein Klopfen nicht hören würde. Ich tat es trotzdem. Vermutlich, weil ich damit einen gewissen Respekt verband, den ich diesen Menschen, die bereits so viel verloren hatten, nicht auch noch nehmen wollte.

„Guten Morgen, Herr Doktor Lehmann“, begrüßte ich ihn. Er gehörte zu den wenigen Patienten, die ich so förmlich anredete. Was daran lag, dass ich aus seiner Biografie entnommen hatte, dass er vor seiner Erkrankung eine angesehene Persönlichkeit an der Universität gewesen war. Laut Aussage seiner Ehefrau, die täglich zu ihm kam, hatte er viel Wert auf eine korrekte Anrede gelegt. Ich akzeptierte das, auch wenn dadurch eine gewisse Distanz zwischen uns bestand.

„Schlafen Sie ruhig noch ein wenig!“, forderte ich ihn auf, nachdem ich die Medikamente verabreicht hatte. Doktor Lehmann hielt die Augen geschlossen. Ich sah ihn an und hatte plötzlich das Gefühl, ihm etwas Gutes sagen zu müssen.

Als ich mich über ihn beugte, bemerkte ich zum ersten Mal die unzähligen kleinen Fältchen neben seinen Augen. Ich hoffte, dass sie vom Lachen kamen. Doch ich kannte den Mann viel zu wenig, um das beurteilen zu können, und auch seine Frau war nicht gerade mitteilsam. Hätte ich die beiden auf der Straße getroffen, würde ich sie vermutlich als spießig bezeichnet haben.

In diesem Moment aber wirkte er auf eine sonderbare Art gütig. Er erinnerte mich sogar ein wenig an einen Lehrer aus meiner Kindheit, den wir aufgrund seines Humors geliebt hatten. Warum sollte Doktor Lehmann nicht auch gemocht worden sein? Nur weil er Wert auf seinen Doktortitel legte, hieß das nicht zwangsläufig, dass er auf andere herabsah.

„Träumen Sie etwas Schönes“, wünschte ich ihm. „Ich komme später wieder.“

***

Erschöpft schlüpfte ich kurz nach sechs Uhr in meine Jacke, nachdem ich den Kolleginnen von den Vorfällen der Nacht berichtet hatte. Vorher war ich noch einmal zu Linda gegangen und hatte sie gebeten, keine Dummheiten zu machen, während ich frei hatte. Auf ihrem Gesicht hatte ein Lächeln gelegen, als ich schon an der Tür war. Es kam ziemlich häufig vor, keiner wusste, was der Auslöser dafür war. Ich hatte es in diesem Moment als Zustimmung gewertet.

Erleichtert, in den nächsten Tagen endlich ausschlafen zu können, machte ich mich auf den Weg zum Fahrstuhl. Ich wollte nur noch in mein Bett. Doch ich hatte nicht mit Schwester Elke gerechnet, die mich noch vor der Tür abfing.

„Haben Sie eine Minute, Schwester Marie?"

Ich nickte, auch wenn ich schon jetzt wusste, dass es dabei nicht bleiben würde. Schwester Elke war unsere Stationsleiterin. Wenn sie mich um ein Gespräch bat, musste es wichtig sein. Also versuchte ich, den Gedanken an eine heiße Dusche zu verdrängen und folgte ihr zu der Sitzgruppe in der Nähe des Fahrstuhls. Dort ließ ich mich in die Kissen fallen.

„Ich kann mir denken, wie müde Sie sind", begann meine Vorgesetzte. „Deshalb werde ich Sie nicht länger als nötig aufhalten. Wie Sie wissen, verlässt uns Schwester Miriam in zwei Monaten. Damit wird ihre Stelle als stellvertretende Stationsleiterin frei. Ich dachte da an Sie."

„An mich? Aber ich arbeite hauptsächlich im Nachtdienst."

„Wenn Sie mein Angebot annehmen, bleiben Ihnen diese Dienste erspart. Sie müssten überhaupt keine wechselnden Schichten mehr übernehmen, sondern würden im Tagdienst beschäftigt sein. Haben Sie nicht erst vor Kurzem erwähnt, dass Ihr Freund sich genau das wünscht?"

Möglicherweise hatte ich das. Noel würde sich wahnsinnig darüber freuen, wenn ich endlich nicht mehr losziehen musste, sobald er Feierabend hatte. Natürlich würde er mir raten, die Stelle anzunehmen. Ich selbst war mir da nicht so sicher. Miriam hatte die meiste Zeit über im Büro gesessen und Akten gewälzt. Ich konnte mich kaum erinnern, sie in einem der Bewohnerzimmer gesehen zu haben und wenn, dann nur, um die Arbeit der Kollegen zu überprüfen. Aber wollte ich das?

Leider machte es mir meine Müdigkeit gerade nicht einfach, eine Entscheidung zu treffen. Zum Glück drängte meine Vorgesetzte mich nicht.

„Denken Sie einfach darüber nach, Marie! Ich würde mich freuen, wenn Sie den Posten antreten. Aber es sollte Ihnen natürlich auch Spaß machen. Sie haben jetzt fünf freie Tage, genug Zeit also, um sich das Ganze durch den Kopf gehen zu lassen. Wenn Sie wiederkommen, teilen Sie mir mit, wie Sie sich entschieden haben, okay?“

„Danke. Ich werde darüber nachdenken“, versprach ich und stand auf. „Auf Wiedersehen.“

„Auf Wiedersehen, Marie. Schlafen Sie sich erst einmal aus!“

Genau das hatte ich vor. Ich konnte vor Erschöpfung kaum noch richtig denken. Eigentlich hatte ich vorgehabt, noch kurz auf der Intensivstation vorbeizuschauen, um mich nach Frau Mehring zu erkundigen. Aber selbst das überstieg im Moment meine Kräfte. Außerdem würde es mich Maja wissen lassen, wenn es der jungen Frau schlechter ging.

Als ich wenig später im Auto saß und meinen kleinen Wagen durch den morgendlichen Berufsverkehr schlängelte, hatte ich Mühe, mich auf die Straße zu konzentrieren. Während um mich herum frischausgeschlafene Menschen alles dafür taten, pünktlich zur Arbeit zu kommen, wurden meine Augenlider immer schwerer.

Ein Grund mehr, gründlich über den Vorschlag meiner Vorgesetzten nachzudenken. Auf Dauer konnten die Nachtdienste nicht gesund sein, ich wusste das. Dennoch würde ich das Gefühl haben, Linda, Doktor Lehmann und all die anderen im Stich zu lassen. Was vermutlich völliger Quatsch war, ich konnte jederzeit nach ihnen sehen.

„Verdammt!“, fluchte ich laut und trat hart auf die Bremse, als die Ampel vor mir auf Rot sprang. Wenn ich nicht aufpasste, musste ich mir um die Stelle keine Gedanken mehr machen. Beinahe wäre ich auf den Wagen vor mir aufgefahren.

Ich öffnete das Fenster. Vielleicht würde die frische Luft mir helfen, zumindest nicht einzuschlafen. Dabei bemerkte ich, wie eine ältere Dame im Wagen neben mir missbilligend den Kopf schüttelte. Aber hinter ihr lagen auch keine sieben Nachtdienste, dachte ich wütend über mich selbst. Wie oft hatte mir Noel angeboten, mich von der Klinik abzuholen? Er machte sich Sorgen um mich, möglicherweise berechtigt, wie sich gerade herausstellte.

Als ich zehn Minuten später endlich vor unserem Haus zum Stehen kam, atmete ich auf. Wie immer ging ich langsam die Einfahrt nach oben. Bis heute konnte ich nicht richtig glauben, dass ausgerechnet mir dieses wunderschöne Haus gehörte. Hätte mir das auch nur ein Mensch damals im Kinderheim, in dem ich aufgewachsen war, gesagt, hätte ich ihn für verrückt erklärt. Schließlich wusste ich zu dieser Zeit fast nichts über meine Eltern.

Ich hatte es nur Jonah zu verdanken, meine Identität gefunden zu haben. Es brach mir noch immer das Herz, ihn nie hierher einladen zu können. Doch ich tröstete mich mit dem Gedanken, dass sein Bruder, Onkel Elias, inzwischen zur Familie gehörte. Der alte Mann war ein herzensguter Mensch und ich glaubte zu wissen, dass Jonah es ebenfalls gewesen war.

Im Haus war es still und Noel sicher schon auf dem Weg zur Arbeit. Ich nahm die Kaffeetasse in die Hand, die ich in der Küche auf dem Tisch fand. Sie fühlte sich warm an. Offensichtlich hatten wir uns nur um Minuten verpasst, was hauptsächlich daran lag, dass die Stationsleiterin mich aufgehalten hatte. Wie ich Noel kannte, hatte er bis zur letzten Sekunde gewartet, um mir wie jeden Morgen zu sagen, wie sehr er mich liebte. Bis er einsehen musste, dass er zu spät zur Arbeit kam, wenn er noch länger zögerte.

Ich lächelte, während ich zum Badezimmer ging, um zu duschen. Mein Leben hatte sich auf wundersame Art verändert. Ich war so dankbar dafür. Langsam streifte ich mir meine Kleidung ab, bevor ich den Duschhahn aufdrehte.

Im nächsten Moment klingelte mein Handy. Ich zögerte und dachte kurz darüber nach, das Klingeln zu ignorieren. Es konnte eigentlich nur jemand aus der Klinik sein. Vielleicht Schwester Elke, die nun doch meine Entscheidung brauchte, die ich ihr zu diesem Zeitpunkt natürlich nicht geben konnte. Außerdem war ich hundemüde. Kein Mensch konnte es mir übelnehmen, wenn ich jetzt einfach unter die ersehnte Dusche und später ins Bett ging.

Mit einem leichten Hauch schlechten Gewissens setzte ich meinen Plan in die Tat um und ließ das heiße Wasser über meinen Körper regnen. Dann trocknete ich mich ab und kuschelte mich in meinen flauschigen Bademantel.

Wieder klingelte mein Handy. Ich hob es auf und schaute auf das Display. Es war Noel.

„Ich hoffe, ich habe dich nicht geweckt“, begrüßte er mich. „Ich wollte nur sicher sein, dass du heil nach Hause gekommen bist. In den Nachrichten heute Morgen haben sie über einen Unfall berichtet. Eine junge Frau wurde vor deiner Klinik angefahren. Gott sei Dank geht es dir gut, Schatz.“

„Ich bin nur müde.“

Ich erwähnte weder, dass ich Zeugin des Unfalls geworden war, noch, dass ich einen solchen beinahe selber verursacht hätte. Noel würde sich nur aufregen und mich weiter drängen, die Nachtdienste an den Nagel zu hängen. Stattdessen versprach ich ihm, uns ein Abendessen vorzubereiten, wenn ich ausgeschlafen hatte. Onkel Elias würde ebenfalls dabei sein.

„Gibt es sonst noch etwas?“, fragte ich. „Ich muss dringend ins Bett.“

„Ja, das gibt es.“

Ich glaubte zu hören, wie Noel leise lachte.

„Ich liebe dich, Marie.“ Er hatte es nicht vergessen.

„Ich liebe dich auch. Gute Nacht, Schatz.“

„Es ist sieben Uhr morgens.“

„Ich weiß, aber nur für dich. Bis später.“

Ich legte auf und schlüpfte unter die Bettdecke. Keine zwei Minuten danach war ich eingeschlafen.

***

Als ich fünf Tage später die Klinik betrat, hatte ich eine Entscheidung getroffen. Ganz alleine, ohne Noel von dem Angebot zu erzählen. Dabei war ich mir nicht einmal sicher, ob er es nicht doch verstanden hätte. Immerhin war er es gewesen, der viele Nächte mit mir auf der Station verbrachte, nachdem er Jonah gefunden hatte.

Vermutlich hatte ich es einfach vergessen zu erwähnen, redete ich mir ein. Die freien Tage waren so schnell verflogen, dass ich sie nicht auch noch mit meiner Arbeit füllen wollte. Stattdessen hatte Onkel Elias uns wieder aus Jonahs Tagebuch vorgelesen. Dann saßen wir am Kamin, tranken heißen Glühwein und trotz der Traurigkeit, die Jonahs Geschichte hervorrief, lachten wir unheimlich viel.

Umso schwerer fiel es mir, in den Klinikalltag zurückzukehren. Das anstehende Gespräch mit meiner Vorgesetzten machte es nicht einfacher. Schwester Elke würde enttäuscht sein, da war ich mir sicher. Vermutlich hätte jede meiner Kolleginnen sofort zugegriffen. Aber ich war nun einmal anders als die anderen, schon immer, und das würde sich wohl auch in Zukunft kaum ändern.

Tief durchatmend verließ ich den Fahrstuhl und

steuerte das Büro der Stationsleiterin an. Sie schien mich bereits erwartet zu haben. Lächelnd deutete sie auf den freien Stuhl vor ihrem Schreibtisch.

„Guten Abend, Schwester Marie. Konnten Sie sich etwas erholen?“

„Das konnte ich, danke. Und natürlich habe ich auch über Ihr Angebot nachgedacht und ich weiß es zu schätzen, aber …“

„Aber Sie haben sich dagegen entschieden, nicht wahr?“

„Ja, woher wissen Sie das?“

„Sagen wir mal, ich hatte da so eine Ahnung. Obwohl ich mir sicher bin, dass Sie eine hervorragende Stellvertreterin geworden wären. Vielleicht hätte ich auf Doktor Werner hören und Sie gar nicht erst in diesen Zwiespalt bringen sollen.“

„Was hat Doktor Werner damit zu tun?“

Ich sah Schwester Elke fragend an. Der Arzt arbeitete hauptsächlich in der Neurologie und kam nur vorbei, wenn es neurologische Veränderungen gab oder er Bereitschaftsdienst hatte. Ich konnte mir kaum vorstellen, dass er einschätzen konnte, wer von uns Schwestern für die Stelle geeignet war.

„Wir kamen zufällig auf Sie zu sprechen“, klärte mich Schwester Elke auf. „Wissen Sie eigentlich, dass Doktor Werner Sie für Ihre Arbeit bewundert? Er schwärmt regelrecht von Ihnen, natürlich nur, was das Berufliche angeht.“

Ich spürte, wie ich rot wurde. Komplimente machten mich immer verlegen. Was daran lag, dass ich sie einfach nicht gewohnt war. Im Gegensatz zu meiner Freundin Maja, die gerne im Mittelpunkt stand, hielt ich mich viel lieber im Hintergrund. Dennoch freute ich mich, dass Doktor Werner, den ich sehr schätzte, eine gute Meinung von mir besaß.

„Wie kommt er darauf, dass ich ablehnen würde?“

„Ganz einfach, er war sich sicher, dass Ihnen die

Gespräche mit den Patienten fehlen würden. Und wenn ich ehrlich bin, habe ich das wohl selbst vermutet. Sie gehören zu Ihnen, Marie. Der Schreibtisch wäre wohl kaum der geeignete Platz, um Ihre Fähigkeiten zu entfalten."

„Fähigkeiten?"

„Empathie, Schwester Marie. Sie besitzen sie zweifelsohne. Und nun gehen Sie ruhig! Wie ich Sie kenne, können Sie es kaum erwarten, zu unseren Patienten zu kommen."

Sie stand auf und öffnete die Tür. Als ich an ihr vorüberging, legte sie ihre Hand auf meinen Arm.

„Ich bin froh, dass Sie auf meiner Station arbeiten."

Das bin ich auch, dachte ich, während ich zum Dienstzimmer ging und mich daran erinnerte, wie ich diese Entscheidung nach meiner Ausbildung angezweifelt hatte. Eigentlich war ich nur durch Zufall in den Wachkomabereich geraten. Mehrere Kollegen waren wegen eines Virus ausgefallen, sodass die Schwestern anderer Stationen aushelfen mussten. Nach zwei Tagen war ich mit den Nerven völlig fertig gewesen. Ich hatte den Anblick der leblosen Augen nicht länger ertragen können. Deshalb hatte ich darum gebeten, in einen anderen Bereich wechseln zu dürfen. Doch dann war eine weitere Kollegin ausgefallen und ich hatte Marc kennengelernt.

Ich seufzte. Es schien eine Ewigkeit her zu sein. Heute konnte ich mir nichts Schöneres vorstellen, als mit diesen Patienten zu arbeiten. Wahrscheinlich hatte ich erst erkennen müssen, wie viel sie mir zurückgaben.

„Da bist du ja endlich." Ohne Vorwarnung riss mich Maja aus meinen Gedanken.

„Hast du es schon gehört?"

„Was?" Ich hatte keine Ahnung, wovon sie sprach.

„Dann weißt du also noch nicht, dass wir eine neue Patientin haben?"

„Nein. Wie du dich vielleicht erinnerst, hatte ich frei."

„Stimmt, dann komm mit! Ich werde sie dir vorstellen. Du wirst überrascht sein."

„Wollen wir nicht erst Übergabe machen? Du hast es doch sonst immer eilig, nach Hause zu kommen."

„Nicht in diesem Fall", antwortete meine Freundin und marschierte schnurstracks auf das Krankenzimmer zu, welches seit dem Tod einer alten Dame leer gestanden hatte. Mir blieb nichts weiter übrig, als ihr zu folgen.

„Na, erkennst du sie?", fragte Maja, nachdem sie die Tür geöffnet hatte. Ich trat näher. In dem Bett lag eine junge Frau. Ihr Gesicht war aufgrund des Verbandes, den sie trug, kaum zu sehen. An der linken Seite hatte man ihr das Haar abrasiert. Über ihrem Mund lag die Sauerstoffmaske. Dennoch erkannte ich sie sofort.

„Frau Mehring, die Autorin", stellte ich fest und konnte nicht verhindern, dass sich die kleinen Haare an meinen Unterarmen aufstellten. Es geschah zum ersten Mal, dass ich eine unserer Patientinnen vor dem Koma gesehen hatte. Ich musste zugeben, es fühlte sich seltsam an.

„Richtig, die Frau, die vor unseren Augen vor das Auto lief. Sie durfte gestern die Intensivstation verlassen und wurde zu uns verlegt. Die Operation verlief erfolgreich, die Blutungen konnten gestoppt und der Hirndruck gesenkt werden."

„Wie stehen ihre Prognosen?"

„Nicht besonders gut. Ihr Gehirn wurde laut Aussage der Ärzte gequetscht, sie leidet unter erheblichen Ausfallerscheinungen. Ihre rechte Seite ist so gut wie gelähmt. Auf Reize reagiert sie überhaupt nicht. Aber wie du weißt, kann sich das im weiteren Verlauf ändern. Sie wäre nicht die Erste, die sich wieder erholt."

„Ich hoffe es", sagte ich leise. „Und nun lass uns die anderen Patienten besprechen. Ich werde später nach Frau Mehring schauen. Im Moment scheint sie zu schlafen."

„Vielleicht sogar für immer", erwiderte Maja und schloss die Tür hinter uns. Ich schluckte währenddessen die scharfe Bemerkung herunter, die mir auf der Zunge lag.

Warum musste meine Freundin auch immer alles so direkt auf den Punkt bringen? Diese Station lebte von der Hoffnung, zumindest sah ich das so. Unsere Patienten lagen manchmal Stunden, viel häufiger jedoch Monate oder Jahre in diesem bewusstseinslosen Zustand, während wir alles daransetzten, ihre Lebensfunktionen aufrechtzuerhalten. Welchen Sinn würde es machen, wenn wir nicht darauf hoffen konnten, dass sie irgendwann erwachten?

Aber vielleicht lag es ja auch an mir, dass ich nicht so routiniert damit umgehen konnte wie Maja. Vermutlich ließ ich alles viel zu nah an mich heran. Marc und Jonah waren die besten Beispiele dafür. Ich hatte mit ihnen gelitten, mich mit Marc gefreut und um Jo geweint. Dennoch bereute ich nicht eine Sekunde, Teil ihres Lebens geworden zu sein.

„Gab es sonst etwas Außergewöhnliches?“, fragte ich Maja, nachdem wir im Dienstzimmer Platz genommen hatten. Sie schüttelte den Kopf.

„Nein, alles beim Alten. Nur bei Linda wurde eine Medikamentenänderung vorgenommen. Ihr geht es deutlich besser, das Antibiotikum wurde abgesetzt.“

„Das freut mich. Dann lass uns kurz die Akten durchgehen, danach kannst du nach Hause.“

Eine halbe Stunde später war ich alleine, zumindest auf der Station. Ich atmete tief durch und sog die Stille ein. Plötzlich wusste ich, dass ich die richtige Entscheidung getroffen hatte. Ich gehörte hierher, wie Doktor Werner treffend erkannt hatte.

Mit einem Lächeln auf den Lippen ging ich zurück in das Zimmer der neuen Patientin. Ich wollte einen Moment mit ihr alleine sein, bevor ich nach den anderen Patienten sah. Irgendetwas an der Frau berührte mich beinahe so, wie es Jonah getan hatte. Nachdenklich saß ich an ihrem Bett und schaute sie an. Über zehn Minuten hockte ich schweigend auf dem Stuhl und fragte mich, ob Maja möglicherweise recht behalten würde. Frau Mehrings Kopfverletzungen hatten erhebliche Schäden verursacht. Im Augenblick konnte keiner sagen, ob sie sich davon erholen würde.

Ich stand nur ungern auf. Aber ich musste weiter und würde später zurückkehren, wenn ich meine Arbeit erledigt hatte. An der Tür blieb ich stehen.

„Du musst aufwachen, Claudia!“

Wie selbstverständlich nannte ich sie beim Vornamen.

„Hörst du? Ich möchte nicht die letzte Person gewesen sein, die du gesehen hast.“

***

Ich war gerade dabei, die Medikamente zu stellen, als ich hörte, wie die Stationstür zufiel. Da ich annahm, dass es sich um einen der Ärzte handelte, blieb ich sitzen und sortierte weiterhin die Pillen ein. Plötzlich drangen vom Flur her aufgeregte Stimmen zu mir.

„Es tut mir leid, Sie können da nicht rein. Sie brauchen die Erlaubnis eines Arztes.“

„Ich kann nirgendwo einen entdecken“, antwortete eine Frau, die offenbar ziemlich gereizt war. „Sagen Sie einfach Bescheid, wenn jemand Zeit hat, okay! Bis dahin werde ich bei meiner Freundin warten.“

„Aber …“

Im selben Moment hasteten Schritte am Dienstzimmer vorüber. Schnell verschloss ich die Medikamente, um nachzuschauen, was vor sich ging. Ein Blick zur Uhr verriet mir, dass es fast sieben Uhr war. In zehn Minuten begann der Frühdienst. Das bedeutete, dass meine Kollegen gerade eintrafen. Und eine von ihnen, ich glaubte Corinnas Stimme erkannt zu haben, musste den Eindringling bemerkt haben.

„Kann mir bitte jemand erklären, was hier los ist?“, fragte ich, nachdem ich den Flur betreten und mir einen Überblick verschafft hatte. Es handelte sich tatsächlich um Corinna, die gerade dabei war, eine völlig fremde Frau davon abzuhalten, Frau Mehrings Zimmer zu betreten. Doch offensichtlich hatte sie gegen die resolute Fremde nicht den Hauch einer Chance. Ohne auf Corinnas Protest zu achten, öffnete sie die Tür und betrat das Krankenzimmer.

„Claudia, Schatz“, begrüßte sie die Patientin und stürzte auf sie zu. „Was stellst du nur für Sachen an?“ Dabei umarmte sie Frau Mehring, die natürlich nicht reagierte.

„Okay, das genügt!“

Ich zog sie vom Stuhl hoch und schob sie Richtung Tür. Seltsamerweise ließ sie es jetzt geschehen. Vermutlich hatte der Anblick ihrer scheinbar leblosen Freundin sie geschockt. Das gab mir Gelegenheit, sie aus dem Zimmer zu drängen.

„Was sollte das denn?“, fuhr ich sie auf dem Gang an. „Sie können doch nicht einfach hier hereinspazieren und dieses Spektakel verursachen. Wissen Sie überhaupt, wo Sie sich befinden? Das ist die Wachkomastation, unsere Patienten benötigen Ruhe. Und die meisten von ihnen sind an hochsensible Geräte angeschlossen. Sie hätten sonst etwas anrichten können. Wie sind Sie überhaupt hier reingekommen?“

„Die Tür stand offen“, antwortete die Frau kleinlaut. Ihr schien erst jetzt bewusst zu werden, dass sie einen Riesenfehler begangen hatte, der natürlich auch Corinnas Verschulden war, die die Tür nicht hinter sich zugezogen hatte. Ich warf ihr einen vorwurfsvollen Blick zu, woraufhin sie beschämt den Kopf senkte.

„Es tut mir leid, ich wusste ja nicht, dass es Claudia so mies geht.“

Plötzlich war nicht mehr viel übrig von der resoluten Dame, die ohne zu fragen in die Station eingedrungen war.

Fast tat sie mir jetzt schon leid. Doch darauf konnte ich keine Rücksicht nehmen. Immerhin trug ich die Verantwortung. Der Schreck saß mir noch immer in meinen Gliedern. Wenn ich mir vorstellte, was hätte passieren können, wurde mir richtig schlecht.

„Kommen Sie!“, forderte ich die Frau auf und führte sie aus der Station in den Besucherbereich.

„Sie können hier warten, wenn Sie möchten. Frau Mehrings Mann kommt um acht Uhr vorbei. Vielleicht ist er bereit, Ihnen Näheres zu erklären. Wir sind nicht befugt, Ihnen Auskunft zu geben, sofern Sie keine Angehörige sind.“

„Mein Name ist Ines Mahler“, stellte sie sich vor. Ich bemerkte, dass sie den Tränen nah war.

„Ich bin Claudias Literaturagentin und Freundin.“

„Also schön, Frau Mahler.“ Ich seufzte und begleitete sie zu einer der Sitzgruppen. Corinna war auf Station, ich konnte mir also ein paar Minuten Zeit nehmen.

„Wie es aussieht, wird Frau Mehring in nächster Zeit wohl nicht schreiben können. Mehr kann ich Ihnen nicht sagen.“

„Das wäre ja schrecklich.“

Frau Mahler setzte sich. Dabei achtete sie darauf, nur ja nichts zu berühren, was mit der Klinik zu tun hatte. Wie die meisten Menschen schien sie eine angeborene Abneigung gegen Krankenhäuser zu besitzen.

„Der Verlag hat sich gemeldet“, verkündete sie mir mit düsterer Miene, ohne überhaupt auf die Idee zu kommen, mich zu fragen, wie schlimm es wirklich um ihre Freundin stand. Stattdessen ging sie einfach zur Tagesordnung über, als hätte es die Situation eben im Krankenzimmer nie gegeben. Mein Ärger kehrte augenblicklich zurück. Doch die Agentin bemerkte es nicht einmal.

„Wenn sie in den nächsten drei Monaten nicht abliefert, lösen sie den Vertrag. Sie haben ihr letztes Buch als Desaster bezeichnet. Nun wollte Claudia etwas Neues beginnen. Ich hatte so gehofft …“

„Wie können Sie nur ans Geschäft denken, nachdem Sie Ihre Freundin gesehen haben? Glauben Sie nicht, Frau Mehring hat gerade andere Sorgen als einen blöden Verlagsvertrag?“

„Ich bin ihre Agentin“, erwiderte Frau Mahler unbeeindruckt. „Ich muss mich um die Geschäfte kümmern. Wenn Claudia aufwacht, wird sie mir dankbar sein.“

„Ja, wenn …“

Ich führte den Satz nicht zu Ende. Das Gespräch ermüdete mich zunehmend. Die Frau wollte offenbar nicht verstehen, dass es im Moment Wichtigeres gab als irgendwelche Verkaufszahlen.

„Was meinen Sie mit wenn? Wollen Sie damit sagen, dass Claudia in diesem Zustand bleibt?“

„Nein.“

Als ich in das entsetzte Gesicht sah, bereute ich meine Worte. Warum hatte ich nicht einfach den Mund gehalten? Es konnte nur daran liegen, dass sie mir mit ihrem Gerede um Erfolg und Prominenz mehr und mehr auf die Nerven ging.

„Ich will damit sagen, dass wir abwarten müssen. Ich bin kein Arzt. Fragen Sie Frau Mehrings Ehemann!“

Damit stand ich auf. Ich ärgerte mich. Über Corinna, die die Tür offen gelassen hatte, ebenso wie über Frau Mahler, die anscheinend noch nie etwas davon gehört hatte, dass man nicht einfach in eine Wachkomastation eindrang. Am meisten aber ärgerte ich mich über mich. Ich hätte einfach den Sicherheitsdienst rufen sollen, anstatt meine Zeit mit dieser völlig kritikresistenten Literaturagentin zu verplempern. Zeit, die mir bei meinem letzten Rundgang fehlen würde. Leider war es für Reue zu spät.

„Tun Sie mir einen Gefallen!“

Ich drehte mich noch einmal zu Frau Mahler um, die sich nicht vom Fleck gerührt hatte. „Melden Sie sich beim nächsten Mal an!“

Am Abend hatte ich den Vorfall fast vergessen. Noel und ich waren bei Doktor Klingenberg zum Essen eingeladen. Den Anwalt und mich verband inzwischen eine enge Freundschaft. Er hatte ein wenig die Rolle des Vaters für mich eingenommen. Wohl auch, weil er dessen engster Freund gewesen war und ich durch ihn zumindest von einem Teil des Lebens meiner Eltern erfuhr, die ich leider viel zu früh verloren hatte.

Umso mehr freute ich mich, dass wir so engen Kontakt pflegten. Das schloss mittlerweile auch Onkel Elias mit ein. Die beiden Männer hatten sich auf Anhieb verstanden, nachdem sie sich in unserem Haus kennengelernt hatten. Als Eli damals erfuhr, dass er es auch dem Anwalt zu verdanken hatte, Jonah noch einmal gesehen zu haben, hatte ihrer Freundschaft nichts mehr im Wege gestanden.

Ich lächelte glücklich in den Spiegel, während ich mein Kleid zurechtzupfte. Noch vor drei Jahren war ich davon ausgegangen, keine Familie zu besitzen, nirgendwo dazuzugehören. Ich war ein Waisenkind, das nicht einmal die Namen der eigenen Eltern kannte. Und nun wuchs meine neue Familie von Tag zu Tag. Erst vor drei Wochen hatte Noels Schwester ein kleines Mädchen zur Welt gebracht, das mich vielleicht irgendwann Tante nennen würde. Das Gefühl war unbeschreiblich.

„Bist du fertig?“, rief es von unten zu mir rauf. Noel wartete bereits. Schnell nahm ich meine Tasche und ging zu ihm. Nach dem Essen würde ich direkt in die Klinik fahren und meinen Dienst übernehmen. Deshalb hatte ich meinem Freund vorgeschlagen, mit zwei Autos zu Doktor Klingenberg zu fahren. Doch Noel bestand darauf, mich persönlich im Krankenhaus abzuliefern.

„Was war das neulich eigentlich für ein Unfall?“, fragte er auf dem Weg zu dem Haus des Anwalts.

„Eine junge Frau ist vor ein Auto gelaufen. Sie liegt bei mir auf der Station.“

„Schlimm?“

„Ja, ich denke schon.“

„Du magst sie bereits jetzt, nicht wahr? Ich kann es in deiner Stimme hören."

„Ich weiß nicht", antwortete ich leise, während ich aus dem Fenster sah und an Claudia Mehring dachte. „Sie hat etwas, das mich berührt."

„Tun das nicht alle deine Patienten?"

„Schon, aber bei ihr ist es anders."

„Wie bei Jo? Ist es das?"

„Gut möglich, obwohl die beiden ganz unterschiedlich sind. Frau Mehring ist jung, erfolgreich und Angehörige besitzt sie auch. Wir müssen also nicht suchen. Und dennoch ..."

Wir schwiegen. Noel konzentrierte sich auf den Verkehr. Ich war mit meinen Gedanken bei der Patientin. Das Gespräch mit Doktor Werner fiel mir ein. Er hatte von mehreren Fehlgeburten gesprochen. Aber genügte das wirklich, um seinem Leben ein Ende zu bereiten? Oder handelte es sich doch nur um einen tragischen Unfall?

Ich seufzte. Wir würden es nur erfahren, wenn die Patientin zu sich kam. Ob und wann es der Fall sein würde, stand wohl in den Sternen.

„Hast du an die Blumen gedacht?", wandte ich mich Noel zu und nahm mir vor, den Abend zu genießen, ohne an die Klinik zu denken.

„Natürlich, sie liegen auf der Rückbank."

Ich sah auf. Täuschte ich mich, oder hatte da eine gewisse Anspannung in seiner Stimme gelegen? Als ich ihn anschaute, bemerkte ich, wie er grinste. Neugierig warf ich einen Blick nach hinten, um den Grund für sein seltsames Verhalten zu erfahren. Ich erblickte einen riesigen Strauß gelber Rosen und noch etwas. Neben den Blumen lag eine Schachtel. Sie war in silbernes Papier eingewickelt mit einer zarten lila Schleife darauf.

„Es sollte nur ein Begrüßungsstrauß werden", sagte ich verwundert zu meinem Freund.

„Die Schachtel ist auch für dich."

Noels Grinsen wurde breiter, während er zum

Straßenrand fuhr und den Motor stoppte. Mein Herz begann, schneller zu schlagen.

„Für mich?“

„Ja, mach sie auf!“

Meine Finger zitterten, als ich sie nahm und die Schleife löste. Dann zögerte ich kurz, bevor ich den Deckel hob. Ein schmaler silberner Ring funkelte mir entgegen. Er war wunderschön. So schön, dass es mir die Sprache verschlug.

„Eigentlich wollte ich zu diesem Anlass mit dir auf den Hügel vor der Stadt fahren, erinnerst du dich?“

„Ja, selbstverständlich, ich …“, begann ich zu stottern.

„Aber leider musst du wieder einmal arbeiten. Deshalb dachte ich, das Essen nachher wäre ein guter Abschluss, nachdem ich dich gefragt habe.“

„Was gefragt?“

„Marie Schwarzer, ich liebe dich. Deshalb möchte ich dich fragen, ob du meine Frau werden willst.“

Für einen kurzen Moment war ich sprachlos. Noel hatte mich völlig überrumpelt. Doch schon wenige Sekunden später begann ich zu begreifen, welche Bedeutung der Ring hatte.

„Ja, das will ich“, schrie ich los. „Ich könnte mir nichts Schöneres vorstellen. Du bist …“

„Das genügt!“

Noel beugte sich zu mir und küsste mich, sodass ich nichts mehr sagen konnte. Aber das war auch nicht nötig. Unsere Herzen sprachen auch so. Als wir uns irgendwann voneinander lösten, glaubte ich, die glücklichste Frau der Welt zu sein.

Beschwingt fuhr ich drei Stunden später mit dem Fahrstuhl auf meine Station. Ich musste Maja unbedingt von dem Antrag erzählen. Doch bevor ich dazu kam, traf ich Doktor Werner, der stehen blieb und auf mich wartete, als er mich erkannte.

„Sie strahlen, als hätten Sie im Lotto gewonnen“, begrüßte er mich.

„Damit liegen Sie gar nicht so falsch."

Ich lachte und fühlte mich gelöst wie lange nicht mehr. Das bedeutete jedoch nicht, dass ich vorhatte, dem Arzt von unserer Verlobung zu erzählen. Außerdem hatte ich die Papiere in seiner Hand entdeckt.

„Wollten Sie die Unterlagen zu uns bringen? Ich kann sie gerne mitnehmen", bot ich an.

„Danke, ich wollte tatsächlich zu Ihnen. Wissen Sie, was das ist?"

„Nein." Ich schüttelte den Kopf. Irgendwie benahm sich Doktor Werner merkwürdig. Ich beobachtete, wie er erst auf die Blätter in seiner Hand schaute, nickte, um sie mir gleich darauf in die Hand zu drücken.

„Herr Mehring hat mir das Manuskript seiner Frau überlassen, nachdem ich ihm von Ihnen erzählt habe. Ich weiß, dass Sie nicht gerne darüber reden und schon gar nicht möchten, dass man Ihre Arbeit lobt. Aber Sie leisten Großartiges, Schwester Marie."

Ich senkte verlegen den Kopf. Er hatte recht, ich mochte es nicht. Außerdem fragte ich mich, was ich mit dem Manuskript sollte. Vielleicht wäre es angebrachter gewesen, es Frau Mahler zu überlassen, die sicher mehr damit anfangen konnte.

„Ich bat Herrn Mehring, etwas Persönliches vorbeizubringen, eine CD mit Lieblingssongs zum Beispiel. Etwas, womit wir eventuell zu der Patientin durchdringen können. Er übergab mir das Manuskript und beteuerte, dass es ihr viel bedeutet. Also erinnerte ich mich an Jonah, auch wenn es sich in diesem Fall nicht um ein Tagebuch handelt. Vielleicht können Sie Frau Mehring trotzdem daraus vorlesen. Einen Versuch wäre es wert."

„Ja. Warum nicht?"

Ich sah mir das Manuskript näher an. Es war mit der Hand geschrieben, die einzelnen losen Blätter durch Ringe miteinander befestigt. Auf der ersten Seite stand der Titel des Romans. Mehrere Buchstaben waren verwischt. Es sah aus, als wäre etwas darauf getropft. Tränen vielleicht, schoss es mir durch den Kopf. Das genügte, um meine Neugier zu wecken.

„Ich versuche es, versprochen“, versicherte ich Doktor Werner, der mich dankbar anlächelte.

„Ich werde noch heute Nacht beginnen.“

„Das wäre schön. Wie gesagt, wir warten nicht auf ein Wunder. Aber wir versuchen zumindest, alles dafür zu tun. Und irgendetwas sagt mir, dass dieser Roman mit dem Unfall zu tun hat, der ausgerechnet nach der Sprechstunde beim Gynäkologen passierte. Schauen Sie sich nur den Titel an!“

Ich tat es, nachdem sich der Arzt verabschiedet hatte und in den Fahrstuhl stieg. Langsam lief ich die wenigen Meter bis zum Dienstzimmer. Dort legte ich das Manuskript vor mich auf den Tisch.

„Annas Geheimnis“, las ich.

***

„Also gut, Claudia“, sagte ich drei Stunden später, nachdem ich meine Arbeit vorläufig erledigt hatte. „Versuchen wir unser Glück.“

Ich zog mir einen Stuhl heran und setzte mich. Dann nahm ich das Manuskript zur Hand. Es fühlte sich vertraut an, wie damals, als ich an Jonahs Bett gesessen hatte. Natürlich war seitdem viel Zeit vergangen und ich hatte in der Zwischenzeit auch anderen Patienten vorgelesen. Doch es waren nie persönliche Geschichten gewesen.

Ich ahnte schon jetzt, dass ich vermutlich tiefer in das Leben meiner Patientin eintauchen würde, als ich möglicherweise wollte. Dennoch hatte ich Doktor Werner mein Versprechen gegeben. Außerdem war die Situation eine völlig andere als bei Jonah.

Damals hatte ich nach meiner eigenen Identität gesucht, was uns auf ganz besondere Weise verbunden hatte. Heute war ich mit meiner Vergangenheit im Reinen, mit dem wundervollsten Mann verlobt und würde bald heiraten. Der Roman der Patientin würde nichts an meinem Leben ändern.

„Dein Mann hat Doktor Werner verraten, dass dir dieses Manuskript viel bedeutet“, wandte ich mich an Frau Mehring. Ihre Augen standen offen und schauten ins Leere. Sie wurde noch immer künstlich beatmet und auch der Verband musste wohl noch einige Zeit bleiben. Trotzdem erkannte ich, wie attraktiv sie war.

„Würdest du wollen, dass ich darin lese?“

Die Patientin reagierte natürlich nicht. Nur ein Blinzeln ihrer Augen verriet mir, dass sie überhaupt am Leben war. Ich nahm es wieder einmal als Zustimmung.

„Natürlich hättest du es gewollt“, sagte ich leise. „Du bist Autorin, deine Bücher sollen gelesen werden. Okay, dann fange ich jetzt an. Ich bin sehr neugierig, um was es geht, weißt du.“

„Die Dinge standen schlecht für Frankreich im Hundertjährigen Krieg, den es mit England aufgrund der Ansprüche der englischen Könige auf den französischen Thron führte. Weite Teile des Landes waren von den Engländern und deren Verbündeten, den Burgundern, besetzt. Der Grund für die Auseinandersetzungen, die England und Frankreich in diesen blutigen Krieg stürzten, war die ungeklärte Thronfolge. Dem Land fehlte ein anerkanntes Staatsoberhaupt. Stattdessen wurde es von dem Kronprinzen geführt, der nicht mehr als ein mittelloser Schwächling war, der endlich gekrönt werden wollte. Doch das war ihm bislang versagt worden, da Reims, die traditionelle Krönungsstätte der französischen Könige, sich fest in der Hand der Engländer befand.

Der Kampf, den er unter diesen Voraussetzungen führte, war nahezu aussichtslos. Mit den Burgundern im

Osten und den Engländern im Norden würde es nur noch eine Frage der Zeit sein, bis Frankreich vollständig erobert war. Wenn die Engländer erst Orléans erobert hatten, konnten sie die Loire überqueren. Dann stand der Eroberung der Gebiete im Süden nichts mehr im Wege. Würde dieses Bollwerk fallen, war Frankreich verloren."

Der Junge unterbrach seine Erzählung und warf einen Blick auf das weite Feld vor ihnen, das bis an den angrenzenden Wald heranreichte. Stolz schaute er auf das reife Korn des Weizens, der in goldenen Ähren stand, die sich andächtig in der Melodie des Windes wiegten.

Er und das Mädchen saßen auf der Lichtung am Rande des Ackers unter einer mächtigen knorrigen Eiche, deren kräftige Äste ein dichtes Dach bildeten und so Schatten vor der glühend heißen Sonne boten.

Erschöpft lehnte Matthias an der rissigen Rinde des uralten Baumes, während Anna zu seinen Füßen hockte und zu ihm aufschaute. Als sie sah, dass er die Augen schloss und sein junges markantes Gesicht dem Himmel entgegenhob, zupfte sie ungeduldig an seinem Hemd aus Leinen.

„Weiter, Matthias! Bitte!"

Ohne seine Lider zu heben, wusste Matthias, dass das Mädchen ihn mit bettelndem Blick ansah. Lächelnd öffnete er die Augen. Wie vermutet, hing sie wie immer, wenn er erzählte, an seinen Lippen. Dabei kannte sie die Geschichte vom ersten bis zum letzten Satz. Er hatte sie ihr schon so oft erzählt. Dennoch konnte sie nie genug davon bekommen.

„Also gut, aber nur bis Lisbeth kommt", antwortete er streng. „Nach dem Essen werden wir zurück aufs Feld gehen und deinem Bruder bei der Arbeit helfen."

„Wenn es unbedingt sein muss."

Anna zuckte mit den Schultern. Sie würde seiner Aufforderung nachkommen, wenn auch widerwillig. Matthias wusste es. Dabei hätte er das Mädchen gerne vor der Plackerei verschont. Sie war ja kaum größer als die zarten Kornblumen zwischen den Rüben. Doch alleine konnte Gabriel die Arbeit nicht schaffen, die sein Vater angewiesen hatte. Und dem würde es gleichgültig sein, dass Josef Seidler nur noch selten auf dem Acker zu finden war und stattdessen seine Kinder schuften ließ.

Noch immer zögernd warf der junge Gutsherr einen Blick auf Gabriel, der mit den Disteln und Brennnesseln kämpfte, die den Rüben das Licht nahmen. Unbeirrt riss er das Unkraut mit bloßen Händen heraus und schleuderte es in hohem Bogen an den Feldrand. Nur selten gönnte er sich eine kurze Verschnaufpause und wischte sich den Schweiß von der Stirn. Seine gebräunte Haut glänzte in der Sonne, die nun hoch am Himmel stand.

Als auch er irgendwann aufschaute und zur Lichtung sah, lächelte er. Es störte ihn nicht, dass Matthias und Anna sich vor der Arbeit drückten. Seine kleine Schwester war von zierlicher Statur und eigentlich gar nicht kräftig genug, sich auf dem Feld zu plagen. Sie tat es vor allem deshalb, weil jede Hand gebraucht wurde, seit der Vater immer häufiger dem Schnaps zusprach und bis in den Mittag hinein schlief.

Matthias hingegen schuftete ebenso wie die Geschwister. Er war bereits am frühen Morgen zum Feld geritten und hatte ohne zu zögern mit angepackt. Dabei war es ihm untersagt worden, gemeinsam mit dem Gesinde zu arbeiten.

Dennoch half der Sohn des Gutsherrn ihnen beinahe täglich, wenn er zu den Feldern ritt. Ihn und die Kinder verband eine Freundschaft, wie es sie nur selten zwischen Herrschaft und Bediensteten gab.

Matthias mochte die ruhige, besonnene Art des Jungen ebenso wie das vorlaute Wesen dessen jüngerer Schwester. Beide gingen völlig ungezwungen mit ihm um und hofierten ihn nicht, wie es das Gesinde auf dem Gut tat. Hier draußen auf den Feldern, weit genug entfernt von den strengen Regeln seines Vaters, fühlte er sich frei.

Gleichzeitig wusste er, dass er vorsichtig sein musste.

Bis heute war sein Umgang mit den Kindern des Lehnsbauern unbeachtet geblieben, zumindest von seinem Vater. Doch das hieß nicht, dass es auch so blieb. Eberhardt von Lingen konnte jederzeit auftauchen und sich mit eigenen Augen überzeugen, dass sein einziger Sohn mit den Geschwistern auf dem Feld stand und ihnen bei der Arbeit half. Wenn das geschah, würde es nicht ohne Folgen bleiben und Matthias seinen Zorn zu spüren bekommen. Daran gab es nicht den geringsten Zweifel.

„Erzähl weiter, Matthias! Nun mach schon!“, bettelte die Kleine.

Sehnsüchtig schaute sie zu Matthias auf, der ihr lächelnd übers Haar strich. Anna wirkte trotz der widrigen Umstände, in denen sie mit ihrer Familie lebte, völlig unbeschwert. Manchmal wünschte sich der junge Mann, ihre Sorglosigkeit teilen zu können. Leider konnte auf dem Gutshof von Fröhlichkeit keine Rede sein.

„Du kennst die Geschichte und weißt, wie sie endet. Lass uns lieber deinem Bruder helfen. Während er sich abrackert, sitzen wir faul im Gras und lassen uns die Sonne ins Gesicht scheinen.“

„Bitte, Matthias! Nur noch eine Weile. Bitte, erzähl weiter!“

Während Anna weiterhin bettelte, schaute Matthias zu dem Weg, der zum Feld führte. Von Weitem erkannte er die Umrisse einer jungen Frau, die sich langsam näherte. Ihr Gesicht konnte er auf diese Entfernung nicht erkennen. Doch er wusste auch so, dass es sich um die Magd handelte. Lächelnd wandte er sich der Kleinen zu. Dann konnte er Anna genauso gut den Gefallen tun und die Geschichte zu Ende erzählen.

„Zu dieser Zeit geschah es, dass man auf ein Mädchen aufmerksam wurde. Ein einfaches Bauernkind aus Lothringen, ihr Name war Jeanne d’Arc.“

„Die Jungfrau aus Orléans.“

Anna sprach den Namen ehrfürchtig, wie den einer Heiligen aus. Ihre Wangen hatten sich vor Aufregung gerötet. Mit großen Augen folgte sie seinen Worten.

„Richtig“, stellte Matthias fest. „Die Jungfrau von Orléans. Das Mädchen behauptete, Stimmen zu hören. Angeblich erschienen ihr die heilige Katharina und der Erzengel Michael, die ihr den Weg wiesen, Frankreich von den verhassten Engländern zu befreien und den Dauphin endlich zum Thron zu führen. Ohne Furcht machte sie sich auf den Weg, ihrer Bestimmung zu folgen, wurde jedoch zunächst nur verspottet und ausgelacht. Dennoch glaubte sie fest daran, dass die Stimmen ihr die Wahrheit verhießen. Unbeirrt trug sie, wo sie auch hinkam, ihr Anliegen vor.

So blieb es nicht aus, dass ihr Mut und ihre Hartnäckigkeit irgendwann auch Karl VII. zu Ohren kamen, der das Mädchen durch eine Eskorte zu sich geleiten ließ. Im Gegensatz zu seinen Beratern verhöhnte er sie keineswegs und glaubte an ihre Prophezeiung. Daraufhin steckte man sie in eine Rüstung und schickte sie nach Orléans, wo ihre Mission beginnen sollte.

Im Lager gelang es ihr recht schnell, das Vertrauen und die Zuneigung der Soldaten zu erringen, die fest daran glaubten, dass kein Mädchen einen Kampf anführen konnte, wenn es nicht einer göttlichen Fügung folgen würde. Durch ihre Unerschrockenheit gestärkt, errangen sie den ersten Sieg. Von nun an eilte ihr Ruf ihr weit voraus. Sobald sie unter den Männern eines Heeres auftauchte, brachen sie in Jubel aus. Mit Jeanne an ihrer Spitze kämpften die Soldaten gegen den Feind, bis er besiegt war.

Es kam, wie das einfache Bauernmädchen vorausgesagt hatte. Im darauffolgenden Jahr konnte der Dauphin in der Kathedrale von Reims gekrönt werden. Die Prophezeiungen der Jungfrau von Orléans, wie man sie fortan nannte, hatten sich erfüllt. Nun stand sie mit der Siegesfahne neben dem gekrönten Oberhaupt. Jeanne würde …“

„Junger Herr“, wurde er in diesem Moment

unterbrochen. Mit einem vollgepackten Weidenkorb am Arm kam das Dienstmädchen barfüßig den Feldweg gelaufen und hielt Ausschau nach Matthias von Lingen. Auch ihr perlte der Schweiß von der Stirn und hinterließ helle Spuren in ihrem verstaubten Gesicht. Die Erschöpfung des langen Marsches war ihr deutlich anzusehen. Erleichtert seufzend kam sie auf die Eiche zugelaufen, als sie den Sohn des Gutsherrn zusammen mit der Tochter des Lehnsbauern sah.

Dabei entging ihr nicht, dass die Kleine sie wütend anstarrte, die offensichtlich wieder einmal den Geschichten des Gutsherrn gelauscht hatte. Lisbeth sah ihr nur zu deutlich an, dass sie viel lieber mit Matthias alleine gewesen wäre, und damit war sie sicher nicht die Einzige. Sämtliche Mägde und Dienstmädchen himmelten den jungen Mann an, der hingegen es kaum bemerkte und zu allen gleichbleibend freundlich war.

„Warte!“, rief er auch in diesem Moment, während er aufsprang und ihr entgegenlief. „Ich helfe dir, der Korb ist viel zu schwer. Du musst durstig sein. Setz dich zu uns und trink einen Becher Wasser!“

Er lächelte Lisbeth an, woraufhin das junge Dienstmädchen errötete und ihren Blick verlegen auf ihre Füße senkte, die vor Dreck starrten. Obwohl der Weg zu den Feldern mehr als beschwerlich war, nahm sie ihn immer wieder freiwillig in Kauf. Und das nur, um in der Nähe des jungen Gutsherrn zu sein. Dabei wusste sie längst, wie dumm ihre Träume waren. Nie und nimmer würde Matthias von Lingen mehr in ihr sehen als eine Bedienstete.

Dennoch freute sie sich über jedes Lächeln von ihm. Was auch daran lag, dass Matthias sich dem Gesinde gegenüber stets gerecht verhielt. Ganz anders als sein Vater, dem die Knechte und Mägde lieber aus dem Weg gingen und sich leise zuflüsterten, dass sie ihm die Pest an den Hals wünschten. Lisbeth konnte sich nicht erinnern, jemals ein gutes Wort von ihm gehört zu haben.

Stattdessen hagelte es Schimpfworte und nicht selten auch Schläge bei den geringsten Verfehlungen. Sie jedenfalls kannte keinen, der nicht schon einmal den Zorn des Gutsherrn zu spüren bekommen hatte.

Matthias hingegen war nicht zu vergleichen mit seinem Vater. Offensichtlich hatte er das gutmütige Wesen seiner Mutter geerbt. Man brauchte nur zu beobachten, wie er mit der Kleinen umging, um zu erkennen, welch großes Herz er besaß. Er behandelte Anna wie eine Schwester. Vom Dünkel, den sein Vater im Gesicht trug, war bei ihm nichts zu erkennen.

Lisbeth seufzte. Und dazu sah er auch noch unverschämt gut aus. Ihr Herz schlug bereits schneller, wenn sie ihn nur ansah. Nicht zum ersten Mal wünschte sich das Mädchen, der junge Gutsherr wäre nur ein einfacher Knecht oder Stallbursche, der um sie werben konnte.

„Nun sag schon, Lisbeth! Was hast du uns mitgebracht?“, riss Matthias sie aus ihren Tagträumen. Die Magd errötete und senkte erneut den Kopf. Die Mahnungen ihrer Mutter fielen ihr ein. Es gehörte sich nicht, die Herrschaft anzustarren. Zum Glück war der Gutsherr nicht in der Nähe.

„Es ist wie immer“, beeilte sie sich, seine Frage zu beantworten. „Brot, Wurst, Käse und zwei gebratene Hühnerbeine hat die Köchin auch dazugepackt.“

„Und wer soll das alles essen?“, fragte Matthias, obwohl er die Antwort längst kannte. Er musste nur einen Blick auf Gabriel werfen, der seine Arbeit unterbrochen hatte und zu ihnen hinsah. Wie meistens waren die Kinder ohne etwas zu essen zur Arbeit erschienen. Seine Mutter, die um die Armut der einfachen Leute wusste, füllte den Korb nur deshalb so prall, um den Kindern wenigstens eine Mahlzeit am Tag zu sichern.

„Es wird sich sicher jemand finden“, antwortete Lisbeth und hockte sich zu Anna, bevor sie durstig von dem Wasser trank. Die arme Kleine konnte ein paar nahrhafte Bissen gut gebrauchen. Ihre Arme und Beine waren dünn wie die Halme der goldenen Ähren auf dem Feld. Man sah der Kleinen nur zu deutlich an, dass sie in einer der armseligen Hütten wohnte, in denen die Lehnsbauern untergebracht waren.

„Richte Mutter unseren Dank aus“, bat Matthias, der den mitleidigen Blick der Magd bemerkt hatte. „Auch, dass ich erst am Abend auf den Hof zurückkehre. Es gibt noch einiges zu tun.“

Die Magd nickte und stand auf, wenn sie auch viel lieber sitzen geblieben wäre. Dann machte sie sich, nach einem weiteren sehnsüchtigen Blick zu dem jungen Mann, auf den Heimweg. Anna, die sichtlich erfreut schien, dass die Magd endlich ging, winkte ihr nach. Matthias hingegen war bereits damit beschäftigt, die gebrachten Speisen auf einem Tuch auszubreiten. Dann schaute er zu Gabriel, der noch immer auf dem Feld stand.

„Es ist Zeit für eine Rast“, rief er dem Jungen zu. „Komm! Setz dich zu uns in den Schatten! Die Sonne wird dich noch umbringen.“

„Oder dein Vater“, rief Gabriel zurück und lachte, „wenn er hört, dass ich faul im Gras hocke.“

„Wie soll er das erfahren, wenn er doch auf dem Gut ist?“, mischte sich seine Schwester ein, die offenbar keine Angst vor dem Gutsherrn hatte. Für sie schien es selbstverständlich zu sein, dass Matthias das Essen mit ihnen teilte. Ohne zu zögern griff sie zu.

„Lisbeth ist in dich verliebt“, stellte sie dabei fest. Matthias, der sich gerade eine Hühnerkeule in den Mund schob, verschluckte sich und musste husten. Wie so häufig fragte er sich, woher das Mädchen nur den Mut nahm, ihm so unverblümt ihre Meinung kundzutun. Vermutlich hatte sie keine Ahnung, was passieren würde, wenn sein Vater davon erfuhr. Anna konnte wirklich froh sein, dass sie nicht auf dem Hof lebte. Mit ihrem aufmüpfigen Wesen wäre sie längst in Ungnade gefallen.

„Unsinn“, erwiderte er, als er wieder Luft bekam. „Was

machst du dir nur für Gedanken?“

„Aber es stimmt doch. Hast du nicht bemerkt, wie sie dich anschaut?“

„Nein, das habe ich nicht.“ Matthias schüttelte den Kopf. „Lisbeth ist …“

„Eine einfache Magd“, fiel Gabriel ihm ins Wort, der die letzten Worte seiner Schwester gehört hatte. Erschöpft ließ er sich ins Gras fallen.

„Deshalb wird sie auch bald erkennen müssen, wie anmaßend und dumm ihre Verliebtheit ist. Immerhin ist Matthias nicht irgendwer. Seinem Vater gehört eines der größten Güter weit und breit.“

„Na und?“ Anna schaute ihren Bruder trotzig an und verschränkte die Arme vor ihrer Brust. „Sie ist ja nicht in den Hof verliebt, sondern in Matthias. Ach, Gabriel, was weißt du schon von der Liebe? Ich jedenfalls werde keinen dieser Bauern oder schmutzigen Knechte heiraten.“

Fast hochmütig rümpfte die Kleine die Nase. Bei diesem Anblick konnten Matthias und Gabriel nicht länger an sich halten und lachten laut los. Neckend zog der zwei Jahre ältere Bruder seine Schwester an den Zöpfen.

„Dann weißt du also schon, wen du einmal heiraten willst?“

„Matthias natürlich, wen sonst?“

Anna sagte es mit einer Selbstverständlichkeit, die die jungen Männer verblüffte. Dabei sah sie verträumt zu Matthias hin, der über ihre Offenheit lächelte, der Sache aber keine weitere Aufmerksamkeit schenkte.

„Dann bist du nicht gescheiter als Lisbeth“, antwortete Gabriel. „Ich schulde es deinem Alter, du bist eben noch jung mit deinen zwölf Jahren.“

Ihr Bruder schaute nachdenklich in ihre hübschen, fast schwarzen Augen.

„Aber das ändert nichts daran, dass auch du eines Tages heiratest. Dann wirst du dich wohl oder übel mit einem einfachen Mann abfinden müssen. Matthias hingegen wird eine Frau aus seinen Kreisen freien. Es ist also besser, du vergisst die romantischen Geschichten, die sich die Frauen in der Spinnstube erzählen. Es sei denn, du möchtest dich gar nicht vermählen und eine Jungfrau bleiben wie deine Jeanne d'Arc. Du würdest eine hübsche Nonne abgeben."

Nun lachte Gabriel wieder, aber Anna blieb ungewöhnlich still. Sie mochte weder die ehrlichen Worte des Bruders, noch, dass er sich über sie lustig machte. Sie meinte es ernst und liebte Matthias von ganzem Herzen. Nichts wünschte sie sich mehr, als eines Tages an seiner Seite zu leben. Und was war schon dabei, von wahren Gefühlen zu träumen, bei denen Herkunft und Besitz nichts zählten? Sie jedenfalls würde nur der Liebe wegen heiraten, da konnte sich ihr Bruder noch so oft lustig machen.

„Jeanne war auch nur ein einfaches Bauernmädchen", sagte sie, wobei sich eine tiefe Entschlossenheit in ihrem Gesicht breitmachte. „Und dennoch wurde der Thronfolger ihr Freund und Vertrauter."

„Ein schöner Freund, der sie im Stich gelassen und zugeschaut hat, wie sie auf dem Scheiterhaufen verbrannt wurde. Möchtest du das etwa?", neckte Gabriel sie und begann, sie zu kitzeln. Anna kicherte und wehrte sich, so gut es ging.

„Nein, das möchte ich nicht. Aber so weit wird es auch nicht kommen. Matthias wird mich nie verraten, ganz gleichgültig, was geschieht. Nicht wahr, Matthias?"

Der junge Gutsherr schüttelte den Kopf, wenn er sich auch fragte, wie sie darauf kam, dass ausgerechnet er sie irgendwann heiraten würde. Die Kleine war anmutig, das ließ sich nicht leugnen. Außerdem gefiel ihm ihre widerspenstige Art, die nicht zu vergleichen war mit dem hochmütigen langweiligen Wesen der jungen Damen, die er von den Gesellschaften seines Vaters kannte. Aber das änderte nichts daran, dass sie unterschiedlicher Herkunft waren, wie Gabriel festgestellt hatte. Außerdem war Anna viel zu jung. Ein kleines Mädchen mit Flausen im Kopf.

Wenn der erste hübsche Bauernsohn sie erst geküsst hatte, würde sie ihn vergessen.

„Du wirst schon den Richtigen finden, wenn es so weit ist“, antwortete er. „Und nun lasst uns weiterarbeiten.“

Doch damit gab sich Anna nicht zufrieden. Während sie aufstand und sich die Krümel vom Kleid schüttelte, schaute sie den jungen Gutsherrn selbstbewusst an.

„Wenn du mich nicht heiratest, will ich auch keinen anderen.“

Mit diesen Worten lief sie zurück aufs Feld und ließ die jungen Männer kopfschüttelnd zurück. Als sich deren Blicke trafen, erkannte der junge Gutsherr die Sorge in Gabriels Augen.

„Sie ist noch jung“, sagte er nachsichtig. „Lass sie träumen, Gabriel! Sie wird noch früh genug erfahren, was es heißt, die Tochter eines Lehnsbauern zu sein.“

***

Am nächsten Morgen gingen die Kinder schon zeitig ins Dorf, um die heilige Sonntagsmesse zu besuchen. Dafür mussten sie an dem einzigen arbeitsfreien Tag früh aufstehen und den Hügel hinab- und später wieder hinauflaufen. Doch ihre Mutter, die eine sehr gläubige Frau war, bestand darauf.

Früher hatten die Eltern die Geschwister begleitet, aber das war lange her. Der Vater hielt nicht viel von dem Pfaffen, wie er ihn nannte, und lachte nur über die mahnenden Worte seiner Frau, die ihm vorwarf, sich zu versündigen. Johanna aber war der Weg viel zu beschwerlich, seit das Kind in ihrem Leib heranwuchs. Statt zur Kirche zu gehen, betete sie still auf der einfachen Holzbank hinter der Hütte. Bei den Kindern jedoch ließ sie keinen Einwand gelten, dem Gottesdienst nicht beizuwohnen.

„Wenn der Priester heute wieder davon spricht, dass Gott uns mit Reichtum und Fülle beschenkt hat, werde ich ihn fragen, warum mein Magen dann ständig knurrt“, sagte Anna beiläufig, während sie neben ihrem Bruder herging. „Das einzige Gefüllte, was ich erkennen kann, ist dessen Bauch.“

Ihr Widerwille gegenüber dem Geistlichen war deutlich herauszuhören. Das Mädchen hatte mit seinem Vater nicht viel gemeinsam. Doch die Abneigung gegen den Pfaffen teilte es. Ganz anders Gabriel, der ebenso gläubig war wie die Mutter und jedes abfällige Wort gegenüber der Kirche, Gott und dessen irdischen Helfern als Sünde betrachtete.

„Warum kannst du unser Leben nicht einfach so hinnehmen, wie Gott es für uns vorgesehen hat?“, fragte er missbilligend. „Du weißt, dessen Wege sind unergründlich.“

„Ungerecht trifft es wohl eher“, erwiderte Anna unbeeindruckt. „Während wir hungern, schlägt sich der Priester den Bauch voll, ohne sich dafür abmühen zu müssen. Glaubst du wirklich, es läge in Gottes Sinn, dass er immer fetter wird und wir um jeden Bissen kämpfen müssen?“

„Es ist nun einmal so. Wir werden es nicht ändern können. Und nun hör auf damit und versuch wenigstens, etwas demütiger zu schauen! Vielleicht bekommen wir dann ein paar von den Almosen ab.“

Anna antwortete nicht und lief stattdessen schweigend neben dem Bruder her. Doch Gabriel bemerkte, wie sich ihre Augen verfinsterten, je näher sie der Kirche kamen. Vor dem Tor standen bereits die gottesfürchtigen Dorfbewohner in ihren Sonntagsgewändern. Sie würden zuerst Einlass gewährt bekommen, bevor auch die Lehnsbauern, Tagelöhner und Bettler das Kirchenschiff betreten durften.

„Siehst du nun, wie gleich alle Erdenbürger vor dem Herrn sind, Gabriel?“, fragte Anna den Bruder spöttisch und schaute zu dem Priester, der die wohlhabenden

Bauern und Gutsherren ausschweifend begrüßte, während er den einfachen Leuten kaum einen Blick schenkte.

„Sei still!“, zischte Gabriel ihr zu. „Wenn dich jemand hört, könnte er es als Gotteslästerung ansehen. Warum kannst du nicht …“

„Vater!“

Gabriels Frage blieb unausgesprochen. Aus den Reihen der Ministranten, die dem Geistlichen folgten, hatte sich ein Schrei gelöst. Sofort verstummten die Gespräche vor der Kirche. Alle Blicke richteten sich auf den schlanken Jungen, dessen Gesicht ebenso fahl schimmerte wie sein Chorhemd. Mit weit aufgerissenen Augen verließ er den Zug der Ministranten und warf sich flehend vor die Füße eines stattlichen Herrn, der peinlich berührt schien.

„Vater“, wiederholte der Junge. Inzwischen liefen ihm Tränen über die Wangen. „Lasst mich nach Hause zurückkehren! Bitte!“

Es folgte eine kurze Stille. Angespannt warteten die Kirchenbesucher, was nun geschehen würde. Auch Anna, die erst jetzt den Sohn des Schwalbingers erkannte, der eng mit Eberhardt von Lingen befreundet war. Mitleidig bemerkte sie die Qual, die das Gesicht des Jungen zeichnete. Sein Vater indes warf dem Priester einen fragenden Blick zu, der daraufhin errötete und den Jungen aufforderte aufzustehen.

„Erhebe dich!“, verlangte der Geistliche. Aber der Junge wich nur ängstlich zurück. In den Reihen der Leute begann sich erstauntes Geflüster breitzumachen. Die Leute fragten sich vermutlich, was es mit diesem Eklat auf sich hatte. Nun konnte auch der Schwalbinger nicht anders und musste reagieren.

„Steh auf!“, befahl er seinem Sohn leise, sodass es nur die am nächsten Stehenden vernehmen konnten. „Genug von dem Theater!“

Tatsächlich erhob sich der Ministrant. Wenn überhaupt möglich, wurde sein Gesicht noch blasser. Offenbar gewahrte er die Härte in den Augen seines Vaters erst jetzt.

Anna sah, wie er schluckte und versuchte, sich zusammenzureißen. Dennoch bebten seine kantigen Schultern, als er einen erneuten Versuch wagte.

„Gönnt mir einen Augenblick Zeit, Vater“, bat er. „Damit ich Euch erklären kann …“

„Es obliegt dir nicht, Erklärungen abzugeben“, fiel ihm der Schwalbinger scharf ins Wort.

„Du hast dem Priester zu folgen. Ich verlange, dass du augenblicklich in die Reihen der Ministranten zurückkehrst. Sofort!“

Mit diesen Worten drehte er sich um und ging durch die Tür, die der Geistliche im selben Moment weit öffnete. Nur zögernd folgten ihm die anderen Dorfbewohner, die enttäuscht waren, dass dieses Spektakel schon vorüber sein sollte. Lediglich der Priester wirkte erleichtert. Anna beobachtete, wie sich ein selbstgefälliges Grinsen in seinem Gesicht breitmachte, als er zu dem Jungen sah, der mit versteinertem Gesicht zu den anderen Ministranten ging und sich in den Zug einordnete.

In diesem Moment trafen sich ihre Blicke. Misstrauisch verweilten die des Geistlichen auf der Tochter des Lehnsbauern. Anna glaubte zu spüren, dass er herauszufinden versuchte, was hinter ihrer Stirn vor sich ging. Doch da konnte der Pfaffe lange warten, dachte das Mädchen. Sie würde ihm ganz sicher nicht offenbaren, dass sie vermutete, er könnte die Ursache für die Angst des Jungen sein.

„Wollt ihr nun zur Messe oder nicht?“, durchbrach der Priester ihre Gedanken und schloss den rechten Flügel der Tür. Schnell nahm Gabriel die Hand seiner Schwester und zog sie mit sich. Mit gesenktem Kopf drängte er sich an dem Geistlichen vorbei ins Innere der Kirche. Dabei entging ihm, wie der ihn wohlwollend musterte. Anna hingegen bemerkte seine Blicke und erschauerte.

Sie konnte es sich selbst kaum erklären, warum sie plötzlich Angst um Gabriel hatte. Vermutlich lag es an dem verzweifelten Blick des Ministranten und der Furcht, ihr Bruder könnte sie eines Tages ebenso anschauen. Gleichzeitig schalt sie sich ihrer törichten Gedanken. Warum hätte Gabriel das tun sollen? Sie lebten in ihrer Hütte oben auf dem Hügel, weit fort von dem Pfaffen und der Kirche.

Dennoch blieb ihr das ungute Gefühl auch während der gesamten Messe erhalten. Immer wieder sah sie zu dem Sohn des Schwalbingers hin, der nun still und in sich gekehrt in der vordersten Bank saß. Als der Gottesdienst endlich beendet war, konnte es ihr gar nicht schnell genug gehen, das Dorf zu verlassen. Nachdenklich lief sie den Pfad entlang, der sie den Hügel hinaufführte. Gabriel, der ihr verwundert folgte, schüttelte den Kopf.

„Du misst dem Ganzen zu viel Bedeutung zu, Anna“, sagte er. Er ahnte, dass der Schwester der Vorfall vor der Messe im Kopf herumschwirrte. „Vermutlich hat er nur Heimweh.“

„Das glaube ich nicht“, erwiderte Anna. „Hast du nicht die Angst in seinen Augen gesehen, als der Pfaffe sich ihm näherte? Irgendetwas stimmt da nicht.“

„Wann hörst du endlich damit auf, dich zu versündigen?“

Gabriel wurde ärgerlich. Er mochte es nicht, wenn Anna sich in Dinge einmischte, die sie nichts angingen. Wenn sie nicht endlich damit aufhörte, hinter jedem Wort und Blick des Priesters Böses zu vermuten, würde es eines Tages Folgen haben. Er konnte sich gut vorstellen, wie erzürnt der Geistliche sein würde, sollte ihm auch nur eines der abfälligen Worte der Schwester zu Ohren kommen.

„Schon gut.“ Anna ging nicht auf seine Frage ein. „Lass uns nach Hause gehen! Mutter wartet sicher schon. Dann kannst du gleich noch ein Gebet mit ihr sprechen und um Vergebung meiner Sünden bitten“, sagte sie spöttisch und marschierte, ohne eine Antwort des Bruders abzuwarten, den Hügel hinauf.

Am nächsten Tag gingen die Kinder erneut gemeinsam aufs Feld, um die Arbeit zu verrichten. Das Korn musste gemäht und zu Garben gebunden werden. Dieses Mal hatte der Vater versprochen zu helfen, nachdem er die Bank hinter dem Haus repariert hatte. Doch weder Gabriel noch Anna konnten so wirklich daran glauben. Schweigend liefen sie zum Acker, um ihr Tagewerk zu beginnen. Aber schon kurze Zeit später warf Gabriel laut fluchend die Sense von sich.

„Wie soll ich damit arbeiten und auch nur eine der kräftigen Ähren mähen?“

Verächtlich wies er auf das stumpfe abgenutzte Sensenblatt, das kaum noch zu gebrauchen war. Schon längst hätte der Gutsherr es schleifen oder ihm ein neues bringen müssen. Doch dem schien es gleichgültig zu sein, wie das Korn geerntet wurde und ob sich einer der Hungerleider, wie er sie nannte, blutige Hände dabei holte.

Nicht einmal Matthias, den er schon mehrfach um eine neue Sense gebeten hatte, war es gelungen, etwas gegen den Geiz seines Vaters auszurichten. Weder brachte ihm der Sohn des Gutsherrn eine neue Sense, noch nahm er die alte zum Schleifen mit aufs Gut. Anna konnte es sich nur so erklären, dass selbst er es nicht wagte, seinen Vater um ein neues Arbeitsgerät zu bitten.

„Warum gehst du nicht selbst zum Hof? Zeig dem Gutsherrn die rostige Sense und verlange eine neue!“

Anna sah den Bruder fordernd an, doch der wich ihrem Blick aus. Was wusste sie schon? Die Kleine lebte in ihrer eigenen Welt, in der es mutige Jungfrauen gab, die Schlachtfelder eroberten. Noch glaubte sie, wie einst Jeanne d’Arc, ihre Forderungen durchsetzen zu können, wenn sie nur hartnäckig blieb. Zuweilen bewunderte er sogar ihren Mut. Wie Matthias fragte er sich, woher sie diesen nahm. Doch Anna hatte auch noch nicht den Zorn des Gutsherrn zu spüren bekommen. Gabriel hingegen umso mehr.

Es war zur Zeit der Ernte gewesen, als er die

geschnittenen Ähren zum Gutshof gebracht hatte, damit sie in der Tenne gedroschen werden konnten. Der Weg war mühsam. Ihm stand nur ein klappriges Pferdegespann zur Verfügung, das ein alter Gaul zog. Der Junge hatte von früh bis in den Abend schuften müssen, um die gesamte Ernte einzubringen. Dabei ritt der Gutsherr mehrere Male an ihm vorbei, ohne auch nur einen Blick auf ihn zu werfen. Stolz saß er im Sattel und scheute sich nicht, seinem Pferd die Sporen zu geben, als er direkt neben ihm ritt.

Als das Tier sich aufbäumte und Gabriel daraufhin erschrocken die Zügel losließ, kippte der Karren zur Seite, wobei ein Teil des Korns auf den Weg fiel. Sofort machte sich der Junge daran, es aufzulesen. Schwitzend kroch er in der prallen Mittagssonne auf dem Boden und suchte nach jedem verlorenen Korn.

In diesem Moment kam der Gutsherr zurück. Doch anstatt ihm zu danken, sah Eberhardt von Lingen ihn nur geringschätzig an. Dann ritt er langsam den Weg entlang und suchte den Pfad ab. Wie der Junge befürchtete, lagen neben dem Pfad vereinzelt kleinere Häufchen Korn. Daraufhin nickte der Gutsherr bestätigend und blickte mit kalten Augen auf ihn herab.

„Richte deinem Vater aus, dass ich das verlorene Korn von eurem Anteil abziehen werde!“

Im ersten Moment glaubte Gabriel, sich verhört zu haben. Schließlich trug der Gutsherr die Schuld daran, dass der Wagen gekippt war. Ihn dafür zu strafen, war nicht nur ungerecht, sondern völlig willkürlich. Aber das konnte er Eberhardt von Lingen schlecht ins Gesicht sagen und hätte erst recht dessen Zorn entfacht.

Also flehte er ihn an, ihnen nicht das Wenige zu nehmen, was ihnen bleiben würde. Aber dem Gutsherrn war es gleichgültig, ob sie etwas zu essen hatten oder nicht. Ungerührt hatte er sich abgewandt und war zum Gut geritten.

Gabriel spuckte weit aus. Das war der Lohn für seine

Sorge um den Verlust des Getreides gewesen und ihm eine Lehre. Er würde den Gutsherrn nie wieder um etwas bitten. Lieber würde er die Ähren mit bloßen Händen aus der Erde reißen, als noch einmal bettelnd vor Eberhardt von Lingen zu stehen.

Anna, die von diesem Vorfall nichts ahnte, war ganz anderer Meinung. Wütend beobachtete sie, wie ihr Bruder erneut zur Sense griff und mit zusammengekniffenen Lippen auf das reife Korn einzudreschen begann.

„Warum lässt du dir das gefallen? Soll sich der feine Herr doch aufs Feld stellen und seinen Weizen ernten. Vielleicht sieht er dann ein, dass du eine neue Sense brauchst. Du musst zum Gut, Gabriel!“, wiederholte sie.

Doch ihr Bruder tat, als höre er sie nicht. Er hatte keine Zeit für unnötiges Geschwätz. Davon wurde die Sense in seiner Hand nicht brauchbarer. Irgendwann würde auch Anna lernen, dass es besser war, sich nicht gegen Eberhardt von Lingen aufzulehnen.

Eines Tages, wenn auch sie erkannte, dass der Gutsherr unberechenbar war und keiner wusste, was in dessen Kopf vorging. Dann würde auch seine kleine Schwester verstehen, dass sie in den Augen der Herrschaft nur Hungerleider waren. Es brachte nichts, ihre Meinung zu äußern, ob sie nun im Recht waren oder nicht.

Als ihr Bruder nicht antwortete, schüttelte Anna den Kopf. Sie verstand nicht, warum Gabriel weiter mit der stumpfen Sense arbeitete, anstatt vom Gutsherrn eine neue zu verlangen. Trotzig reckte sie ihr Kinn vor. Sie jedenfalls würde nicht tatenlos zusehen, wie er sich Blasen an den Händen holte. Wenn er nicht zum Hof ging, würde sie es eben tun. Sie kannte den Weg. Ihre Mutter hatte sie einige Male mitgenommen, als sie frische Kräuter und Beeren zur Küche des Gutsherrn gebracht hatte. Außerdem war es noch früh am Morgen. Wenn sie sich ranhielt, würde sie am Mittag zurück sein. Dann konnte sie die gemähten Ähren noch immer zu Garben binden.

Ohne den Bruder in ihre Pläne einzuweihen, lief sie

zielstrebig über die Wiese zurück zu dem Pfad, der einerseits zu ihrem Haus führte, in der anderen Richtung jedoch der direkte Weg zum Gutshof war. Gabriel, der bemerkte, dass Anna das Feld verließ, schüttelte verärgert den Kopf, nachdem er einen Blick auf die liegen gebliebenen Kornähren geworfen hatte. Dabei fragte er sich, was das Mädchen nur jetzt wieder vorhatte. Sie war so stur und entschlossen. Er konnte nur hoffen, dass ihr aufmüpfiges Wesen ihr nicht eines Tages zum Verhängnis wurde.

„Was hast du vor?", rief er ihr nach. Doch Anna antwortete nicht. Gabriel seufzte. Dann hob er die stumpfe Sense auf und setzte seine Arbeit fort.

Unterdessen lief seine kleine Schwester unbeirrt in der immer heißer brennenden Sonne Richtung Gutshof. Erst als sie vor den Torgebäuden stand, blieb sie zögernd stehen und konnte nicht verhindern, dass sie der Mut nun doch etwas verließ. Schließlich konnte es gut sein, dass der Gutsherr sie abwies oder sich überhaupt nicht auf dem Hof aufhielt. Dann würde sie Gabriel und dem Vater erklären müssen, warum sie ihre Arbeit auf dem Feld völlig unnütz im Stich gelassen hatte.

Aber noch war es nicht so weit, redete sich Anna gut zu. Wenn alles glattlief, würde sie schon bald zurück bei ihrem Bruder sein und ihm beweisen, dass es sich doch lohnte, gegen die ungerechte Behandlung aufzubegehren. Matthias' Vater mochte kaltherzig und stur sein. Aber selbst er musste ein Einsehen haben, wenn es um seine Ernte ging. Wie zur Bekräftigung ihrer Worte strich sie ihr dünnes, zerschlissenes Kleid glatt und betrat selbstbewusst das Gut.

Hinter den Torhäusern befand sich eine riesige Freifläche, auf der sich allerhand Gesinde tummelte. Das Mädchen blieb stehen und schaute sich aufmerksam um. Sie war bereits einige Male mit ihrer Mutter hier gewesen, doch viel Zeit, sich umzusehen, war ihr dabei nicht geblieben. Johanna hatte sich nie länger als unbedingt nötig auf dem Gut aufgehalten. Dabei hatte sie zuweilen sogar ängstlich gewirkt, wenn sich das Mädchen auch nicht hatte erklären können, woher diese Furcht rührte.

Ihr hingegen gefiel es auf dem Hof, der vor Leben nur so strotzte. Von der Armut, in der die Lehnsbauern lebten, war hier nichts zu spüren. Der Gutsherr hatte ihre einfachen Hütten, in denen es im Winter kalt und im Sommer brütend heiß war, wohl nicht ohne Grund so abgelegen errichten lassen.

Annas Blick fiel auf das stattliche Herrenhaus mit den angrenzenden Ställen. Daneben befanden sich Speicher und Scheune. Alles wirkte sauber und gut geführt. Dazu herrschte, wo sie auch hinsah, emsiges Treiben. Mägde in blütenweißen Schürzen mit ebensolchen Hauben trugen Körbe mit Obst, Kartoffeln und Gemüse über den Platz. Vor den Stallungen versuchte ein junger Bursche, ein sich aufbäumendes Pferd zu bändigen. Ältere Frauen hingen Wäsche an die Leinen. Und über allem lag der Duft von reifem Korn.

Anna seufzte beim Anblick dieser Pracht. Sie beneidete Matthias, der all das genießen konnte. Träumend schloss sie die Augen und stellte sich vor, wie sie irgendwann an seiner Seite über den Hof ritt. Die Bediensteten würden bewundernd zu ihr aufschauen, weil sie in den teuren Kleidern wunderschön aussah. Und natürlich auch, weil sie der jungen Gutsherrin von Herzen zugetan sein würden, die sich von dem boshaften Charakter ihres Schwiegervaters nicht einschüchtern und überall nur Güte walten ließ. Wenn sie erst …

In diesem Moment wurde Anna grob angerempelt. Da sie die Augen noch immer geschlossen hielt, verlor sie das Gleichgewicht und taumelte zu Boden. Zusammen mit unzähligen Äpfeln, wie sie feststellte.

„Kannst du nicht aufpassen? Was stehst du hier träumend im Weg herum?"

Eine dicke Frau mit rotem Gesicht schaute sie verärgert an. Um ihre fülligen Hüften, auf die sie nun beide

Hände stemmte, war eine schneeweiße Schürze gebunden. Doch das beeindruckte Anna nur wenig. Wütend begutachtete sie ihre Knie, die aufgeschlagen waren, bevor sie sich der Frau mit erhobenem Kopf entgegenstellte.

„Wer sagt denn, dass ich unnütz hier stehe? Könnt Ihr etwa hellsehen?"

Schlagartig verschwand der strenge Ausdruck im Gesicht der Älteren.

„Sei vorsichtig mit dem, was du behauptest, Mädchen! Du hast offenbar keine Ahnung, was du damit anrichten kannst. Wenn der Gutsherr mitbekommt, was du so leichtsinnig dahersagst, bringt er es glatt fertig und beschuldigt mich der Hexerei."

Sie räusperte sich. Die Angst war ihr deutlich anzusehen.

„Also, was willst du hier? Bist du nicht die Kleine von der Seidler Johanna? Ich habe noch genug Zutaten vom letzten Mal."

„Die bin ich." Erst jetzt erkannte Anna, wer da vor ihr stand. Es handelte sich um Gertraude, die Köchin des Gutshauses. „Aber ich bringe keine Kräuter …"

Sie kam nicht dazu, den Satz zu beenden und den Grund ihres Besuches zu nennen. Ohne ein weiteres Wort zog die Köchin sie grob mit sich, was sofort Annas Widerstand weckte. Sie versuchte, sich loszureißen, doch der Griff der Köchin war eisern.

„Hör auf, so zu ziehen!", befahl sie, während sie quer über den gesamten Platz bis hin zu einem Seiteneingang des Herrenhauses liefen. „Ich will dir doch nur helfen."

Erstaunt schaute Anna zu der resoluten Frau auf, deren Gesicht nun alles andere als böse wirkte. Stattdessen lag Mitleid in ihrem Blick.

„Ich kann mir schon denken, was dich hertreibt", sagte sie. „Ihr seid wahrlich zu bedauern in eurer armseligen Kate. Ich würde weiß Gott nicht mit euch tauschen wollen."

Mit diesen Worten drückte sie Anna durch eine Tür in die Küche.

„Du kannst dich satt essen, aber du musst dich eilen! Hörst du? Ich möchte nicht, dass dich jemand sieht. Schon gar nicht einer der Speichellecker der Herrschaft. Wenn der Gutsherr Wind davon bekommt, dass ich dich hier durchfüttere, Gnade mir Gott.“

„Warum fürchten sich eigentlich alle vor Eberhardt von Lingen?“, fragte Anna neugierig und erinnerte sich an Gabriels Blick, als sie ihm vorgeschlagen hatte, eine neue Sense zu verlangen.

„Ganz einfach, weil er nicht einzuschätzen ist. Man weiß nie, was er als Nächstes vorhat. Außerdem geht dich das nichts an. Es ist besser, du hältst dich da heraus“, wehrte die dicke Köchin ab und stellte Anna einen Teller mit heißer Suppe vor die Nase.

„Und nun iss und hör auf, dumme Fragen zu stellen!“

Das ließ sich Anna nicht zweimal sagen, schließlich war der Weg weit gewesen. Außer einem Kanten trockenen Brotes am Morgen hatte sie nichts im Bauch. Also langte sie zu, während die misstrauischen Blicke Gertraudes auf sie gerichtet waren.

„Und jetzt sag schon! Was willst du hier auf dem Gutshof? Du kommst doch sonst nicht ohne deine Mutter? Gibt's einen bestimmten Grund? Geht es Johanna nicht gut?“

„Das Kind in ihrem Bauch macht ihr noch immer zu schaffen. Aber deshalb bin ich nicht zum Gutshof gelaufen“, antwortete Anna zwischen zwei Bissen Kuchen, den die Köchin ihr hingeschoben hatte, nachdem sie die Suppe ausgelöffelt hatte.

„Ich möchte zum Gutsherrn.“

„Du meinst Matthias? Was willst du von ihm?“

Die Köchin wusste von Lisbeth, dass die Kinder der Seidlers und den jungen Gutsherrn eine Art Freundschaft verband. Sie wusste aber auch, dass Eberhardt von Lingen nicht gerade erfreut sein würde, wenn er davon erfuhr.

„Nein, ich spreche vom Gutsherrn“, erwiderte Anna ohne zu zögern.

„Ich möchte zu Matthias’ Vater.“

„Du willst was?“ Gertraude schnappte nach Luft. „Zum Gutsherrn also, wie stellst du dir das vor?“

„Ganz einfach, mein Bruder braucht eine neue Sense.“

„Ganz einfach?“

Ungläubig sah Gertraude die Kleine an. Dabei fragte sie sich, ob das Mädchen nun besonders mutig oder einfach nur dumm war. Sie vermutete Letzteres und schüttelte den Kopf. Nur gut, dass sie das Kind rechtzeitig entdeckt hatte, bevor es der Gutsherr zu Gesicht bekam. Sie wollte sich nicht einmal vorstellen, was dann geschehen wäre.

„Du musst nicht gescheit sein“, schimpfte sie Anna aus. „Schlag dir die neue Sense aus dem Kopf! Er wird dir bestimmt keine geben, glaub mir!“

„Das werden wir erst erfahren, wenn ich ihn gefragt habe. Denkst du, ich bin den ganzen Weg gelaufen, um mit leeren Händen zurückzukehren? Du kannst mich nicht aufhalten.“

„Und ob ich das kann. Auf gar keinen Fall lasse ich dich zu ihm. Was denkst du dir nur dabei? Offenbar kennst du den Gutsherrn nicht, ich hingegen schon. Darum lass dir eines gesagt sein. Anstelle der Sense wirst du Prügel beziehen, und das nicht zu knapp.“

Wenn nicht noch Schlimmeres, dachte die Köchin. Behielt ihre Bedenken jedoch für sich, um die Kleine nicht zu verängstigen. Aber sie hatte nicht mit Annas Widerstand gerechnet. Das Mädchen legte den Kuchen zurück auf das Holzbrett. Seine Augen sahen hoch und verengten sich zu Schlitzen. In ihnen stand nur zu deutlich geschrieben, was in ihm vorging. Der gutmütigen Gertraude schwante Böses. Und tatsächlich schien Anna ihre Befürchtungen nicht zu teilen.

„Ich werde zu Eberhardt von Lingen gehen und die Sense verlangen. Es ist sein Korn, also soll er auch dafür sorgen, dass es geerntet werden kann."

Gertraude schnappte überrascht nach Luft. Die Kleine war aber auch ganz anders als ihre sanftmütige Mutter. Johanna würde es nie im Leben wagen, so bestimmt aufzutreten. Vor allem nicht nach dem Vorfall, der sich vor vielen Jahren zugetragen hatte.

Rein zufällig war die Köchin seinerzeit Zeugin geworden, wie der Gutsherr an der jungen Johanna Seidler vorbeigelaufen war, die schon damals ihre Kräuter gebracht hatte. Dabei war sein abschätzender Blick über ihren schlanken Körper gewandert, woraufhin sich ein zufriedenes Lächeln in seinem Gesicht breitgemacht hatte. Gertraude spürte sofort, dass Johanna in Gefahr war. Doch sie konnte ihr nicht helfen, so gerne sie es auch getan hätte.

So musste sie zuschauen, wie Eberhardt von Lingen die junge Frau in die angrenzende Scheune zerrte. Das Letzte, was sie mitbekam, war Johannas entsetzter Blick gewesen. Seitdem war sie nur noch früh am Morgen zum Gut gekommen, noch bevor die ersten Hähne krähten und die Herrschaft schlief.

Und jetzt tauchte das Mädchen hier auf, das sicher nichts von dem Vorfall wusste. Zu allem Überfluss war es auch noch genauso schön wie seine Mutter und den Gutsherrn würde es kaum stören, dass es sich noch um ein Kind handelte. Schon alleine deshalb musste sie etwas tun. Wenn es ihr nicht gelang, Johannas Tochter zur Vernunft zu bringen, würde diese in ihr Verderben rennen.

„Also gut", antwortete sie.

„Dann will ich dir zeigen, was dir blüht, solltest du es wagen, Forderungen zu stellen. Das haben andere nämlich schon vor dir versucht.

„Magda? Komm her!", rief sie laut.

Anna schaute auf. Bis eben war sie davon ausgegangen, mit Gertraude alleine in der Küche zu sein. Nun stellte sich heraus, dass sich jemand hinter dem riesigen Ofen versteckt hatte. Aber bevor sie fragen konnte, warum sich das Mädchen so ängstlich verhielt, wandte sich die Köchin verärgert an sie.

„Das ist Magda, meine Tochter. Schau dir ihre Hände an!“

Anna tat, was die Köchin verlangte und ging auf Magda zu. Erschrocken sah sie die roten wulstigen Narben, die die Hände des Mädchens völlig entstellten. Als Anna zu der Tochter der Köchin aufsah, senkte diese beschämt den Kopf.

„Was ist mit dir passiert?“, fragte sie dennoch.

Magda gab keine Antwort. Stattdessen sah sie hilflos zu ihrer Mutter. Anna, die es ihr nachtat, bemerkte die Veränderung, die im Gesicht der Köchin vorgegangen war. Hatte ihr Blick eben noch liebevoll ihr Kind gestreift, wirkten ihre Züge nun hart und verbittert.

„Du möchtest wissen, was mit ihr geschehen ist? Nun, dann will ich es dir verraten. Magda war ein hübsches Mädchen wie du, bis zu dem Tag, an dem sie sich eine Kartoffel aus der Schüssel nahm, die ins Gutshaus gebracht werden sollte. Eine einzige Kartoffel, doch das genügte, um den Gutsherrn zu einem Wutanfall zu bewegen, als der zufällig in die Küche kam. Ohne ein Wort zu sagen, hat er ihre Hände auf die glühende Herdplatte gedrückt und sie angeschrien, dass er so Diebe bestrafen würde.“

Für einen Moment schwieg Gertraude, dann sah sie Anna verärgert an.

„Schau sie dir genau an! Willst du wirklich so enden wie meine Tochter?“

„Aber …“ Anna suchte nach passenden Worten. Doch die Köchin fiel ihr abrupt ins Wort.

„Nichts aber, begreifst du denn noch immer nicht? Dieser Mann kennt keine Gnade oder Gerechtigkeit. Er wird dich nicht anhören und dir erst recht keine Sense geben. Stattdessen …“

„Aber wie soll Gabriel dann die Ähren schneiden?“

Anna unternahm einen letzten Versuch, obwohl sie

bereits einsah, wie recht Gertraude wohl hatte. Doch der Gedanke, den weiten Weg unverrichteter Dinge zurückzugehen, bedrückte sie.

Währenddessen nickte Gertraude ihrer Tochter zu, die zurück hinter den Ofen verschwand. Dann forderte sie Anna auf, ihr auf den Hof zu folgen. Vor der Schmiede blieb sie stehen. Misstrauisch schaute die Köchin sich um und atmete erleichtert auf, als niemand auf sie und das Mädchen zu achten schien.

„Warte hier!“, forderte sie das Kind auf. „Ich werde sehen, was ich tun kann. Der Schmied ist mein Mann.“

Mit diesen Worten verschwand sie in der Schmiede. Bereits kurze Zeit später kam sie zurück und hielt Anna einen alten, abgenutzten Schleifstein entgegen.

„Ich muss nicht bei Trost sein, dir zu helfen, den Gutsherrn zu bestehlen. Und nun lauf und lass dich so schnell nicht mehr hier blicken! Heute hat es unser Herrgott wohl gut mit dir gemeint. Aber bilde dir bloß nicht ein, dass er immer über dich wacht.“

Noch während sie sprach, schlug sie ein Kreuz auf ihrer Stirn und warf einen letzten Blick auf die Kleine, bevor sie mit wehender Schürze Richtung Küche verschwand.

***

Anna befolgte den Rat der Köchin und machte sich sofort auf den Heimweg. Sie rannte fast, nachdem sie den Hof verlassen hatte. Plötzlich konnte es ihr gar nicht schnell genug gehen, ihrem Bruder den Stein zu überreichen. Wenn sie es auch nur ungern zugab, war es Gertraude gelungen, sie zu verunsichern. Die Köchin hatte Angst vor dem Gutsherrn und Magdas verbrannte Hände waren wohl der beste Beweis dafür, dass diese berechtigt war. Sie tat also gut daran, auf den Acker zurückzukehren und ihre

Arbeit zu erledigen, bevor Eberhardt von Lingen die Felder kontrollierte.

Das Mädchen hatte über die Hälfte des Weges zurückgelegt, als sie Hufgetrampel von Pferden hörte. Schnell verließ sie den Pfad und versteckte sich hinter den Bäumen des angrenzenden Waldes. Unter gar keinen Umständen wollte sie einem der Speichellecker des Gutsherrn begegnen, wie Gertraude sie genannt hatte. Nicht, nachdem sie Magdas Hände gesehen hatte. Wenn irgendjemand den Schleifstein bei ihr fand, würde man sie des Diebstahls bezichtigen, so viel stand fest. Anna wollte sich nicht einmal vorstellen, wie der Gutsherr darauf reagieren würde. Alleine bei dem Gedanken duckte sie sich tiefer in die Büsche.

Unterdessen kamen die Tiere rasch näher. Anna erkannte aus ihrem Versteck heraus, dass es sich bei einem der Reiter um den Gutsherrn persönlich handelte. Doch ihre Angst, entdeckt zu werden, schien unbegründet. Die Männer auf den Pferden achteten kaum auf den Weg und waren in einen heftigen Streit verwickelt. Jetzt erkannte das Mädchen auch den zweiten Reiter. Es handelte sich um Matthias, der seinen Vater offensichtlich zur Inspektion der Felder begleitet hatte.

„Wir müssen dem nachgehen", forderte er beharrlich von ihm. „Der Junge hat sicher nicht ohne Grund den Freitod gewählt. Wir sollten wenigstens den Priester befragen."

„Das werden wir nicht", antwortete der Gutsherr barsch. „Was sollte der Geistliche damit zu tun haben?"

„Die Leute erzählen, dass es beim letzten Gottesdienst einen Eklat gab. Es muss etwas geschehen sein, was ihn dazu trieb."

„Schluss damit!" Der Gutsherr schüttelte den Kopf. „Er hat sich dazu entschieden, sein Leben freiwillig zu beenden. Dafür wird ihn der Herrgott strafen. Kein Mensch besitzt das Recht, Gottes Wege zu durchkreuzen."

„Aber der Junge war erst zwölf, Vater", unternahm

Matthias einen letzten Versuch. „Ihr wisst, wie verschlagen der Priester ist.“

Nun wurde Anna hellhörig. Vorsichtig schob sie sich ein wenig nach vorn, um besser verstehen zu können, um wen es bei diesem Disput ging. Sie achtete nicht darauf, dass sie sich ihre Arme und Beine an dem Gestrüpp der Brombeerhecken zerkratzte. Ein ungutes Gefühl hatte sie befallen. Leider konnte sie die Antwort des Gutsherrn nicht mehr hören. Die Männer waren bereits vorübergeritten. Mehr als der Hufschlag der Pferde drang nicht mehr an ihr Ohr.

Nachdenklich verließ sie ihr Versteck. Der Sohn des Schwalbingers fiel ihr ein. Wenn sie sich nicht irrte, war er so alt wie sie. Außerdem hatte Matthias von dem Vorfall vor der Kirche gesprochen. Anna erinnerte sich an den Blick des Jungen. In ihm hatte pure Verzweiflung gelegen. Aber war sie wirklich so groß gewesen, dass er sich das Leben genommen hatte?

Das Mädchen erschauderte. Wenn das Gesagte tatsächlich der Wahrheit entsprach, lag Matthias ganz sicher richtig mit seiner Vermutung. Dann trug der Priester die Schuld. Daran gab es für sie keinen Zweifel.

Unwillkürlich lief sie schneller. Es drängte sie, endlich zu Gabriel zu kommen und den Bruder in die Arme zu schließen. Sie konnte sich dieses Gefühl selbst nicht erklären. Plötzlich wuchs die Angst in ihr, ihm könnte etwas Ähnliches geschehen wie dem Sohn des Schwalbingers. Gleichzeitig redete sie sich ein, dass diese Gedanken unsinnig waren. Gabriel und sie lebten weit genug entfernt von dem durchtriebenen Geistlichen. Er konnte ihnen nichts anhaben. Dennoch würde sie erst aufatmen, wenn sie ihren Bruder unversehrt vor sich sah.

Doch als sie auf dem Feld ankam, suchte sie vergebens nach ihm. Von Gabriel war weit und breit nichts zu sehen und das, obwohl gerade erst Mittag vorüber war. Ein unangenehmes Ziehen machte sich in ihrem Bauch breit. Ihr Bruder ließ die Arbeit nicht ohne Grund liegen, so viel stand fest. Im selben Moment fiel ihr die Mutter ein. Sie hatte schon am Morgen stöhnend auf ihrer Pritsche gelegen. Es konnte also gut sein, dass ihr Vater Gabriel vom Feld geholt hatte, weil das Kind kam.

Schnell rannte sie den Hügel hinauf, der zu ihrer Hütte führte. Sie konnte es kaum erwarten, das Neugeborene zu sehen und im Arm zu halten. Auf ihrem Gesicht lag ein Lächeln, als sie endlich ankam. Doch sie hatte nicht mit Gabriel gerechnet, der ungeduldig vor der Hütte auf sie wartete.

„Wo bist du gewesen?"

Mehr sagte er nicht. Sein Blick allerdings war streng und bestimmt. Er sprach nur selten so zu ihr. Wenn er es doch tat, bedeutete es nichts Gutes. In Anna keimte trotz der sichtbaren Wut des Bruders der alte Trotz auf.

„Was glaubst du wohl, wo ich war?"

„Zumindest nicht bei der Arbeit. Kurz vor Mittag hat der Gutsherr das Feld kontrolliert, zusammen mit Matthias. Als er sah, dass die Ähren nicht gebunden waren, hat er die Sense genommen und sie vor meinen Augen zerbrochen. Weißt du, was das für uns bedeutet, Anna? Bis jetzt haben wir für Eberhardt von Lingen gearbeitet. Der Rest wäre unser Anteil gewesen. Wie soll ich jetzt das wenige Korn ernten, welches uns bleibt?"

Erschrocken hatte Anna zugehört. In diesem Moment wurde ihr bewusst, dass Gertraude nicht übertrieben hatte, was die Unberechenbarkeit des Gutsherrn betraf. Über ihre Wangen liefen Tränen, als sie den Schleifstein hervorholte und ihn Gabriel hinhielt. Doch der schüttelte nur den Kopf. Was sollte ihm der Stein auch nützen, wenn er keine Sense mehr besaß? All ihre Mühe erwies sich als nutzlos. Dabei hatte sie ihrem Bruder nur helfen wollen. Sie mochte sich gar nicht vorstellen, wie ihr Vater reagieren würde. Gerade jetzt, wo jede Hilfe benötigt wurde.

„Wo ist der Vater?", fragte sie ängstlich, während sie die Hütte betrat.

„Im Dorf, bei der Hebamme. Er ist seit zwei Stunden fort.“

„Müsste er dann nicht längst zurück sein?“, fragte Anna und schaute verzweifelt zur Mutter, die im selben Moment laut aufstöhnte.

„Er kommt sicher gleich“, versuchte ihr Bruder, dessen Wut verraucht war, zuversichtlicher zu klingen, als er es in Wirklichkeit war. Er musste seine Mutter nur ansehen, um zu erkennen, dass diese Geburt nicht ablief, wie sie sollte. Ihre Kräfte schwanden und würden wohl kaum noch ausreichen, um das Kind zur Welt zu bringen. Jetzt konnte nur noch die Hebamme helfen. Wenn sie nicht bald auftauchte, würde es zu spät sein.

Allerdings war es mehr als zweifelhaft, ob die überhaupt bereit war, den mühsamen Weg zur Kate auf sich zu nehmen, um ausgerechnet Johanna Seidler beizustehen. Die beiden Frauen mochten sich nicht. Außerdem wusste die Hebamme, dass die Lehnsbauern kaum etwas besaßen und ihr deshalb möglicherweise keinen Lohn zahlen konnten. Aus reiner Nächstenliebe würde sie den beschwerlichen Weg zu ihrer Hütte bestimmt nicht auf sich nehmen.

Ein einziger Blick in ihr bescheidenes Zuhause genügte, um zu erkennen, welche Armut hier herrschte. In der Mitte des Raumes ein grob gezimmerter Tisch mit zwei Schemeln, an der Wand ein Regal für Schüsseln und Becher, die Schlafstelle der Eltern und eine Leiter, die zum engen Bodenraum hinaufführte, in dem die Kinder schliefen. Außer einer Kiste Kartoffeln und zwei Säcken Korn besaßen sie keine Reichtümer.

Womit es ihnen wie den meisten Menschen erging, die außerhalb des Dorfes lebten. Fast täglich kamen Fremde zum Gut, die dort Arbeit suchten. Wenn der Gutsherr sie dann davonjagte, bettelten sie häufig bei den Hütten der Lehnsbauern um etwas zu essen. Gabriel hatte mehr als nur einmal beobachtet, wie seine Mutter ihnen von dem Wenigen abgab, das sie besaßen.

„Wir müssen ihr helfen“, unterbrach Anna seine Gedanken. „Wir können nicht länger untätig warten. Wir müssen etwas tun, Gabriel.“

Hilflos zuckte ihr Bruder mit den Schultern.

„Was soll das deiner Meinung nach sein? Außer der Hebamme kann das Kind keiner holen.“

„Ich werde in den Wald gehen und frische Kräuter suchen. Solche, die Mutter gegen Schmerzen gesammelt hat.“

„Das hat keinen Sinn. Außerdem zieht ein Gewitter auf. Du wärest bereits nach wenigen Schritten völlig durchnässt.“

Gabriel trat zu ihr und sah in ihre Augen, in denen Tränen schimmerten.

„Deine Kräuter werden Mutter nicht mehr helfen. Es ist zu spät, Anna.“

Dem Jungen zerriss es das Herz, ihr die Wahrheit so schonungslos ins Gesicht zu sagen. Doch Anna tat so, als hätte sie seine Worte nicht gehört. Nach einem letzten prüfenden Blick auf die Mutter nahm sie ihren wollenen Umhang und machte sich auf den Weg. Gabriel ließ sie ziehen. Sollte Anna eben in den Wald gehen. Dann musste sie dem Leiden der Mutter nicht länger zusehen.

Währenddessen lief das Mädchen querfeldein und stapfte durch nasse Felder und Wiesen zum Wald. Der Wind zerrte an ihren Kleidern, fegte über die Grashalme und drückte sie zu Boden. Anna hatte Mühe sich auf den Beinen zu halten. Aber unbeirrt stemmte sie sich gegen Wind und Regen und ging weiter. Sie kannte den Weg und wusste, wo sie die Pflanzen fand, die der Mutter helfen konnten.

Von ihr hatte sie alles über deren Heilkraft erfahren. Stundenlang hatten sie Kräuter, Pilze, Beeren und Wurzeln gesammelt, um sie später zu trocknen und daraus Tränke und Pulver herzustellen, mit denen Johanna allerhand Gebrechen heilen oder zumindest lindern konnte. Es war eine mühselige Arbeit, nicht immer wurden sie fündig und doch besaßen sie vor jedem Winter eine stattliche Sammlung getrockneter Pflanzen.

Nur in diesem Jahr war es anders gewesen. Johanna war kaum dazu gekommen, ihrer gewohnten Arbeit nachzugehen. Von Beginn an hatte ihr das Kind unter ihrem Herzen Sorgen bereitet. Dennoch hatte sie sich mit aufs Feld geschleppt und ihrem Mann dabei geholfen, den Acker zu bestellen. Dabei war die Arbeit hart und schadete ihr und dem Ungeborenen.

Aber wen interessierte das schon? Den Gutsherrn bestimmt nicht. Für ihn war Johanna nur die Frau des Lehnsbauern, der dafür zu sorgen hatte, dass sein Speicher gefüllt wurde. Wenn Johanna nicht mit anpackte, bedeutete das, noch größere Not zu leiden. Dabei besaßen sie schon in guten Erntejahren nur so viel, dass es reichte, die hungrigen Mäuler zu stopfen. Sie hatte keine Rücksicht nehmen können, weder auf das Kind noch auf sich selbst.

Aus diesem Grund hatte Johanna Seidler schon vor Jahren aus der Not heraus beschlossen, ihren Lebensunterhalt aufzustocken, indem sie Kräuter sammelte und verkaufte. So hatte Anna schon sehr früh gelernt, dass der wilde Thymian, den sie im Sommer auf den Bergwiesen pflückten, gegen Erkältungen half. Getrocknete Kamillenblüten steckte man in Kissen, damit vor allem die kleinen Kinder besser schlafen konnten oder Kopfschmerz gelindert wurde. Den Dost von der Wiese gab man den Kühen zu fressen, die dann bessere Milch gaben, und das rote Öl des Johanniskrautes tat dem Rücken gute Dienste.

Und wider Erwarten waren schon bald einige der Dorfbewohner zu ihr gekommen, wenn sie von einer Krankheit geplagt wurden oder Rat suchten. Einmal war sogar Matthias' Mutter in ihrer einfachen Hütte erschienen und hatte Johanna mehrere Münzen für eine Brennnesselsuppe, die ihre unruhigen Gedärme beruhigen sollte, in die Hand gedrückt. Doch viel häufiger hatte ihre Mutter geholfen, ohne einen Lohn von denen zu verlangen, die ebenso wenig besaßen wie sie. Jetzt, wo sie selber Hilfe benötigte, ließ die einzige Frau, die dazu in der Lage gewesen wäre, sie im Stich.

Im Gegensatz zu ihrem Bruder glaubte Anna, den wahren Grund dafür zu kennen. Es war nicht das Geld, das die alte Hebamme davon abhielt, ihrer Mutter beizustehen. Vielmehr wurde sie von Rachsucht zerfressen. Anna hatte bei ihrem letzten gemeinsamen Besuch auf dem Hof ein Gespräch belauscht, welches zwei Mägde geführt hatten, nachdem ihre Mutter mit Gertraude in der Küche verschwunden war.

Sie hatten davon gesprochen, wie wütend die Hebamme geworden sei, als sie bei ihren letzten Geburten gedrängt wurde, die Kräuter der Seidlerin zu verwenden. Die dazu auch noch geholfen hatten, wie Anna dem Gerede hatte entnehmen können. Seitdem war ihre Mutter der Hebamme ein Dorn im Auge. Und so, wie es aussah, nutzte die heute die Gelegenheit, es ihr heimzuzahlen.

Anna stöhnte gequält auf. Ihr blieb nichts weiter übrig, als selbst zu versuchen, der Mutter zu helfen. Sie konnte nur hoffen, dass die wenigen frischen Kräuter in ihrem Körbchen Wunder vollbrachten.

Inzwischen hatte sich auch das Unwetter verzogen. Die ersten Sonnenstrahlen brachen sich ihren Weg durch die Wolken, Vogelgezwitscher erklang. Anna blieb stehen und atmete tief die frische Waldluft ein, die nach dem Regen rein und klar roch. Ihr Blick wanderte zum Himmel. Hier draußen, inmitten der Natur, fernab der scheinheiligen Predigten des Priesters, fühlte sie sich Gott so nah wie nirgends sonst. Still faltete sie ihre Hände und hockte sich ins nasse Gras.

„Im Namen des Vaters und des Heiligen Geistes“, flüsterte sie. „Lass mir meine Mutter, Herr!“

So saß sie, bis die Kälte in ihre Glieder kroch. Erst dann stand das Mädchen auf und machte sich auf den Heimweg.

Als Anna den Wald verließ, erkannte sie in der Ferne eine einsame Gestalt, die den Hügel herauf zu ihrer Hütte stieg. Im ersten Moment glaubte das Mädchen, dass es Gabriel sei, der vermutlich nach dem Vater schauen wollte. Doch dann erkannte sie, dass es sich um einen weitaus fülligeren Körper handelte als um den ihres Bruders.

Nachdenklich schaute sie zu der Gestalt hin und plötzlich begriff sie: Es war die Hebamme, die also doch kam, um der Mutter beizustehen.

Das Mädchen atmete erleichtert auf und lief schneller. Nun würde alles gut werden und sie schon bald das Kind in den Armen halten dürfen. Dann brauchte sich die Mutter nur noch erholen. Sie würde ihr dabei helfen, nahm sie sich vor. Sie wollte sogar eine Kerze in der Kirche anzünden, als Dank dafür, dass der liebe Gott ihre Gebete erhört hatte.

Bei der Hütte angekommen, warf sie sich glücklich in Gabriels Arme, der sie bereits vor der Tür erwartete. Doch der Bruder erwiderte ihre Umarmung nicht. Als Anna sich von ihm löste, erkannte sie, dass er geweint hatte.

„Geh nicht hinein!“, forderte er sie auf. „Der Vater sagt, wir sollen hier warten.“

„Welchen Grund sollte es dafür geben? Ich habe die Hebamme kommen sehen. Nun wird alles gut, Gabriel. Wenn das Kind erst da ist, werden meine Kräuter die Mutter schnell genesen lassen.“

„Vergiss die Kräuter! Ich glaube kaum, dass sie jetzt noch von Nutzen sind.“

Der Junge senkte den Kopf. Anna sah, wie ihm Tränen über die Wangen liefen. Doch noch wollte sie nicht glauben, was ihr Bruder andeutete. Ungeduldig zerrte sie an seinem Ärmel.

„Was sagst du da? Sprich, Gabriel! Wie geht es ihr?“

In diesem Moment drang ein markerschütternder Schrei der Mutter an ihre Ohren. Erschrocken sahen sich die Geschwister an. Über ihre Lippen kam nun kein Wort mehr. Dann setzte Stille ein, die Anna mehr ängstigte, als es das Schreien der Mutter vermocht hatte. Flehend sah das Mädchen zum Himmel und betete, dass sie nur endlich das Weinen eines neugeborenen Kindes hören würden. Es sollte schreien, nur ein einziges Mal. Doch der Schrei blieb aus. Aus der Hütte war kein Laut zu hören, weder von der Mutter noch von dem Neugeborenen.

Anna hielt es nicht länger aus. Gerade wollte sie sich dem Willen des Vaters widersetzen und die Hütte betreten, als sich die Tür öffnete und die alte Hebamme des Dorfes heraustrat. Mit einem kurzen Blick streifte sie die Kinder, die sie mit großen Augen ansahen. Aber anstelle eines Wortes des Trostes zuckte sie nur gleichgültig die Schultern, bevor sie sich an Gabriel wandte.

„Sag deinem Vater, er muss bis Ende der Woche zahlen! Sollte er mir das Geld nicht pünktlich bringen, werde ich es dem Gemeindevorsteher melden."

Ihr Blick glitt über die verheulten Gesichter der Geschwister.

„Ihr solltet Gott dankbar sein, dass er den Kleinen zu sich geholt hat. Seid froh, nicht noch einen Esser am Tisch zu haben."

Mit diesen Worten drehte sie sich um und ging laut schnaufend den Weg zurück, den sie gekommen war. Wortlos sahen die Kinder ihr nach, bis Anna sich besann. Vorsichtig öffnete sie endlich die Tür zur Hütte, aus der ein tiefes gequältes Stöhnen des Vaters drang. Ängstlich trat sie in die armselige Stube und schaute stumm zum Lager der Mutter, die mit geschlossenen Augen auf den Decken lag. Neben ihr saß mit gesenktem Kopf der Vater. In seinen Armen lag völlig reglos, in ein grob gewebtes Tuch gewickelt, das neugeborene Kind. Die kleinen Augen in dem wächsernen Gesicht waren wie die der Mutter geschlossen.

„Ist es tot?", presste Anna mit erstickter Stimme heraus, woraufhin der Vater nickte. In seinen Augen war die Trauer des Verlustes deutlich zu erkennen. Anna konnte den Anblick kaum ertragen. Hart krallte sie die

Fingernägel in die Handinnenflächen, um nicht laut aufzuschreien. Gabriel, der hinter sie getreten war, nahm sie tröstend in den Arm. Willenlos ließ sie es geschehen.

„Verabschiede dich von der Mutter! Es bleibt nicht viel Zeit“, flüsterte der Bruder ihr ins Haar.

„Verabschieden?“ Anna riss sich von ihm los und starrte ihn entsetzt an. „Was redest du da? Mutter schläft nur!“

„Nein, Anna. Es geht zu Ende. Der Herrgott wird sie zu sich holen.“

Erst da begriff das Mädchen die wahre Tragweite der Situation. Bis zu diesem Moment hatte es geglaubt, seine Mutter schliefe vor Erschöpfung. Was nur gut sein konnte, sie hatte ihr Kind verloren. Was lag näher, als sich in einen erlösenden Schlaf zu flüchten? Doch mit nur zwei Sätzen hatte Gabriel diese Illusion zunichtegemacht. Erst jetzt bemerkte Anna, dass ihre Mutter kaum noch atmete.

Mit zittrigen Beinen ging sie zu ihr und hockte sich neben das Schlaflager. Dann nahm sie deren Hand, während ihr die Tränen über die Wangen liefen. Dabei betete sie inbrünstig, dass Gott ein Einsehen haben und ihre Mutter doch am Leben lassen sollte.

So saß sie bis zum Abend auf dem harten, kalten Lehmboden der Hütte und nahm kaum wahr, was um sie herum geschah. Einmal hatte Johanna kurz ihre Augen geöffnet, was Annas Hoffnung nährte, dass Gabriel und der Vater sich vielleicht doch irrten. Wenig später schloss Johanna Seidler ihre Augen für immer.

Anna indes hockte weiter am Boden. Weder dem Vater noch Gabriel gelang es, sie zu bewegen, endlich aufzustehen. Es war bereits dunkel, als sie nach endlosen vertanen Gebeten ihre zuerst gefalteten und später geballten Hände wieder entkrampfte und der Schmerz durch ihre ins Fleisch gebohrten Fingernägel langsam nachließ. Schweigend stieg sie die Leiter nach oben, legte sich neben Gabriel auf das Schlaflager aus Stroh und schloss die Augen. Als ihr Bruder bereits glaubte, dass sie eingeschlafen sei, begann sie leise zu sprechen.

„Gabriel?"

„Ja."

„Warum ist das geschehen? Mutter war eine gute gläubige Frau. Warum war Gott nicht bei ihr, als sie ihn brauchte?"

Anna richtete sich auf und schaute ihn an. Dabei konnte er die Wut in ihren Augen sehen. Der Junge erschrak. Denn in diesem Moment erkannte er, dass in der Schwester ein Feuer loderte, welches nur darauf wartete, ausbrechen zu dürfen.

„Was sagst du da? Hör auf damit!", rief er entsetzt. „Du versündigst dich!"

„Was macht das schon? Mit Mutter starb auch mein Glaube an den allmächtigen Herrn. Soll er mich strafen, mir ist es gleichgültig."

Verwirrt sah Gabriel seine Schwester an. Was redete sie da? Wenn sie nicht damit aufhörte, würde sie das Fegefeuer erwarten, wie es der Dorfpfarrer sonntäglich von der Kanzel predigte. Auf die Sünder wartete die Hölle. Nur wer gottesfürchtig lebte, konnte die Seligkeit erlangen. Bevor er jedoch dazu kam, ihr zu antworten, fuhr Anna bereits fort.

„Ich werde immer für dich da sein, Gabriel! Wenn dich Gott im Stich lassen sollte, wie Mutter heute, werde ich es nicht tun!"

„Was meinst du damit?", fragte Gabriel verwundert. „Warum sollte Gott mich im Stich lassen? Du …"

„Lass gut sein, Bruder", unterbrach ihn Anna, die ihm in diesem Moment viel älter erschien. „Schlaf jetzt! Morgen wird ein langer Tag werden. Wir müssen Mutter und das Kind zu Grabe tragen."

***

Ihr Vater war bereits aufgestanden, als die Kinder am nächsten Morgen nach einer unruhigen, fast schlaflosen Nacht erwachten. Erschöpft sah er ihnen von der Schlafstelle entgegen, als sie die schmale Leiter nach unten stiegen. In ein Leichentuch gehüllt lag Johanna Seidler zusammen mit dem winzigen Kind auf einer Bahre. Hinter ihrem Kopf stand ein hölzernes Kruzifix.

„Lauf ins Dorf, Gabriel!“, forderte der Vater den Jungen auf, nachdem der ein dürftiges Frühstück zu sich genommen hatte. „Sag dem Priester, dass deine Mutter bei der Niederkunft verstorben ist! Und lass die Glocke läuten!“

Gabriel zögerte. Er kannte den Pfarrer vom sonntäglichen Gottesdienst. Nicht nur einmal hatte er ihn als Hungerleider beschimpft, wenn er sich nach der Messe in die Reihen der Bedürftigen stellte, die auf milde Gaben der Reichen hofften. Er konnte sich kaum vorstellen, dass der feiste Priester zu ihnen auf den Berg kam, schon gar nicht an einem Sonntag wie diesem.

„Er wartet noch immer auf das Geld von Annas erster Kommunion“, gab er zu bedenken.

„Er wird es bekommen“, antwortete sein Vater und stöhnte. „Irgendwie werde ich es schon auftreiben. Und jetzt lauf, Junge! Deine Mutter soll in der Kirche aufgebahrt werden, damit die Leute vom Dorf Abschied nehmen und für sie beten können!“

„Lasst mich gehen, Vater!“, warf Anna ein, der nicht wohl war bei dem Gedanken, dass Gabriel den Geistlichen um diesen Dienst bitten sollte. Sie erinnerte sich an das Gespräch vom Vortag und an den Sohn des Schwalbingers. Das genügte, um die Angst um Gabriel neu aufkeimen zu lassen.

„Bitte, Vater!“, bekräftigte sie ihre Worte.

Doch der Seidler beachtete sie kaum. Von jeher hatte er in Anna nur ein unnützes Mädchen gesehen, welches längst nicht arbeiten konnte wie ein kräftiger Junge. Außerdem war ihm die Kleine irgendwie unheimlich.

Alleine die Blicke, mit denen sie ihn ansah, wie auch in diesem Moment. Als könne sie bis auf den Grund seiner Seele schauen.

Der Seidler ahnte, dass sie ihn verachtete, seit er den Trost des Schnapses für sich entdeckt hatte. Aber konnte man es ihm verdenken? Von früh bis spät schuftete er auf den Feldern, um die hungrigen Mäuler zu stopfen. Und nun war auch noch Johanna verstorben und er mit den Kindern alleine.

„Geh, Junge!“ Der Seidler schaute über Anna hinweg. „Du hast gehört, was ich gesagt habe.“

Gabriel tat, was sein Vater verlangte. So schnell es ging, machte er sich auf den Weg ins Dorf. Erst vor dem Pfarrhaus blieb er stehen und atmete tief durch.

Das Haus des Pfarrers war mit ihrer einfachen Hütte nicht zu vergleichen. Es gehörte mit der nahen Kirche zu den prächtigsten Gebäuden im Dorf. Gabriel wusste, dass sich vor allem Matthias’ Vater an den Kosten des aufwendigen Baus beteiligt hatte. Der Gutsherr und der Priester waren eng befreundet, was Gabriel nicht verwunderte. Besaßen doch beide die gleiche schwarze Seele und waren für ihre Hartherzigkeit bekannt.

Auch aus diesem Grund musste sich der Junge nun eingestehen, dass er ein wenig Angst vor der Begegnung mit dem Geistlichen hatte. Zum einen, da er schon jetzt ahnte, dass der die Schulden nicht vergessen hatte. Zum anderen lag es an dem beklemmenden Gefühl, welches ihn jedes Mal überkam, wenn der Pfarrer ihn ansah. In diesen Blicken lag etwas Verschlagenes und passte so gar nicht zu einem Diener Gottes. Er jedenfalls war jeden Sonntag froh, wenn die Messe vorüber war und er zu ihrer Hütte zurückkehren konnte. Heute jedoch ging es um die letzte Ehre seiner Mutter, und ob er wollte oder nicht, er musste sich dieser unangenehmen Begegnung stellen.

Gabriel atmete tief durch und sprach sich Mut zu. Dann klopfte er laut an die Holztür. Schon wenige Augenblicke später hörte er schwere Schritte, die sich näherten, bevor die Tür mit einem Ruck aufgerissen wurde.

„Was willst du?“, fragte eine Frau barsch, die Gabriel als die Hauswirtschafterin des Priesters erkannte. „Bei uns gibt es nichts zu holen. Verschwinde!“

„Ich komme nicht, um zu betteln“, rechtfertigte sich der Junge und konnte nicht verhindern, dass er errötete. Wieder einmal wünschte er sich, seine Familie würde nicht zu den Lehnsbauern gehören, die oft genug auf die Mildtätigkeit anderer Leute angewiesen waren. Am liebsten hätte er kehrtgemacht und wäre den Hügel hinaufgerannt. Dass das nicht ging, bewies alleine der Umstand, dass die tote Mutter und das Kind nicht ewig in der Hütte liegen konnten.

„Ich muss den Priester sprechen“, stammelte er unter dem strengen Blick der Frau.

„Und du glaubst wirklich, er empfängt dich? An einem Sonntag?“ Sie lachte hämisch. „Schlag dir das aus dem Kopf!“

„Was gibt es?“

In diesem Moment trat der Pfarrer hinter sie, der das Gezeter gehört haben musste. Abschätzend ließ er seinen Blick über Gabriel gleiten, woraufhin der Junge unwillkürlich seine Schultern straffte. Im Gegensatz zu ihm war der Geistliche eine stattliche Erscheinung, großgewachsen und wohlgenährt. Unter seiner Kutte war deutlich die fette Wampe zu sehen. Vermutlich kam das von dem guten Essen, das die Magd des Gutshofes mehrmals in der Woche in das Pfarrhaus trug, dachte Gabriel. Mit den armen Sündern, von denen er predigte, hatte er jedenfalls nichts gemein.

„Nun, willst du mir nicht antworten?“, fragte der Pfarrer, sichtlich verärgert über die unerwartete Störung an einem Sonntag.

„Der Vater schickt mich“, antwortete Gabriel, eingeschüchtert von dem strengen Ton. „Ihr möchtet die Glocke läuten lassen. Und er bittet recht schön, dass Ihr zu uns kommt und der Mutter das Geleit zur Kirche gebt. Sie ist gestern am Abend verstorben."

„So, ist sie das?" Der Pfarrer kratzte sich am Kopf und überlegte kurz. „War sie nicht in Erwartung?"

Gabriel nickte. Gleichzeitig spürte er die Tränen, die in seinen Augen brannten, wenn er an das kleine leblose Bündel in den Armen des Vaters dachte. Mühsam versuchte er, sie zu verdrängen.

„Das Kind ist also auch tot!", stellte der Geistliche ungerührt fest, als ob er es nicht anders erwartet hätte. Aus seinen Augen sprach Verachtung. „Antworte mir!"

„Ja, Herr. So ist es."

Gabriels Stimme klang heiser. Unbarmherzig drängten sich die Tränen in seinen Augen danach, endlich fließen zu dürfen. Doch der Junge wollte vor dem Priester nicht weinen. Irgendetwas tief in ihm drinnen sagte ihm, dass es dem eine Genugtuung sein würde. Mit aller Macht riss er sich zusammen und erwiderte dessen Blick, in dem sich tatsächlich Enttäuschung breitmachte. Er hätte den Sohn des Seidlers nur zu gerne weinen sehen. Der Schmerz anderer befriedigte ihn auf seltsame Weise. Leider tat der Junge ihm diesen Gefallen nicht.

„Dann ist es ungetauft! Dein Vater sollte wissen, was das bedeutet. Auf den Gottesacker kommt niemand, der nicht geweiht ist. Sag ihm, wenn er das Geld hat, die Taufe zu zahlen, werde ich zu euch kommen. Wenn nicht, muss er alleine damit fertig werden. Und nun halte mich nicht länger auf, ich muss mich auf die Predigt vorbereiten!"

Gabriel schluckte hart bei diesen Worten. Doch er durfte sich nicht einfach so abwimmeln lassen. Es ging um die Mutter.

„Aber die Glocke", stammelte er verlegen und spürte, wie sich seine Wangen erneut röteten. „Kann ich nicht wenigstens …"

„Nein", wurde er schroff unterbrochen. „Bring mir einen Gulden, dann wird die Glocke läuten und ich taufe das Kind!"

Mit diesen Worten drehte sich der Pfarrer um und knallte ihm die Tür vor der Nase zu. Wie erstarrt blieb Gabriel stehen. Er hatte geahnt, dass sich der Pfarrer nicht leicht überzeugen lassen würde. Dass er sich jedoch schlichtweg weigerte, zu ihnen zu kommen, löste Verzweiflung in ihm aus. Was sollte nun aus der Mutter und dem Kind werden?

Langsam wandte er sich um. Es machte keinen Sinn, erneut an die Tür zu klopfen. Der Priester würde sich nicht erweichen lassen, so viel stand fest. Tief bestürzt ging er den Weg zurück, den er eben noch gekommen war.

Dabei dachte er an Anna und die Worte, die sie ihm am Abend sagte. Er hatte verlangt, dass sie schweigen solle, um sich nicht zu versündigen. Aber tat der Priester das nicht auch, indem er der Mutter das letzte Geleit verwehrte? Unterschied der Herrgott etwa zwischen Arm und Reich? Genügte es nicht, dass sie in ständiger Armut lebten, obwohl sie von früh bis spät auf den Feldern schufteten? Und jetzt konnten sie noch nicht einmal die Mutter unter die Erde bringen. Mussten sie bei diesem Leben tatsächlich das Fegefeuer fürchten?

Als Gabriel wenig später in das kleine elterliche Häuschen trat, brauchte er nichts zu sagen. Sein Vater und Anna lasen in seinem Gesicht, dass der Pfarrer ihn abgewiesen hatte. Außerdem hätte man die Kirchenglocken längst hören müssen. Stöhnend vergrub der Vater den Kopf in beide Hände und starrte auf den Leichnam seiner Frau.

Anna spürte, wie ihr bei diesem Anblick die Tränen in die Augen stiegen. Gleichzeitig fühlte sie aber auch Wut über ihre Armut, für die sie nichts konnten. Auf die Hebamme, die viel zu spät zur Mutter gekommen war, und auf den hartherzigen Priester, der es nicht für nötig hielt, einer mittellosen Frau, die jedoch zeit ihres Lebens strenggläubig gewesen war, die letzte Ehre zu erweisen.

Aber das war längst nicht alles. Voller Verachtung schaute sie zum Vater, der nichts Besseres zu tun hatte, als zu resignieren. Warum ging er nicht selber zum Pfarrhaus und stellte den scheinheiligen Priester zur Rede? Warum begnügte er sich mit dieser Abfuhr? Lag es etwa nicht in der Pflicht des Geistlichen, jedes seiner Schäfchen zu begraben?

Doch der Vater tat nichts dergleichen. Stattdessen stand er auf und schenkte sich den Becher halb voll von dem Selbstgebrannten. Offenbar hatte er eine Möglichkeit gefunden, mit seinem Schmerz umzugehen. Angewidert sah Anna, wie er den Fusel mit einem Schluck die Kehle hinabkippte. Der alte Zorn flammte in ihr auf. Ohne ihren Umhang stürzte sie zur Tür. Sie musste fort von hier, raus an die frische Luft. Vielleicht konnte sie so den Druck loswerden, der wie ein schwerer Stein auf ihrer Brust lag.

Wie von Sinnen rannte sie über die Wiesen zum Wald. Dabei liefen ihr unaufhörlich Tränen übers Gesicht. Sie stolperte, fiel auf das feuchte Gras, rappelte sich auf und lief weiter. Erst an der Lichtung unter der großen knorrigen Eiche hielt sie inne. Völlig außer Atem ließ sie sich auf den Boden fallen und weinte bitterlich. Sie sah erst auf, als sie sich nähernde Hufschläge vernahm. Unwillkürlich duckte sie sich tiefer ins Gras und beinahe hätte der Reiter das Mädchen tatsächlich übersehen. Doch ausgerechnet heute schien auch er auf der Lichtung Rast machen zu wollen. Sein Pferd kam kurz vor Anna zum Stehen. Schwungvoll sprang der Reiter vom Sattel des Wallachs und band die Zügel an die Eiche. Dann kam er stirnrunzelnd auf sie zu.

„Du bist nicht zur Messe? Gibt es einen Grund dafür?“, fragte er.

„Dasselbe könnte ich dich fragen. Oder haben es die von Lingens nicht nötig, um Gottes Vergebung zu bitten?“

„Du bist wütend“, stellte Matthias fest, ohne auf ihre Frage einzugehen. „Was ist geschehen, Anna?“

Das Mädchen zuckte mit den Schultern und versuchte, ihre rot geschwollenen Augen zu verbergen, indem sie sich abwandte. Doch Matthias’ Blick entgingen sie nicht.

„Warum hast du geweint?"

Er kniff die Augen zusammen und sah sie aufmerksam an. Als Anna weiterhin hartnäckig schwieg, griff der junge Gutsherr mit der rechten Hand nach ihrem Kinn und zwang sie so, ihn anzusehen. In seinem Gesicht stand deutlich die Sorge um das Mädchen geschrieben.

„Sag mir, was geschehen ist!"

In diesem Moment kehrte die Wut in Anna zurück. Sie vergaß, dass Matthias immer gut zu ihr und Gabriel gewesen war. Auch, dass er seinen Stand nie hervorgehoben hatte. Im Gegenteil, obwohl es ihm verboten war, hatte er sich gemeinsam mit ihnen aufs Feld gestellt und einfache Arbeit verrichtet und sogar sein Essen mit ihnen geteilt. Doch das erkannte Anna in diesem Augenblick nicht. Sie wusste nur, dass Matthias von Lingen der Sohn des Gutsherrn und reich war, sie hingegen arm wie eine Kirchenmaus. Sie hatten nichts gemeinsam. Stolz hob sie den Kopf.

„Was interessiert es dich? Reite weiter, Matthias! Lass mich in Ruhe!"

Erstaunt sah der junge Mann das Mädchen an. War das wirklich die Anna, die er kannte? Die kleine Jeanne d'Arc, die seinen Geschichten gelauscht hatte? Er musste zugeben, dass dieses Bild wohl kaum zu dem aufgebrachten jungen Mädchen passte, dessen Augen vor Wut zu sprühen schienen.

„Ich werde nicht eher reiten, bis du mir verraten hast, was geschehen ist", sagte er streng. „Du weißt, dass ich immer euer Freund war und nie den Gutsherrn heraushängen ließ. Doch nun fordere ich, dass du mir Auskunft gibst."

„Und wenn nicht? Was wirst du dann tun, Matthias? Es deinem Vater verraten? Nur zu, mir ist es gleichgültig."

Anna spürte, wie erneut Tränen in ihre Augen stiegen. Verzweifelt versuchte sie, sich zu beherrschen. Sie wollte sein Mitleid nicht, von keinem der von Lingens, die doch die eigentliche Schuld an ihrer Armut trugen. Wäre sein

Vater nicht so geizig gewesen und hätte ihnen nicht nur den armseligen Anteil der Ernte überlassen, würde ihre Familie den Gulden besitzen, den der Pfarrer verlangte.

„Verschwinde endlich!“, schrie sie ihn an und bedachte in diesem Augenblick nicht, wie unangebracht ihr Verhalten war.

Doch Matthias erkannte ihr Elend. Wortlos nahm er Anna in den Arm, die sich anfangs noch sträubte und dann hemmungslos an seiner Schulter zu schluchzen begann. Ihr junger Körper zitterte, sodass Matthias sie nur umso fester an sich drückte, während er ihr beruhigende Worte ins Haar flüsterte.

Dabei spürte der junge Mann, dass sich ein Verlangen in ihm breitmachte, wie er es bisher nicht kannte. Hatte er das Mädchen eben nur trösten wollen, wurde er sich jetzt ihres zarten Körpers bewusst, der sich eng an ihn schmiegte. Ihre jungen kleinen Brüste pressten sich auf seine. Als Anna ihren Kopf zu ihm emporhob, fielen ihm sofort ihre vollen sinnlichen Lippen auf, die er in diesem Moment nur allzu gerne mit seinen berührt hätte.

Stöhnend löste er sich von ihr, wobei er sich fragte, was plötzlich in ihn gefahren war. Das Mädchen war viel zu jung, noch dazu die Tochter eines einfachen Lehnsbauern. Vermutlich hatte ihr aufgelöster Zustand ihn verwirrt. Er tat also gut daran, sich zu besinnen.

Währenddessen wischte Anna sich die Tränen von den Wangen. Offenbar hatte sie nichts von Matthias' aufkeimendem Verlangen bemerkt. Ohne Argwohn begann sie zu erzählen, warum sie so verzweifelt war.

„Mutter ist gestorben und das Kind! Der Pfarrer weigert sich, zu uns kommen und ihnen das Geleit zu geben. Selbst die Taufe des Kindes verwehrt er. Verstehst du, Matthias? Der Priester verlangt einen Gulden, den wir nicht aufbringen können. Aber glaubst du wirklich, Gott hätte es auf Reichtum und Geld abgesehen?“

„Nein“, stimmte Matthias ihr zu. „Das hat er bestimmt nicht. Leider trifft das nicht auf den gierigen Pfarrer zu.

Und nun hör auf zu weinen! Ich werde mich darum kümmern."

„Und wie willst du das anstellen?", fragte das Mädchen und erinnerte sich an die alte abgenutzte Sense. Trotz seines guten Willens war es Matthias nicht gelungen, Gabriel eine neue zu beschaffen. Warum sollte er ihnen ausgerechnet jetzt helfen können?

„Ich werde mit meinem Vater reden", versprach Matthias. „Der Priester hat ihm geschworen, auch die Kinder armer Leute zu taufen. Dasselbe gilt für das Geleit deiner Mutter. Er wird es nicht wagen, meinem Vater zu widersprechen."

„Ausgerechnet dein Vater." Anna lachte laut auf. „Bist du sicher, dich nicht verhört zu haben? Seit wann interessieren Eberhardt von Lingen die Sorgen der armen Leute?"

„Du irrst dich", widersprach Matthias, der es Anna nicht übelnahm, dass sie so abweisend reagierte. Vermutlich hätte er selber nicht anders gehandelt.

„Mein Vater mag streng sein, aber er ist gottesfürchtig."

„Dein Vater ist von Gott ebenso weit entfernt wie ich von einem Gulden. Vergiss es, Matthias! Ich will seine Hilfe nicht. Dann könnte ich auch gleich den Teufel bitten."

„Also gut, dann lass mich den Gulden besorgen! Gib mir bis zum Abend Zeit! Vielleicht hilft mir Mutter, sie hat ein gutes Herz. Sie wird ihn mir geben, vertrau mir!"

Anna sah Matthias voller Hoffnung an. Sie vertraute ihm. Ohne weiter darüber nachzudenken, wie ungebührlich ihr Verhalten aufgrund der unterschiedlichen Herkunft war, sprang sie auf und umarmte den jungen Gutsherrn stürmisch. Erst als sie sich nach wenigen Sekunden von ihm trennte, erkannte sie, wie unziemlich sie sich benahm. Im gleichen Augenblick errötete sie. Doch Matthias tat, als bemerke er ihre Verlegenheit nicht.

„Lauf nach Hause, Anna! Sag deinem Vater, dass sein

Weib und das Kind unter die Erde kommen, wie es sich gebührt."

Bei diesen Worten lächelte er das Mädchen liebevoll an. Dankbar nahm Anna seine Hände und drückte sie, bevor sie aufstand.

„Gott segne dich, Matthias. Wenn du …"

„Schon gut", unterbrach er sie. „Ich helfe euch gerne. Schließlich bist du so etwas wie meine kleine Schwester. Und jetzt lauf endlich, bring deinem Vater die freudige Botschaft!"

„Deine kleine Schwester also? Lass das nur nicht deinen Vater hören!", antwortete Anna lachend und war bereits aufgesprungen. Noch einmal warf sie ihm einen dankbaren Blick zu, dann rannte sie, so schnell sie konnte, nach Hause.

***

Unterdessen war Annas Vater doch noch ins Dorf gelaufen, um den Priester persönlich zu bitten, sein Weib und das Kind zu weihen. Er wollte ihn anflehen, sich seiner Berufung zu besinnen und Gottes Werk zu verrichten. Spätestens in ein paar Wochen, wenn der Rest der Ernte eingebracht war und er einen Teil davon auf dem Markt verkaufen konnte, würde er ihm den Lohn nicht länger schuldig bleiben.

Er traf den Geistlichen in der Kirche. Der Pfarrer kniete vor dem Altar und betete in einem seltsamen Singsang vor sich hin. Josef Seidler zögerte. Des Priesters Milde wurde sicher nicht größer, wenn er ihn beim Gebet störte. Leise wandte er sich zum Gehen. Er würde draußen auf den Pfarrer warten. Doch in diesem Moment drehte der sich zu ihm, als spüre er die Blicke des Seidlers im Nacken.

„Was ist? Bist du gekommen, um mir den Gulden zu bringen?“

„Nein, Herr …“, stotterte der Lehnsbauer, der sich erschrocken umsah. „Aber Ihr werdet ihn schon bald …“

Der Priester hob die Hand und brachte den Seidler zum Schweigen. Er hatte geahnt, dass dieser Hungerleider bei ihm aufkreuzen würde. Die Leute in ihren armseligen Hütten besaßen so gut wie nichts und darbten das ganze Jahr über. Aber gottesfürchtig waren sie, das musste man ihnen lassen. Ohne die letzte Weihe würde kein Leichnam verscharrt werden. Nicht einmal die der Ärmsten, wozu die Seidlers gehörten.

Leider hatte er dem Gutsherrn versprechen müssen, diese Pflicht zu übernehmen. Wenn es sein musste, auch ohne Lohn zu verlangen. Eberhardt von Lingen bestand darauf, wenn er auch sonst nicht gerade fromm lebte. Demnach blieb dem Geistlichen nichts weiter übrig, wollte er nicht auf die Zuwendungen des Gutes verzichten. Wenn er allerdings an den beschwerlichen Weg dachte, der zur Hütte der Seidlers führte, bereute er sein Versprechen schon jetzt. Lediglich der Gedanke an den Jungen ließ seine Miene erhellen.

„Ich werde dein Weib segnen, damit sie ihre letzte Ruhe findet“, versprach er dem Seidler, der sein Glück kaum fassen konnte, dass sich der Pfarrer doch noch auf das Werk Gottes besonnen hatte und ihnen nun helfen wollte. Erfreut darüber reichte er ihm die Hand.

„Gott sei mit Euch, Herr Pfarrer.“

Angeekelt erwiderte der Geistliche den Händedruck. Er verabscheute die Armut dieser Leute, wenn er in seinen sonntäglichen Predigten auch das Gegenteil behauptete. Viel lieber waren ihm Menschen von Wohlstand und Bildung, wie der Gutsherr von Lingen. Dessen Hand schüttelte er immer wieder gerne. Leider durfte er diese Gesinnung nicht öffentlich zur Schau tragen, schließlich war er ein Sohn im Dienste des Herrn. Stattdessen predigte er Nächstenliebe und Mitgefühl, die man den Armen entgegenbringen sollte. Und dazu gehörten nun einmal auch die Seidlers.

„Allerdings wäre da noch das Kind und der Ablass. Du willst sicherlich, dass es getauft wird und die Sünden deiner Frau vergeben werden?“

Um seinen Plan nicht allzu offen zur Schau zu tragen, stellte er diese Frage. Dabei musste er nur einen Blick auf den verlegenen Seidler werfen, um zu wissen, dass der das Geld nicht besaß. Er lächelte wohlwollend, doch seine Augen verrieten, dass er die Antwort längst kannte. Der Seidler, der den Pfarrer genau beobachtete, bemerkte es. Nachdem er dem Geistlichen noch einmal versicherte, dass er das Geld sobald wie möglich auftreiben würde, winkte dieser ab.

„Das Kind wird getauft, wenn du zahlst. Willst du wirklich so lange warten?“

„Aber Herr, ich besitze nichts. Die letzte Ernte war schlecht, und …“

Der Pfarrer hob die Hand. Mehr wollte er nicht hören. Es war genauso, wie er es sich vorgestellt hatte. Ein listiges Leuchten der Vorfreude trat in seine Augen. Es wurde Zeit, auf das Geschäftliche zu sprechen zu kommen.

„Es gäbe noch eine andere Lösung“, schlug er in diesem Moment vor, wobei er tat, als würde er damit das schlechtere Los ziehen. Wie erwartet, sah der Bauer ihn hoffnungsvoll an.

„Du hast einen hübschen Jungen, Josef Seidler. Wie alt ist dein Sohn?“

„Vierzehn Jahre, Herr“, beeilte sich der Seidler zu antworten. Ein merkwürdiges Gefühl beschlich ihn. Er ahnte plötzlich, dass der Geistliche etwas im Schilde führte, wenngleich er sich auch fragte, wie Gabriel dem Pfarrer zunutze sein könnte.

„Ein gutes Alter.“

Der Priester nickte. „Sicher hast du vom Unglück des Schwalbingers gehört. Sein Sohn wählte den Freitod. Ich kann einen neuen Ministranten brauchen. Der Junge wird auf den Dienst in der Messe vorbereitet werden.“

„Das geht nicht, Herr“, wehrte der Seidler erschrocken ab, der zum ersten Mal davon hörte. „Ich habe nur den einen Sohn. Er muss mir bei der Arbeit auf dem Feld helfen. Gerade jetzt, wo meine Frau verstorben ist, fehlt jede Hand.“

„Entweder der Junge tritt in den Dienst der Kirche, oder dein Kind bleibt ungetauft und dein Weib wird nicht in geweihter Erde ruhen. Die Entscheidung liegt bei dir. Du weißt, dass sie dann das Fegefeuer erwartet. Willst du das, Josef Seidler?“

„Nein, Herr.“

Der Bauer schüttelte verzweifelt den Kopf. Nun verfluchte er den Schnaps, der es ihm schwermachte, klar zu denken. Seine Frau und das Kind lagen noch immer in der Kammer. Aber sollte er wirklich auch noch Gabriel, seinen Jungen, verlieren?

Der Priester, der bemerkte, wie verwirrt der Seidler war, nutzte die Gelegenheit.

„Wer Gottes Hilfe so unmittelbar erfährt, der bleibt von ihm tief angerührt. Gottes Wege sind unerschöpflich. Sag, Josef Seidler, glaubst du etwa nicht an Gottes Barmherzigkeit?“

„Doch, das tue ich“, stammelte er und senkte den Blick. Wie sollte er auch gegen diese Worte angehen, ohne sich der Gotteslästerei schuldig zu machen? Dennoch sträubte sich alles in ihm, seinen Jungen herzugeben.

„Ich werde versuchen, das Geld noch heute aufzutreiben“, unternahm er einen weiteren Versuch, den Pfarrer von dessen Plan abzubringen. „Aber bitte lasst mir meinen Sohn!“

„Die Vergebung der Sünden deines Weibes sollten dir mehr wert sein, Seidler!“

„Von was redet Ihr? Johanna war eine gottesfürchtige Frau, Herr. Sie hat zeit ihres Lebens nichts Unrechtes getan.“

„Glaubst du das wirklich, Josef Seidler? Dass deine

Frau ohne Sünden gewesen wäre?“

Scharf sah er den Bauern an, der unter diesem Blick schuldbewusst zusammenzuckte. Natürlich glaubte er an die reine Seele seiner Frau, sein Glaube an den Priester war allerdings mehr als zweifelhaft. Hilflos schaute er zu Boden. Doch der Blick, den dieser auf ihn warf, war spöttisch.

„Ja, das glaube ich“, antwortete er dennoch, bevor er sich abwandte, um die Kirche zu verlassen. Nie und nimmer würde er Gabriel an den Priester übergeben. Der Junge war alles, was ihm geblieben war. Sein Entschluss stand fest. Dann musste er Johanna und das Kind eben hinter der Hütte vergraben.

Doch so schnell ließ sich der Geistliche nicht abschütteln. Seit er den Sohn des Seidlers am Vortag gesehen hatte, spürte er das Verlangen in sich, ihn zu besitzen. Und das würde er, da war er sich sicher. Auf seinem Gesicht machte sich ein Grinsen breit. Im Stillen dankte er Gott dafür, dass die geschwätzige Hebamme sich ausgerechnet ihm anvertraut hatte, was das Geheimnis der Seidlerin betraf. Nun brannte es ihm unter den Nägeln, deren Ehemann die Wahrheit zu sagen. Ein Gefühl der Vorfreude bemächtigte sich seiner.

„Weißt du eigentlich von dem Geheimnis deiner Frau, Seidler?“

Josef Seidler tat, als höre er diese Frage nicht. Er hatte den gehässigen Unterton sehr wohl bemerkt. Doch auch dem Pfarrer würde es nicht gelingen, sein Weib in Verruf zu bringen.

„Sie offenbarte sich der Hebamme bei der Niederkunft. Es geht um deinen Sohn.“

„Sie soll sich um ihren eigenen Dreck kümmern“, erwiderte der Seidler. „Was geht sie mein Sohn an? Wäre sie nicht so habgierig gewesen, sondern sofort gekommen, könnte er am Leben sein.“

„Ich spreche nicht von dem Neugeborenen.“

Nun blieb Josef Seidler doch stehen. Neugier regte sich

in ihm. Wusste der Priester wirklich etwas über Gabriel, was ihm verschwiegen worden war? Konnte seine geliebte Johanna tatsächlich ein Geheimnis vor ihm verborgen haben?

Der Pfarrer, der erkannte, dass die Gedanken im Kopfe des Lehnsbauern arbeiteten, nutzte den Augenblick und trat zu ihm. Scheinbar mitfühlend legte er seinen Arm um dessen Schultern.

„Du weißt nicht, wovon ich rede, nicht wahr? Ich kann es in deinem Gesicht lesen. Du brauchst nicht zu lügen, wie es deine Frau tat."

„Johanna war keine Lügnerin." Josef Seidler schüttelte die feiste Hand angewidert ab. „Ihr sagt das nur, um meinen Sohn zu bekommen. Die Hebamme lügt! Sie hat es nie verwunden, dass die Frauen Johanna zu ihren Geburten riefen."

„Du irrst dich, Seidler", antwortete der Pfarrer kalt. „Johanna vertraute es ihr an, als sie spürte, dass ihre Zeit gekommen war. Und sie tat gut daran. Niemand sollte mit einer Lüge im Herzen vor den Herrn treten."

„Wovon redet Ihr?", presste Josef Seidler hervor und konnte nicht verhindern, dass sich ein Stachel des Misstrauens gegen seine verstorbene Frau in sein Fleisch bohrte. Das genügte dem Priester. Das vorgetäuschte Mitgefühl in seinem Gesicht verschwand.

„Du bist nicht sein Vater, er ist der Bastard vom Gutsherrn."

Für einen kurzen Moment stand der Bauer einfach nur reglos da, unfähig, das Gesagte zu begreifen. Doch gleich darauf erkannte er die Ungeheuerlichkeit dieser Worte. Wut kroch in ihm hoch und ließ ihn die Fäuste ballen.

„Das ist nicht wahr. Die alte Hexe lügt. Sie hat es Johanna nie verziehen, dass ihre Heilkräuter mehr ausrichteten, als ihr lieb sein konnte."

„Damit magst du recht haben." Der Geistliche zuckte mit keiner Wimper. „Aber es ändert nichts an der Wahrheit. Deine Frau schwor auf das Leben ihrer Kinder."

Josef Seidler erstarrte. Doch gleich darauf schüttelte er den Kopf. Der Pfarrer sagte die Unwahrheit, es musste eine Lüge sein. Entweder belog er ihn absichtlich, oder er hatte sich von der Hebamme täuschen lassen. Gabriel war sein Sohn, daran gab es keinen Zweifel. Er liebte ihn.

„Du glaubst mir nicht?“, fragte der Priester, enttäuscht über die Reaktion des Lehnsbauern. „Aber es gibt noch etwas, was du nicht weißt. Die Hebamme hat nicht nur geholfen, Eberhardt von Lingen zur Welt zu bringen, sondern auch seinen Sohn Matthias. Beide sind von Lingen. Und beide besitzen ein Muttermal auf der rechten Hand. Wenn ich gestern richtig gesehen habe, trägt auch Gabriel dieses Mal.“

Er brach ab und ließ seine Worte wirken. Als er das Entsetzen in den Augen des Lehnsbauern sah, wusste er, dass sein Plan aufging.

„Was wird nun aus der Taufe, Seidler? Soll der Junge noch immer bei dir bleiben?“

Josef Seidler schüttelte den Kopf. Der Pfarrer sprach die Wahrheit, wenn es auch schier unfassbar war und weh tat. Er kannte das Mal an der Hand seines Sohnes. Wenn der Priester nun behauptete, dass Matthias und dessen Vater ein ebensolches trugen, gab es keinen Zweifel mehr, dass Johanna ihn betrogen hatte und Gabriel nicht sein Sohn war.

Damit stand es fest. Was sollte er mit dem Bastard vom Gutsherrn? Dann konnte er genauso gut sein eigenes Kind in Würde unter die Erde bringen lassen.

„Also ist es beschlossen.“

Der Pfarrer reichte Josef Seidler die Hand, die der jedoch nicht nahm. Gleichgültig ließ der Geistliche seinen Arm fallen.

„Ich werde das Kind noch heute taufen. In der Zwischenzeit sorge dafür, dass der Junge fertig ist, wenn ich komme.“

***

„Wow", ich legte das Manuskript zur Seite. Überrascht bemerkte ich, dass eine Gänsehaut meine Arme bedeckte. Ich hatte bestimmt einiges erwartet, aber ganz sicher keine Geschichte, die vom Leben im Mittelalter handelte.

Von jeher hatten mir Bücher und Filme dieser Zeit Angst bereitet. Ich fand einfach nur grausam, wie der Aberglaube die Menschen damals dazu brachte, ihre Mitmenschen zu foltern. Außerdem klaffte die Schere von Arm zu Reich weit auseinander. Während die Grundbesitzer ihren feudalen Lebensstil pflegten, mussten andere hungern. Wie diese Kinder, über die Claudia Mehring schrieb.

Wenn ich nur an das kleine Wesen dachte, welches nicht einmal die Geburt überlebt hatte, schauderte es mich. Im selben Moment schoss mir ein anderer Gedanke in den Kopf.

War das die Verbindung? Die Totgeburt der jungen Mutter?

„Sag du es mir!", bat ich meine Patientin. Irgendwie stand der Unfall mit dem Schicksal dieser Kinder in Zusammenhang. Doch ich wusste nicht, wie, und vielleicht spann ich mir auch einfach etwas zusammen. Frau Mehring war Autorin. Wer sagte denn, dass es sich nicht um ein ganz gewöhnliches Manuskript handelte? Nachdenklich schüttelte ich den Kopf und sah auf sie hinab.

„Du meinst, ich soll weiterlesen, dann erfahre ich es? Na gut, wie du möchtest. Aber für heute genügt es. Ich schaue nachher wieder nach dir."

Die nächsten Stunden hatte ich vollauf damit zu tun, mich um die anderen Patienten zu kümmern. Dennoch ging mir die Geschichte nicht aus dem Kopf. Ich fragte mich, was den Jungen wohl erwartete, wenn er in den Dienst der Kirche eintrat. Und wie würde seine Schwester darauf reagieren?

Ich zuckte zusammen, als ich eine Tür schlagen hörte. Plötzlich musste ich lachen. Es war doch nur eine

Geschichte, verdammt. Vor was fürchtete ich mich eigentlich?

Kopfschüttelnd ging ich zum Dienstzimmer, dessen Tür offen stand. Als ich es betrat, bemerkte ich den Arzt, der sich über die Akten beugte. Leider handelte es sich nicht um Doktor Werner, dem ich gerne von dem Roman erzählt hätte. Aber vielleicht war das auch besser, ich steigerte mich vermutlich wieder viel zu sehr hinein.

Genau das bestätigte mir auch Maja, die später zum Frühdienst kam und mich im Zimmer von Frau Mehring fand. Mit gerunzelter Stirn sah sie das Manuskript in meinen Händen.

„Nicht schon wieder ein Tagebuch, oder?“

„Nein“, beruhigte ich sie. „Das ist Frau Mehrings neuester Roman, vielmehr die Rohfassung.“

„Ich hoffe, es geht um Liebe, Betrug und jede Menge Herzschmerz?“

„Ich glaube nicht.“

Als ich in das Gesicht meiner Freundin schaute, musste ich lächeln.

„Aber wenn du unbedingt etwas mit Gefühlen hören möchtest, kann ich damit dienen.“

„Dann schieß mal los!“

„Noel hat mir gestern einen Antrag gemacht.“

„Du meinst, so richtig? Mit Kniefall, Rosen und einem Ring?“

„Mit einem Ring. Wir saßen im Auto.“

„Wie unromantisch“, schüttelte Maja den Kopf. „Hätte er sich keinen besseren Zeitpunkt aussuchen können?“

„Darauf kommt es doch gar nicht an. Ich bin überglücklich, Maja. Und wenn ich mir vorstelle, dass Onkel Eli mich zum Altar führen wird …“

„Du hast recht“, fiel mir meine Freundin ins Wort. „Ich freue mich für dich. Wer hätte vor zwei Jahren gedacht, dass du aufgrund dieses Tagebuchs den Mann finden würdest, den du heiraten willst? Das Leben schreibt manchmal die seltsamsten Geschichten.“

„Das stimmt.“ Ich nickte, während mein Blick auf das Manuskript fiel. „Ich würde zu gerne wissen, ob es ihre Geschichte ist.“

„Sagtest du nicht, es geht ums Mittelalter?“

„Schon, aber es liegt so viel Gefühl darin und Schmerz. Ich spüre einfach, dass Frau Mehring ihr eigenes Schicksal eingebracht hat. Verstehst du, was ich meine?“

„Nein.“ Maja schüttelte den Kopf. „Aber es genügt, wenn du es tust. Warum nimmst du den Roman nicht einfach mit nach Hause? Bei Jonah hast du dasselbe getan. Umso schneller erfährst du, ob du mit deiner Vermutung richtig liegst.“

„Ja, warum eigentlich nicht?“ Ich nahm das Manuskript an mich. „Aber vorher brauche ich mein Bett. Deshalb verschwinde ich jetzt. Ich muss den Bus bekommen, Noel hat mich gestern Abend gefahren.“

Ich bekam den Bus und setzte mich nach hinten. Es war lange her, seit ich ein öffentliches Verkehrsmittel benutzt hatte. Nachdem Noel mich gedrängt hatte, endlich den Führerschein zu machen, nahm ich meistens das Auto.

Aber manchmal war es auch von Vorteil, nicht selbst am Steuer zu sitzen. So konnte ich noch ein wenig lesen, bevor ich später duschen und ausschlafen würde. Ich war wirklich gespannt, wie es mit den Kindern weiterging. Kurzerhand zog ich das Manuskript aus der Tasche und las an der Stelle weiter, an der ich vor wenigen Stunden aufgehört hatte.

***

Der Priester hielt sein Versprechen. Er stieg noch am selben Tag den beschwerlichen Weg zu den Seidlers hinauf und taufte das Kind. Mit ihm kamen zwei Männer des Dorfes, die Johanna und das Totgeborene ohne viele Worte auf die Trage legten und den Berg wieder hinabgingen, um die Toten in der Kirche aufzubahren.

Still standen die Kinder vor der Hütte und schauten ihnen nach. Dabei hielt Gabriel die Hand seiner Schwester. Anna war froh darum, die Nähe des Bruders tröstete sie. Noch mehr, da sie wusste, dass sie für den Vater bis heute nur die unerwünschte Tochter war. Er bewies es ihr jeden Tag durch seine Ignoranz ihr gegenüber. Umso härter fühlte sie den Verlust der Mutter. Nun war Gabriel alles, was ihr geblieben war.

In diesem Moment trat der Geistliche zu ihnen. Grob packte er Gabriels Kinn und hob seinen Kopf zu sich empor. In seinem Gesicht machte sich ein Ausdruck breit, den die Kinder nicht zu deuten wussten. Anna sah, wie Gabriels Kinn zu zittern begann. Und auch ihr schnürte es in banger Erwartung, was der Priester wohl vorhaben könnte, die Kehle zu.

„Du glaubst doch an Gott, den Allmächtigen, nicht wahr, Junge?"

Streng sah der Geistliche ihn an. Gabriel brachte vor Angst keinen Ton heraus. Stattdessen nickte er nur. Ihm war deutlich anzusehen, dass er nur eines wünschte. Der Priester sollte verschwinden und ihn in Ruhe lassen. Doch dessen Hand hielt noch immer sein Kinn und übte jetzt schmerzhaften Druck aus.

„Antworte mir! Glaubst du an Gott unseren Herrn?"

„Ja, das tue ich", presste der Junge hervor und schaute hilflos zu Anna, der unzählige Fragen durch den Kopf gingen. Der Pfarrer fragte nicht ohne Grund. Sie sah es in seinem verschlagenen Blick. Ein ungutes Gefühl befiel sie. Ohne länger darüber nachzudenken, öffnete sie die Tür und rief nach dem Vater. Der trat gleich darauf mit einem Bündel vor die Hütte, das er Gabriel wortlos überreichte.

„Gut, dann kommt dein Sohn mit mir", wandte sich der Priester an Josef Seidler, ohne Gabriel weiterhin zu beachten. „Folge mir, Junge!"

„Was habt Ihr vor? Ich verstehe nicht ..."

Gabriel wusste nicht, wie ihm geschah. Was hatte das

zu bedeuten? Wohin sollte er dem Geistlichen folgen? Und warum unternahm der Vater nichts dagegen? Stattdessen klärte ihn der Priester auf.

„Du wirst Ministrant, so ist es beschlossen. Von nun an dienst du dem Herrn und unserer Kirche. Du kannst stolz darauf sein."

„Niemals", begehrte Gabriel auf, der entsetzt war über die unerwartete Wendung des Gesprächs. Auf keinen Fall würde er mit dem Priester gehen. Er wollte hierbleiben, auf dem Feld arbeiten und nicht in der Nähe dieses unheimlichen Geistlichen sein.

„Was du willst, zählt nicht. Dein Vater schuldet mir einen Gulden, den er nicht besitzt", sagte der Priester streng und sah den Seidler fordernd an. Als der den Kopf schüttelte, atmete Gabriel erleichtert auf. Das konnte nur bedeuten, dass der Vater diesem Handel nicht zustimmte. Anna indes bemerkte, wie sich dessen Blick verhärtete. Ihr Herz begann wild zu klopfen. Wie versteinert folgte sie dem Geschehen.

„Nimm deine Sachen, Junge!"

Unerbittlich kamen die Worte aus Josef Seidlers Mund. „Du hast gehört, was der Priester verlangt. Du wirst mit ihm gehen."

„Aber Vater!", rief Gabriel verzweifelt und wich zurück. „Ihr könnt doch nicht …"

„Genug!" Grob fiel ihm der Pfarrer ins Wort. „Du hast deinem Vater zu gehorchen, Junge! So, wie du ab heute mir gehorchst."

Gabriel hörte die versteckte Drohung hinter diesen Worten sehr wohl. Hilfesuchend sah er noch einmal zum Vater, der nun beschämt den Kopf senkte und schwieg. In diesem Augenblick regte sich zum ersten Mal Widerstand in dem Jungen, der sonst stets tat, was der Seidler forderte. Ohne auf den Pfarrer zu achten, ging er zu ihm hin und klammerte sich an dessen Arm.

„Vater! Bitte!"

Doch Josef Seidler schüttelte resigniert den Kopf.

„Es ist Gottes Wille, Gabriel."

„So wie es Gottes Wille war, Mutter sterben zu lassen?"

Gabriel konnte sich nicht länger beherrschen. Die Furcht, sein Zuhause zu verlassen, um mit dem Priester zu gehen, setzte ungeahnte Kräfte in ihm frei. Er konnte nicht zulassen, dass der Vater ihn verkaufte.

Aber die Männer sahen über ihn hinweg, nachdem der Priester seinen gierigen Blick noch einmal unverhohlen über Gabriels Körper gleiten ließ. Dem Jungen blieb das zufriedene Grinsen nicht verborgen. Es widerte ihn an und machte ihm Angst. Aber er konnte nichts dagegen tun. Der Priester und sein Vater waren sich längst einig.

In diesem Moment löste sich Anna aus ihrer Erstarrung. Mit blitzenden Augen stellte sie sich zwischen Gabriel und den Geistlichen, der sie überrascht ansah.

„Sucht Euch einen anderen Ministranten, den Ihr ins Verderben schicken könnt wie den Sohn des Schwalbingers", schleuderte sie ihm entgegen. „Meinen Bruder bekommt Ihr nicht."

„Hüte deine Zunge, Mädchen, und geh aus dem Weg!"

Der Geistliche reagierte sichtlich amüsiert. Die Kleine besaß Mut, das musste man ihr lassen. Allerdings würde er sich bestimmt nicht von einem Bauernmädchen Befehle erteilen lassen.

„Nicht, bevor Ihr meinen Bruder freigebt", widersprach Anna.

Das Grinsen im Gesicht des Priesters verschwand. Streng sah er das Mädchen von oben herab an. Doch wenn er glaubte, sie würde den Blick senken, irrte er. Die Kleine hielt ihm stand.

„Gibst du den Weg auch dann nicht frei, wenn ich dir sage, dass es im Namen des Herrn geschieht?", fragte er misstrauisch. Die Antwort darauf kam ohne ein Zögern.

„Er ist nicht länger mein Herr."

„Anna, sei still!", rief Gabriel erschrocken dazwischen. Im Gegensatz zu seiner Schwester glaubte er zu ahnen, worauf der Priester hinauswollte. Wenn sie nicht endlich den Mund hielt, konnte es schlimm für sie enden.

„Ist das so?“ Der Geistliche tat, als hätte er Gabriels Einwand nicht gehört. „Verrätst du mir auch, an wen du glaubst? Man könnte annehmen, in deinen Augen steckt der Teufel.“

„Der Teufel seid Ihr selbst“, stieß Anna hervor. „Lasst meinen Bruder gehen!“

„Schluss damit!“, mischte sich in diesem Moment der Seidler ein. „Verschwinde ins Haus, Mädchen! Sofort! Oder du wirst die Folgen spüren. Dein Bruder geht mit ins Gotteshaus. Du wirst nichts daran ändern.“

„Aber …“

„Du hast deinen Vater gehört“, sagte der Priester, der es sichtlich bedauerte, dass die Kleine nicht mehr von sich preisgegeben hatte. Nur zu gerne hätte er sie der Hexerei beschuldigt. Irgendein Gefühl sagte ihm nämlich, dass dieses Mädchen ihm noch Schwierigkeiten bereiten würde. Gleichzeitig schalt er sich töricht. Was sollte dieses Kind ihm schon anhaben können?

Ohne sich länger mit ihr abzugeben, forderte er den Jungen auf, ihm zu folgen. Gabriel gehorchte nach einem letzten Blick auf Anna, der nun ungehemmt die Tränen über die Wangen liefen. Stumm sah sie zu, wie sie den Berg hinabstiegen, während der Vater längst in der Hütte verschwunden war. Sie stand draußen, bis sie nur noch schemenhafte Umrisse erkannte.

In diesem Moment begann Anna, den Priester zu hassen. Das Gefühl war neu und brannte in ihr. Sie spürte, wie es ein Feuer in ihr entfachte, welches sich nur schwer unter Kontrolle bringen ließ. Sie hasste diesen Mann, der ihr den Bruder genommen hatte, von ganzem Herzen. Und eines Tages, so schwor sich die Kleine, würde er für seine Taten büßen.

***

Der Herbst zog vorüber. Der Winter hielt Einzug und fuhr mit eisigem Atem durch das Land, bevor auch er wieder ging. Für das Mädchen verstrichen die Jahreszeiten, ohne Spuren zu hinterlassen. Ein weiteres Jahr hatte begonnen. Der Frühling erweckte die raue Landschaft endlich wieder zum Leben. Durch das noch winterkalte Erdreich begannen die ersten Blumen zu sprießen, Vogelgezwitscher erhellte den Tag und die Zweige der Bäume trugen nun zartes Grün.

War das Mädchen früher eine der Ersten gewesen, die nach dem Erwachen der Natur über Wiesen und Felder rannten und sich an jeder neuen Knospe erfreuten, saß es nun meistens schweigend auf seinem Bettlager in der Hütte und starrte vor sich hin. Nur selten verließ Anna das Haus. Dann marschierte sie über den harten Boden bis hin zum Wald, aus dem sie erst Stunden später halb erfroren zurückkehrte.

Der Vater beachtete sie auch weiterhin kaum. Aber Anna hatte sich längst daran gewöhnt und verspürte ihrerseits kein Verlangen, seine Nähe zu suchen. So beschränkte sich ihr Kontakt auf das Notwendigste. Doch nachdem die letzten gefrorenen Schneehaufen geschmolzen waren, begann auch die Arbeit. Dem Mädchen blieb nichts weiter übrig, als dem Vater hinaus auf das Feld zu folgen. Es war Zeit für die Saat von Hafer und Gerste.

Schweigend gingen sie ihrem Tagewerk nach. Während Josef Seidler mit der Harke Furchen in den Boden zog, schritt das Mädchen in einiger Entfernung hinter ihm und verteilte das kostbare Saatgut. Dabei dachte Anna unentwegt an Gabriel, der diese Arbeit stets verrichtet hatte. Sie vermisste ihn. So sehr, dass es weh tat. Bis heute war kein Tag vergangen, an dem sie nicht an ihn dachte, wie auch in diesem Moment.

Sofort kehrte die alte Wut in ihren Körper zurück. Sie würde nie den Tag vergessen, an dem er ihre Hütte für immer verlassen hatte. Noch am selben Abend hatte sie ihren Vater zur Rede gestellt, der mit gesenktem Kopf am Tisch saß und nicht einmal aufsah.

„Was wird jetzt aus Gabriel? Kehrt er wieder?“

„Du hast gehört, was der Priester gesagt hat. Dein Bruder wird Ministrant“, antwortete er mit ausdruckslosem Gesicht.

„Er war der Preis für die Taufe des Kindes und die Weihe deiner Mutter.“

„Der Preis?“ Anna hatte kaum glauben können, was sie da hörte. Der Vater sprach von Gabriel, als hätte er eine Kuh verkauft.

„Ich hätte den Gulden aufgebracht. Matthias versprach, uns zu helfen.“

Vorwurfsvoll sah sie zum Vater hin, der nur mit den Schultern zuckte.

„Der Pfarrer hatte es eilig. Es konnte ihm gar nicht schnell genug gehen.“

„Warum habt Ihr das zugelassen, Vater? Gabriel ist Euer einziger Sohn!“

Endlich hob Josef Seidler den Kopf. Verbitterung und Trauer lagen in seinem Blick.

„Was weißt du schon? Dein Bruder wird Ministrant. Er lebt von heute an beim Pfarrer.“

Mit diesen Worten war er aufgestanden und hatte die Hütte verlassen. Die Tränen seiner Tochter schienen ihm gleichgültig gewesen zu sein.

An diesem Tag hatte Anna begonnen, auch ihn zu hassen. Er hatte Gabriel verkauft und zugelassen, dass sie alleine zurückblieb. Er hatte ihr das genommen, was ihr nach dem Tod der Mutter am liebsten war, den Bruder. Das würde sie ihm nie verzeihen.

Gabriel erging es indes nicht viel anders, auch er fühlte sich alleingelassen. Er vermisste sein kärgliches Zuhause, die Weite der Wiesen auf dem Hügel und sogar die schwere Arbeit auf den Feldern. Am meisten aber vermisste er seine Schwester. Auch an diesem Abend, als er am Fenster seines Zimmers stand und in den Himmel hinausstarrte.

Wehmütig dachte er an den Tag zurück, an dem er die erste Nacht hinter den steinernen Mauern der Kirche verbracht hatte. Die vergangenen Monate waren ihm wie die Ewigkeit vorgekommen, die der Pfarrer jeden Sonntag von der Kanzel predigte. Vor Trauer und Heimweh bittere Tränen vergießend, hatte er am Abend nach dem widerwärtigen Handel auf seinem Lager gelegen und keine Ruhe gefunden. Immer wieder stellte er sich die Frage, warum der Vater ihn gehen ließ.

Es war bereits dunkel, als er vom Flur her Schritte vernahm, die rasch näher kamen und vor seiner Kammer verharrten. Der Junge, der glaubte, dass es sich um einen der anderen Ministranten handelte, hob seinen Umhang auf und hüllte ihn um seinen nackten Körper. Dabei versuchte er, die plötzliche Angst zu verdrängen, die ihn übermannte. In der Kammer befanden sich zwei Strohmatten. Was lag also näher, als dass er sich das Schlaflager mit einem anderen Jungen teilen musste? Der Geistliche war bestimmt nicht so großzügig, ihm das Zimmer alleine zu überlassen. Dennoch begann sein Herz laut zu klopfen.

Obwohl der Eindringling sich bemühte, leise zu sein, knarrte die Tür beim Öffnen, bevor ein Schatten den kleinen Raum betrat. Gabriel, dessen Augen sich inzwischen an die Dunkelheit gewöhnt hatten, erkannte die Gestalt sofort. Völlig reglos stand der Priester vor seinem Schlafplatz.

„Was wollt Ihr?“, fragte Gabriel mit zitternder Stimme und fürchtete sich gleichzeitig vor der Antwort. Der Priester, der nur mit einem Lendentuch bekleidet war und ihn voller Begierde anstarrte, erschien ihm wie der Teufel, vor dem er selber in seinen Predigten warnte. Ängstlich wich der Junge zurück.

„Du bist auserwählt, mein Sohn“, verhieß der Geistliche in einem seltsamen Ton, der unirdisch klang.

Wobei die Worte mehr einem Stöhnen glichen. Im selben Augenblick fiel das Tuch und enthüllte den bleichen schwabbeligen Körper des Priesters.

Dem Jungen blieb nur, entsetzt den Kopf zu schütteln. In seinem ganzen Leben hatte er nie einen völlig unbekleideten Mann gesehen, nicht einmal den Vater. Die strenggläubige Mutter hätte es niemals zugelassen, einen von ihnen nackt zu sehen. Und Gabriel selbst verspürte auch kein Verlangen danach. Er wollte, dass der Priester seine Kammer verließ und ihn nicht länger mit diesen wollüstigen Blicken ansah, welche die Dirnen auf dem Markt den Männern zuwarfen. Gleichzeitig ahnte er, dass es für ihn kein Entrinnen gab.

Als der feiste Priester, vor Erregung schnaufend, immer näher kam, schluchzte er in Erwartung von etwas Abscheulichem auf und stieß ihn von sich. Indes entfachte Gabriels Widerstand dessen Begierde umso mehr. Ohne auf die Abwehr des Jungen zu achten, riss er ihm den Umhang herunter. Seine dunklen Augen glänzten vor unterdrückter Gier, als er den schlanken, geschmeidigen Körper sah. Beinahe andächtig glitten seine Hände über die Brust des verängstigten Jungen, bis hin zu dessen Lenden.

„Bitte nicht, Herr!“, flehte Gabriel.

Doch es war bereits zu spät und der Priester längst von dem Jungen berauscht. Während seine gierigen Hände immer tiefer glitten, bis er Gabriel keuchend mit einem einzigen Stoß zurück auf das Stroh warf, begann der Junge zu schreien. Daraufhin drohte ihm der Geistliche, seine Schwester der Gotteslästerei zu bezichtigen. Das hatte genügt, um Gabriels Widerstand zu brechen, selbst als sich der schwere Körper auf ihn legte. Kein Mensch und erst recht kein Gott hatte ihn in dieser Nacht beschützen können.

Gabriel schluckte hart. Die Erinnerung daran löste auch heute noch Grauen in ihm aus. Seit jener Nacht fand er nur selten Ruhe. Jeden Abend lauschte er ängstlich auf die Schritte, die sich nur allzu häufig näherten, so auch heute. Gabriel hörte, wie sich die Tür öffnete. Doch im Gegensatz zur ersten Nacht wehrte er sich nicht mehr. Er hatte gelernt, dass sein Widerstand die Qualen nur verlängerte. Also ließ er die Schmach reglos über sich ergehen, während stumme Tränen über seine Wangen liefen.

Der Priester bemerkte sie nicht. Er hatte Gabriel zu sich geholt, um seine Lust zu stillen. Die Schmerzen, die er dem Jungen zufügte, waren ihm gleichgültig. Erst nachdem er Befriedigung gefunden hatte, ließ er den verängstigten Jungen in seiner Kammer zurück. Wenig später hörte Gabriel, wie er sich in seinem eigenen Schlafgemach geißelte.

Laut und endlos peitschte der Riemen auf seinen Körper. Gabriel vernahm jeden einzelnen Schlag, ebenso wie das Stöhnen, das dem glich, das der Geistliche bei den Übergriffen auf ihn ausstieß. Dann folgten laute Gebete, oft bis zum Morgengrauen. Der Priester bat Gott um Vergebung, als könne er so seine Sünden loswerden. Und vielleicht gelang es ihm sogar, dachte der Junge.

Wehmütig wanderten seine Gedanken zu seinem früheren Leben. Zu der armseligen Hütte, der Stille des Waldes, vor allem aber zu Anna, die er nur während der sonntäglichen Gottesdienste sah. Bis heute hatte der Pfarrer es ihnen nicht erlaubt, ein Wort miteinander zu wechseln. Ihnen blieben nur sehnsüchtige Blicke und die Erinnerungen an ihre gemeinsame Kindheit, die viel zu schnell vorübergegangen war. Aber das würde nicht genügen, um die Qualen, denen er unter der Obhut der Kirche ausgesetzt war, viel länger zu ertragen. Der Junge spürte, dass ihn die Kraft und jegliche Hoffnung verließen.

***

Der Priester bemerkte wohl, dass Gabriel immer stiller wurde. Der Junge war nur noch ein Schatten seiner selbst. Still und in sich gekehrt folgte er den anderen Ministranten zur Messe, wobei er jeden Kontakt zu ihnen mied.

Nicht, dass der Priester Mitleid verspürte. Gabriel selbst wollte es seiner Meinung nach nicht anders. Er wehrte sich nicht einmal, wenn er zu ihm kam, was nur als stilles Einverständnis gelten konnte. Dennoch plagte ihn nun die Angst, der Junge könnte sich möglicherweise dem Bischof offenbaren, der in wenigen Tagen seinen Besuch angekündigt hatte.

Wenn das geschähe, würde ihn der hohe Würdenträger in eine abgelegene Provinz verbannen. Daran gab es kaum einen Zweifel, obwohl auch der Bischof eine Vorliebe für Knaben besaß. Allerdings war er sehr geschickt darin, das zu verbergen, indem er andere Priester bei dem geringsten Verdacht bestrafte.

Der Geistliche seufzte. Wenn er doch nur wüsste, was in Gabriels Kopf vor sich ging. Der Junge war viel zu verschlossen und verstand es, seine Gefühle nicht offen zur Schau zu tragen, worin er sich gänzlich von seiner Schwester unterschied.

Die Kleine hasste ihn. Er konnte es jeden Sonntag in ihren Augen lesen, wenn sie den Gottesdienst besuchte, zu dem sie bestimmt nicht um seiner Predigt willen kam. Die Möglichkeit, ihren Bruder zu sehen oder vielleicht sogar mit ihm zu reden, trieb sie ins Gotteshaus. Deshalb hatte er Gabriel auch verboten, ein Wort mit ihr zu wechseln. Aber er bezweifelte, dass die Kleine sich auch dann noch davon abhalten ließ, wenn der Bischof persönlich anwesend war. Das Risiko, dass der von seinen Eskapaden erfuhr, war ziemlich hoch. Er musste nur daran denken, wie sich das Mädchen ihm entgegengestellt hatte.

Es waren etwa drei Monate seit dem Handel mit dem Seidler vergangen, als Anna außerhalb der Messe die Kirche betrat. All ihren Mut zusammenraufend, hatte sie ihm den Weg zum Altar versperrt, während ihre Hand etwas umklammerte. Anfangs hatte er sie ausgelacht, nachdem sie ihm die Münze gezeigt und den Grund für ihr Auftreten genannt hatte.

„Dein Bruder bleibt hier“, hatte er ihr gesagt und spöttisch auf sie herabgesehen. „Nimm dein Geld und verschwinde!“

Doch Anna war nicht bereit gewesen, kampflos aufzugeben.

„Mein Vater schuldet Euch einen Gulden, hier habt Ihr ihn. Damit sind die Schulden beglichen. Lasst meinen Bruder gehen!“

Das Lachen im Gesicht des Priesters war schlagartig verschwunden. Stattdessen hatte er das Mädchen grob am Arm gepackt. Dabei war die Münze aus ihrer Hand gefallen, die der Priester geschickt auffing, bevor Anna danach greifen konnte. Sie hatte an seiner Kutte gezerrt und geschrien, dass der Gulden das Kostbarste war, was sie besaß, ihr Pfand für Gabriels Freiheit. Ihm blieb nur, die Aufmüpfige mit harter Hand zum Ausgang zu ziehen, wo er sie zu Boden stieß.

„Verschwinde!“, hatte er sie angeschrien. „Dein Bruder gehört mir. Und lass dir eines gesagt sein. Tauchst du noch einmal hier auf und trittst mir so unverschämt entgegen, wirst du ihn niemals wiedersehen.“

Dann hatte er die Kirchentüren hinter sich geschlossen. Dennoch war ihm nicht verborgen geblieben, wie Anna weinend am Boden gelegen und ihre Finger vor Zorn und Enttäuschung in die Erde gekrallt hatte. In ihren Augen hatte er blanken Hass gesehen. Schon alleine deshalb durfte er ihr und ihrem Bruder keine Gelegenheit geben, sich dem Bischof anzuvertrauen. Leider fiel ihm nicht ein, wie er das anstellen sollte.

Doch schon zwei Tage später glaubte er, die Lösung seines Problems zu kennen. Seit dem frühen Morgen litt er unter Husten und Atemnot. Als die alte Hebamme, die auch in solchen Fällen zur Stelle war, ins Pfarrhaus kam, riet sie ihm, das Bett zu hüten. Ihrer Meinung nach konnte er auf keinen Fall die Messe halten. Inzwischen plagten den Geistlichen auch Fieber und Schweißausbrüche.

Aber da war die Taufe am Sonntag, die er unmöglich verschieben konnte. Es war längst alles vorbereitet. Die Tübingerin verließ sich auf ihn und hatte ihn bereits im Voraus reichlich entlohnt. Nur deshalb kam der Bischof zu Besuch, der eng mit dem Gutsherrn befreundet war. Es half nichts, er musste bis dahin genesen sein.

Nachdenklich kratzte er sich an der Stirn. Das Mädchen fiel ihm ein und dessen Kräuter. Das halbe Dorf sprach inzwischen von den Wunderkräften der Kleinen. Mit ihrer Hilfe würde er die Taufe sicher durchführen können. Doch noch scheute der Geistliche davor zurück, die Tochter des Seidlers zu bitten, wenn er auch wusste, dass sie bereits in ihrem jungen Alter den Ruf besaß, sich wie kaum eine andere mit den heilenden Kräutern auszukennen. Allerdings bezweifelte er, dass sie bereit sein würde, ausgerechnet ihm zu helfen. Dieses störrische Mädchen brachte es glatt fertig und verabreichte ihm irgendwelche Tinkturen, die ihn noch kränker machten. Es sei denn, es versprach sich einen Vorteil davon.

Grübelnd ging er zum Altar, auf dem bereits die Kerzen standen. Auch das Taufbecken hatten die Alten des Dorfes geschmückt. Der Tübinger war wohlhabend und am Sonntag würde sein bisher einziger Sohn getauft werden. Sicher bedachte er ihn im Überschwang der Freude mit einigen zusätzlichen Gulden. Doch dafür musste er auch eine besonders rührige Rede halten, was ihm unter diesen Umständen unmöglich erschien. Es nützte nichts, er brauchte die Kräuter der Kleinen.

Trotz allem musste das Ganze gut überlegt sein. Mit Geld würde er sie nicht locken können, so viel stand fest. Das Einzige, was das Mädchen interessierte, war sein Bruder. Wenn die widerspenstige Kleine sah, dass er bereit war, Gabriel regelmäßig in sein ehemaliges Zuhause zu lassen, würde sie sich wohl kaum an den Bischof wenden, sondern in den Handel einwilligen, bestimmt sogar.

Gleichzeitig hielt er sie so von seinem Haus fern. Die Leute im Dorf durften unter keinen Umständen erfahren, dass er sich ihres Teufelswerks bediente. Immerhin war er es, der den Leuten predigte, man müsse auf Gottes Hilfe und nicht auf das Grünzeug einer erst Dreizehnjährigen vertrauen.

Sein Entschluss stand fest. Er würde Gabriel schicken. Kein Mensch würde sich etwas dabei denken, wenn der Junge seinen Vater besuchte. Zufrieden machte sich der Priester auf den Weg ins angrenzende Pfarrhaus. Er wusste, wo er seinen Ministranten suchen musste. Er persönlich hatte ihn damit beauftragt, die Gefäße zur Salbung des Täuflings mit Öl und Chrisam zu reinigen.

„Gabriel?"

Der Geistliche riss die Tür zur Kammer auf und bemerkte sogleich, wie der Junge zusammenzuckte. Tief in Gedanken versunken hatte er den Priester nicht kommen hören. Schnell griff er nun zu dem Lappen, der achtlos neben ihm lag.

„Schon gut, Junge", beruhigte er ihn. „Du hast für heute genug getan. Ich habe eine andere Aufgabe für dich. Was würdest du sagen, wenn ich dir erlaube, deine Familie zu besuchen?"

Im Gesicht des Jungen machte sich Überraschung und ungläubiges Staunen breit. Der Priester erkannte nur zu deutlich, dass Gabriel ihm nicht traute.

„Hör mir zu, Junge! Du bist nun über ein Jahr bei mir in Diensten. Und ich bin wirklich zufrieden mit dir. Dafür erweise ich dir heute einen Gefallen."

Der Priester begann zu husten, wobei sich sein Gesicht gefährlich rot färbte. Es dauerte eine ganze Weile, bis er sich gefangen hatte.

Gabriel hockte indes noch immer reglos am Boden. Sollte der Priester ruhig ersticken, dachte er. Er würde ihm ganz sicher nicht nachtrauern. Dennoch war er neugierig geworden, was er damit meinte, ihm einen Gefallen zu erweisen. Und welchen Preis musste er dafür zahlen?

Denn eines hatte Gabriel in den letzten Monaten gelernt. Der Geistliche tat nichts, aber auch gar nichts ohne eine Gegenleistung.

„Du wirst zu deiner Schwester gehen“, unterbrach der seine Gedanken. „Nun schau nicht so ungläubig! Denkst du etwa, ich besäße kein Herz und wüsste nicht, wie gerne du deinen Vater und deine Schwester wiedersehen möchtest?“

Der Priester traf genau ins Schwarze. Gabriel glaubte tatsächlich nicht an dessen gütige Seele. Es musste einen Grund dafür geben, dass er zum ersten Mal nach Hause durfte, und wie er den Geistlichen kannte, würde er ihn bald erfahren.

„Bei der Gelegenheit bringst du mir gleich ein paar Kräuter mit. Mein Husten wird von Stunde zu Stunde schlimmer und Sonntag findet die Taufe statt, wie du weißt. Bis dahin muss ich genesen sein.“

Das war es also, dachte Gabriel. Ohne es zu wollen, begann er zu zittern. Doch sofort unterdrückte er seine Gefühle der Freude, die sich in ihm hochdrängten. Noch war sein Misstrauen zu groß. Es wäre nicht das erste Mal, dass der Priester ein böses Spiel mit ihm trieb. Bis heute hatte ihm der Geistliche verwehrt, auch nur ein Wort mit Anna zu wechseln. Und nun sollte er sie gar besuchen dürfen?

Der Junge konnte nicht ahnen, dass er mit seinem Misstrauen nicht alleine war. Dem Priester erging es nicht anders. Er traute Gabriel nicht und erst recht nicht dessen Schwester. Möglicherweise nutzte der Junge die Gelegenheit zur Flucht und brachte es fertig, nicht zu ihm zurückzukehren. Die kleine Hexe würde ihm sicher dabei helfen. Umso wichtiger war es zu ergründen, ob der Sohn des Seidlers zu diesem Verrat fähig war. Doch so sehr er auch in dessen hübschem Gesicht nach einem Zeichen suchte, er fand es nicht.

Wohlwollend tätschelte er Gabriels Hand. Als er das Erschaudern unter seiner Berührung spürte, legte sich ein fieses Grinsen in sein Gesicht. Der Widerstand des Jungen erregte ihn ungemein. So sehr, dass er für einen kurzen Augenblick darüber nachdachte, seinen Husten zu vergessen und stattdessen seine Begierde zu befriedigen.

Allerdings war da immer noch der Bischof. Der Priester strich sich über die Stirn, auf der kalte Schweißperlen standen. Wenn er jetzt nicht handelte, konnte es gut möglich sein, dass er die Kammer des Jungen nie wieder betreten durfte. Dabei konnte es sich nur um eine göttliche Fügung handeln, dass Gabriel seinem Willen und Begehren unterlegen war. Er dankte dem Herrn noch heute, dass die Hebamme sich ausgerechnet ihm anvertraut hatte. Außerdem passte er viel mehr in das Gotteshaus als in die armselige Hütte des Seidlers.

Der Junge besaß weder die gebückte Haltung der Lehnsbauern noch deren ausdrucksloses Gesicht. Gabriel verfügte über Stolz und ein edles Aussehen. Vermutlich war mehr dran an den Gerüchten der Hebamme, als er anfangs geglaubt hatte. Wenn es sich bei Gabriel tatsächlich um den Bastard des Gutsherrn handelte, würde das seine Anmut erklären.

„Am besten wird es sein, wenn du gleich aufbrichst. Dann schaffst du es, am Abend zurück zu sein. Sag deiner Schwester, sie soll dir sämtliche Kräuter und Tränke mitgeben, die meinen Husten und das Fieber vertreiben!"

Er stockte und sah Gabriel mit scharfem Blick an.

„Und noch eines, Junge, du sprichst zu keinem ein Wort! Ich kann es mir nicht leisten, mit dem Hexenzeug deiner Schwester in Verbindung gebracht zu werden."

Nun begriff Gabriel, dass der Geistliche ihn nicht belog und er wirklich nach Hause durfte. Dem ging es nicht darum, ihm einen Gefallen zu tun, wie er behauptete. Er hoffte auf Annas Heilkräuter, die er gleichzeitig als Hexenzeug bezeichnete. Wie konnte ein Mensch nur so durchtrieben sein?

Aber das war nebensächlich, er hatte sich längst an

diese Scheinheiligkeit gewöhnt. Im Moment zählte nur, dass er zu Anna durfte. Sie würden sich endlich umarmen können und er erfahren, wie es ihr all die Zeit ergangen war.

Gabriel stand auf, er wollte so bald wie möglich aufbrechen. Die Angst, dass der Priester es sich anders überlegen könnte, trieb ihn zur Eile. Erst als er den Ortsausgang erreichte und der Hügel, den er über ein Jahr lang nur aus der Ferne gesehen hatte, vor ihm lag, atmete er auf. Hier fühlte er sich frei und vergaß sogar die Drohungen, die der Priester ihm mit auf den Weg gegeben hatte, sollte er dumme Gedanken hegen.

Zur Hälfte angekommen, blieb er stehen und schaute ins Tal. Er erblickte die Dächer der Häuser, aus deren Schornsteinen vereinzelt Rauch quoll. Er sah die Mauer, die den Gottesacker umgab. Und er erkannte die Kirche, die alles überragte.

Ruckartig drehte er sich um. Er wollte die Kirche nicht sehen und den Priester zumindest für ein paar Stunden vergessen. Stattdessen wanderten seine Gedanken zu Anna und auch zu seinem Vater, dem er bis heute nicht verzeihen konnte, dass er ihn verschachert hatte. Wie würden sie wohl auf seinen Besuch reagieren?

Leider war von Anna nichts zu sehen, als er die Hütte betrat. Nur der Vater saß am Tisch. Vor ihm stand ein halb gefülltes Glas. Er trank, dabei war es nicht einmal Mittag.

„Grüß Gott, Vater“, sprach er ihn an. Doch der Seidler reagierte nicht.

„Der Priester schickt mich, um Kräuter zu holen.“

„Die wirst du hier bei mir kaum finden“, antwortete Josef Seidler knapp. Noch immer hielt er den Kopf gesenkt. Von Freude über das unerwartete Wiedersehen war bei ihm nichts zu erkennen. Seine ganze Haltung drückte Ablehnung aus. Fast schien es ihm unangenehm, seinen Sohn zu sehen. Gabriel konnte sich die abweisende Haltung des Vaters nicht erklären. Er hatte sich doch so sehr danach gesehnt, ihn wiederzusehen, und geglaubt, ihm erginge es ebenso. Immerhin war ein ganzes Jahr vergangen, seit sie sich zum letzten Mal gegenübergestanden hatten. Ihm kam es wie eine Ewigkeit vor. Und nun hob der Vater nicht einmal den Kopf?

„Wo ist Anna?“, fragte er enttäuscht.

Doch der Seidler zuckte gleichgültig mit den Schultern. Was wusste er schon, wo sich das Mädchen aufhielt? Seit Gabriel nicht mehr bei ihnen lebte, war die Kluft zwischen ihnen größer denn je geworden. Die Kleine konnte ihre Wut nicht vor ihm verbergen und er wusste, dass sie ihm nie vergeben würde, dass er Gabriel dem Priester überlassen hatte. Aber was machte das schon? Er brauchte das Mädchen nicht, dessen Wesen ganz anders war als das ihrer Mutter. Für ihn war nur noch der mühsam gebrannte Kartoffelschnaps wichtig. Damit konnte er alles vergessen, auch das Gespräch, das er mit der Hebamme geführt hatte, als er ihr endlich den schuldigen Lohn brachte.

Die alte Frau hatte jedes einzelne Wort des Priesters bestätigt. Gabriel war der Bastard des Gutsherrn. Daran gab es keinen Zweifel mehr. Seit diesem Tag versuchte er, seinen Kummer zu ersaufen, was ihm meistens auch gelang.

Und nun stand Gabriel nach über einem Jahr vor ihm. Sein vermeintlicher Sohn war zurückgekehrt. In diesem Moment spürte er die Zuneigung zu ihm und kämpfte mit sich. Wie gerne würde er dem Jungen die Hand reichen, ihm ein gutes Wort schenken. Doch er brachte es nicht über sich, nicht nach dem Gespräch mit der Hebamme. Stattdessen krampften sich die Finger fest zu einer Faust.

„Wenn ich zurück bin, wirst du verschwunden sein“, sagte er zu dem Jungen, der verstört zu ihm aufsah. „Geh zurück zum Priester, dort gehörst du hin!“

Mit diesen Worten stand er auf und machte sich daran, die Hütte zu verlassen. Gabriel sah ihm völlig versteinert nach, nicht fähig, das Gesagte zu begreifen. Dann kroch Wut in ihm hoch.

„Wisst Ihr überhaupt, was Ihr da sagt? Was habe ich

Euch getan, Vater, dass Ihr so hartherzig seid? Und das, nachdem Ihr mich wie einen Sack Korn verkauft habt“, schrie er ihm nach. „Ich bin Euer einziger Sohn!“

Befriedigt bemerkte er, wie seine Worte Wirkung zeigten. Für einen kurzen Moment erstarrte Josef Seidler. Langsam drehte er sich um. Seine und Gabriels Blicke trafen sich. Verzweifelt sah er den Jungen an, bevor er resigniert den Kopf schüttelte.

„Ich muss dich enttäuschen, du bist nicht mein Sohn. Das warst du nie. Du bist der Bastard vom Gutsherrn. Frag die Hebamme, wenn du es genau wissen willst!“

Dann verließ er ohne einen weiteren Blick die Hütte und ging den Hügel hinab ins Dorf, um sich schon am Morgen in die Schenke zu setzen.

***

Der Bus hielt. Nachdenklich verstaute ich das Manuskript in meiner Tasche. Ich musste aussteigen, auch wenn ich viel lieber weitergelesen hätte. Die Geschichte der Kinder berührte mich ungemein.

Während ich die wenigen Meter zu meiner Wohnung ging, fragte ich mich, wie es Claudia Mehring gelungen war, diese Emotionen in mir auszulösen. Je länger ich in ihrem Roman las, umso sicherer glaubte ich, dass es sich dabei um etwas Persönliches handelte.

Natürlich wusste ich, dass die Autorin wohl kaum eine Vergangenheit im Mittelalter besaß und bestimmt nicht auf irgendwelche Vorfahren gestoßen war, über die sie schrieb. Ich vermutete eher, dass es Parallelen zu ihrem eigenen Leben gab, die sie geschickt in die Geschichte einbaute. Dabei fiel mir vor allem ihr unerfüllter Kinderwunsch ein und die häufigen Fehlgeburten. Irgendein unerklärliches Gefühl sagte mir, dass es damit zu tun haben musste.

Gähnend zog ich den Schlüssel aus meiner Tasche und

öffnete die Tür. Ich würde das Rätsel nicht lösen, bevor ich nicht wenigstens sieben Stunden geschlafen hatte. Und selbst dann erschien es mir eher unwahrscheinlich. Vermutlich kannte die Wahrheit nur Claudia Mehring selbst. Dennoch hatte das Manuskript mich gepackt und ich würde es erst aus der Hand legen, wenn ich es zu Ende gelesen hatte.

Mein Blick fiel auf den Kalender in der Küche. Der heutige Tag war rot angestrichen. Wehmütig nahm ich Jonahs Foto ab, das daneben hing. Noel hatte es irgendwann aufgehängt und den Tag markiert, obwohl ihn keiner von uns vergessen würde.

Ich schaute zur Uhr. Es war fünf Minuten vor acht. Um vier Uhr Nachmittag würde Onkel Elias kommen. Es wurde also Zeit, mich endlich hinzulegen. Leider klappte es mit dem Einschlafen nicht so schnell, wie meine Müdigkeit vermuten ließ. Immer wieder ging mir die Geschichte der Kinder durch den Kopf. Ich versuchte, sie zu verdrängen und an etwas anderes zu denken. Es gelang mir nur schwer. Als ich es doch irgendwann schaffte und meine Augen zufielen, träumte ich von ihnen.

Dennoch wachte ich sechs Stunden später ziemlich ausgeruht auf. Noch beim Aufstehen nahm ich mir vor, Claudia Mehring zumindest für heute zu vergessen. Ich freute mich auf Eli, der noch nichts von unserer Verlobung wusste. Ich würde ihn beim Abendessen fragen, ob er bereit wäre, mich zum Altar zu führen.

Ohne länger zu zögern, sprang ich aus dem Bett und ging unter die Dusche. Nachdem ich in mein schwarzes Kleid geschlüpft war und mein Haar getrocknet hatte, lief ich nach unten in die Küche, wo Noel mich schon erwartete. Als er mich sah, lächelte er.

„Sie sehen sehr hübsch aus, Marie Schwarzer."

„Sie aber auch, Noel Reichenbaum", antwortete ich lachend und gab ihm einen Kuss. Mein Verlobter trug zur Feier des Tages einen schwarzen Anzug, der ihn noch attraktiver machte, als er in meinen Augen ohnehin war.

„Ist Onkel Elias schon angekommen? Ich würde gerne noch einen Kaffee trinken, bevor wir losgehen."

„Nimm dir ruhig Zeit! Der Kaffee ist fertig und Onkel Eli wartet sicher gerne. Sein Wagen fährt gerade die Einfahrt hoch. Ich gehe ihn begrüßen."

Während Noel zur Tür ging, schenkte ich mir Kaffee ein, ohne den ich den Tag, der für mich gerade erst begann, nur schwerlich starten konnte. Dabei fiel mein Blick auf die Tageszeitung, die Noel auf dem Tisch liegen gelassen hatte. Von der Titelseite schaute mich das Gesicht einer Frau an, die mir bekannt vorkam. Sie war stark geschminkt und trug einen Hut auf dem Kopf anstatt dicker Verbände. Doch es handelte sich zweifelsfrei um Claudia Mehring. Neugierig las ich den Titel.

Erfolgreiche Autorin im Koma -Unfall oder Suizid?

Ich schüttelte den Kopf. Die Presse hatte ich völlig vergessen. Dabei hatte Doktor Werner vorausgesagt, dass es so kommen musste. Meine Patientin stand in der Öffentlichkeit. Kein Wunder, dass sich die Meute nun auf ihre Story stürzte. Ich war gespannt, was ich in dem Artikel darunter erfahren würde. Was ich allerdings auf später verschieben musste, denn Onkel Eli betrat gerade die Küche und kam auf mich zu.

„Guten Tag, Marie. Wie schön, dass du uns begleitest."

„Hallo, Onkel Elias. Das ist doch selbstverständlich. Wie geht es dir?"

„Blendend, wenn man davon absieht, dass ich demnächst eine neue Hüfte bekommen soll. Aber auch das werde ich wohl überstehen." Er brach ab und zuckte mit den Schultern.

„Schon seltsam, damals operierten sie mich, um mir Dinge aus meinem Körper zu entfernen und jetzt bauen sie mir welche ein."

Er lachte. Doch ich wusste, dass es nicht lustig gemeint war. Onkel Elias konnte bis heute nicht verstehen, dass dieser Nazi, der sich Arzt genannt hatte, an ihm medizinische Experimente durchgeführt hatte. Wie sollte er auch? Kein Mensch, der auch nur einen Funken Gewissen in sich spürte, konnte diese grausamen Taten begreifen.

„Wollen wir gehen?“, fragte Noel und nickte mir zu.

„Ja“, erwiderte ich. Dann hakte ich mich bei dem alten Mann unter, der es freudig zur Kenntnis nahm. Die Angespanntheit in seinem Gesicht verschwand. Gemeinsam fuhren wir zum Friedhof. Jonahs Grab lag unter einer Fichte, deren Äste über den schmalen Stein hinausragten. Ich blieb stehen, während Noel und sein Onkel nach vorn traten und ein Gebet sprachen. Erst danach legte ich die Blumen, die ich mitgebracht hatte, vor den Grabstein.

„Alles Liebe zum Geburtstag, Jo“, sagte ich leise. Wie immer, wenn ich an diesem friedvollen Ort stand, kamen mir die Tränen. Ich konnte Jonah auch jetzt noch vor mir sehen, wenn ich die Augen schloss. Jede Falte in seinem Gesicht war mir vertraut.

Ich hatte unzählige Nächte an seinem Bett verbracht, in sein Gesicht geschaut und gehofft, dass er irgendwann aufwachen würde. Leider hatte sich diese Hoffnung nicht erfüllt. Was blieb, war das Bewusstsein, einen wunderbaren Menschen kennengelernt zu haben, den ich bis heute vermisste.

Umso glücklicher war ich, Onkel Elias bei uns zu wissen. Gerührt sah ich zu, wie er den Ring aus der Tasche holte und in seinen Fingern drehte. Er hatte ihn von seinem Bruder bekommen, kurz vor seiner Flucht aus dem Keller. Seitdem trug er ihn bei sich.

„Toda“, sagte er.

Über seine Wangen liefen Tränen. Wir ließen ihn gewähren. Onkel Eli war es wichtig, sich bei seinem Bruder zu bedanken. Wir sahen ihm stumm dabei zu. Erst als er den Ring wieder einsteckte, ging Noel zu ihm und legte den Arm um seine Schultern.

„Lass uns ein wenig ausruhen“, schlug er vor. Offensichtlich machte er sich Sorgen um den alten Mann, der plötzlich gebrechlich wirkte. „Dort drüben ist eine Bank.“

„Marie und ich möchten dir etwas sagen, Onkel Elias“, begann mein Verlobter, als wir saßen. Ich warf ihm einen fragenden Blick zu. Eigentlich hatten wir vorgehabt, bis zum Abendessen zu warten. Als ich jedoch in Noels Augen sah, wusste ich, warum er das Gespräch vorverlegte. Ich lächelte im stillen Einverständnis. Er tat das Richtige. Ich fühlte es. Jo gehörte in diesem Augenblick dazu.

„Was ist los, mein Junge?“, fragte Eli, der sich inzwischen gefangen hatte. Erwartungsvoll sah er in unsere Gesichter.

„Marie möchte dich um etwas bitten.“

„Gerne, wenn ich dir irgendwie helfen kann, werde ich das natürlich tun. Um was geht es?“

Ich suchte nach Worten, was gar nicht so leicht war. In diesem Moment waren Noel und Eli nämlich nicht die Einzigen, die ich in meiner Nähe spürte. Ich hätte alles dafür gegeben, meine Eltern jetzt bei mir zu wissen. Der Gedanke, dass mein Vater mich nicht zum Altar begleiten konnte, tat weh.

Bevor ich noch in Tränen ausbrach, nahm ich die Hand des alten Mannes. Onkel Eli würde ein würdiger Ersatz sein und ich wusste, dass mein Vater stolz auf mich gewesen wäre, gerade ihn dafür auszuwählen.

„Noel hat mich gebeten, seine Frau zu werden“, teilte ich ihm mit. Meine Stimme klang kratzig, voll unterdrückter Tränen. Gleichzeitig lächelte ich.

„Würdest du mir die Ehre erweisen und mich zum Altar führen?“

Eli sagte kein Wort. Aber ich sah, wie seine Hände zu zittern begannen. Dann schweifte sein Blick zum Grab seines Bruders.

Eine einzelne Träne lief über seine Wange, als er sich zu mir drehte und mir in die Augen schaute.

„Toda."

***

Der Artikel fiel mir erst wieder ein, als wir zu Abend gegessen hatten und gemütlich ein Glas Wein tranken. Onkel Eli war bereits gegangen. Natürlich nicht, ohne mir noch einmal zu versichern, dass ich ihn heute zum glücklichsten Menschen der Welt gemacht hatte. Und das nicht zum ersten Mal, wie er betonte. Seiner Meinung nach verdankte er es nur mir, dass er seinen Bruder noch einmal hatte sehen können, bevor er starb.

So kamen wir natürlich erneut auf Jonah zu sprechen, auf seine Zeit in der Klinik, die endlosen Nächte, in denen ich ihm aus dem Tagebuch vorgelesen hatte.

Ohne es zu wollen, waren meine Gedanken zu Claudia Mehring gewandert, der es ähnlich erging. Wie Jo lag sie in wachem und doch teilnahmslosem Zustand in ihrem Krankenbett. Und wie Jo schien sie eine Geschichte zu haben.

Nachdem wir Eli verabschiedet hatten und Noel ankündigte, unbedingt etwas Bequemes anziehen zu müssen, nahm ich die Zeitung zur Hand. Ich hatte keine Ahnung, was ich erwartete, aber bestimmt nicht diesen detaillierten Bericht, der meiner Meinung nach eindeutig die Grenzen überschritt.

Nicht nur, dass der Verfasser des Artikels offenbar genauestens darüber informiert war, wie sehr Frau Mehring unter den Fehlgeburten litt. Er stellte auch einen Zusammenhang zu deren Bruder her, der sich vor einigen Jahren das Leben genommen hatte.

Wenn man dem Reporter glauben konnte, war Niklas ein musikalisches Wunderkind gewesen, das in einen der berühmtesten Kirchenchöre des Landes aufgenommen worden war. Später waren dann Gerüchte über Missbrauch aufgetaucht. Der Junge hatte einen der Priester beschuldigt, war jedoch nie wirklich ernst genommen worden. Selbst die Polizei hatte ihre Ermittlungen eingestellt, nachdem die Familie ihre Anzeige zurückgezogen hatte. Vier Wochen später hatte sich der Junge erhängt und die Kirche alles dafür getan, dass dieser Vorfall in Vergessenheit geriet.

Der Artikel endete mit der Schlussfolgerung, dass die Wahrheit wohl nie ans Licht kommen würde, jedoch durchaus mit der psychischen Verfassung der Autorin zu tun haben könnte, die unter Depressionen litt.

Ich ließ die Zeitung sinken und schaute nachdenklich in das Kaminfeuer. Das würde erklären, warum meine Patientin ihren Protagonisten das gleiche Schicksal erleiden ließ, wie es ihrem Bruder widerfahren war. Konnte es sein, dass Gabriel eigentlich Niklas sein sollte? Aber warum schrieb sie dann nicht einfach über ihn? Fürchtete sie sich vor dem Skandal, den sie damit unweigerlich auslösen würde?

„Bist du mit deinen Gedanken schon wieder in der Klinik?“

Ich erschrak. Plötzlich stand Noel neben mir und hielt die Zeitung in der Hand. Ich hatte ihm von der Autorin erzählt. Nun, da er den Artikel gelesen hatte, ahnte er wohl, dass ich mich damit beschäftigte.

„Tut mir leid“, versuchte ich, mich reumütig zu entschuldigen. „Ich weiß auch nicht, was mit mir los ist. Die Geschichte von Frau Mehring geht mir irgendwie nahe. Aber ab jetzt widme ich meine ganze Aufmerksamkeit dir, versprochen.“

„Ich verstehe dich ja.“ Noel nahm meine Hand und drückte sie zärtlich. „Genau deshalb liebe ich dich. Als ich dich damals zum ersten Mal an Jonahs Bett sah und deiner Stimme lauschte, wusste ich sofort, dass du ein besonderer Mensch bist. Wenn ich ehrlich bin, habe ich mich schon in diesem Moment in dich verliebt. Frau Mehring kann sich glücklich schätzen, dass du dich ihrer annimmst."

„Ich bezweifle, dass ich ihr helfen kann. Bei Jo war das anders, wir suchten seine Identität, Verwandte oder Freunde. Claudia Mehring besitzt das alles. Mehr als ihr vorzulesen, bleibt mir nicht."

„Was sehr viel ist, Schatz. Du weißt das. Alles Weitere wird die Zeit bringen. Und jetzt habe ich noch eine Überraschung für dich. Meinst du, du könntest dich einen winzigen Augenblick auf mich konzentrieren?"

„Natürlich, was glaubst du denn?"

Ich tat entrüstet, wusste jedoch nur zu gut, wie nahe mein Verlobter der Wahrheit kam. Mir fiel es schwer, einfach abzuschalten und die Arbeit zu vergessen. In diesem Augenblick aber siegte die Neugier.

„Nun sag schon! Was ist es?"

Noel ging zum Schrank und holte einen Briefumschlag heraus. Meine Augen folgten ihm erstaunt. Ich hatte erwartet, dass es etwas mit unserem Abend zu tun hatte, ein heißes Bad vielleicht oder erste Entwürfe der Einladungen für unsere Hochzeit. Nun musste ich feststellen, dass es sich lediglich um ein mir unbekanntes Schreiben handelte.

„Es ist von der Stiftung", klärte er mich auf, als er meinen fragenden Blick bemerkte.

„Durch deine großzügige Spende konnten wir acht ehemalige Häftlinge ausfindig machen, deren Familien sie seit Jahrzehnten suchten. Weißt du, was das für diese Menschen bedeutet, Marie? Die wenigsten von ihnen besitzen die Mittel, ihre Suche alleine voranzutreiben. Außerdem fehlen ihnen die Kontakte, die die Stiftung nun einmal besitzt. Aber auch wir sind auf Spenden angewiesen."

Noel brach ab und nahm mich in den Arm.

„Du hast einen großen Teil dazu beigetragen, sie glücklich zu machen. So, wie du mich glücklich machst."

„Hör auf damit!" Ich drückte meinen Kopf an seinen

Hals, damit er nicht bemerkte, wie verlegen er mich machte. „Das Geld stammt von meinen Eltern, nicht von mir. Ich bin sehr froh, damit helfen zu können. Danke für diese wunderschöne Überraschung."

„Du denkst, der Brief ist die Überraschung?" Noel grinste.

„Ja. Ist er das nicht?" Ich löste mich von ihm und trank einen Schluck Wein, bevor ich mich zurück auf das Sofa setzte.

„Diese Familien haben dich eingeladen, Schatz. Sie möchten dich kennenlernen."

„Was? Aber warum denn? Ich dachte, die Spender bleiben anonym."

„Nur wenn sie darauf bestehen. Du hast nichts davon erwähnt. Ich bin davon ausgegangen, dass du dich freust."

„Ja. Vielleicht. Ich weiß nicht, Noel. Eigentlich reicht es doch, wenn sich die Familien gefunden haben. Warum sollen sie sich bei mir bedanken? Mir wäre es ehrlich gesagt lieber, nicht im Mittelpunkt zu stehen."

„Das hatte ich fast vermutet. Ich mache dir einen Vorschlag. Denk in Ruhe darüber nach! Aber vergiss nicht, wie sehr dich Jonahs Geschichte berührt hat. Jeder dieser ehemaligen Häftlinge hat seine eigene und vermutlich nicht mehr viel Zeit, sie weiterzutragen."

„Das nennt man Erpressung", rief ich. Doch ich konnte nicht umhin, ihm recht zu geben. Irgendwann würde auch der letzte Zeitzeuge verstorben sein. Dann blieben tatsächlich nur ihre Geschichten übrig.

Mein Blick fiel auf das Manuskript, das ich auf dem Tisch liegen gelassen hatte. Frau Mehrings Schicksal unterschied sich vollkommen von denen der verfolgten Juden, eine andere Zeit, ein anderer Ort. Und doch verband sie etwas, ich wusste nur noch nicht, was es war.

***

Als ich fünf Tage später das Zimmer der Patientin betrat, entdeckte ich sofort die Zeitung auf dem freien Stuhl neben dem Krankenbett. Ein weiterer Artikel über die erfolgreiche und angeblich depressive Autorin prangte mir vom Titelblatt entgegen. Verärgert warf ich sie in den Mülleimer. Ich konnte nur hoffen, dass der Besucher Claudia Mehring nicht vorgelesen hatte, was da geschmiert stand.

Leider glaubten noch immer die meisten Menschen, dass Patienten, die im Wachkoma lagen, nichts von ihrem Umfeld mitbekamen. Und vielleicht stimmte das sogar. Ich aber war anderer Meinung. Das Letzte, was Frau Mehring jetzt gebrauchen konnte, waren irgendwelche geltungsbedürftigen Besucher, die ihr den neuesten Klatsch unter die Nase rieben.

„Ich vermute, deine sympathische Literaturagentin hat dich besucht“, stellte ich spöttisch fest und rückte das Kissen der Patientin zurecht.

„Zum Glück habe ich das Manuskript bei mir gehabt. Wenn ich mir vorstelle, dass sie es in die Hände bekommen hätte …“

Ich seufzte. Dann schaute ich mir ihre Kopfwunde an. Sie verheilte recht gut, sodass nur noch ein dünner Verband nötig war, den ich erneuerte. Erst jetzt konnte ich sehen, wie attraktiv Frau Mehring war, auch wenn sie nicht geschminkt war wie auf dem Foto in der Zeitung. Die junge Frau strahlte eine natürliche Schönheit aus, die jegliches künstliche Nachhelfen unnötig machte. Ich fragte mich, warum das keiner der Fotografen bemerkt hatte.

„Du hast die ganze Zeit über eine Maske getragen, nicht wahr?“

Ich spürte, wie sich bei dieser Feststellung meine Kehle zuschnürte. Und doch glaubte ich, der Wahrheit ziemlich nahe zu kommen. Die Autorin hatte sich nichts sehnlicher gewünscht, als Mutter zu werden. Nachdem sich dieser Wunsch nicht erfüllt hatte, war sie von Erfolg zu Erfolg gehetzt, ohne wirklich zur Ruhe zu kommen. Sie tat mir unendlich leid.

Alles, was ihr geblieben war, stand in diesem Manuskript. Vermutlich fand man nur dort die wahre Claudia Mehring. Umso neugieriger war ich, wie es weiterging.

„Bist du bereit?“, fragte ich und setzte mich auf den Stuhl.

Anna traute ihren Augen nicht, als sie aus dem Wald kam, in dem sie Pilze gesammelt hatte. Noch vor wenigen Minuten hatte sie an Gabriel gedacht, den sie so sehr vermisste, dass sie im ersten Moment an eine Sinnestäuschung glaubte. Vermutlich spielte ihr die Erinnerung einen Streich, oder ihre unbändige Sehnsucht. Ungläubig schloss sie die Augen. Als sie sie öffnete, hockte Gabriel noch immer unter der alten knorrigen Eiche.

Das Mädchen schrie auf vor Freude. Dabei ließ sie den Korb fallen, ungeachtet der Pilze, die zu Boden kullerten. Mit wehendem Haar rannte sie auf ihren Bruder zu, der in diesem Moment aufsah.

„Gabriel, bist du es wirklich? Was machst du hier? Bist du etwa fortgelaufen?“

Die Fragen prasselten auf den Jungen ein, kaum, dass er seine Schwester im Arm hielt. Aber es störte ihn nicht, im Gegenteil. Anna hatte sich offenbar nicht verändert, wenn sie auch ein gutes Stück gewachsen war.

„Sag schon!“

Seine Schwester wurde ungeduldig. Gleichzeitig sah er die Angst in ihren Augen, dass es einen besonderen Grund für seinen Besuch geben könnte.

„Ich bin nicht fortgelaufen, Anna. Der Priester schickt mich.“

Erstaunt sah Anna ihren Bruder an. Seine Stimme klang völlig emotionslos, als wäre es ihm gleichgültig, sie endlich wiederzusehen. Irgendetwas stimmte hier nicht, sie spürte es.

„Was ist passiert, Gabriel? Was verlangt er dafür?“

Ohne es selbst zu bemerken, verengten sich ihre schönen Augen zu schmalen Schlitzen. Gabriel, der diesen Blick nur zu gut kannte, schüttelte den Kopf.

„Du kannst dein Schwert ruhig stecken lassen, Jeanne d’Arc! Ich soll Kräuter von dir holen, nicht mehr. Er leidet unter Husten.“

„Das ist alles?“

Anna entspannte sich. Gleichzeitig kroch Schadenfreude in ihr hoch, als sie sich vorstellte, wie sich der feiste Pfarrer die Lunge aus dem Leib hustete.

„Warum kommt er dann nicht selber?“, fragte sie. „Die frische Luft würde seiner Lunge wahrlich guttun? Ist ihm der Weg zu beschwerlich?“

„Er sagt, dass er nicht mit deinem Hexenkraut in Verbindung gebracht werden möchte. Sei doch froh darüber, Anna! Ich glaubte schon, wir würden uns nie wiedersehen. Am Abend muss ich zurück im Pfarrhaus sein. Also lass uns die wenige Zeit nutzen! Wer weiß schon, wann sich eine solche Gelegenheit noch einmal bietet.“

„Hexenzeug sagt der Pfaffe also?“ Wütend schüttelte Anna den Kopf. „Aber für sein Leiden ist es gut genug?“

„Lass gut sein, Schwester! Gib mir einfach ein paar Kräuter mit! Am Sonntag kommt der Bischof ins Pfarrhaus. Sicher möchte er bis dahin genesen sein.“

„Der Bischof“, erwiderte Anna nachdenklich, während ihre Gedanken sich überschlugen. Das musste es sein. Der Pfarrer hatte Angst, dass der hohe Würdenträger möglicherweise erfuhr, dass er dem Seidler den Jungen genommen hatte. Und natürlich rechnete er in seiner Eitelkeit nicht damit, dass sie ihn durchschaute. Er war sich seiner Sache sicher.

Nun, dann würde sie ihm wohl einen Strich durch die Rechnung machen müssen. Nichts konnte sie jetzt noch davon abhalten, der sonntäglichen Messe beizuwohnen. Der verschlagene Priester würde es nicht wagen, sie vor den Augen des Bischofs der Kirche zu verweisen. Und vielleicht fand sie ja Gelegenheit, ihr Anliegen vorzutragen.

„Warum hockst du eigentlich hier?“, fragte sie. „Willst du dem Vater nicht Grüß Gott sagen?“

„Er ist nicht mein Vater“, erwiderte Gabriel leise. Obwohl er Anna nicht ansah, bemerkte sie die Tränen in seinen Augen. Erst jetzt fiel ihr auf, wie ungewöhnlich still der Bruder war.

„Was sagst du da? Wie kommst du darauf?“

„Es ist die Wahrheit, Anna.“

„Das heißt, du warst bei ihm? Hat er dir diese Lüge in den Kopf gesetzt?“

Gabriel nickte. Doch im Gegensatz zu Anna glaubte er nicht einen Moment daran, dass der Seidler die Unwahrheit sprach. Zumindest erklärte das, warum er ihn fortgegeben hatte.

„Es ist keine Lüge“, bekräftigte er noch einmal und senkte den Kopf. Warum hätte ihn der Seidler belügen sollen? Außerdem war auch ihm lange zuvor dieses Muttermal an seiner und an Matthias’ Hand aufgefallen. Sie schienen zum Verwechseln ähnlich. Gedanken darüber hatte er sich jedoch nicht wirklich gemacht und dieses Zeichen auf eine Laune der Natur geschoben. Wenn er ehrlich war, hatte es ihn sogar ein wenig stolz gemacht. Er, der arme Bauernjunge, hatte etwas gemeinsam mit dem Gutsherrnsohn. Dass ihre Gemeinsamkeit weit über dieses Mal hinausgehen könnte, daran hätte er nie und nimmer geglaubt.

Anna zerriss es das Herz, ihn so niedergeschlagen zu sehen. Sie beugte sich zu ihm und drückte ihn an sich.

„Glaub ihm nicht, Gabriel! Du bist mein Bruder!“

Gabriel schwieg. Damit machte er Anna mehr Angst, als wenn er geweint hätte.

„Es ist der Schnaps“, versuchte sie eine Erklärung zu finden. „Er hat getrunken, er trinkt jeden Tag. Seine

Gedanken sind verwirrt.“

„Lass gut sein, Anna! Er war nicht betrunken, du weißt es genauso gut wie ich.“

Gabriel wirkte ruhig, als er in Annas dunkle Augen blickte, die ihn flehentlich ansahen. In seinem Gesicht war keine Regung zu erkennen. Doch das Mädchen sah, wie seine Brust bebte. Der Vater hatte die Wahrheit gesprochen. Sie wusste es und Gabriel wusste es ebenso. Schon der Gedanke trieb ihr die Tränen in die Augen. In diesem Moment fühlte sie eine Leere im Herzen, wie sie sie nur beim Tod der Mutter erlebt hatte.

„Bring mir die Kräuter, Anna! Ich muss gehen.“

„Aber du bist gerade erst gekommen. Wir …“

„Ich muss tun, was er verlangt“, unterbrach sie Gabriel. „Wenn er zurückkehrt, soll ich fort sein. Außerdem habe ich noch etwas zu erledigen.“

„Was hast du vor?“ Annas Stimme zitterte und verriet ihre Angst. Die Sorge um Gabriel schnürte ihr die Kehle zu. Nie zuvor hatte sie ihn so entschlossen erlebt.

„Ich werde zur Hebamme gehen und sie bitten, mir die Wahrheit zu sagen. Ich muss wissen, was Vater …“

Er stockte, bevor sich ein verbittertes Lächeln auf seine Lippen legte.

„Ich muss wissen, was der Seidler damit gemeint hat.“

„Dann werde ich dich begleiten“, sagte Anna bestimmt. „Du wirst schon sehen, nicht das geringste Körnchen Wahrheit wird an dem Gerede sein.“

Der Junge zuckte mit den Schultern. Ihm war es gleichgültig. Wenn Anna unbedingt dabei sein wollte, wenn die alte Hebamme ihm bestätigte, was er vom Seidler erfahren hatte, sollte sie es tun. Er würde sie sowieso nicht davon abhalten können. Und vielleicht hatte sie ja tatsächlich recht damit, dass er getrunken hatte. Noch loderte auch in ihm ein kleiner Funken Hoffnung, dass alles ein merkwürdiger Zufall war. Immerhin hatte die Mutter nie ein Wort davon erwähnt, er könnte mit dem Gutsherrn in Verbindung stehen. Sie war eine gute

Christin gewesen, die sich an die Gebote hielt, und hätte ihren Mann niemals betrogen. Das genügte, um an den Gerüchten zu zweifeln. Es gab keinen anderen Weg, er musste zur Hebamme. Erst dann würde er Gewissheit haben.

„Dann komm, Anna!“

Die Kräuter waren in diesem Moment vergessen. Entschlossen gingen sie in Richtung des Dorfes. Etwa die Hälfte des Weges hüllten sie sich in Schweigen. Jeder für sich in Gedanken versunken liefen sie wortlos nebeneinander her, bis Anna die Stille nicht länger ertrug.

„Was ist, wenn Vater die Wahrheit gesagt hat, Gabriel?“

Der Junge antwortete nicht. Nur seine traurigen Augen verrieten dem Mädchen, was in ihm vorging. Ihre Sorge wuchs.

„Du kannst es mir sagen.“

Anna spürte deutlich, dass es noch einen anderen Grund für Gabriels Verschlossenheit gab. „Erinnerst du dich nicht an meine Worte, als Mutter starb?“

Mit Tränen in den Augen sah Anna den Bruder an, der nun stehen geblieben war.

„Ich werde immer für dich da sein, Gabriel! Auch wenn Gott sich abwendet, ich werde es nicht tun!“

„Ich erinnere mich.“

Liebevoll streichelte Gabriel seiner Schwester über die Wange.

„Wenn du nur wüsstest, wie recht du damals hattest. Wie konntest du nur ahnen, dass Gott sich von mir abwenden würde?“

„Aber das hat er nicht, Gabriel!“ Nun kehrte der alte Kampfgeist in das Mädchen zurück. „Was macht es schon, wenn du nicht Vaters Sohn bist? Gott ist bei dir. Du dienst ihm, du bist Gottes Sohn.“

„Ach Anna, was weißt du schon?“, fragte der Junge verbittert. „Ist es etwa Gottes Wille, dass ich ein Bastard bin? Sind es die Wege des Herrn, die den Priester Nacht für Nacht in meine Kammer treiben? Geschehen all die Schmerzen im Namen des Allmächtigen?“

Gabriel stockte, während unaufhaltsam Tränen über sein Gesicht rannen.

„Glaub mir, Anna! Dann wäre mir sogar ein Vater wie Eberhardt von Lingen lieber.“

„Was sprichst du denn da? Ich verstehe nicht. Was ist geschehen, Gabriel?“

Annas Stimme bebte. Sie hatte Angst vor einer Antwort. Gabriels Blick, der ins Leere ging, sagte ihr, dass das Geheimnis der Hebamme um seine wahre Herkunft die geringste Sorge war. Und tatsächlich bestätigte er ihre Befürchtungen.

„Der Priester tut Abscheuliches mit mir“, begann er zu reden. „Jede Nacht steht er keuchend vor mir und verlangt, dass ich seine Wollust befriedige. Dann legt er seinen widerlichen Körper auf meinen und …“

Gabriels Stimme brach. Den entsetzten Blicken der Schwester, die seinen Worten ungläubig folgte, wich er aus. Er schämte sich und gab sich die Schuld an den Sünden, die der Geistliche beging. Wäre er damals nicht zu ihm gegangen und hätte ihn gebeten, die Glocke läuten zu lassen, wäre es vermutlich nie so weit gekommen. Warum nur hatte der Seidler nicht Anna geschickt? Ihr hätte keine Gefahr gedroht. Den Priester verlangte es nach Knaben, das hatte er ihm stöhnend gestanden.

„Vor den Augen der anderen ist er vielleicht ein Diener Gottes“, stieß er resigniert aus. „In Wahrheit aber steckt der Teufel in ihm. Ich habe kein Leben mehr, Anna. Die Hölle könnte nicht furchtbarer sein.“

„Wie sollst du seine Wollust stillen?“

Anna verstand kein Wort von dem, was er sagte. Sie sah nur die Qualen in seinen Augen und das Leid, welches ihm widerfuhr.

„Indem ich zulasse, dass er Dinge mit mir macht, die Männer mit ihren Frauen tun, keine Geistlichen. Deshalb war ich so froh, zu euch zu dürfen. Ich hatte gehofft, den

Vater um Hilfe bitten zu können. Wie hätte ich ahnen sollen, dass mein Besuch alles noch schlimmer macht?"

„Dann bitte den Bischof!", forderte Anna verzweifelt. „Er wird diesem widerwärtigen Treiben ein Ende setzen. Beichte ihm, was der Priester dir antut. Dann muss er damit aufhören."

„Es wird nie aufhören." Gabriel wischte sich die tränennassen Wangen trocken.

„Es wird immer weitergehen, Nacht für Nacht, Jahr für Jahr. Vermutlich erging es dem Sohn des Schwalbingers nicht anders. Deshalb wählte er den Freitod."

„Dann musst du erst recht mit dem Bischof reden. Er kann diese Schandtaten nicht ignorieren."

„Und ob er das kann. Glaubst du wirklich, er stellt sich gegen den Priester? Nein, Anna! Wann begreifst du endlich, dass wir machtlos sind? Erinnere dich an den Preis für geweihte Erde! Diesen Preis zahle ich nun, und wen interessiert es? Weder den Vater, der mich nicht länger als seinen Sohn sieht, noch den Gutsherrn und erst recht nicht den Bischof. Glaubst du wirklich, er würde mich anhören?"

Anna schluckte hart. Was sollte sie darauf entgegnen? Gabriel sprach die Wahrheit. Jeder Versuch, die Tatsachen zu mildern, war zum Scheitern verurteilt. Verzweiflung machte sich in ihr breit. In diesem Moment nahm ihr Bruder sie in den Arm und drückte sie an sich.

„Sollte mir jemals etwas zustoßen, möchte ich, dass ihr auf die Totenweihe verzichtet", flüsterte er in ihr Haar. „Kein Toter ist diesen Preis wert. Was nützt dem einen der Himmel, wenn ein anderer mit der Hölle zahlt? Und nun lass uns gehen!"

Gabriel stand auf. Doch Anna folgte ihm nicht. Ihr war der seltsame Ton in seiner Stimme nicht entgangen. Augenblicklich begann ihr Herz ängstlich zu klopfen.

„Du wirst dir nichts antun, nicht wahr? Versprich es mir, Gabriel! Du darfst mich nicht alleine lassen, hörst du!"

Gabriel sah das Entsetzen in ihren dunklen Augen.

Sofort bereute er seine unbedachten Worte. Tröstend strich er ihr über die Wange.

„Komm!“, versuchte er den gewohnten Umgangston zu finden. „Lass uns nicht länger darüber reden. Die Wege Gottes sind eben oft schwer zu verstehen. Auch du wirst irgendwann begreifen, dass du nicht immer kämpfen kannst, kleine Jeanne d’Arc.“

Er lachte. Zumindest versuchte er es um Annas willen. Ihr unergründlicher Blick verunsicherte ihn. Längst bereute er, sich ihr anvertraut zu haben. Die Wahrheit war schon für ihn schwer zu ertragen, wie sollte ein kleines Mädchen damit umgehen können? Dazu kam, dass Anna unberechenbar war. Sie brachte es glatt fertig und ging tatsächlich zum Bischof.

„Schwöre mir, niemandem ein Wort zu sagen!“, verlangte er, um sicherzugehen, dass sie sich nicht in Schwierigkeiten brachte. Wider Erwarten nickte sie.

„Ich werde immer zu dir halten, Gabriel“, versprach sie. „Aber sollte dir der Priester noch einmal etwas antun …“

Sie brach ab und hob den Kopf zum Himmel empor.

„Gott ist mein Zeuge. Wenn er das tut, werde ich ihn töten.“

***

Vier Tage später lief Anna den Hügel hinunter. Ihr Ziel war die Kirche. Heute würde sie sich nicht daran hindern lassen, dem sonntäglichen Gottesdienst beizuwohnen. Sie musste Gabriel sehen und wenn möglich auch ein paar Worte mit ihm wechseln. Dann wollte sie zum Bischof gehen und ihn bitten, sie anzuhören. Nur mit dessen Hilfe konnte es ihr gelingen, den Bruder vor dem Priester zu schützen.

Seit ihrem Gespräch hatte sie keine Ruhe gefunden.

Nachts war sie von ihrem Lager aufgestanden und vor die Hütte getreten. Unbemerkt vom Vater, der wieder einmal seinen Rausch ausschlief, hatte sie in den Himmel geschaut und an ihren Bruder gedacht. Nur der helle und kalte Mond war ihr Zeuge gewesen, als ein eigenartiges, ängstliches Gefühl, eine Ahnung von ihr Besitz genommen hatte.

Wenn sie nur an Gabriel dachte, pochte ihr Herz laut und drohend. Umso wichtiger war es, noch einmal mit ihm zu reden. Erst wenn sie ihren Bruder gesehen und ihm das Versprechen abgenommen hatte, sich nichts anzutun, würde sie beruhigt sein. Sie betete inbrünstig, dass Gabriel sie dann auslachen und sie seine kleine Jeanne d'Arc nennen würde.

„Jetzt hörst du also schon Stimmen", würde er scherzen und sie neckisch an den Zöpfen ziehen. Sie selbst würde mitlachen und sich über ihre eigenen dummen Einbildungen wundern. Anna hoffte so sehr, dass diese Gedanken Wirklichkeit wurden. Eine innere Stimme sagte ihr jedoch, dass sich dieser Wunsch nicht erfüllen würde.

Das Mädchen lief schneller und rannte fast den ganzen Weg ins Dorf. Völlig verschwitzt kam sie an der Kirche an. Schnaufend blieb sie stehen und ließ die gottesfürchtigen Familien, die bereits auf dem Weg zur Messe waren, an sich vorüberziehen. Abfällige Blicke trafen die zerlumpte Gestalt. Anna hatte sich nicht die Mühe gemacht, ihr einziges Sonntagsgewand anzuziehen. Doch sie nahm die Leute nicht wahr, ihre Gedanken weilten bei ihrem Bruder.

Als eine der letzten Kirchgänger betrat sie das Kirchenschiff. Hastig tauchte sie den Finger in das Weihwasser. Als sie sich bekreuzigte, setzte die Orgel ein.

Gespannt starrte Anna zum Portal. Sie wartete auf den Geistlichen und seine Schar Ministranten. Heute fand die Taufe statt, zu der sogar der Bischof angereist war, den sie bisher aber nirgendwo entdecken konnte. Überhaupt sah es nicht danach aus, dass hier ein Kind gesegnet werden sollte. Normalerweise würde neben dem Altar das geschmückte Taufbecken stehen. Gleichwohl müssten die Tübingers auf den Bänken der ersten Reihe sitzen. Stattdessen erkannte Anna sie in der Bank weiter hinten neben Eberhardt von Lingen, an dessen Seite Matthias saß. Nichts deutete darauf hin, dass bei der Familie des Tübingers eine Feierlichkeit anstand.

Anna wurde immer unruhiger. In diesem Moment betrat der Priester die Kirche. Alles schien wie immer und doch war irgendetwas anders. Anstatt wie an den anderen Sonntagen die Leute mit seinem strafenden Blick zu durchbohren, sah der Geistliche heute weder nach rechts noch links. Stattdessen hielt er den Kopf gesenkt und schritt mit schnellen Schritten zum Altar, an dem er sich bekreuzigte.

Unterdessen blickte Anna suchend auf den Zug der Ministranten, noch hatte sie Gabriel nicht unter ihnen entdeckt. Dabei bemerkte sie, dass die jungen Männer etwas trugen, was die Aufmerksamkeit der Leute erregte. In den Bänken setzte verhaltenes Gemurmel ein. Köpfe drehten sich zu ihr um, Blicke trafen sie. Doch als Anna ihnen fragend entgegnete, drehten sie sich weg.

Verstört saß das Mädchen abwartend auf der Bank. Ohne zu wissen warum, kroch eine furchtbare Angst ihre Kehle hoch und raubte ihr die Luft zum Atmen. In diesem Augenblick schritten die Ministranten direkt an ihr vorüber. Nun erkannte sie, welche Last sie trugen. Anna saß wie gelähmt da. Doch noch hoffte sie, sich zu irren. In dem Sarg lag bestimmt ein alter Mensch, den vielleicht eine Krankheit der Lunge niedergestreckt hatte, redete sie sich ein. Wie der Priester litten im Moment viele Bewohner des Dorfes unter schrecklichem Husten. Dann raffte es zuerst die Alten hin. Warum sollte es dieses Mal anders sein?

Der Zug kam zum Stehen. Die jungen Männer setzten den Sarg ab. Angespannte Stille trat ein. Dann legte der Geistliche das kleine Kreuz der Ministranten darauf und raubte Anna damit jegliche Hoffnung. Ihre Ahnung hatte sie nicht getrogen. Bei dem Verstorbenen handelte es sich um einen Ministranten – und Gabriel war der einzige unter ihnen, der fehlte.

„Nein!“, schrie sie verzweifelt in die Stille. Ihre Stimme schallte zu den hohen Kirchenwänden, strömte durch die Reihen der erschrockenen Kirchgänger und kam mit voller Wucht zu ihr zurück.

„Nein! Bitte nicht!“

Blind vor Tränen taumelte sie zu Boden. Sie machte sich heftige Vorwürfe. Warum war sie nicht ihrer inneren Stimme gefolgt und noch am selben Abend zum Bruder gelaufen? Sie wusste doch, was er erleiden musste. Wie hatte sie nur glauben können, dass Gabriel das Versprechen, sich nichts anzutun, unter diesen Umständen erfüllen würde? Er hatte ihr nicht einmal darauf geantwortet und vermutlich bereits seinen Freitod geplant. Wie hatte sie nur so naiv sein können?

Währenddessen stand der Priester am Altar und stöhnte innerlich. Er fühlte sich unwohl, was nicht nur an dem weinenden Mädchen lag. Nie und nimmer hatte er damit gerechnet, dass der Junge fähig sein könnte, seinem Leben ein Ende zu setzen. Nun musste er nicht nur auf dessen anmutigen Körper verzichten, sondern auch auf die Gunst des Bischofs, der seine Reise sofort unterbrochen hatte, nachdem er erfuhr, dass die Taufe nicht stattfinden würde.

Dazu würde das Gerede der Leute kommen. Beim Sohn des Schwalbingers hatten sie sich noch nichts gedacht. Doch wenn sie erfuhren, dass nun bereits der zweite Ministrant freiwillig das Zeitliche gesegnet hatte, würden sie es nicht einfach hinnehmen, sondern unangenehme Fragen stellen. Schon aus dem Grund hatte er gehofft, den Gottesdienst mit der anschließenden Trauerzeremonie ohne viel Aufsehen hinter sich bringen zu können. Wie sollte er auch ahnen, dass gerade heute das Mädchen auftauchte?

Unter den wartenden und auch neugierigen Blicken der Leute begann er zu schwitzen. Er musste mit der Predigt beginnen, schnell. Wer wusste schon, zu was die kleine Hexe fähig war? Entschlossen hob er beide Hände, worauf die Menge schlagartig verstummte. Nur das leise Wimmern Annas, die noch immer auf dem kalten Boden lag, war zu hören.

„Im Namen des Vaters, des Sohnes und des Heiligen Geistes“, begann er. „Wir haben uns heute zusammengefunden, um einen unserer Brüder das letzte Geleit zu geben. Bereits Paulus sagte: Ich bin ein Kind Gottes.“

Der Geistliche brach ab und ließ seinen Blick über die gottesfürchtigen Leute gleiten. Aber außer dem Mädchen schien niemand erschrocken über seine Worte. Das genügte, um ihn selbstsicherer werden zu lassen.

„Gott vertraute mir diesen Jungen an. Er machte ihn zu seinem Diener. Gabriel Seidler war ein guter Ministrant, in Ehrfurcht vor Gottes Gnade. Am gestrigen Tag hat der Herrgott ihn zu sich geholt. Der Junge aß aus Unwissenheit giftige Beeren.“

Wieder hob er beide Arme und die gottesfürchtige Menge empfing seinen Segen. Der Geistliche atmete auf. Er wusste genau, dass der Junge freiwillig aus dem Leben gegangen war, und er kannte die Gründe dafür. Aber es lag nicht in Gottes Willen, dieses Geheimnis hier in der Kirche auszubreiten. So bekam Gabriel zumindest ein ordentliches Begräbnis. Mehr konnte er nicht tun, um sein Gewissen zu erleichtern. Mit lauter, kräftiger Stimme fuhr er fort. Er wollte das Ganze so schnell wie möglich hinter sich bringen.

„Wahrlich, wahrlich, ich sage euch. Wer mein Wort hört und glaubt dem, der mich gesandt hat, der hat das ewige Leben und kommt nicht in das Gericht, sondern er ist vom Tode zum Leben hindurchgedrungen.“

Auch Anna hörte die Worte des Priesters. Der alte Hass flammte in ihr auf, stärker als je zuvor. Gabriel war tot und er sprach von Gott und dem Himmel. Dabei war es bestimmt nicht der Allmächtige, der ihren Bruder auf dem Gewissen hatte, dachte das erschütterte Mädchen voller Verbitterung. Er, der angebliche Diener des Herrn, trug die Schuld daran. An ein Versehen, wie der Priester den Leuten weismachen wollte, glaubte sie nicht einen Moment. Gabriel hatte seinem Leben ein Ende gesetzt, da war sie sich sicher. Nur schwer beherrschte sie ihren Zorn.

Mühsam rappelte sie sich auf. Dann lief sie langsam nach vorn zu der Stelle, an der die Ministranten den einfachen Holzsarg abgestellt hatten. Ohne den erschrockenen Priester auch nur eines Blickes zu würdigen, kniete sie vor dem einfachen Holzsarg nieder. Erst dann richtete sie ihre Augen auf den Geistlichen. Voller Abscheu bohrten sich ihre Blicke in die seinen, bevor sie aufstand, vor ihn trat und ihre Hand hob. Der Priester wich erschrocken zurück. Die Leute in den Bänken begannen in Erwartung, was kommen würde, zu murmeln. Doch Anna führte ihre Hand zur Stirn und bekreuzigte sich. Dabei sprach sie die Worte des Gebetes.

„Im Namen des Vaters, des Sohnes und des Heiligen Geistes."

Ich werde mein Versprechen einlösen, fügte sie im Stillen hinzu. Dann verließ sie unter den verwunderten Blicken der Leute und dem erleichterten Aufatmen des Priesters die Kirche. Erst als sie den Wald erreichte und das Dorf in der Ferne verschwand, ließ sie ihren Tränen freien Lauf. Sie dachte an das Gespräch mit Gabriel.

„Erinnerst du dich an den Preis für geweihte Erde? Ich verzichte darauf."

Warum war sie nicht hellhörig geworden und hatte Gabriel aufgehalten? Er hätte weggehen können, gemeinsam mit ihr. Irgendwohin, wo es weder kaltherzige Gutsherren noch abtrünnige Priester gab. Doch dafür war es nun zu spät. Die Schuld trug der Pfaffe, daran gab es keinen Zweifel.

„Er wird dafür bezahlen!", schwor Anna laut in der Kathedrale des Waldes. Noch war die Zeit dafür nicht reif, aber eines Tages würden sie sich erneut gegenüberstehen, da war sich das Mädchen sicher. Wie gut, dass Johanna Seidler ihr Wissen an sie weitergegeben hatte. Irgendwann zur rechten Zeit würde sie es zu ihrem Vorteil nutzen.

***

Als das Mädchen Stunden später an der elterlichen Hütte ankam, war vom Vater nichts zu sehen. Doch das wunderte Anna nicht. Wahrscheinlich lag er noch immer auf seinem Bett und schlief.

Für einen kurzen Moment dachte sie darüber nach, einfach in den Wald zurückzukehren, um sich ihrem Schmerz hingeben zu können. Warum sollte sie Josef Seidler vom Tod Gabriels berichten? Auch er trug einen Teil der Schuld. Schließlich war er es gewesen, der ihren Bruder dem Priester ausgeliefert hatte. Doch dann entschied sie sich dagegen. Sie wollte ihm in die Augen schauen, wenn er von Gabriels Tod erfuhr, und seine Reue darin erkennen.

Entschlossen öffnete das Mädchen die knarrende Tür. Entgegen ihrer Vermutung saß der Seidler am Tisch. Er sah nicht auf, als sie eintrat. In dem kleinen Raum roch es nach billigem Schnaps und kaltem Rauch. Nicht einmal ein Feuer hatte er entfacht. Angewidert sah Anna auf ihn hinunter. Ihr Vater wusste Bescheid, wenn sie auch nicht sagen konnte, von wem er die Nachricht erhalten hatte. Dennoch versuchte er erst gar nicht, ihr Trost zu spenden.

Ohne ein Wort wandte sie sich ab und verließ die Hütte. Traurig dachte sie über ihr Leben nach. Wie viel war in diesem letzten Jahr geschehen? Alles was ihr geblieben war, war der immer häufiger betrunkene Vater. Nur zu gerne hätte sie ihn gegen den geliebten Bruder eingetauscht.

Bei diesem Gedanken spürte sie, wie sich erneut Tränen in ihren Augen sammelten. Energisch wischte sie

sie mit dem Ärmel ihres Kleides fort. Tränen würden ihr nicht weiterhelfen. Damals, als sie noch ein kleines Kind war, hatten sie es manchmal getan. Vor allem Gabriel hatte sich oft genug dadurch erweichen lassen. Aber Gabriel war tot und sie kein Kind mehr.

Plötzlich öffnete sich die Tür und Josef Seidler trat heraus. Hilflos sah er Anna an, die sich vergeblich um einen Funken Mitleid bemühte. Sie konnte des Vaters Gewissen nicht erleichtern. Im Gegenteil, seine Trauer entfachte erneut ihren Zorn.

„Während Ihr Euren Rausch ausgeschlafen habt, bringen sie Gabriel unter die Erde. Unten im Dorf gibt man ihm gerade das letzte Geleit."

Das war alles, was sie sagte. Mehr war sie ihm nicht schuldig. Entschlossen griff sie nach dem kleinen Korb, der am Boden neben der Hütte stand. Sie würde in den Wald gehen, um Kräuter zu sammeln. Die Pflanzen gaben ihr sicher mehr Trost als dieser gebrochene Mann. Aber Anna hatte nicht damit gerechnet, dass Josef Seidlers Verstand wahrhaftig aufnahm, was sie ihm sagte. Bevor sie gehen konnte, rief er das Mädchen zurück.

„Was ist geschehen?"

Anna blieb stehen. Kalt sah sie ihn an. Sie wollte ihren Verlust nicht mit ihm teilen.

„Was geht es Euch an? Gabriel war nicht Euer Sohn. Das habt Ihr ihn ja deutlich genug spüren lassen. Ihr tragt die Schuld an seinem Tod, Ihr und der Priester."

„Was redest du da?"

Josef Seidler trat zu ihr und packte sie hart am Arm. Doch das Mädchen schüttelte ihn ab. Es fiel ihr nicht schwer, schon lange hatte der Alkohol die Kräfte des Vaters schwinden lassen. Für einen kurzen Moment spürte Anna nun doch Mitleid. Sie zögerte. Im selben Augenblick kam aber auch der Hass zurück.

„Ihr wollt wissen, was geschehen ist?", fragte sie, wartete jedoch keine Antwort von ihm ab.

„Der Priester hat Gabriel geschändet, bis er es nicht

mehr ertrug und sich das Leben nahm. So viel war Euer Gulden wert. Ein Gulden für ein Leben. Gabriel müsste heute nicht auf den Gottesacker getragen werden, wenn Ihr ihn nicht verschachert hättet."

Die letzten Sätze spuckte sie heraus. Voller Verachtung sah sie zu ihm hin, während Josef Seidler zu begreifen versuchte, was diese Worte bedeuteten. Anna indes wollte nicht länger in seiner Nähe sein. Ohne ein weiteres Wort nahm sie den Korb und lief Richtung Wald.

Es war bereits dunkel, als sie sich auf den Heimweg machte. Randvoll lagen verschiedenste Kräuter und Wurzeln in ihrem Korb. Sie konnte mit ihrer Arbeit zufrieden sein. Es befanden sich einige seltene Pflanzen darunter, die sich gut verkaufen ließen. Viel wichtiger war aber, dass sie in der Stille des Waldes zur Ruhe gekommen war. Alles, wonach es sie nun verlangte, war Schlaf, ein tiefer und hoffentlich traumloser Schlaf.

Müde verließ sie den Wald und trat auf die Lichtung. In diesem Moment drang der Geruch von Rauch in ihre Nase, der mit jedem weiteren Schritt stickiger wurde. Der Korb mit den Kräutern fiel achtlos zu Boden. So schnell es ging, rannte sie über die Wiese zu ihrer Hütte, die von hohen Flammen umschlossen wurde. Das Mädchen erkannte auf den ersten Blick, dass ihr Zuhause nicht mehr zu retten war.

Aber wo war ihr Vater? Suchend schaute sie sich um, konnte ihn jedoch nirgendwo entdecken. Das ließ nur einen Schluss zu. Wenn er sich nicht hier draußen aufhielt, musste er noch in der Hütte sein.

In diesem Moment vergaß sie ihren Hass auf ihn. Sie musste hineingelangen, um ihn zu suchen. Doch die Flammen, die bis in den Himmel zu lodern schienen, machten ihr das Eindringen unmöglich. Anna blieb nichts weiter übrig, als zuzusehen, wie das Feuer auch den letzten Rest ihres alten Lebens vernichtete.

Stumm starrte sie auf das helle Licht. Eine ungewohnte Ruhe breitete sich in ihr aus. Zum ersten Mal verstummten die Stimmen in ihr. Sie dachte an Josef Seidler und dessen Verrat an seinen Kindern. Was sonst als die gerechte Strafe des Herrn konnte der Grund für dieses Feuer sein? Endlich löste sich der angestaute Hass in ihrem Herzen, zumindest der, der sich gegen den Vater richtete. Still faltete sie ihre Hände.

Erst als der Morgen graute, stand sie auf und warf einen letzten Blick auf die beiden einfachen Holzkreuze hinter der heruntergebrannten Hütte. Wie durch ein Wunder hatte das Feuer die letzten Ruhestätten von Mutter und Sohn verschont. Das elterliche Zuhause jedoch war komplett zerstört. Stroh und Gebälk hatten nur wenig Widerstand geleistet. Lediglich der Geruch kalten Rauchs war zurückgeblieben.

Andächtig berührte sie das Holz der Kreuze und dachte zurück an vergangene Tage. Nicht einmal zwei Jahre waren vergangen, seit sie mit Gabriel auf dem Feld gestanden und beide gerätselt hatten, ob die Mutter einen Jungen oder ein Mädchen zur Welt bringen würde. Doch anstelle eines neuen Geschwisterteils hatte man ihr nicht nur das, sondern auch die Mutter und Gabriel und jetzt sogar den Vater genommen. Nun war sie auf sich alleine gestellt. Selbst ihre kleine Existenz, die Salben, Tränke, Wurzeln und Kräuter, war dem Feuer zum Opfer gefallen. Vielleicht sollte sie es ihrem Bruder einfach gleichtun, dachte Anna. Dann würden sie wieder vereint sein. Was hielt sie noch hier auf Erden, wo sie der Willkür der Obrigkeiten ausgesetzt war?

Völlig in Gedanken versunken hörte sie das Trampeln der Pferdehufe erst, als es bereits dicht hinter ihr war. Der Reiter stieg ab, kaum dass das Pferd zum Stehen gekommen war. Sein Blick schweifte über die rauchenden Reste der Hütte, ehe er zu dem Mädchen ging. Anna hatte sich nicht einmal zu ihm umgedreht. Wie erstarrt stand sie mit gefalteten Händen vor den Holzkreuzen und schien ihn nicht wahrzunehmen.

„Anna“, sprach er sie an. „Was ist geschehen?“

Als das Mädchen ihm nicht antwortete, packte er es an den Schultern und zwang es so, sich ihm zuzuwenden. Erst jetzt blickte Anna zu ihm auf.

„Ein Feuer, unsere Hütte ist niedergebrannt."

Doch damit gab sich Matthias nicht zufrieden.

„Wo ist der Seidler? Was hat das zu bedeuten? Rede, Anna!"

In diesem Moment klang Matthias von Lingen wie sein Vater. Anstatt sie zu trösten, herrschte er sie an. In Anna brach der alte Zorn auf. Was ging es Matthias an, ob sie ihr Zuhause verloren hatte oder nicht? Ihm konnte es doch gleichgültig sein. Er lebte in dem feudalen Herrenhaus in einer warmen Kammer. Eine Kammer, die ihrer Meinung nach auch Gabriel zugestanden hätte. Eberhardt von Lingen war schließlich auch dessen Vater gewesen. Ihr Gesicht war voller Verachtung, als sie sich von ihm abwandte.

„Anna, wo ist dein Vater?" Matthias von Lingen gab nicht auf. Aber statt einer Antwort zeigte Anna nur auf die verkohlten Überreste der Hütte.

„Willst du damit sagen, er ist verbrannt?"

Matthias konnte sein Entsetzen kaum verbergen. Aber noch erschütterter war er über die Gleichgültigkeit des Mädchens. Dabei war nicht einmal ein Tag vergangen, seit es von Gabriels Tod erfahren hatte. Das war auch der Grund, warum er auf den Hügel geritten war. Er hatte ein verzweifeltes Mädchen erwartet, das seinen Beistand gut gebrauchen konnte. Stattdessen fand er nicht nur die Asche ihrer Hütte vor, sondern auch eine junge Frau, deren Herz vor Hass überzuquellen schien. Was war geschehen, was Annas Wesen so verändert hatte? Und warum war sie ihm gegenüber so abweisend?

„Ich möchte dir helfen, Anna. Erzähl mir, was geschehen ist!"

Der junge Mann versuchte, noch einmal zu dem Mädchen durchzudringen. Ohne Erfolg. Anna schüttelte den Kopf.

„Du kannst mir nicht helfen."

In ihren Worten lag Verbitterung, während sie sich an die Zeit zurückerinnerte, in der Gabriel, Matthias und sie unbeschwert auf den Feldern gearbeitet hatten. Aber das war lange her und ihre sorglosen Stunden längst vorbei. Sie versuchte, diese Gedanken zu verscheuchen. Zu vieles war seitdem geschehen. Matthias und sie verband nichts, nur kindische Fantasien.

„Kehr zurück zu deinem Hof, Matthias! Ich brauche deine Hilfe nicht."

„Nun gut." Jetzt wurde auch Matthias ärgerlich. „Dann spreche ich als dein Lehnsherr zu dir. Du folgst mir auf den Hof! Dort kannst du als Magd arbeiten. Es ist immer noch besser, als im Wald zu hausen."

Matthias wusste, dass es die letzte Möglichkeit war, Anna zur Besinnung zu bringen, auch wenn ihm die Art, ihr zu befehlen, widerstrebte. Aber das Mädchen war fast noch ein Kind. Es musste zur Vernunft gebracht werden. Er war es nicht nur ihm, sondern vor allem Gabriel schuldig.

„Wie du meinst, Matthias von Lingen", antwortete Anna spöttisch. Gleichzeitig lag eine Kälte in ihrer Stimme, die den Gutsherrn frieren ließ.

„Mir bleibt wohl keine andere Wahl. Aber sei dir einer Sache sicher! Lieber würde ich im Wald unter wilden Tieren hausen als in der Nähe deiner Familie."

***

Der Frühling ging und der Sommer folgte. Es war ein heißer, schwüler Sommer, der den Menschen auf den Feldern den Schweiß aus den Poren trieb. Auch Anna schwitzte, als sie den schweren Korb mit Kartoffeln zur Küche trug.

Nachdem sie sich vergewissert hatte, dass der Gutsherr

nicht in der Nähe war, setzte sie ihre Last für einen Moment ab, um sich die feuchte Stirn abzuwischen. Ihr Blick wanderte über das rege Treiben auf dem Hof. Emsig waren Knechte und Mägde bemüht, ihre Arbeit zu verrichten. Unaufhörlich schmetterte der Hammer des Schmiedes auf den Amboss.

Drei Jahre waren vergangen, seit sie zum Gutshof gekommen war, um für Gabriel eine neue Sichel zu erbitten. Sie erinnerte sich nur zu gut daran, wie sie sich gewünscht hatte, ebenso wie Matthias auf dem feudalen Hof zu leben. Wie hätte sie damals ahnen sollen, dass dieser Wunsch sich schneller erfüllte, als ihr lieb gewesen wäre.

Nachdem ihre Hütte abgebrannt war und die verkohlten Überreste des Vaters unter der Erde lagen, hatte Matthias sie an Gertraude übergeben, die sich mehr als erschüttert über das Schicksal des Mädchens gezeigt hatte. Seitdem befand sie sich in deren Obhut.

Doch das Leben auf dem Gutshof war völlig anders als erwartet. Hatte sie als Kind davon geträumt, die anderen Mägde und Knechte könnten zu ihr aufsehen, musste sie schon bald feststellen, dass das Gegenteil der Fall war. Das Gesinde begegnete ihr mit Misstrauen und offener Feindseligkeit. Bis heute waren die Gerüchte, sie könnte das Feuer gelegt haben, nicht verstummt. Es gab sogar einige, die sie hinter vorgehaltener Hand der Hexerei bezichtigten, was vor allem daran lag, dass sie noch immer Pflanzen und Heilkräuter sammelte. Nicht nur einmal mahnte Gertraude sie, besonders vorsichtig zu sein.

Anna indes scherte sich kaum um das Gerede. Im Gegenteil, sie schürte die Gerüchteküche sogar noch an, indem sie der sonntäglichen Messe fernblieb. Seit Gabriels Tod hatte sie die Kirche nicht ein einziges Mal mehr betreten. Viel lieber ging sie in den Wald, um Kräuter und Wurzeln zu sammeln. Dann folgten ihr lauernde Blicke, die das Mädchen ebenso unbeeindruckt hinnahm wie Gertraudes Mahnungen.

Sie wusste, dass die Köchin sich Sorgen machte und ihre fehlende Einsicht verfluchte. Gertraude erzählte ihr häufig genug, dass sie sich nicht einmal vorstellen mochte, was geschehen würde, wenn der Gutsherr von den Gerüchten erfuhr. Sie jedenfalls würde es nicht wundern, wenn er das Mädchen vom Hof jagte.

Aber Anna schien die Gefahr nicht wahrzunehmen. Mehr noch, oft schien es, als suche sie ebendiese. Unbeirrt ging sie erhobenen Hauptes ihres Weges und achtete nicht auf die unverhohlenen Blicke der anderen. Erst am Abend, wenn alle schliefen, gab sie sich leise weinend ihrem Kummer hin.

Sie vermisste ihr altes Leben, in dem sie frei gewesen und nicht auf dem Gut eingesperrt war. Am meisten aber vermisste sie Gabriel, zu dessen Grab sie, ungeachtet der missbilligenden Blicke des Priesters, täglich ging. Nur Matthias gelang es zuweilen, ein Lächeln in ihr hübsches Gesicht zu zaubern. Die Wut, die das Mädchen ihm einst entgegengebracht hatte, war erloschen. Anna war längst klar, dass der Sohn des Gutsherrn am allerwenigsten Schuld an Gabriels Tod trug. Im Gegenteil, auch er vermisste ihren Bruder, wie er ihr immer wieder beteuerte.

Ganz anders sah es mit seinem Vater aus. Der Hass auf ihn lag tief verwurzelt in ihrem Herzen begraben und wuchs von Tag zu Tag. Glaubte sie früher, der Gutsherr sei ein kaltherziger Mensch, musste sie nun lernen, dass diese Beschreibung seines Charakters bei Weitem nicht ausreichte, um dessen schwarze Seele zu beschreiben. Eberhardt von Lingen war nicht nur gierig, herrschsüchtig und rücksichtslos, sondern von Grund auf schlecht. Tag für Tag konnte Anna nun sehen, wie er sein Gesinde mit harter Hand führte und bei geringsten Vergehen völlig unangemessen strafte.

Von Gertraude hatte Anna erfahren, dass der Gutsherr seit Jahren auf einen weiteren Stammhalter drängte, seine Frau aber offenbar nicht in der Lage war, noch ein Kind zu gebären. Umso größer schien die Erleichterung, als sie dann endlich in Erwartung war. Auch Anna freute sich mit der Gutsherrin, die sich sehnlichst eine Tochter wünschte. Doch drei Monate später verlor Mathilda von Lingen dieses Kind bereits im Mutterleib, was wiederum den Zorn ihres Gatten heraufbeschwor.

In den nächsten Wochen ließ er nicht selten seine Launen an dem weiblichen Gesinde aus. Ohne Rücksicht auf Alter und Aussehen zerrte er sie in seine Kammer und machte sie sich gefügig. Inzwischen musste es unzählige sogenannte Stammhalter des Gutsherrn geben. Selbstverständlich erkannte er keines dieser Kinder als sein eigenes an. Sie wurden Bastarde genannt, über deren Herkunft niemand offen sprach. Wie einst Gabriel, dachte Anna wehmütig, der ebenso das Ergebnis einer der scheußlichen Taten des Gutsherrn war.

So oft es ihr möglich war, beobachtete sie von nun an seine Gewohnheiten, was er aß und wie er sich bewegte. Sie saugte jedes kleinste Detail auf. Noch wusste sie selbst nicht, was sie mit ihrem Verhalten bezweckte. Doch sie hoffte, dieses Wissen irgendwann nutzen zu können.

Gleichzeitig musste sie vorsichtig sein und durfte nicht auffallen. Wenn der Gutsherr bemerkte, dass sie sein schändliches Treiben beobachtete, würde sie selber Opfer seiner Begierde werden. Daran gab es keinen Zweifel. Sie hatte längst seine begehrlichen Blicke bemerkt, die immer häufiger auf sie fielen, wenn sie die Nähe zu ihm nicht verhindern konnte. Noch war sie verschont geblieben. Aber Anna wusste, dass sie es nur dem Zufall zu verdanken hatte, dass Matthias' Vater nicht über sie hergefallen war. Und auch der Köchin blieb das offensichtliche Interesse des Gutsbesitzers an ihrem Schützling nicht verborgen.

„Versprich mir, dich von ihm fernzuhalten!", hatte sie von Anna verlangt. „Ich kenne diese Blicke. Eberhardt von Lingen hat ein Auge auf dich geworfen."

„Ich gehe ihm, wo immer es möglich ist, aus dem Weg", hatte Anna der Köchin versichert. Gertraude war ihr ans Herz gewachsen, wenn sie es mit ihrer Fürsorge auch übertrieb.

„Warum musst du auch so hübsch sein? Eine richtig ansehnliche junge Frau ist aus dir geworden. Du wirst Johanna von Tag zu Tag ähnlicher. Wärest du keine einfache Magd, würden sich die reichen Jünglinge um dich reißen. Um meine Magda hingegen wirbt nicht einmal einer der Knechte."

Anna hörte die Verbitterung, die aus Gertraudes Worten sprach. Die Köchin würde die entstellten Hände Magdas wohl nie verwinden können.

„Deine Tochter ist schön", hatte sie Gertraude zu trösten versucht. „Sieh nicht auf die Narben! Auch sie wird eines Tages den Mann bekommen, der für sie bestimmt ist."

„Ich hoffe, du behältst recht und mein Kind findet irgendwann den Mann, den ihre Narben nicht stören, die sie dem Gutsherrn zu verdanken hat."

„Eines Tages wird er diese Schuld begleichen", erwiderte Anna, wobei ihre Stimme vor unterdrücktem Zorn zitterte. „Er wird nicht ungeschoren davonkommen für das, was er Magda angetan hat, und auch nicht für seine anderen rücksichtslosen Taten. Eines Tages, Gertraude, wird er dafür büßen."

Dieses Gespräch lag nun drei Wochen zurück. An ihrem Entschluss hatte sich bis heute nichts geändert. Ihre Zeit würde kommen. Sie musste nur geduldig sein.

„Sag mal, träumst du, Mädchen, am helllichten Tag?"

Unsanft wurde Anna in die Realität zurückgeholt. Neben ihr stand Gertraude und wirkte ziemlich aufgebracht. Augenblicklich nahm Anna den prall gefüllten Korb auf.

„Ich habe gerade an dich gedacht", sagte sie zur Köchin und lachte.

„Na hoffentlich daran, dass mir Eberhardt von Lingen den Kopf abreißt, wenn sein Essen nicht rechtzeitig fertig ist. Ich warte nämlich schon geraume Zeit auf eine Magd, die mir Kartoffeln bringen sollte."

„Verzeih mir, Gertraude! Aber du hast recht! An den Gutsherrn habe ich tatsächlich auch gedacht, allerdings weniger an sein Mittagsmahl. Wie konntest du denn meine Gedanken lesen? Bist du etwa doch hellsichtig?"

Anna kicherte, bevor ihr die Köchin erschrocken die Hand auf den Mund legte.

„Und du musst völlig verrückt sein. Wie kannst du dieses Wort nur über deine Lippen bringen? Was, wenn dich jemand gehört hat? Die Leute reden auch so schon über dich. Ach, Anna." Sie stöhnte verzweifelt. „Manchmal machst du mir richtig Angst. Ich werde das Gefühl nicht los, dass da etwas in dir schlummert, was dich irgendwann ins Verderben stürzen wird. Wenn ich doch nur …"

„Unsinn", unterbrach sie Anna. Die Sorge der Köchin rührte sie, was nicht bedeutete, dass sie diese ernst nahm. Gertraude sah wieder einmal Gespenster.

„Das einzige Unheil wird die Suppe ohne Kartoffeln sein, wenn wir nicht bald in die Küche kommen."

Während die beiden Frauen sich daraufhin beeilten, das Essen zuzubereiten, läuteten aus der Ferne die Kirchenglocken. Die Köchin begann zu schwitzen. Nie und nimmer würden sie es heute schaffen, das Mahl rechtzeitig auf den Tisch zu bringen. Sie wollte sich gar nicht erst vorstellen, wie der Gutsherr darauf reagieren würde.

Erschrocken zuckte sie zusammen, als sie die Schritte schwerer Stiefel hörte. Mit einem Blick warnte sie Anna, die nun ebenfalls erblasste, sich bei Magda zu verstecken. Es kam nicht oft vor, dass Eberhardt von Lingen die einfache Küche betrat. Alleine aus diesem Grund bedeutete sein Besuch sicherlich nichts Gutes. Schnell wandte sie sich der Suppe zu. Doch es fiel ihr schwer, ihre Angst zu verbergen. Umso erleichterter war sie, als Matthias die Räume betrat.

„Grüß Gott, Gertraude", begrüßte er sie freundlich.

„Ich bin gekommen, um dir zu sagen, dass Vater heute kein Mittagsmahl wünscht. Es genügt also, wenn du für Mutter und mich eine Kleinigkeit zubereitest."

„Ist das so?"

Gertraude konnte ihr Glück kaum fassen. Das Unheil blieb aus. Die Köchin bekreuzigte sich. Ihrer Meinung nach konnte es nur der Allmächtige persönlich geschafft haben, sie vor einer Strafe des Gutsherrn zu bewahren. Ganz anders Anna, die aus ihrem Versteck trat, nachdem sie Matthias' Stimme erkannte.

„Grüß Gott, Matthias", sprach sie ihn an. Sofort erschien ein Strahlen im Gesicht des jungen Mannes. Immer wenn er Anna sah, ging ihm das Herz auf. Dabei war es ihm selber kaum bewusst, dass sie längst nicht mehr das kleine liebliche Mädchen war, das hingebungsvoll zu ihm aufsah.

„Gibt es einen bestimmten Anlass, weshalb dein Vater kein Mittagessen wünscht? Weilt er etwa gar nicht auf dem Hof? Oder bekocht ihn eine der Mägde, die er sich gefügig macht?"

„Anna!" Ziemlich grob stupste Gertraude das Mädchen in die Seite. „Es steht dir nicht zu, so über den Gutsherrn zu reden. Wie oft soll ich dir noch sagen …?"

„Lass gut sein, Gertraude", fiel Matthias ihr lachend ins Wort. Annas Schlagfertigkeit überraschte ihn immer wieder. Und ganz so falsch lag sie mit dieser Vermutung auch nicht, zumindest was andere Tage betraf.

„Mein Vater ist bei keiner Magd. Im Moment wäre er dazu gar nicht in der Lage. Aber um deine Neugier zu stillen, ihm geht es nicht gut. Die Gedärme spielen ihm übel mit. Er schaffte es heute Morgen nicht einmal aus dem Bett."

„Was an dem fetten Essen und dem vielen Wein liegen könnte. Vielleicht sollte er etwas davon an die Bettler abgeben, die vor dem Tor hungern."

Anna konnte sich die Bemerkung über den ausschweifenden Lebenswandel des Gutsherrn nicht verkneifen. Gertraude, die sie mit offenem Mund anstarrte, schüttelte unwillig den Kopf. Das Mädchen war aber auch unbelehrbar, wenn es um den Gutsherrn ging. Und was tat Matthias? Er lachte auch noch und hörte erst dann damit auf, als die Köchin ihn streng ansah.

„Bevor du mir auch noch ins Gewissen redest, gehe ich lieber“, verabschiedete er sich grinsend von den Frauen. „Ich werde Vater auf dem Hof vertreten. Auf mich wartet eine Menge Arbeit.“

„Das Gesinde wird den Gedärmen deines Vaters dankbar sein.“

Die Worte kamen schneller über Annas Lippen, als sie denken konnte. Der Stoß, den Gertraude ihr nun gab, war weitaus schmerzhafter als der vorherige. Das Mädchen schrie auf.

„Was tust du?“, fuhr sie die Köchin trotzig an. „Ich spreche nur die Wahrheit. Ein Tag ohne Eberhardt von Lingen bedeutet auch ein Tag ohne Schläge und Strafen. Wer bitteschön würde sich nicht darüber freuen?“

„Still, Anna, es ist genug!“

Jetzt wurde Gertraude wirklich ärgerlich. Wusste das dumme Mädchen denn nicht, wer da vor ihr stand? Bis jetzt hatte Matthias Annas Verhalten geduldet. Aber er war immer noch der Sohn des Gutsherrn. Es schickte sich nicht, in seiner Gegenwart abwertend über seinen Vater zu reden, zudem konnte es auch gefährlich sein.

Anna jedoch schien es wenig zu kümmern. Matthias' Lachen zeigte ihr doch, dass er ganz und gar nicht wütend war. Fasziniert schaute er zu Anna hin, die seiner Meinung nach überhaupt nicht bemerkte, wie anziehend sie wirkte, wenn sie ihre Ansichten vertrat. Noch immer lebte in ihr die kleine Rebellin, da war er sich nun sicher. Weder der Tod ihrer Mutter noch Gabriels oder der Verlust des Zuhauses hatten ihren Kampfgeist brechen können. Im Gegenteil, möglicherweise war er dadurch geschürt worden, dachte er, während er ging.

„Sollte dein Vater ein Mittel gegen die Schmerzen

benötigen, lass es mich wissen, Matthias!“, rief ihm Anna nach. „Richte ihm aus, es gibt hier eine kleine Hexe mit allerlei Kräutern.“

Gertraude fiel bei diesen Worten fast in Ohnmacht. Jetzt machte das Mädchen alles nur noch schlimmer. Dabei würde auch Matthias’ Gutmütigkeit irgendwann ein Ende haben. Es wurde wahrhaft Zeit, sie einmal ordentlich ins Gebet zu nehmen.

„Ich werde es ihm sagen, Jeanne d’Arc“, kam in diesem Moment die fröhliche Antwort von Matthias. Gertraude atmete auf, wenn sie sich auch fragte, weshalb der junge Gutsherr Anna so seltsam betitelte. Aber das konnte ihr gleichgültig sein. Wichtig war im Augenblick nur ein Schemel, auf den sie sich setzen konnte, bevor ihre weichen Beine nachgaben und sie auf dem Boden landete. Erst nachdem sie saß, schaute sie vorwurfsvoll zu Anna.

„Willst du mich umbringen, Mädchen? Mein Herzschlag hätte beinahe ausgesetzt, während du dich um Kopf und Kragen redest. Was ist denn nur in dich gefahren?“

Anna blieb ihr die Antwort schuldig. Zum einen konnte sie es sich selber nicht erklären, weshalb sie in Matthias’ Gegenwart plötzlich so aufgeregt war. Zum anderen wollte sie die gute Gertraude nicht unnötig ängstigen, was sie unweigerlich tun würde, wenn sie von ihren Plänen erführe.

„Und warum nennt er dich Jeanne d’Arc?“

Gertraude gab so schnell nicht auf, ihre Neugier war geweckt. Anna griff zu dem Körbchen, das an der Wand hing. Viel zu selten gelangte es in ihre Hände.

„Weil ich Stimmen höre“, flüsterte sie Gertraude verschwörerisch zu, bevor sie ihr einen Kuss auf die Wange gab und laut lachte.

„Ich bin eine Hexe, das weißt du doch. Der Bündel an der Decke dort, das sind Kräuter, die die Gedärme des Gutsherrn beruhigen sollten. Du kannst davon eine Suppe kochen. Ich werde in den Wald gehen, um Pflanzen zu sammeln. Welch ein Glück, dass der Gutsherr krank ist."

Bevor die gutmütige Köchin auch nur einen einzigen Einwand vorzubringen vermochte, war Anna bereits aus der Küche verschwunden. Kopfschüttelnd sah Gertraude ihr nach.

***

Unterdessen atmete Anna tief die harzige Luft des Waldes ein, die sie viel zu lange hatte entbehren müssen. Es war ihr nur selten möglich, den Hof zu verlassen. Dann wurde sie stets von argwöhnischen Blicken der anderen Mägde und Knechte begleitet, die nur darauf zu warten schienen, sie beim Gutsherrn anschwärzen zu können. Was wohl auch daran lag, dass sie ihr freundschaftliches Verhältnis zu Matthias längst bemerkt hatten und es ihr neideten.

Außerdem musste sie meist bis Sonnenuntergang arbeiten, sodass ihr gerade noch genügend Zeit blieb, um zum Friedhof zu gehen und das Grab ihres Bruders zu besuchen. Kein Tag verging, an dem sie Gabriel nicht frische Blumen ans Kreuz legte.

Oft hielt sie sich bis zum Anbruch der Nacht dort auf. Aber erst in den letzten Wochen war ihr aufgefallen, dass die Haushälterin des Priesters sie dabei beobachtete. Anna vermutete, dass sie in dessen Auftrag handelte. Was er sich damit erhoffte, wusste sie nicht. Aber sie hatte seine Drohung, sie könnte mit dem Teufel im Bunde stehen, nicht vergessen. Und da dem Pfaffen einiges zuzutrauen war, musste sie vorsichtig sein.

Auch deshalb hatte sie es in den letzten Wochen vermieden, nach Anbruch der Dunkelheit in den Wald zu gehen, um die Gerüchte nicht noch mehr anzuschüren. Umso mehr freute sie sich über diese unverhoffte Gelegenheit.

Wenn es nach ihr ginge, könnte Eberhardt von Lingen

ruhig die nächsten Monate krank darniederliegen. Sie würde ihn sicher nicht vermissen. Ganz im Gegenteil, sie betete zu Gott, dass ihn die heftigsten Krämpfe plagen sollten. Er hatte sie wahrlich mehr als verdient.

Leichtfüßig lief sie über das weiche Moos, zwischen dem sich vereinzelt Sträucher von Preiselbeeren drängten, die ihre reifen Früchte der Sonne entgegenstreckten. Anna bückte sich und pflückte eine Handvoll. Sie schmeckten nach Sommer, Wald und Freiheit.

Im gleichen Moment stieg ihr der durchdringende Duft wilden Thymians in die Nase. Zufrieden stellte sie ihren Korb auf den Boden. Ihr Fund würde sich für allerlei Tinkturen und Salben verarbeiten lassen. Und Gertraude würde sich bestimmt auch darüber freuen, wenn sie ihr davon für die Küche abgab.

Vorsichtig schnitt Anna die Zweige ab und verstaute sie. Als sie plötzlich das Knacken von Zweigen hörte, sah sie erstaunt auf. Offenbar war sie nicht die Einzige, die die Lichtung nach Kräutern absuchte. Nicht weit von ihr entfernt saß ein Mädchen auf dem moosbewachsenen Boden. Anna glaubte, Tränen in ihrem Gesicht zu erkennen. Aber um das beurteilen zu können, musste sie näher herangehen.

„Grüß Gott“, sagte sie zu dem Kind, wobei sie ihm ins Gesicht schaute. „Bist du nicht die Tochter der Webers? Was machst du hier ganz alleine?“

Das Mädchen erschrak, als Anna so unvermittelt vor ihm stand, doch gleich darauf erhellte sich sein Gesicht. Lächelnd sprang es auf.

„Grüß dich Gott, Anna Seidler.“ Die Kleine freute sich offensichtlich darüber, gerade ihr hier begegnet zu sein. „Es stimmt, ich bin Elisa, die jüngste Tochter der Webers.“

„Wenn du Beeren suchst, wirst du die hier kaum finden. Du musst unter den Bäumen schauen, dort wachsen genug.“

„Ich bin nicht auf der Suche nach Beeren“, antwortete

das Mädchen traurig und bestätigte damit Annas ersten Eindruck. Also hatte sie sich nicht getäuscht. Die Kleine hatte geweint.

„Was suchst du dann?“, fragte sie und warf einen Blick auf den leeren Korb des Mädchens.

„Der Priester verlangt Kräuter gegen sein Ziehen im Rücken. Aber weder die Mutter noch ich kennen uns mit Heilpflanzen aus.“

Sofort wurde Anna hellhörig. Schon die Erwähnung des Geistlichen ließ sie aufhorchen. Sie spürte, wie ihr Herz wild zu klopfen begann und das alte Gefühl zurückkehrte. Wenn auch über zwei Jahre seit dem Freitod ihres Bruders vergangen waren, ihr Hass auf den Priester war geblieben.

Nachdenklich sah sie die Kleine an. Dabei fragte sie sich, was der Paffe damit bezweckte. Das Mädchen konnte unmöglich dessen Begierde geweckt haben, wenn es auch ein reizendes Antlitz besaß. Ihn verlangte es nach jungen hübschen Knaben. Welchen Grund gab es also, dieses Mädchen zu nutzen? Oder ging es ihm tatsächlich um die Kräuter?

„Der Priester ist also auch krank, sagst du. Warum schickt er gerade dich?“

Die Kleine zuckte mit den Schultern.

„Ich habe Mutter im letzten Winter frische Minze gebracht. Ihr Husten wurde dadurch gelindert. Mein Bruder hat ihm wohl davon berichtet. Er ist seit einigen Tagen Ministrant unter der Obhut der Kirche.“

Anna riss die Augen auf. Ohne es zu ahnen, hatte das Mädchen ihr die Antwort auf ihre Fragen gegeben. Die Erkenntnis traf sie wie ein Schlag. Bilder, die sie tagtäglich zu verdrängen suchte, stiegen unbarmherzig an die Oberfläche. Sie sah Gabriel, wie er gemeinsam mit den anderen Ministranten zur Messe in die Kirche ging. Sie erinnerte sich an den Tag, an dem er den Hügel heraufkam, um Kräuter zu holen. Und sie sah den einfachen Holzsarg vor sich, an dem Tag, an dem sie aufgehört hatte, ein Kind zu sein.

Die Kleine vor ihr jedoch wusste nichts von alledem. Dabei drohte ihr ein ähnliches Schicksal. Der Sohn des Schwalbingers hatte den Anfang gemacht, Gabriel war denselben Weg gegangen. Wie viele Knaben würden ihm wohl noch folgen?

„Ich werde dir helfen, ein paar von den Kräutern zu finden. Dabei kannst du mir von deinem Bruder erzählen“, sagte sie zu dem Mädchen, wobei sie versuchte, sich ihre Anspannung nicht anmerken zu lassen. Sie musste unbedingt mehr erfahren. Als Elisa ihr nicht folgte, sondern abwartend stehen blieb, schaute sich Anna verwundert nach ihr um.

„Was ist? Willst du die Pflanzen nun haben, oder nicht?“

„Du wirst mir doch die richtigen geben, nicht wahr, Anna?“

Im Blick des Mädchens lag nun eindeutig Misstrauen.

„Was verleitet dich zu der Annahme, dass ich dir die falschen Pflanzen suchen könnte? Glaub mir, ich kenne mich gut damit aus.“

„Das ist es ja gerade.“ Das Mädchen errötete und senkte verlegen den Kopf.

„Im Dorf erzählt man sich, du seiest eine Hexe. Man könne es dir nicht beweisen, aber du hättest eigenhändig deinen Vater verbrannt, nachdem du ihn mit deinen Tinkturen benebelt hast.“

„Wer erzählt das? Deine Eltern?“

„Ja, sie reden darüber. Vor allem ist es aber die Hebamme, die gesehen haben will, wie du das Feuer gelegt hast.“

„Kein Wort davon ist wahr, Elisa“, beruhigte Anna das Mädchen, während sie selbst erschrak. Natürlich wusste sie, dass ihr die Leute im Dorf mit Argwohn begegneten, woran der Priester nicht ganz unschuldig war. Und vielleicht hatte auch sie ihren Teil dazu beigetragen, dass man über sie redete. Aber wie hätte sie ahnen sollen, dass man sie nun schon offen beschuldigte, Hexerei zu betreiben? Erst jetzt, da sie es mit eigenen Ohren hörte, wurde ihr bewusst, wie gefährlich sie lebte. Wenn die Hebamme weiterhin behauptete, dass sie den Vater getötet hatte, konnte das Folgen haben.

Vielleicht sollte sie fortgehen und ihrem alten Leben den Rücken kehren? Der Gedanke kam ihr nicht zum ersten Mal. Seit Gabriels Tod fragte sie sich, warum sie die Heimat nicht einfach verließ und an einem anderen Ort ein neues Leben begann. Irgendwo, wo sie niemand kannte und ihr keine argwöhnischen Blicke folgten. Außer Gertraude und deren Tochter Magda hielt sie nur eines hier – ihr Hass. Aber lohnte es sich wirklich, dafür ihr Leben zu riskieren?

Im gleichen Moment erinnerte sie sich an ihr Versprechen, das sie dem Bruder gegeben hatte. Sie hatte geschworen, den Priester zu töten, wenn er Gabriel noch einmal etwas antun würde. Was wäre ihr Leben noch wert, wenn sie fortginge, ohne ihr Vorhaben, auf das sie seit seinem Tod hinarbeitete, umzusetzen?

Anna sah hinauf in die dichten Zweige der Bäume. In diesem Moment brach ein Sonnenstrahl durch das dunkle Dickicht und wärmte ihr Gesicht. Daraufhin lächelte sie. Ihr Entschluss stand fest. Sollten die Leute ruhig reden und ihre Vermutungen anstellen. Sie würde nicht gehen. Nicht eher, bis ihr Plan verwirklicht war. Erst dann konnte sie irgendwo in der Fremde ihren Frieden finden.

„Glaub nicht alles, was die Leute erzählen!“, versuchte sie nun einen unbekümmerten Ton dem Mädchen gegenüber anzuschlagen. „Ich bin keine Hexe und ich werde dir die Pflanzen geben, die die Rückenschmerzen des Priesters lindern. In der Zwischenzeit erzähl du mir von deinem Bruder! Wie kommt es, dass er Ministrant wurde?“

Nachdem sie die Geschichte des Mädchens gehört und die Kleine mit den heilenden Kräutern zurück nach Hause geschickt hatte, brach der alte Hass mit aller Macht in ihr auf. Wieder hatte der Priester die Armut einer Familie ausgenutzt. Wieder hatte er ein Opfer für seine ungezähmte Wollust gefunden. Elisa hatte ihr berichtet, dass ihr Bruder sie nur selten besuchen durfte und wenn doch, dann war er schweigsam und in sich gekehrt. Damit hatte Anna genug gehört. Für sie gab es keinen Zweifel, dass es dem Jungen der Webers genauso erging wie einst Gabriel.

Tränen der Wut traten in ihre Augen. Der Wunsch, dem Treiben des Priesters ein Ende zu setzen, wurde immer mächtiger. Aber noch war ihre Zeit nicht gekommen. Sie musste vorsichtig sein und durfte nicht zulassen, dass ihr Hass ihren Verstand vernebelte. Im Moment blieb ihr nichts weiter übrig, als abzuwarten. Doch ihre Zeit würde kommen.

***

Ich hörte Schritte. Erschrocken ließ ich das Manuskript sinken und lauschte. Mein Herz klopfte. Gleichzeitig fragte ich mich, wovor ich mich plötzlich fürchtete. Ich war es doch gewohnt, alleine auf der Station zu arbeiten. Und ich hatte die Stille mit den gelegentlichen Geräuschen immer gemocht. Warum ließ ich mich auf einmal von ein paar Schritten, die vermutlich von einem der Ärzte stammten, aus der Fassung bringen?

Die Geschichte war schuld! Ich legte das Manuskript zur Seite und schaute meine Patientin an, die offensichtlich schlief. Wieder fragte ich mich, was sie dazu bewogen hatte, das Genre zu wechseln und dieses Thema aufzugreifen, das auch heute noch gerne hinter vorgehaltener Hand diskutiert wurde. Die Menschen wollten nicht erfahren, dass es Priester gab, die Kinder missbrauchten. Es würde ihren Glauben erschüttern und die Gerechtigkeit Gottes infrage stellen.

Dennoch hatte es Claudia Mehring getan. Ich glaubte schon jetzt zu wissen, dass ihr Roman für einiges Aufsehen sorgen würde, wenn er jemals erscheinen sollte. Dann würde es nicht allzu lange dauern, bis der Selbstmord ihres Bruders erneut zur Sprache kam.

Aber vielleicht wollte sie das ja. Möglicherweise spürte auch sie den Hass in sich, der Anna beherrschte.

„Ich wünschte, du könntest mir sagen, was es damit auf sich hat", sagte ich zu ihr und stand auf, bevor ich das Krankenzimmer verließ und ins Stationsbüro ging. Dort angekommen, fand ich eine Akte auf dem Tisch. Nachdenklich nahm ich sie zur Hand. Ich war mir sicher, dass sie noch nicht dalag, als ich das Dienstzimmer verlassen hatte. Das bedeutete, jemand war in meiner Abwesenheit hier gewesen und hatte mich vermutlich gesucht, was die Schritte erklärte, die ich gehört hatte.

Ich griff zum Telefonhörer. Doktor Werner konnte mir sicher Auskunft geben. Nach dem zweiten Klingeln nahm er ab und bestätigte meine Vermutung.

„Es stimmt, ich habe Ihnen die Akte auf den Tisch gelegt. Sie bekommen morgen einen Neuzugang aus der Burgklinik. Die Patientin wird von der Intensivstation zu uns verlegt."

„Warum sind Sie nicht zu mir gekommen?", fragte ich. Doktor Werner ließ sich nur selten die Gelegenheit entgehen, einen Kaffee gekocht zu bekommen.

„Ich war bei Ihnen, Sie lasen gerade Frau Mehring vor. Ich wollte Sie nicht stören, Schwester Marie."

„Aber das hätten Sie nicht."

„Doch, ich denke schon. Sie waren sehr vertieft."

„Tut mir leid, ich …"

„Das muss es nicht. Sie wissen, wie sehr ich Ihre Arbeit schätze. Lesen Sie sich die Akte durch und treffen Sie die notwendigen Vorbereitungen für den Frühdienst, ja? Die Verlegung ist für neun Uhr geplant."

„Selbstverständlich, ich werde alles herrichten. Sie können sich auf mich verlassen."

„Da bin ich mir sicher. Bis später dann.“

Ich wollte gerade auflegen, als der Arzt noch einmal meinen Namen rief.

„Ach, Marie, noch etwas. Ich sollte vielleicht erwähnen, dass die Patientin sehr jung ist.“

„Okay“, antwortete ich. „Wie jung genau?“

Doch Doktor Werner hatte bereits aufgelegt. Neugierig griff ich erneut zur Akte. Natürlich fiel mir sofort Mark ein, zu dem ich auch heute noch Kontakt pflegte. Er hatte es geschafft, aus dem Koma zu erwachen, was an ein Wunder grenzte. Dennoch würde ich nie vergessen, wie er monatelang teilnahmslos in seinem Bett gelegen hatte. Während ich die Akte aufschlug, betete ich, dass es sich um keine junge Motorradfahrerin handelte.

Aus der Anamnese erfuhr ich, dass der Name der Patientin Amelie Kaiser war. Wieder ging es um Kopfverletzungen. Sie war nach einem Sturz auf der Treppe ihres Elternhauses eingeliefert worden. Ihre Mutter hatte sie bewusstlos am Boden aufgefunden und sofort den Notarzt gerufen.

Ich stockte. Erst jetzt fiel mir ein, dass Doktor Werner die Burgklinik erwähnt hatte. Dabei handelte es sich meines Wissens um eine reine Kinderklinik. Aber noch hoffte ich, mich verhört zu haben. Dennoch spürte ich, wie sich die kleinen Haare an meinen Unterarmen aufstellten, als meine Augen das Geburtsdatum suchten.

„Nein“, stöhnte ich laut auf, was nichts an den Daten in der Akte änderte. Unsere zukünftige Patientin war ein Kind, ein elfjähriges Mädchen. Bestürzt ließ ich mich auf den Stuhl fallen. Wie sollte ich damit umgehen? Ich wusste schon jetzt, dass es mir das Herz brechen würde, die Kleine reaktionslos in ihrem Krankenbett liegen zu sehen, ohne sie auch nur ein einziges Mal lachen zu hören, wie es Kinder eben taten.

Ich liebte meine Arbeit, wenn es auch nicht leicht war, für die Patienten zu sorgen ohne die häufigen Erfolgserlebnisse, die auf anderen Stationen zur

Tagesordnung gehörten. Trotzdem hätte ich mit keiner meiner Kolleginnen dort tauschen wollen. Aber hier ging es um ein Kind, verdammt!

Ich stand auf und ging in das leere Zimmer am Ende des Ganges. Ich musste das Bett beziehen, den Raum desinfizieren und die medizinischen Geräte vorbereiten. Aber bevor ich die Tür erreichte, hörte ich ein lautes Stöhnen aus Lindas Zimmer. Als ich die Tür öffnete, bemerkte ich sofort, dass etwas nicht stimmte. Lindas Gesicht war eingeschwollen, vor allem um die Augen herum, ihre Pupillen stark vergrößert.

„Was machst du denn für Sachen, Linda?", fragte ich. „Du wirst doch nicht etwa schon wieder etwas ausbrüten?"

Ich befühlte ihre Stirn. Sie war heiß. Die Patientin hatte Fieber, ziemlich hohes Fieber, wie ich nach der Messung feststellte. Ohne zu zögern nahm ich das Telefon und wählte Doktor Werners Nummer. Keine drei Minuten später betrat er das Krankenzimmer.

„Wann ist das Fieber aufgetreten?", fragte er.

„Erst in der letzten Stunde. Ich habe um zwei Uhr meinen Kontrollgang gemacht. Ihre Werte waren völlig normal. Mir ist nichts aufgefallen."

„Schon gut, Schwester Marie, ich vermute ein akutes Geschehen. Die Ödeme deuten auf ein Nierenversagen hin. Wir brauchen ein CT. Ich werde mich darum kümmern."

Doktor Werner griff zum Telefon. Wenig später kamen zwei Pfleger, die für den internen Transport zuständig waren, und fuhren Linda aus dem Zimmer Richtung Fahrstuhl. Doktor Werner begleitete sie, nachdem er mir versprochen hatte, sich zu melden, sobald es Ergebnisse gab. Mir blieb nur, abzuwarten.

Unruhig richtete ich das Zimmer für Amelie her. Mit meinen Gedanken war ich bei Linda. Sie hatte in den letzten Wochen einiges durchmachen müssen. Die häufigen Infekte setzten ihr zu. Deshalb waren wir alle erleichtert gewesen, dass es endlich aufwärts zu gehen schien. Und nun versagten plötzlich ihre Nieren.

Ich kannte die Folgen. Vermutlich würde Linda an die Dialyse müssen, vorausgesetzt ihre Schwester willigte ein. Wobei ich mir nicht so sicher war. Sie hatte in den letzten Monaten ziemlich häufig geäußert, dass sie sich nichts sehnlicher wünschte, als dass Linda endlich friedlich einschlafen könnte. An ein Erwachen ihrer Schwester glaubte sie schon lange nicht mehr. Und vermutlich hatte sie sogar recht. Dennoch schnürte es mir bei dem Gedanken, mich möglicherweise von Linda verabschieden zu müssen, die Kehle zu.

***

Lindas Schwester war für die Dialysetherapie, wie ich am nächsten Abend erfuhr. Corinna erzählte mir, dass die Ärzte ein langes Gespräch mit ihr geführt hatten, nachdem klar war, dass es sich tatsächlich um ein akutes Nierenversagen handelte. Unter Tränen hatte sie darauf hingewiesen, dass Linda keine Patientenverfügung besaß und sie sich nicht in der Lage fühlte, über ihr Leben zu richten. Stattdessen schien sie plötzlich neue Hoffnung zu schöpfen und bat die Ärzte, alles für Linda zu tun. Damit stand die Entscheidung fest. Die Ärzte hatten den Willen der Angehörigen zu respektieren.

Linda durfte weiterleben! Aber war es das wirklich wert?

„Nun lass uns doch erst einmal abwarten“, beruhigte mich Corinna, die bemerkte, wie sehr mir das Ganze zusetzte. „Linda ist eine Kämpferin und hat schon so viele Rückschläge verkraftet.“

„Du weißt, dass es dieses Mal anders ist“, antwortete ich und wischte mir die Tränen aus den Augen. „Ihr Körper würde ohne die Maschinen vergiften. Nur sie halten Linda am Leben. Sie wird sich nicht wieder erholen."

„Vielleicht ist es ja besser so. Dann ist sie erlöst."

„Ja, vielleicht. Aber wie lange wird das dauern, Corinna? Wie lange muss sie leiden?"

„Das bestimmen leider nicht wir."

„Ich weiß." Ich zuckte mit den Schultern. Tief in mir wusste ich, dass Corinna recht hatte. Mein Herz aber sprach eine andere Sprache. Ich würde Linda vermissen. Gleichzeitig gönnte ich ihr den Frieden.

„Was ist mit dem Mädchen, Amelie Kaiser?", wechselte ich das Thema. „Verlief die Verlegung reibungslos? Wie ist ihr momentaner Zustand?"

„Es gab Komplikationen, die Verlegung wurde vorerst verschoben. Aber inzwischen geht es ihr besser. Doktor Werner kann dir die Einzelheiten erklären. Dir bleibt also genügend Zeit, dich um Linda zu kümmern, bevor du deinen Urlaub antrittst."

Der Urlaub, dachte ich. Ich hatte ihn fast vergessen, obwohl ich mich so darauf gefreut hatte, endlich mehr Zeit mit Noel verbringen zu können. Wir wollten uns verschiedene Locations anschauen, die für unsere Hochzeit infrage kamen. Ich hatte meinen Verlobten bedrängt, rechtzeitig mit der Suche zu beginnen, auch wenn uns noch ein paar Monate Zeit blieben. Es sollte der schönste Tag in meinem Leben werden.

Und das würde er auch, nahm ich mir vor. Ich musste endlich damit aufhören, in jedem meiner Patienten mehr zu sehen als das, was sie waren, Patienten eben. Außerdem war ich schon häufig mit dem Sterben in Berührung gekommen. Es geschah schließlich nicht zum ersten Mal, dass ein Patient uns verließ. Allerdings hatte ich nie so viel Zeit mit ihnen verbracht wie mit Linda.

„Ach, Marie, du wirst es nie lernen", sagte in diesem Moment meine Kollegin, die meine Gedanken wohl erahnte. „Das Sterben gehört nun einmal zum Leben dazu, erst recht in einem Krankenhaus. Vielleicht ist es ganz gut, dass du die nächsten drei Wochen etwas Abstand gewinnst."

„Keine Sorge, ich kann damit umgehen", rechtfertigte ich mich und versuchte, zuversichtlicher zu klingen, als ich in Wirklichkeit war. „Vermissen werde ich sie trotzdem."

„Das tun wir alle, Marie." Corinna lächelte mich an. Dann wechselte sie das Thema.

„Hast du schon ein Kleid für den großen Tag?"

„Nein." Es fiel mir schwer, plötzlich umzuschalten. Doch irgendwie gelang es Corinna, meine trüben Gedanken beiseitezuschieben.

„Aber ich habe Onkel Elis Zusage, mich zum Altar zu führen."

„Wirklich? Das ist ja fantastisch. Er ist bestimmt der Richtige."

Sie brach ab und sah mich an.

„Siehst du, auch hier bei uns geschehen Wunder, wenn auch nicht so oft. Hättest du dich damals nicht so an Jonahs Geschichte geklammert, wäre dir Noel nie begegnet. So etwas nennt man Schicksal. Ich wette, ihr bleibt ewig zusammen und habt irgendwann mindestens vier Kinder."

„Ganz bestimmt, du Hellseherin. Lass uns endlich Übergabe machen, damit ich dich loswerde."

Corinna begann, mit mir die Akten durchzugehen. Doch ich hörte nur mit halbem Ohr hin und war erleichtert, als sie endlich gegangen und ich alleine auf Station war. Mit dem Medikamententablett in der Hand begann ich meine Runde.

Als Erstes ging ich zu Frau Mehring. Nachdem ich ihr Zimmer betreten hatte, bemerkte ich, dass ihre Arme auf der Bettdecke lagen. Dabei wussten die Kolleginnen doch inzwischen alle, dass ich Wert darauf legte, den Tag-Nacht-Rhythmus einzuhalten. Arme auf der Decke bedeutete, dass es Tag war. Arme darunter hieß Schlafenszeit. Es konnte doch nicht so schwer sein, sich das zu merken.

Etwas verärgert nahm ich den rechten Arm der

Patientin und hob die Bettdecke hoch. Dabei fiel mir ihr aufgeblähter Bauch auf. Mein Blick richtete sich auf das parenterale Ernährungssystem. Ich kontrollierte, ob sich eventuell Luft im Schlauch befand. Dann tastete ich sie ab. Ihr Bauch fühlte sich weich an, es gab also keinen Grund zur Besorgnis. Ich würde ihr nach dem Rundgang eine Kanne Kümmeltee kochen, der einfachste Weg, um Blähungen loszuwerden.

„Tut mir leid, Claudia. Ich kann dir nicht versprechen, dass ich dazukomme, dir vorzulesen", teilte ich ihr mit, während ich ihr die Medikamente verabreichte.

„Ich möchte heute viel Zeit bei Linda verbringen. Das verstehst du doch, oder?"

Ich strich ihr eine Haarsträhne aus dem Gesicht. Sie blinzelte.

„Du weißt nicht, wer Linda ist? Wolltest du mich das fragen?"

Ich setzte mich auf den Stuhl. Auf ein paar Minuten kam es nicht an. Und vielleicht zögerte ich die Begegnung mit Linda auch absichtlich hinaus. Wer wusste das schon?

In den nächsten zehn Minuten erzählte ich Claudia von meiner Patientin, die ich in dieser Nacht vielleicht zum letzten Mal sehen würde. Frau Mehring hörte mir zu. Was sollte sie auch sonst tun? Als ich aufstand, hielt sie die Augen geschlossen.

„Bis später", sagte ich zu ihr. „Wenn ich aus dem Urlaub zurück bin, werde ich dir vorlesen, versprochen! Uns bleibt noch so viel Zeit, Claudia."

Zeit, die mir an Lindas Bett aus den Fingern glitt, dachte ich sieben Stunden später. Nachdem ich die anderen Patienten versorgt hatte, setzte ich mich zu ihr ans Bett und hielt ihre Hand. Aus irgendeinem Grund hatte ich plötzlich das Gefühl, mich von ihr verabschieden zu müssen.

„Ich habe keine Ahnung, ob wir uns wiedersehen", sagte ich leise. „Möglicherweise trennen sich unsere Wege, Linda. Wenn es so sein sollte, weiß ich, dass du dort oben gut aufgehoben bist, hörst du? Du musst keine Angst haben. Ich bin mir sicher, dass du dann auch endlich wieder lachen kannst."

Ich brach ab. Mein Hals fühlte sich trocken an.

„Ich hätte dich gerne einmal lachen sehen."

Über eine Stunde saß ich an Lindas Bett. Inzwischen wurde es draußen hell. Es würde nicht mehr lange dauern, bis die Kolleginnen des Frühdienstes kamen. Nach einem letzten Blick auf die schlafende Patientin ging ich zur Tür.

***

Ich stand schon am Fahrstuhl, als mir das Manuskript einfiel. Während meines Urlaubs würde ich sicher Zeit finden, darin zu lesen. Allerdings glaubte ich auch zu wissen, dass Noel nicht gerade begeistert sein würde. Nicht nur einmal hatte er mich gemahnt, die Arbeit hinter mir zu lassen, wenn mein Dienst endete. Doch das war nicht so einfach, wie er es sich vorstellte. Außerdem hatte ich ja nicht vor, mir irgendwelche Akten mit nach Hause zu nehmen. Es handelte sich um einen Roman, nicht mehr.

Kurzerhand drehte ich mich um und ging zurück zur Station, wo mir die Kollegen, von denen ich mich eben verabschiedet hatte, erstaunt entgegensahen. Nur Maja lächelte und hielt mir das Manuskript entgegen, das ich auf dem Schreibtisch abgelegt hatte. Ich grinste.

„Woher wusstest du, was ich wollte?"

„Ich hatte so eine Ahnung."

„Danke, also dann."

Ich winkte und verließ das Büro. Als ich gerade die Tür schließen wollte, rief mich Maja.

„Marie?"

„Ja?"

„Würdest du mir einen Gefallen tun?"

„Natürlich."

„Genieß bitte deinen Urlaub, okay? Vergiss die Patienten wenigstens für drei Wochen! Das wirst du doch hinkriegen, oder?“

„Ich versuche es“, antwortete ich und schloss die Tür. Ich wusste schon jetzt, dass ich jeden Tag anrufen würde, um mich nach Linda zu erkundigen. Der Gedanke, dass sie irgendwann in den nächsten Tagen trotz der Dialyse ihren letzten Atemzug machen würde, stimmte mich traurig. Umso dankbarer würde ich für ein wenig Ablenkung sein, die mir Frau Mehrings Geschichte sicher garantierte.

Zu Hause angekommen, holte ich sofort das Manuskript hervor. Meine Gedanken wanderten zu Claudia Mehring. Ich fragte mich, was das Schicksal wohl mit ihr vorhatte. Musste sie wie Linda jahrelang im Wachkoma liegen und ausharren, bis der Tod sie eines Tages erlöste, oder würde sie irgendwann erwachen?

Nachdenklich stieg ich unter die Dusche, bevor ich in die Küche ging und mir einen Tee kochte. Noel war bereits auf dem Weg zur Arbeit. Er musste heute an einem wichtigen Meeting teilnehmen, danach würde auch er seinen Urlaub antreten können.

Kurzentschlossen öffnete ich meine Tasche und holte das Manuskript heraus. Da Noel sicherlich nicht vor dem Abend nach Hause kommen würde und es keinen Grund gab, den Schlaf für die nächste Nacht vorzuholen, konnte ich auch später ins Bett und stattdessen noch ein wenig lesen. Vielleicht erfuhr ich ja durch die Geschichte etwas mehr über meine Patientin.

Die Worte der kleinen Elisa gingen Anna nicht mehr aus dem Kopf. Mit einem unguten Gefühl schlief sie am Abend ein. Sie träumte von Gabriel, der aus der brennenden Hütte heraus ihren Namen rief und sie an ihr Versprechen erinnerte. Schweißgebadet wachte sie am Morgen auf. Als sie vereinzeltes Rufen und Gerede vom

Hof her vernahm, glaubte sie zuerst, noch immer in ihrem Traum gefangen zu sein. Erst nachdem die Stimmen lauter wurden, stand sie auf und bemerkte, dass Magdas Lager leer war.

Suchend sah Anna sich um, während sie sich fragte, wo das Mädchen nur sein konnte. Sie verließ nur selten freiwillig die Kammer. Ihre Angst, dem Gutsherrn zu begegnen, ließ sie in ihrem Versteck ausharren. Schon mehrere Male hatte Anna ihr angeboten, sie nach draußen zu begleiten, und ihr versprochen, dass ihr unter ihrer Obhut nichts geschehen würde. Doch Magda hatte immer abgelehnt.

In diesem Moment wurde das Geschrei auf dem Hof lauter, was Anna zwang, die besorgten Gedanken beiseitezuschieben und zu dem winzigen Fenster zu gehen. Neugierig sah sie auf den Hof, um zu erfahren, was vor sich ging. Dabei stellte sie fest, dass die Mägde und Knechte nicht ihrer gewohnten Arbeit nachgingen, sondern sich in kleinen Gruppen versammelt hatten und heftig gestikulierten.

Schnell zog sie ihr Leinenkleid über und lief die Treppe nach unten. Als sie in den Hof trat, verstummten die Stimmen plötzlich. Alle Augen richteten sich auf sie. Aber Anna, die die Ablehnung der Leute ihr gegenüber kannte, war nicht gewillt, sich davon einschüchtern zu lassen. Stolz hob sie ihren Kopf, woraufhin das Gerede erneut einsetzte. Sie hörte, wie ihr Name fiel. Doch niemand sprach sie offen an, bis eine alte Frau aus der Menge trat und sich ihr in den Weg stellte. Anna erkannte die Hebamme sofort, die nur selten zum Gut kam.

„Grüß Gott, Anna“, begrüßte die Hebamme sie. „Oder sollte ich nur Sei gegrüßt sagen?“

Ein triumphierendes Grinsen breitete sich auf ihren geröteten Wangen aus. Nun wusste Anna, dass die Frau nicht ohne Grund gekommen war. Auch aus dem Getuschel des Gesindes hörte sie eindeutige Anschuldigungen gegen sich heraus. Das Wort Hexe fiel.

Sofort erinnerte sie sich an das, was Elisa ihr im Wald anvertraut hatte. Das Mädchen hatte behauptet, dass es die Hebamme sei, die gegen sie wetterte. Offenbar konnte die Alte sich nicht damit abfinden, dass sie nun auf dem Hof lebte. Ihre Andeutung eben zeigte nur zu deutlich, dass sie nicht an Annas Hingabe an Gott glaubte.

Normalerweise hätte Anna über sie gespottet. Aber vermutlich waren die Leute hier tatsächlich der Ansicht, sie habe das Feuer gelegt und ihr Haus und den Vater verbrannt. Obwohl seitdem zwei Jahre vergangen waren, hatten sich die Gerüchte hartnäckig gehalten und kamen jetzt offensichtlich zum Ausbruch.

Am liebsten hätte Anna das Gesinde ihres lächerlichen Aberglaubens wegen ausgelacht. Gleichzeitig ahnte sie, dass hinter dieser absurden Anschuldigung mehr steckte als nur die jahrelange Missgunst der Hebamme, die sich nach dem Tod der Mutter gegen sie gerichtet hatte. Also musste sie Ruhe bewahren.

„Was willst du?", fragte sie die Hebamme kühl, der nicht entging, wie angespannt Anna war.

„Wenn du gekommen bist, um wieder einmal deine lächerlichen Anschuldigungen gegen mich anzubringen, kannst du gleich wieder gehen. Ich habe unser Haus nicht niedergebrannt. Welchen Grund hätte es dafür gegeben?"

Die Hebamme zeigte sich von Annas Worten wenig beeindruckt. Ihre Mimik drückte nur zu deutlich aus, dass sie ihr kein Wort glaubte – oder nicht glauben wollte. Im Gegenteil, ihr falsches Lächeln wurde noch breiter. Theatralisch hob sie die Arme.

„Nun, dann beweise es! Die Gelegenheit wirst du schon bald haben. Vielleicht zeigt sich dann, ob du das Feuer gelegt hast oder nicht."

Sie brach ab und drehte sich zu den Leuten.

„Und wir werden erfahren, ob du eine Hexe bist."

„Welch widerwärtigen Plan verfolgst du?", fragte Anna, die spürte, wie Wut in ihr hochkroch. „Behauptest du etwa, Zeuge des Brandes gewesen zu sein?"

„Wer weiß?“, wich die Hebamme aus und zuckte mit den Schultern.

Wieder setzte Geraune ein. Anna sah ungläubig auf das Gesinde. Der Großteil der Anwesenden nickte zu den Anschuldigungen der Frau. Sie glaubten tatsächlich an deren dummes Gerede. Dabei waren nicht wenige von ihnen zu ihrer Mutter und später zu ihr gekommen und hatten darum gebeten, ihre Leiden zu lindern. Und jetzt sollte es sich plötzlich um Hexerei handeln?

„Ihr wisst, dass ich die Heilkunst von meiner Mutter beigebracht bekam“, rechtfertigte sie sich. Doch niemand wollte ihr zuhören. Stattdessen richtete sich die allgemeine Aufmerksamkeit auf die Hebamme. Als Anna zu ihr hinsah und ihr selbstgefälliges Grinsen bemerkte, ahnte sie, dass dieses hinterhältige Weib noch nicht fertig war.

„Ich behaupte nicht, gesehen zu haben, wie du das Feuer legtest. Aber wir alle wissen, wie sehr du deinen Vater gehasst hast, nachdem er dir den Bruder nahm. Gott war Zeuge, das genügt. Eine Abordnung der Inquisition wird noch heute auf dem Gutshof erwartet. Hast du den Anschlag an der Kirchentür nicht gesehen?“

Anna schüttelte den Kopf, was der Hebamme ein spöttisches Lächeln abrang.

„Das könnte daran liegen, dass du so selten in das Haus Gottes kommst. Ist dir dieser Ort etwa zuwider?“

„Eine Abordnung der Inquisition?“, wiederholte Anna, ohne auf die Frage einzugehen.

„Du hast richtig gehört, Mädchen.“

Die Hebamme nickte, während Anna spürte, wie ihr Herz zu klopfen begann. Ihre Gedanken überschlugen sich. Sie wusste, dass die Hebamme eine boshafte Frau war, die nur allzu gerne die Leute aufhetzte.

Dazu kam ihr Groll auf Johanna, der durch deren Tod nicht geringer geworden war und der sich nun auf sie übertragen hatte. Trotz allem musste sie die Worte der alten Frau ernst nehmen. Sie würde kein solches Spektakel veranstalten, wenn nicht ein Funken Wahrheit hinter ihrer

Ankündigung stünde.

Trotz allem konnte Anna sich nicht erklären, weshalb die Inquisition ausgerechnet zum Gut von Lingen kommen sollte. Es sei denn, die Hebamme und der Priester steckten unter einer Decke und führten etwas im Schilde. Anna wusste nur zu gut, dass ihre Heilkünste ihnen ein Dorn im Auge waren. Es konnte also durchaus möglich sein, dass der Pfaffe sie nach den öffentlichen Anschuldigungen endlich loswerden wollte. Zumindest deutete das selbstgefällige Verhalten der Hebamme ihr gegenüber darauf hin.

Anna wusste, sie musste jetzt äußerst vorsichtig sein. Jedes falsche Wort konnte ihr schaden. Aber da war immer noch der Hass in ihr, der sich nun auch gegen die Hebamme richtete. Wenigstens einen Hieb wollte sie dem bösartigen Weib versetzen.

„Wenn du die Wahrheit sagst und tatsächlich die Inquisition kommt, würde ich mich an deiner Stelle nicht so öffentlich zur Schau stellen. Ist es nicht so, dass du alleine in den letzten zwei Monaten drei Totgeburten beigewohnt hast?“

Sie hatte kaum fertig gesprochen, als das Geschrei begann. Zwei Mägde, deren Kinder die Geburt nicht überlebt hatten, erhoben nun ebenfalls Anschuldigungen gegen die Hebamme, die blass geworden war. Nun, da sie selber der Hexerei bezichtigt wurde, wollte sie von der Inquisition nichts mehr wissen. Keifend verteidigte sie sich, nachdem sie Anna einen vernichtenden Blick zugeworfen hatte.

Anna jedoch beachtete sie nicht weiter, sondern nutzte die Gelegenheit, den Leuten zu entkommen, solange sie sich auf die Hebamme stürzten, und ging zurück in ihre Kammer. Dort setzte sie sich auf den einzigen Stuhl und dachte nach. Die Gefahr, die von dieser Frau ausging, war nicht zu unterschätzen. Die Alte würde keine Ruhe geben, bis sie ihre Rachsucht befriedigt hatte. Auf dem Hof eben war sie gerade noch mit heiler Haut davongekommen.

Aber was würde beim nächsten Mal sein?

Die Mehrheit des Gesindes war gegen sie und keiner von ihnen würde zögern, seine Anschuldigungen der Inquisition vorzutragen, die sicher nicht ohne Anlass zum Gut kam. Der Auflauf am Morgen war ungewöhnlich. Normalerweise wäre sofort einer der Männer des Gutsherrn, wenn nicht sogar er selber eingeschritten und hätte der Untätigkeit ein Ende bereitet. Doch weder Eberhardt von Lingen noch Matthias hatten sich blicken lassen. Es musste einen Grund dafür geben, den sie möglicherweise auch erfahren hätte, wenn sie sich nicht auf einen Streit mit der Hebamme eingelassen hätte.

In diesem Moment drang ein schriller Schrei zu ihrer Kammer herauf. Obwohl Anna wusste, dass es besser wäre, in der sicheren Kammer zu bleiben, zögerte sie nicht einen Augenblick. Sie musste erfahren, was vor sich ging. Außerdem wollte sie Gertraude suchen und sie fragen, wo sich Magda aufhielt. Das Mädchen war immer noch verschwunden.

Alle Vorsicht außer Acht lassend, rannte sie erneut die Treppen hinab. Als sie den Hof betrat, drängte sich das Gesinde zur Mitte der Freifläche, sodass sie nicht sehen konnte, was sich hinter der Menge abspielte. Mühsam kämpfte sie sich nach vorn, bis sie freie Sicht bekam. Das Bild, das sich ihr bot, übertraf alles, was sie erwartet hatte. Entsetzt presste sie sich die Hand vor den Mund.

Mitten im Hof hatte man einen Holzpflock errichtet, den die aufgebrachte Menge umringte. Einige der Frauen weinten, während die Männer sie anschrien, den Mund zu halten. Und tatsächlich wurde die Meute plötzlich ruhig. Alle Blicke richteten sich auf zwei Männer in langen schwarzen Umhängen, die sich den Weg durch die Leute bahnten, indem sie die Schaulustigen grob zur Seite stießen.

Zwei von ihnen schleiften ein Mädchen über den rauen Boden. Ihre Knie waren aufgeschlagen. Aus ihrem Mund floss ein dünnes Rinnsal Blut, das auf das weiße Hemd tropfte, in das sie gehüllt war. Obwohl ihr Kopf auf die Brust gefallen war, erkannte Anna sie sofort.

Es war Magda.

Anna konnte ihr Erschrecken kaum verbergen. Panisch sah sie sich um. Ihre Augen suchten Gertraude, die sie jedoch nirgendwo entdecken konnte. Dafür bemerkte sie den Schmied, der auf dem staubigen Boden vor der Schmiede lag. Aus einer Wunde an seinem Kopf lief Blut, aber niemand machte sich die Mühe, ihm zu helfen. Während Anna noch überlegte, zu ihm zu gehen, um sich um die Wunde zu kümmern, kämpfte sich die Hebamme durch die Reihen nach vorn und baute sich vor den Leuten auf. In ihrem Blick lag ein boshaftes Funkeln.

„Stirb, du Hexe!“, begann sie zu schreien, bis die anderen einstimmten und die Rufe zu einem gewaltigen Chor anschwollen.

Offenbar hatte sie vergessen, dass auch sie vor wenigen Minuten noch beinahe zum Opfer geworden war. Anna spürte, wie die Angst ihr die Kehle zuschnürte. Dennoch schaffte sie es nicht, sich von der Meute zu entfernen. Wie gebannt verfolgte sie das weitere Geschehen.

Währenddessen banden die Männer das Mädchen an den Pfahl, sodass ihre Hände über ihrem Kopf deutlich zu sehen waren. Dadurch kamen die wulstigen Narben darauf mehr denn je zur Geltung, was wohl in der Absicht der Männer lag. Aber noch verstand Anna nicht, warum. Was hatte Magda getan, um die Aufmerksamkeit der Inquisition auf sich zu ziehen? Sie betrat bei Tageslicht ja nicht einmal den Hof.

„Was geht hier vor sich?“, fragte sie eine alte Frau, die neben ihr stand und mindestens genauso betroffen auf das Geschehen reagierte wie sie selber.

„Ach Mädchen, frag besser nicht!“, flüsterte sie und gab doch gleich darauf die Antwort auf Annas Frage.

„Der Gutsherr ist tot. Man sagt, er sei vergiftet worden. Die Kleine dort …“ sie zeigte mit dem Finger auf Magda, „soll das Mittagsmahl von Eberhardt von Lingen verhext haben.“

„Was sagst du da? Das ist doch Unsinn.“

Anna konnte ihr Entsetzen nicht länger verbergen. Der Gutsherr war tot. Noch vor wenigen Stunden hätte die Nachricht, dass Eberhardt von Lingen endlich die göttliche Gerechtigkeit erfahren hatte, ihr Herz erfreut. Sie würde ihn ganz sicher nicht betrauern. Es war nur recht und billig, dass er für seine Taten büßte. Aber nicht unter diesen Umständen. Magda war unschuldig. Niemals wäre das Mädchen zu einer solchen Tat fähig.

„Was haben sie mit ihr vor?“, fragte sie heiser und ahnte gleichzeitig, was kommen würde.

„Sie werden ihr den Prozess machen. Die Inquisition ist nicht umsonst hier. Du hast sicher davon gehört, wie sie mit angeblichen Hexen umgehen. Ich hoffe, die Kleine gesteht. Dann bleibt ihr zumindest die Folter erspart.“

„Die Folter?“

Annas Entsetzen wuchs. Sie konnte nicht glauben, dass hier ein unschuldiger Mensch nur aufgrund irgendwelcher Gerüchte und Anschuldigungen verurteilt und sogar gefoltert werden sollte. Magda tat keiner Fliege etwas zuleide und hatte ganz sicher nichts mit dem Tod des Gutsherrn zu tun.

„Wenn sie sich nicht bekennt, wird man sie so lange quälen, bis ihr Widerstand bricht. Ob schuldig oder nicht, spielt keine Rolle, Mädchen. So oder so droht ihr der Scheiterhaufen.“

Die alte Frau verstummte, denn in diesem Moment trat der Großinquisitor vor. Sein Gesicht wirkte sanft wie das eines guten Menschen. Deshalb hoffte Anna, er würde erkennen, dass es sich um ein Missverständnis handeln musste. Sie kannte das Böse. Dazu brauchte sie nur in die Augen des Priesters zu schauen. Der Mann im schwarzen Umhang schien nichts mit ihm gemein zu haben. Und tatsächlich trat er freundlich zu Magda und hob mit seiner behandschuhten Hand ihren Kopf. Auf seinem Gesicht lag ein Lächeln.

„Nun, mein Kind, gestehst du, das Mahl deines Herrn verhext zu haben?“

Magda antwortete nicht. Ihr Kopf war noch immer nach unten gesunken.

„Antworte mir!“

Er hob beide Hände zum Himmel und drehte sich abwartend zu der erstarrten Menge herum, als erwarte er von dort eine Bestätigung. Doch die Meute schwieg. Wie Magda, die in eine Ohnmacht gesunken war.

„Dann müssen wir dein Schweigen als Geständnis deuten.“

Mit einem bedauernden Kopfschütteln wandte sich der Inquisitor erneut dem Gesinde zu. Niemand erhob einen Einwand. Nur Anna öffnete den Mund. Sie wollte rufen, dass Magda gar nicht in der Lage war, ihre Unschuld zu beteuern. Aber bevor sie auch nur ein Wort herausbrachte, legte sich eine Hand auf ihre Lippen.

„Tu es nicht!“, flüsterte die alte Frau ihr zu. „Es sei denn, du willst die Nächste sein, die sie an den Pfahl binden. Du kannst ihr nicht helfen. Dafür ist es längst zu spät.“

Anna traten Tränen in die Augen. Sie wusste, dass die alte Frau recht hatte. Dabei kannte sie nicht einmal die Gerüchte, die über sie im Umlauf waren. Wenn sie jetzt versuchte, Magdas Unschuld zu beteuern, würde sie vermutlich schneller brennen als Gertraudes Tochter. Hilflos starrte sie auf den Pfahl und hörte, was der Inquisitor sagte.

„Ich gebe dir noch einmal die Möglichkeit zu antworten, Kind! Wenn du gestehst, kann Gott dir deine Sünden vergeben und der Himmel offenbart sich deiner. Sag, bist du schuldig der Hexerei?“

Gespannt wartete die Menge auf eine Antwort. Alle Blicke richteten sich auf den Großinquisitor und das Mädchen. Als Magda schwieg, wandte er sich scheinbar bedauernd an die Leute. Sein Blick blieb an der Hebamme hängen.

„Kann irgendjemand bezeugen, gesehen oder gehört zu haben, dass diese Weibsperson als Ketzerin oder Hexe gehandelt hat? Dann möge er es nun der kirchlichen Gerichtsbarkeit offenbaren."

„Sie haust im Verborgenen", rief eine junge Magd sofort, von der Anna wusste, dass Gertraude sie aus der Küche geworfen hatte, nachdem sie Brot und Schmalz gestohlen hatte. Es lag auf der Hand, dass sie sich nun an der Köchin rächen wollte. Was ihr offenbar auch gelang.

„Sie trägt die Zeichen des Teufels auf ihren Händen."

„Sie hat den Gutsherrn auf dem Gewissen."

„Auf den Scheiterhaufen mit ihr!"

Immer neue Anschuldigungen wurden laut. Fassungslos bemerkte Anna, dass sogar Kinder anwesend waren, die nun damit begannen, welkes Gemüse nach Magda zu werfen, die nichts davon mitbekam.

Nachdem der Inquisitor sie erneut aufgefordert hatte, sich der Hexerei schuldig zu bekennen, erschien ein weiterer Mann. Er war in eine Kutte gehüllt und trug eine Kapuze über dem Kopf, sodass man sein Gesicht nicht erkannte. In seiner Hand hielt er eine brennende Fackel, die dem trockenen Stroh gefährlich nahe kam.

„Nein!", schrie es plötzlich hinter Anna auf, bevor die Flammen den trockenen Ballen erreichten. Augenblicklich verstummte die Meute und machte Platz. Als Anna sich umdrehte, sah sie Gertraude nach vorne taumeln. Auch ihr Gesicht war von Blessuren gezeichnet. Ihr sonst straff zu einem Knoten gebundenes Haar hing ihr in wirren Strähnen ins Gesicht. Anna erkannte sofort, was das bedeutete. Die Köchin hatte ihre Tochter den Inquisitoren nicht kampflos überlassen.

„Wartet!", forderte der geistliche Abgesandte, woraufhin sich die Fackel hob.

„Ich will hören, was das Weib zu sagen hat." Abwartend sah er Gertraude entgegen, die sich schluchzend vor seine Füße warf.

„Ich war es", schrie sie. „Ich habe den Gutsherrn

vergiftet. Mein Kind ist unschuldig."

Für einen Moment herrschte Schweigen. Anna konnte nicht fassen, was sie gerade gehört hatte. Niemals, das wusste sie, würde Gertraude ein Unrecht begehen. Im Gegenteil, wie oft hatte sie Anna gewarnt, mit ihrem Hass auf den Gutsherrn den Zorn Gottes auf sich zu ziehen. Und nun stand sie vor dem Großinquisitor und bekannte sich schuldig?

„Verstehen wir das richtig, Ihr habt die Mahlzeit vergiftet?"

Der Blick des Großinquisitors war freundlich. Doch Anna gab nichts mehr darauf. Sein Lächeln war genauso falsch wie seine Anschuldigungen.

„Ja, Eminenz, ich tat es", bestätigte Gertraude.

„Nun, dann lasst uns an Eurem Wissen teilhaben! Enthüllt den hier Anwesenden, wie Ihr vorgegangen seid. Wir wollen erfahren, ob Ihr die Wahrheit sprecht."

„Ich habe eine Suppe gekocht, der Gutsherr wünschte es so. Auf sein Geheiß gab ich Kräuter hinzu, die seine Gedärme beruhigen sollten."

„Kanntet Ihr diese Kräuter? Woher hattet Ihr sie?"

Angespannte Stille folgte. Nicht wenige Blicke richteten sich in diesem Moment auf Anna, die sichtlich erschrak. Das Gesinde wusste, dass Gertraude die Pflanzen nicht selbst sammelte, sondern von ihr bekam. Gleich würde ihr Name fallen und die Männer sie ergreifen. Wenn die Heilpflanzen auch ganz sicher nicht zum Ableben von Eberhardt von Lingen geführt hatten, konnte sie das Gegenteil nicht beweisen. Außerdem eilte ihr der Ruf als Hexe voraus, was sie vor allem der Hebamme zu verdanken hatte.

„Ich suchte die Pflanzen um Mitternacht im Wald", hörte sie Gertraude antworten und glaubte, ihren Ohren nicht zu trauen. „Niemand anderer wusste davon."

„Um Mitternacht im Wald also?" Der Geistliche grinste zufrieden. „Dann gebt Ihr zu, mit dem Teufel im Bunde zu sein?"

„Ja, ich gebe es zu." Resigniert senkte Gertraude den Kopf.

Der Geistliche nickte zufrieden.

„Dann sollt Ihr Läuterung erfahren."

Sofort waren einige Männer an seiner Seite, welche die Köchin, die zu seinen Füßen kauerte, grob hochrissen, zu dem Pfahl zerrten und fesselten. Erst in diesem Augenblick erkannte Gertraude, die erwartet hatte, dass man Magda befreien würde, ihren Irrtum. Flehend sah sie den Großinquisitor an.

„Lasst meine Tochter gehen! Sie ist unschuldig."

Ihre Worte verhallten, ohne beachtet zu werden. Nachdem die Köchin sich schuldig bekannt hatte, erwachten die Leute aus ihrer Erstarrung. Einige von ihnen schrien und beschimpften sie. Es gab nur wenige unter ihnen, die verlangten, Gertraude freizulassen. Ihr Flehen blieb ohne Erfolg. Die Männer fuhren unbeirrt fort. Entsetzt sah Anna, wie sich die Fackel dem Stroh näherte.

„Aufhören! Sofort!"

Plötzlich durchbrach eine laute Männerstimme das Geschrei. Als die aufgebrachte Meute erkannte, wer ihnen Einhalt gebot, verstummte sie augenblicklich. Neugierig sahen sie Matthias entgegen, der sich seinen Weg durch die Menge bahnte. Nur der kirchliche Abgesandte schien wenig beeindruckt. Ohne dem jungen Gutsherrn Beachtung zu schenken, gab er dem Mann mit der Fackel ein Zeichen, das Stroh zu entzünden.

„Ich sagte halt!"

Drohend baute sich Matthias von Lingen vor dem Inquisitor auf.

„Ihr befindet Euch auf dem Gut von Lingen. Wenn hier jemand ein Urteil spricht, bin ich das. Oder mein Vater", fügte er hinzu. „Bindet die Frauen los! Eure Anschuldigungen sind haltlos."

„Ihr irrt, sie haben gestanden, mit dem Teufel im Bunde zu sein. Das Urteil ist bereits gesprochen. Ihr könnt

Euch nicht gegen die kirchliche Gerichtsbarkeit stellen."

Hochmütig sah der Geistliche auf Matthias herab, doch der ließ sich davon nicht einschüchtern.

„Und ob ich das kann. Auf unserem Hof gelten unsere Gesetze. Wenn Ihr etwas gegen mein Gesinde vorzubringen habt, wird ein ordentliches Gericht darüber entscheiden. Bis es so weit ist, sind sie frei. Und jetzt verschwindet von meinem Gut!"

„Das wagt Ihr nicht, Matthias von Lingen."

Im Gesicht des Inquisitors machte sich Wut breit.

„Euer Vater, Gott habe ihn selig, hätte unsere Entscheidung befürwortet. Ihr wisst es."

„Wenn Ihr das glaubt, warum habt Ihr ihn dann nicht selbst befragt, bevor Ihr unschuldige Menschen verurteilt?"

„Was wollt Ihr damit sagen?"

Das selbstgefällige Grinsen im Gesicht des Inquisitors verschwand. Auch ihm war bewusst, dass der junge Gutsherr mit seiner Feststellung gar nicht so falsch lag. Sie hatten die Frauen keinem ordentlichen Gericht vorgeführt und dazu keinerlei Beweise, dass sie nicht gottesfürchtig lebten. Also musste er sich zügeln, auch wenn er die Weiber nur zu gerne hätte brennen sehen.

„Euer Vater ist tot", erinnerte er Matthias. „Er wurde vergiftet. Wollt Ihr dieses Verbrechen etwa ungesühnt lassen?"

„Ihr irrt, mein Vater lebt. Er ist krank, das ist wahr. Aber er lebt. Er wurde nicht vergiftet."

Die Menge hatte Matthias erstaunt zugehört. Nun wurde das Raunen und Flüstern immer lauter. Zum ersten Mal wurden jetzt auch Fragen geäußert, woher das Gerücht gekommen war. Natürlich gab niemand zu, an dem Gerede beteiligt gewesen zu sein. Auch nicht die Hebamme, die sich jetzt hinter einem kräftigen Knecht versteckte.

Angewidert sah Anna sich um. Die Leute, die noch eben verlangt hatten, Gertraude und ihre Tochter auf dem

Scheiterhaufen zu verbrennen, riefen jetzt, dass man sie freilassen müsste. Wäre Matthias nicht im richtigen Moment erschienen, hätte wohl keiner von ihnen Widerspruch erhoben. Dankbar sah sie zu ihm hin, wobei sie dem Blick des Großinquisitors begegnete, der etwas völlig anderes ausdrückte.

„Das ändert nichts an der Tatsache, dass dieses Weib vor aller Augen zugab, mit dem Teufel im Bunde zu stehen. Das genügt für einen Prozess. Also geht aus dem Weg, Matthias von Lingen!"

„Ihr irrt", antwortete Matthias und sah den Großinquisitor voller Verachtung an. „Ihr seid es, der geht, zusammen mit Euren Männern."

Im selben Moment bauten sich die Knechte des Gutes hinter ihrem Herrn auf. Auch der verletzte Schmied war unter ihnen. Voller Hass sah er den Männern entgegen. In diesem Moment erkannte der Inquisitor, dass sich der Zorn der Leute nun gegen ihn richtete. Wütend gab er einem seiner Männer das Zeichen, die Pferde zu holen. Bevor er ging, drehte er sich noch einmal zum Sohn des Gutsherrn um.

„Ihr begeht gerade einen großen Fehler, Matthias von Lingen, den Ihr bereuen werdet. Ich hoffe, Ihr wisst, dass Gott jede Sünde straft."

„Das hoffe ich auch", antwortete Matthias von oben herab. „Ihr solltet mir dankbar sein, dass ich zur rechten Zeit kam, um Euch davor zu schützen. Beinahe hättet Ihr einen Mord gesühnt, den es nicht gab, und Gott wäre Zeuge geworden."

In seiner Stimme lag purer Spott, was natürlich auch den anderen nicht verborgen blieb. Verhaltenes Gelächter brach aus. Der kirchlichen Abordnung blieb nur, das Gut zu verlassen, bevor sie sich der Lächerlichkeit preisgab. Ohne ein weiteres Wort stiegen die Männer auf ihre Pferde und ritten vom Hof.

***

Nachdem die Inquisition den Hof verlassen hatte, folgte Anna Gertraude in die Schmiede, auf deren Dachboden man Magda in Sicherheit gebracht hatte. Das Mädchen war noch immer bewusstlos und lag kreidebleich auf dem Strohlager. Dennoch lächelte die Köchin, während sie ihrem Kind ununterbrochen übers Haar strich. Man sah ihr an, wie erleichtert sie war, dass Matthias die Männer vom Hof getrieben hatte.

„Wie geht es ihr?“, fragte Anna und trat näher.

„Sie schläft“, antwortete Gertraude und schniefte, bevor sie sich Anna zuwandte.

„Du weißt, wie sehr du mir ans Herz gewachsen bist“, begann sie. Als Anna nicht antwortete, hob sie den Kopf. „Das weißt du doch, oder?“

„Natürlich.“ Anna nickte.

„Es hätte genauso gut dich treffen können. Die Hebamme bezichtigt dich öffentlich der Hexerei und sie wird noch weitergehen, wenn es sein muss. Ich habe gesehen, wie sie dich anschaut. Für sie zählt nur die eigene Genugtuung. Niemand kann sagen, zu was die hinterhältige Frau fähig ist.“

„Deine Sorge ist rührend, aber ich habe keine Angst vor ihr.“

„Das solltest du aber. Die Männer werden wiederkehren und dann wird sie niemand mehr davon abhalten können, das Stroh zu entzünden, auch nicht Matthias. Deshalb ist es besser, du verlässt das Gut, solange dir Zeit dafür bleibt.“

„Und wo soll ich hin? Du weißt selbst, dass ich kein Zuhause besitze.“

„Alles ist besser, als hierzubleiben. Du bist in Gefahr, Anna. Ich meine es nur gut mit dir. Glaubst du wirklich, ich ließe dich sonst gehen?“

„Nein.“ Anna schluckte. Gertraude bestätigte nur ihre Ahnung. Sie musste fort, der Gedanke war nicht neu, wenn sie ihn auch verdrängt hatte. Doch nun schien der Zeitpunkt gekommen zu sein.

„Ich danke dir für alles“, presste sie hervor. Der Abschied fiel ihr schwer. Aber es brachte nichts, unnötig Zeit zu verlieren. Die Köchin hatte recht. Niemand konnte sagen, wann die Männer wiederkommen würden. Dann war es besser, sie befand sich weit weg vom Hof.

„Pass auf dich auf, mein Kind!“, erwiderte Gertraude erstickt, während ihr die Tränen über die Wangen liefen. Schluchzend umarmte sie Anna ein letztes Mal, bevor die junge Frau die Schmiede verließ und auf direktem Weg zu ihrer Kammer ging, wo sie schnell ihre wenigen Habseligkeiten zusammenpackte.

Zurück auf dem Hof, schaute sie sich misstrauisch um. Noch immer standen Mägde und Knechte vereinzelt zusammen und spekulierten, wer die Köchin und ihre Tochter in diese missliche Lage gebracht haben könnte.

Anna blieb unschlüssig stehen. Wenn sie vernünftig war, musste sie die Gunst der Stunde nutzen, um unbemerkt zu verschwinden. Noch herrschte allgemeiner Aufruhr unter dem Gesinde. Niemand würde bemerken, wenn sie sich davonstahl. Aber um diesen Schritt gehen zu können, musste sie den Hass ignorieren, der in ihr brannte. Möglicherweise würde es ihr ja irgendwo in der Fremde gelingen zu vergessen. Gleichzeitig erinnerte sie sich an Gabriel, ihr letztes Gespräch und den einfachen Holzsarg. Unwillkürlich ballten sich ihre Hände zu Fäusten.

Damit war die Entscheidung gefallen. Sie würde nie Ruhe finden, wenn sie jetzt einfach verschwand. Nicht, bevor sie ihre Aufgabe erfüllt hatte. Erst dann konnte sie dem Gutshof für immer den Rücken kehren.

Die Küche war leer, als sie sie betrat. Weder Mägde noch anderes Gesinde hielten sich darin auf. Das bot Anna Gelegenheit, sich umzuschauen. Sie bemerkte die heiße Suppe auf dem Herd, die Gertraude schon am frühen Morgen für den Gutsherrn angesetzt hatte. Zielstrebig ging sie in den hinteren Teil, wo sie ihre Kräuter, Tränke und Tinkturen aufbewahrte. Es dauerte nicht lange, bis sie gefunden hatte, wonach sie suchte. Ohne darüber nachzudenken, nahm sie eines der Fläschchen und ging zum Topf, in dem die Suppe brodelte. Ein kurzer Moment des Zögerns folgte, bevor sie sich entschlossen bekreuzigte und betete.

„Im Namen des Vaters“, flüsterte sie, „und im Namen Gabriels.“

Dann leerte sie den Inhalt der Flasche.

Sie war gerade fertig, als Friedel, das Dienstmädchen des Gutsherrn, in die Küche trat. Ohne Argwohn sprach sie Anna an. „Ich soll die Suppe für den Herrn holen.“

„Für welchen Herrn?“, fragte Anna und musterte das Mädchen streng. „Für Eberhardt von Lingen?“

„Ja, so ist es. Der junge Herr ist zur Kirche geritten. Er will den Priester befragen, was es mit diesem Anschlag auf sich hat, von dem die Hebamme sprach.“

Anna atmete auf. Schnell füllte sie die Suppe in einen Becher und gab ihn dem Kind. Den Rest kippte sie aus einem der hinteren Fenster in die Gosse.

„Sieh zu, dass der Herr alles aufisst!“, forderte sie Friedel auf. „Die Suppe wird ihm guttun.“

Das Mädchen versprach es und verschwand. Anna sah ihr nach. Ein Gefühl der Befriedigung machte sich in ihr breit, während sich nicht der geringste Hauch von Schuld in ihr regte. Eberhardt von Lingen war ein durch und durch schlechter Mensch. Er hatte unzählige junge Frauen ins Verderben gestürzt und würde das auch weiterhin tun, wenn ihm niemand Einhalt gebot. Und genau das hatte sie getan. Von nun an brauchte kein Mädchen mehr fürchten, von ihm in die Scheune gezerrt zu werden. Die sogenannten Bastarde würden frei leben können. Sie hatte dafür gesorgt, dass er niemals wieder jemandem etwas antun konnte.

Damit war ihre Mission fast erfüllt, dachte Anna mit Genugtuung. Nun konnte sie gehen, wenn sie auch noch nicht wusste, wohin der Weg sie führen würde. Doch das erschien ihr im Moment gleichgültig. Wichtig war nur, von hier fortzukommen. Selbst jetzt hörte sie noch die aufgebrachte Menge vom Hof. Im Moment standen sie auf Matthias' Seite und verurteilten die Inquisition. Aber wie lange würde das so bleiben? Wen würden sie wohl als Nächsten grundlos anklagen? Sie jedenfalls hatte nicht vergessen, wie sie geschrien hatten, dass man Gertraude verbrennen sollte, und sie würden es wieder tun, da war sie sich sicher.

Dann wollte nicht sie es sein, die man an den Pflock fesselte, dachte Anna, wobei die alte, wohlbekannte Entschlossenheit in ihren Körper zurückkehrte. Noch waren die Stimmen in ihr nicht verstummt, die nach Rache schrien. Aber sie waren leiser geworden, was für den Anfang genügte. Irgendwann, zur rechten Zeit, würde sie zurückkehren und auch ihre letzte Schuld begleichen.

Die Leute bemerkten die junge Frau nicht, die sich mit gesenktem Kopf vom Hof schlich. Dennoch war Anna vorsichtig und zog das Tuch, das sie um den Kopf geschlungen hatte, tiefer in die Stirn. Sie atmete erst auf, als sie die Torgebäude hinter sich gelassen hatte.

Bis zuletzt, bis zu dem Augenblick, in dem sie die angrenzenden Felder erreichte, hatte sie befürchtet, die alte Hebamme könnte sie entdecken und erneut Anschuldigungen erheben. Aber dieses Mal schien das Glück auf ihrer Seite zu sein. Niemand achtete auf sie. Vermutlich würde man ihr Verschwinden erst bemerken, wenn sie den Gutsherrn fanden. Dann konnte es nicht allzu lange dauern, bis der Verdacht auf sie fallen und man nach ihr suchen würde. Ihr blieb also nicht viel Zeit, um sich zu verstecken.

Langsam näherte sie sich dem Hügel, wobei sie die Pfade durch den angrenzenden Wald nutzte, um unentdeckt zu den Resten ihrer einstigen Hütte zu gelangen. Dort wollte sie an der letzten Ruhestätte ihrer Mutter beten, um danach zur Lichtung zu gehen. Wehmütig schaute sie auf die Kreuze, die der Witterung standgehalten hatten.

Was würde die Mutter sagen, wenn sie wüsste, was seit

ihrem Tod geschehen war? Die gläubige Johanna hätte ihr wohl nie verziehen. Aber wen interessierte das noch? Ihr jedenfalls war es gleichgültig, ob Gott sie dafür strafen würde. Sie hatte alles verloren, was ihr am Herzen lag, was war schon das Fegefeuer dagegen?

Das Mädchen wandte sich ab und ging in Richtung der Felder. Als sie an der Lichtung ankam, steuerte sie die alte Eiche an. Erschöpft setzte sie sich ins Gras und lehnte sich an die rissige Rinde des Baumes. Dabei erinnerte sie sich an vergangene Tage, die eine Ewigkeit her zu sein schienen. Damals hatten sie auf den Feldern schwer schuften müssen. Disteln und Brennnesseln hatten ihre Beine malträtiert, während die pralle Mittagssonne auf sie herabbrannte. Dazu kam der Hunger als ständiger Begleiter. Und doch glaubte sie, nie glücklicher gewesen zu sein als damals unter dem alten Baum, wo sie hingebungsvoll Matthias' Geschichten gelauscht hatte.

In ihrer Erinnerung gefangen schloss sie die Augen und ließ sich rücklings ins Gras fallen. Sie wollte nur einen kurzen Moment träumen und dann Abschied nehmen.

„Anna? Was tust du hier? Und was hat das Bündel zu bedeuten?"

Anna erschrak und erkannte, dass sie wohl eingeschlafen sein musste. Deshalb glaubte sie im ersten Moment auch zu träumen, als sie Matthias vor sich stehen sah, der fragend auf sie herabschaute. Ungläubig rieb sie ihre Augen. Doch der junge Gutsherr ließ ihr kaum Zeit, zu sich zu kommen.

„Rede mit mir!", forderte er und zeigte auf Annas Habseligkeiten, während ihre Gedanken sich überschlugen. Nie und nimmer hatte sie damit gerechnet, gerade auf ihn zu treffen. Wie sollte sie Matthias erklären, dass sie die Absicht hatte, den Hof für immer zu verlassen? Immerhin war er ihr Lehnsherr und konnte über ihren Aufenthaltsort bestimmen.

„Willst du mir nicht antworten? Was hast du vor? Verlässt du das Gut?"

Sie nickte und bemerkte, wie sich Erleichterung in ihr breitmachte. Matthias wusste also noch nichts von dem, was in seiner Abwesenheit auf dem Hof geschehen war. Ohne Misstrauen setzte er sich zu ihr ins Gras.

„Hat die Hebamme etwa damit zu tun? Fürchtest du, sie könnte dir etwas anhaben?"

„Schon möglich", antwortete Anna. „Du weißt selbst, wie die Leute über mich reden. Sie glauben noch immer, ich hätte unsere Hütte in Brand gesteckt und den Vater getötet."

„Dann lass sie reden!" Anna sah den unterdrückten Zorn in seinem Gesicht. „Ich werde nicht zulassen, dass dir etwas geschieht."

Anna lächelte ihn an. Er würde sicher anders darüber denken, wenn er erfuhr, dass sein Vater nicht mehr lebte. Dann würde es nicht lange dauern, bis Friedel ihm verriet, wer ihr die Suppe mitgegeben hatte. Sie konnte sich kaum vorstellen, dass sich Matthias auch dann noch für sie einsetzen würde.

„Wo kommst du eigentlich her?", fragte sie, um etwas Aufschub zu gewinnen.

„Ich war an der Kirche. Es ist wahr, was die Leute sagen. Es gibt tatsächlich diesen Anschlag. Die Inquisition weilt im Kloster Niederstein. Wie ich vom Priester erfuhr, wird es weitere Prozesse geben."

Er stockte und sah Anna forschend an.

„Ist das etwa der Grund, warum du gehst? Befürchtest du, Opfer der Inquisition zu werden?"

Anna nickte. Ohne es zu beabsichtigen, hatte Matthias ihr eine passende Antwort geliefert, die der Wahrheit ziemlich nahekam. Die Angst davor, auf dem Scheiterhaufen zu brennen, war durchaus berechtigt. Warum sollte sie also nicht als Vorwand dienen, ihre Flucht zu erklären.

„Anna! Dir wird niemand etwas tun!" Der junge Mann sprang auf. „Du bist keine Hexe, ich weiß das. Du musst dich nicht fürchten."

„Sicher, du weißt das, Matthias“, erwiderte Anna spöttisch. „Aber was ist mit all den anderen? Sind wir nicht gerade Zeugen geworden, wie schnell man unschuldig angeklagt werden kann? Wärest du nicht zur rechten Zeit gekommen, würde Gertraude jetzt mitsamt ihrer Tochter brennen. Nein, Matthias, glaub mir, es ist besser, ich gehe, solange noch Zeit dafür ist.“

„Tu es nicht! Erinnere dich doch an die Freundschaft, die uns seit Jahren verbindet! Ist sie dir gar nichts wert?“

„Du irrst, uns verbindet nichts“, erwiderte Anna traurig. Auch ihr fiel der Abschied schwer. „Du bist der Sohn des Gutsherrn, ich hingegen eine einfache Magd. Und Gabriel …“, Anna verstummte. Ihr Blick ging weit über die Felder hinaus in die Ferne.

„Gabriel und du, ihr hattet tatsächlich etwas gemeinsam. Aber er ist tot, Matthias. Die gemeinsamen Zeiten, in denen wir zusammen auf den Feldern arbeiteten und du mir Geschichten erzähltest, sind längst vorüber. Seitdem ist viel geschehen.“

„Geh nicht!“

Matthias legte seine Hand unter ihr Kinn und hob ihr Gesicht zu sich empor. In seinem Blick lag Zuneigung und Verlangen, wie Anna überrascht feststellte. Ihr Herz begann zu klopfen, als sie in seine Augen schaute, die denen ihres Bruders so ähnlich waren.

In diesem Moment wusste sie, dass sie ihn noch immer liebte. Ihre kindliche Vernarrtheit war einem tiefen Gefühl der Hingabe gewichen. Und doch hatte sie nichts gemein mit der Unterwerfung der Frauen, über die sich die Mägde unterhielten. Ihre Sehnsucht nach ihm war größer als je zuvor. Sie wollte sich Matthias hingeben, mit allem, wozu sie fähig war.

Ohne länger darüber nachzudenken, begann sie ihr Kleid aufzuknöpfen, sodass ihre jungen Brüste zum Vorschein kamen. Matthias’ Augen, in denen nun heiße Begierde stand, wurden groß. Anna lächelte ihn an. Dann nahm sie die Hand des verblüfften jungen Mannes und legte sie auf ihre Brust, die sich ihm entgegenwölbte.

„Willst du das wirklich?“, fragte Matthias heiser, während seine Finger längst kein Zögern mehr zuließen. Anstatt einer Antwort hob ihm Anna ihr Gesicht entgegen. Ihre Lippen waren leicht geöffnet. Matthias konnte sich nicht länger beherrschen. Nach einem tiefen Stöhnen zog er sie an sich und küsste sie.

***

Als er erwachte, erkannte er sofort, dass Anna verschwunden war und es keinen Sinn machte, nach ihr zu suchen. Der junge Gutsherr glaubte nicht einen Moment daran, dass sie wiederkehren würde, auch wenn er sie angefleht hatte, bei ihm auf dem Gut zu bleiben, bevor sie in dieser Nacht unter freiem Sternenhimmel eingeschlafen waren.

Sie hatte sich entschieden, gegen ihn und die Heimat, und vermutlich hatte sie ihre Gründe dafür. Seufzend ließ er sich aufs Gras fallen und schloss die Augen.

Seine Gedanken wanderten zurück zu dem Abend zuvor. Niemals in seinem Leben hatte er sich so glücklich, so frei gefühlt. Anna hatte ihm alles geschenkt, was eine Frau geben konnte, und dabei so wunderschön ausgesehen, dass er sich fragte, warum er diesen makellosen Körper die letzten Monate nicht wahrgenommen hatte. Anna war längst nicht mehr das Kind, das ihn anbetete. Aus ihr war eine Frau geworden, deren ungebändigte Leidenschaft ihn alles um sich herum hatte vergessen lassen.

Es schmerzte ihn schon jetzt, sie nicht länger in seiner Nähe zu wissen. Ihr Lachen, ihr auflehnendes Wesen, die vorlauten und doch oft treffenden Worte über seinen Vater, all das würde ihm fehlen. Gleichzeitig wusste er, dass er sich nie zu dem einfachen Bauernmädchen hätte bekennen können. Ihre Liebe wäre aussichtslos gewesen. Niemals hätte sein Vater diese Verbindung geduldet.

Eberhardt von Lingen hatte sicher nichts dagegen einzuwenden, wenn Matthias sich eine Magd gefügig machte, so wie er es seit Jahren tat. Einer Vermählung jedoch würde er sich mit aller Macht entgegenstellen. Vermutlich zu Recht, gestand sich Matthias ein. Er war der Sohn des Gutsherrn, Anna eine Magd. Die Leute würden nicht nur über ihn spotten, sondern ihm jeglichen Respekt verweigern. Er hatte sich seinem Stand entsprechend zu vermählen und Anna würde ihrerseits einen Knecht finden, dem sie Kinder gebar. So schrieb es ihre Herkunft vor. Sie besaßen keine gemeinsame Zukunft, so sehr es auch schmerzte. Vielleicht war es tatsächlich gut, dass Anna gegangen war.

Matthias stand auf und sattelte das Pferd. Es wurde Zeit, auf den Hof zurückzukehren. Noch einmal sah er zu der Stelle, an der das Gras weiträumig zerdrückt war. Ein wehmütiges Lächeln lag auf seinem Gesicht. Dann schwang er sich entschlossen auf seinen Wallach und ritt zum Gut. Dort angekommen, spürte er sofort, dass etwas nicht stimmte. Eine Menge Bedienstete hatte sich auf dem Hof versammelt, ohne ihrer Arbeit nachzugehen. Als sie den Reiter erkannten, verstummten sie und senkten die Köpfe.

Matthias schwang sich vom Pferd und drückte einem Knecht die Zügel in die Hand. Dann wanderte sein Blick zu dem Holzpflock, der noch immer vor der Schmiede stand. Seine erste Vermutung war, dass die Inquisition zurückgekehrt sein könnte, um ihr Vorhaben zu beenden, während er sich mit Anna im Gras gewälzt hatte. Erleichtert erkannte er, dass weder von der geistlichen Abordnung noch der Köchin und deren Tochter etwas zu sehen war.

Ohne auf die Leute zu achten, ging er ins Haus. Es erschien ihm äußerst merkwürdig, dass sein Vater offenbar tatenlos zusah, wie sein Gesinde untätig herumstand. Das konnte nur bedeuten, dass er nicht in der Lage war, sie zurechtzuweisen. Möglicherweise hatte ihn die Erkrankung der Gedärme erneut niedergestreckt.

Unwillkürlich beschleunigte er seinen Schritt. Sein Weg führte ihn direkt zu der Schlafkammer des Vaters. Doch noch bevor er sie erreichte, eilte ihm seine Mutter entgegen.

„Gut, dass du endlich da bist“, empfing sie ihn erleichtert. „Wo warst du? Ich habe nach dir suchen lassen.“

„Auf den Feldern“, log Matthias. „Was ist geschehen? Gibt es einen Grund, weshalb das Gesinde im Hof herumsteht, als gäbe es nichts zu tun?“

„Den gibt es“, erwiderte seine Mutter und seufzte. „Dein Vater ist tot. Er verstarb ganz plötzlich. Dabei glaubten wir, er befände sich auf dem Wege der Genesung.“

Seine Mutter senkte den Kopf, wobei Matthias das Gefühl nicht loswurde, dass sie etwas vor ihm zu verbergen suchte.

„Er ist tot? Ich verstehe nicht. Was verheimlichst du mir, Mutter?“

„Sieh selbst! Vielleicht begreifst du dann.“

„Gut, dann lass mich zu ihm, Mutter!“

Matthias schob sie zur Seite und betrat die Kammer. Auf dem Bett lag sein Vater, dessen Augen geschlossen waren, als würde er schlafen. Lediglich die Spuren weißen Sputums um seinen Mund herum widerlegten diesen Eindruck.

„Was ist passiert?“, fragte Matthias. „Was hat der Schaum auf seinen Lippen zu bedeuten?“

„Ich weiß es nicht, mein Sohn. Eine Magd weilte bei ihm, als es geschah. Vielleicht solltest du sie fragen.“

Matthias hörte die Verbitterung in ihrer Stimme. Er konnte es ihr nicht verdenken. Sein Vater war nie ein guter Ehemann gewesen, im Gegenteil. Seine Mutter hatte viele Jahre unter seinen Eskapaden gelitten und seine

Demütigungen wortlos ertragen. Sie hätte wahrlich etwas Besseres verdient gehabt als diesen grobschlächtigen Tyrannen, der sie nicht nur ihrer besten Jahre, sondern auch ihrer einstigen Schönheit beraubt hatte.

„Das Mädchen berichtete, dass dein Vater nach dem Essen zu röcheln begann. Aus seinem Mund sei weißer Schaum geflossen. Dann hätte er aufgehört zu atmen."

„War sie bei ihm, um seine Gelüste zu befriedigen?"

„Ja, das war sie. Es geschah gegen ihren Willen. Dein Vater machte sie sich gefügig."

„Dann hat Gott sein Urteil gefällt, Mutter. Lass den Priester rufen! Er soll sich um alles Weitere kümmern. Und bitte zu keinem ein Wort über das Sputum. Ich möchte nicht, dass Gerüchte entstehen. Nimm dir diesbezüglich die Magd vor! Vater wird ein anständiges Begräbnis bekommen, wie es einem von Lingen zusteht. Danach lass uns ein neues Leben beginnen. Du bist frei, Mutter."

Stolz sah Mathilda von Lingen ihren Sohn an, der so anders als sein Vater war und dennoch dessen Stärke besaß. Das Gesinde achtete ihn mehr, als es ihren verstorbenen Ehegatten je geachtet hatte. Ihn hatte der größte Teil der Leute gehasst. Matthias hingegen folgten sie aufs Wort, auch ohne dass er ihnen Strafen oder Schläge androhen musste.

„Du bist der Erbe, Matthias", sagte sie und nahm ihren Sohn in den Arm. „Von nun an wirst du den Hof führen. Die Gewalt und Tyrannei werden endlich ein Ende haben. Ich bin sicher, du wirst ein guter Gutsherr sein. Und nun geh und überbringe unseren Leuten die Nachricht!"

Matthias folgte ihrem Wort und ging nach draußen. Inzwischen war der Tumult im Hof größer geworden. Die Nachricht vom plötzlichen Tod des Gutsherrn hatte sich längst herumgesprochen. Selbst Gertraude, die noch immer über der Schmiede lag und unfähig war aufzustehen, hörte die aufgebrachten Stimmen.

Als ihr Mann sie darüber aufklärte, was geschehen war,

brach sie in Tränen aus und betete, dass sich Anna inzwischen weit fort vom Hof befand. Mit Schaudern erinnerte sie sich an die Blicke, die das Mädchen dem Gutsherrn zugeworfen hatte, wenn sie sich unbeobachtet fühlte. Ein Verdacht keimte in ihr auf, den sie jedoch nicht zulassen wollte. Dennoch blieb ein ungutes Gefühl zurück.

Gertraude konnte nicht wissen, dass sie mit ihrer Vermutung nicht alleine dastand. Die alte Hebamme, die auf dem Hof wieder einmal den Ton angab, dachte ähnlich. Ihre Gedanken kreisten um Anna, die sich heimlich vom Gut geschlichen hatte.

Wenn das Mädchen glaubte, nicht gesehen worden zu sein, irrte es sich. Zufällig war sie gerade auf dem Heimweg von einer Niederkunft gewesen, als sie Anna den Hügel hinaufsteigen sah. Sie hatte ein Bündel in der Hand gehalten, was dafür sprach, dass sie nicht vorhatte, so bald zurückzukehren.

Der Hebamme war es recht gewesen, sollte die Kleine ruhig verschwinden. Vielleicht besannen sich die Leute dann endlich wieder auf ihre Künste. Es gab immer noch genügend Leute, die sich der Hilfe des Mädchens bedienten. Wenn Anna fort war, gab es für sie keine Konkurrenz mehr. So hatte sie geglaubt. Wie hätte sie auch ahnen sollen, dass der Gutsherr tatsächlich das Zeitliche segnete, nachdem er doch gerade erst von den Toten auferstanden war? Und dieses Mal gab es keinen Zweifel daran, dass er umgebracht worden war.

„Das Mädchen hat ihn vergiftet. Die Hexe ist schuld."

Aufgeregt lief die Hebamme von Magd zu Magd. Wäre es nach ihr gegangen, müsste die Inquisition augenblicklich zurückkehren und Anna den Prozess machen, nachdem das Gesinde sie gefunden hatte. Weit konnte sie schließlich nicht sein. Sie war zu Fuß unterwegs. Die Pferde des Gutsherrn würden sie rasch einholen. Leider schienen die Leute auf dem Hof völlig anderer Meinung zu sein.

„Was erzählst du, Weib?" Einer der Knechte lachte spöttisch. „Hast du nicht gestern erst behauptet, der Herr sei vergiftet worden? Offenbar kannst du es kaum erwarten, jemanden brennen zu sehen."

„Dann lass dich doch selbst anzünden!" Andere Mägde und Knechte mischten sich ein.

„Vielleicht bist du ja die Hexe! Hat die junge Seidlerin nicht bestätigt, dass du mehr toten Kindern zur Welt hilfst als lebendigen?"

Die Meute lachte. Doch davon ließ sich die Hebamme nicht beeindrucken. Immerhin besaß sie Kenntnisse, die dem Gesinde die Augen öffnen würden. Eine der Mägde hatte mit eigenen Augen den weißen Schaum vor dem Mund des Gutsherrn gesehen, als sie sein Zimmer herrichten wollte. Die Gutsherrin hatte ihr den Weg versperrt und sie sofort weggeschickt. Daraufhin hatte sich das Mädchen der Hebamme anvertraut, der sofort klar wurde, dass die Ursache eines solchen Sputums nur Gift sein konnte. Und es gab nur eine Person, die vom Hof geflohen war.

Doch bevor sie ihre Informationen mit der Menge teilen konnte, betrat der Priester den Gutshof. Er wurde von Matthias empfangen, der ihm dankbar die Hand schüttelte und einen kleinen Beutel hineinlegte. Die Hebamme konnte das gierige Glitzern in den Augen des Geistlichen sehen, bevor er zu Mathilda von Lingen ging und sein Beileid aussprach. Dann folgte er der Herrschaft ins Haus. Als er eine halbe Stunde später wieder heraustrat, ließ er seinen Blick suchend über die Menge gleiten. Dabei nickte er der Hebamme unauffällig zu, bevor er zu seinem Pferd ging und davonritt.

Matthias wartete, bis er das Tor passiert hatte, dann drehte er sich um und ging in die Mitte des Hofes. Sofort verstummte das Gemurmel der Leute. Neugierig warteten sie darauf, was er ihnen zu sagen hatte. Auch der Hebamme stand die Anspannung ins Gesicht geschrieben. Sie ahnte, was nun folgen musste. Gleich würde der junge Gutsherr verkünden, dass die Seidlerin seinen Vater ermordet hatte. Dann konnte der Inquisitor zurückkehren und vollenden, was er begonnen hatte. Mit Matthias' Einverständnis würden sie Anna den Prozess machen und möglicherweise auch den Tod des Seidlers aufklären. Ihr rachsüchtiges Herz schlug schneller bei diesem Gedanken.

„Wie ihr sicher gehört habt, ist mein Vater, euer Gutsherr, verstorben."

Aufrecht stand Matthias da und sprach in die Menge. Keine Regung in seinem Gesicht ließ erkennen, ob es sich nun um einen natürlichen oder gewaltsamen Tod handelte.

„Von nun an werde ich den Hof führen, ich bin der rechtmäßige Erbe von Gut Lingen. Ich verspreche euch, es gerecht zu tun. Dafür erwarte ich, dass jeder von euch ordentliche Arbeit leistet, wie ihr es auch unter meinem Vater getan habt. Und nun geht an die Arbeit! Es gibt nichts länger zu bereden."

„Ist das etwa alles?", flüsterte die Hebamme der Magd neben sich zu, die daraufhin mit den Schultern zuckte. „Aber das kann doch nicht sein. Er hat kein Wort darüber verloren, dass Eberhardt von Lingen vergiftet wurde? Was wird nun aus dem Prozess?"

Enttäuscht sah sie zu, wie die Knechte und Mägde den Befehl des Herrn befolgten und die Menge sich aufzulösen begann. Sie kämpfte mit sich. Doch so sehr sie auch versuchte, sich zu beherrschen, der Hass auf Anna, die sie öffentlich gedemütigt hatte, war größer und trieb sie zum Äußersten. Bevor Matthias im Gutshaus verschwinden konnte, lief sie ihm nach.

„Wir haben ein Recht darauf zu erfahren, was den Gutsherrn dahinraffte", ließ sie nicht locker. „Er befand sich bereits auf dem Weg der Genesung. Stimmt es, dass er vergiftet wurde?"

„Mein Vater starb auf natürlichem Weg", antwortete Matthias, der nicht gewillt war, sich auf einen Streit mit der Hebamme einzulassen. Nichts in seinem Gesicht deutete darauf hin, dass er die Unwahrheit sagte. Aber er hatte nicht mit der Hartnäckigkeit der Alten gerechnet.

„Dann wisst Ihr sicher auch, warum das

Seidlermädchen verschwunden ist?", rief sie laut, woraufhin einige der Knechte und Mägde neugierig stehen blieben.

„Gerade in dem Moment, in dem Euer Vater das Zeitliche segnete. Das lässt nur einen Schluss zu. Anna Seidler hat den Gutsherrn auf dem Gewissen. Sie ist eine Hexe. Deshalb ist sie geflohen."

„Sei still!", zischte Matthias. Sein angespanntes Gesicht verriet, dass er sich nur mühsam beherrschen konnte. In seinen Augen war purer Zorn zu erkennen. „Es sind genug falsche Anschuldigungen erhoben worden."

Doch wenn er glaubte, die Hebamme damit zum Schweigen zu bringen, irrte er sich.

„Ich sage nur die Wahrheit. Wie bedauerlich, dass der kirchliche Abgesandte fort ist. Er hätte erkannt, welcher Teufel in dem Mädchen steckt."

„Wenn du unbedingt sehen willst, wie das Feuer lodert, warum fangen wir nicht bei dir an? Deinem gehässigen Gezeter nach könnte in dir wirklich der Teufel stecken."

Die Hebamme wurde bleich. Ungläubig schüttelte sie den Kopf. Anna Seidler hatte ihn ebenso verhext wie das Essen seines Vaters. Sie konnte es in seinen Augen sehen. Möglicherweise trieb sie eben das dazu, die nächsten Worte zu sagen. Wenn sie auch wusste, dass es besser wäre zu schweigen.

„Warum verteidigt Ihr das Mädchen der Seidlers so, Matthias von Lingen? Liegt es vielleicht daran, dass dieser Bastard Euer Bruder war?"

Sie sprach leise. Niemand der anderen konnte sie hören. Nur Matthias, der sie verstört ansah, vernahm ihre boshaften Worte. Sofort gewann die Hebamme Oberhand. Sie spürte seine Unsicherheit.

„Ihr wisst es nicht, oder? Und doch ist es wahr", flüsterte sie. „Gabriel war Euer Bruder, ein Bastard, gezeugt durch Euern Vater. Er besaß das Mal Eurer Familie."

„Du lügst!"

Für einen kurzen Moment sah es so aus, als wolle Matthias der Hebamme ins Gesicht schlagen. Er hatte genug von ihrem bösartigen Geschwätz. Annas Bruder war tot und er wusste, wie schmerzlich sie ihn vermisste. Auch er trauerte um den Freund. Trotzdem würde er nicht zulassen, dass dieses Weib seinen Vater in den Dreck zog. Gleichzeitig konnte er nicht verleugnen, dass der sich stets genommen hatte, was er begehrte. Und Gabriel hatte tatsächlich ein Muttermal auf dem Handrücken besessen, welches dem seinen ziemlich ähnlich gewesen war.

„Seht Ihr." Die Alte schaute von unten herauf in sein Gesicht und grinste hämisch. „Nun beginnt Ihr, mir zu glauben, nicht wahr? Warum sollte ich Euch auch Märchen erzählen? Ich selbst war bei jeder einzelnen Entbindung dabei. Gabriel Seidler war Euer Bruder, ob Ihr es nun wahrhaben wollt oder nicht."

Ohne ein Wort drehte sich Matthias um und ging zum Haus. Er wollte dem Geschwätz der Alten nicht länger zuhören und dem Gesinde keinen weiteren Grund für Gerüchte geben. Auf seinem Schlafgemach lag noch immer der Vater. Es wurde Zeit, ihn für das Begräbnis vorzubereiten. Dennoch konnte er nicht verhindern, dass die Worte der Alten ihn verunsicherten. Die Hebamme bemerkte es und nutzte die Gelegenheit, noch weiter zu keifen.

„Anna Seidler weiß darum. Darum hasste sie Euren Vater und vergiftete ihn. Wenn Ihr mir nicht glaubt, fragt sie doch selber! Vielleicht wisst Ihr ja, wo sie sich aufhält."

Langsam wandte sich Matthias um. Sein Gesicht war rot vor Zorn, während er drohend auf die Hebamme zuging und sie mit kaltem Blick ansah.

„Schweig, du Hexe!", forderte er. „Oder du bringst mich dazu, das Feuer tatsächlich neu zu entfachen."

Die Hebamme erschrak. In diesem Moment stand nicht der junge Matthias von Lingen vor ihr. Dieser aufrechte Mann, der nun nicht länger die Aufsässigkeit einer Bediensteten duldete, war der Gutsherr. Und dieses

Mal versuchte er nicht, sie nur einzuschüchtern. Dieses Mal war es ihm ernst.

„Wie kannst du es wagen, meinem Vater ein Kind zu unterstellen? Johanna Seidler lebte nicht auf dem Hof. Der Seidler war Gabriels Vater. Höre ich noch ein einziges Mal, dass du solche Lügen verbreitest, werde ich nicht Gnade vor Recht ergehen lassen."

Matthias zitterte vor unterdrückter Wut. Er spürte, dass er in diesem Moment tatsächlich fähig war, der Alten Gewalt anzutun. Nur schwer konnte er sich zurückhalten. Doch das Weib erkannte die Gefahr, die jetzt von ihm ausging, noch immer nicht.

„Der Seidler hat gebrannt, wie du weißt. Nur Anna war bei ihm in dieser Nacht …"

„Sei vorsichtig mit dem, was du behauptest, oder du wirst es bereuen! Und nun verschwinde von meinem Hof, du Hexe! Sofort! Es sei denn du willst, dass ich die Hunde auf dich hetze. Du hättest es wahrlich verdient."

„Ihr macht einen Fehler", gab die Hebamme noch immer nicht auf. „Ihr müsst …"

„Genug!"

In diesem Moment kam die Gutsherrin auf sie zu und stellte sich neben ihren Sohn.

„Der Gutsherr hat das Zeitliche gesegnet und du hast nichts Besseres zu tun, als ein solches Spektakel zu veranstalten? Wo ist der Respekt gegenüber einem Toten?"

Ihre Worte zeigten Wirkung. Beschämt senkte die alte Frau den Kopf und verstummte. Das bedeutete jedoch nicht, dass sie gewillt war, einfach aufzugeben. Sie wollte, dass Anna gefunden und bestraft wurde. Erst dann würde sie ruhig schlafen können.

Dass der junge Gutsherr zu dem Mädchen hielt, enttäuschte sie mehr, als sie sich eingestehen wollte. Es konnte nur einen Grund dafür geben und sie würde nicht eher ruhen, bis sie ihn kannte. Doch Matthias schenkte ihr nicht länger seine Aufmerksamkeit. Ohne einen weiteren Blick ging er ins Haus.

Nur die Gutsherrin, die das Geschehen zuvor vom Fenster aus erschrocken beobachtet hatte, blieb zurück. Nie zuvor hatte sie ihren einzigen Sohn so unnachgiebig und hart erlebt und wenn sie ehrlich war, wünschte sie sich, ihr wäre dieser Anblick erspart geblieben. Matthias' Haltung erinnerte sie viel zu sehr an ihren verstorbenen Gatten.

Doch dann hatte sich ihre Wut gegen die Hebamme gerichtet, die in diesem Moment ziemlich verloren wirkte. Als spürte sie die Blicke der Gutsherrin, hob sie den Kopf, sodass sich die Frauen direkt in die Augen sahen. In denen der Hebamme war keinerlei Reue zu erkennen. Im Gegenteil, beim Anblick der Gutsherrin kehrte das hämische Grinsen in ihr Gesicht zurück. Allerdings war sie nun vorsichtiger. Bevor sie loswurde, was sie sagen wollte, vergewisserte sie sich, dass Matthias tatsächlich im Haus verschwunden war. Dann erst trat sie näher.

„Ihr kennt die Wahrheit, nicht wahr?"

Sie nickte Matthias' Mutter wissend zu. Es bedurfte ihrer Ansicht nach keiner Antwort.

„Euer Gatte, Euer toter Gatte, wohlgemerkt, war der Vater des Bastards. Ihr wisst genauso um das Muttermal wie ich."

„Ich weiß nicht, wovon du sprichst", antwortete die Gutsherrin, doch der Klang ihrer Stimme strafte sie Lügen. Natürlich wusste sie Bescheid, schon lange. Aber Johanna war nur eine von vielen gewesen. Sie hatte nicht zählen können, wie viele Mägde sich ihrem Mann unterwerfen mussten. Wahrscheinlich gab es mehr dieser Bastarde, wie die Hebamme sie nannte, als sie ahnten. Aber nur bei Gabriel war ihr das Muttermal aufgefallen, und auch das war einzig dem Umstand zuzuschreiben, dass der Junge in der Messe das Kreuz der Ministranten getragen hatte, sodass sie seine Hände sehen konnte. Das Zeichen darauf war unverkennbar gewesen.

„Du hast meinen Sohn gehört, verschwinde von unserem Hof!"

Die Gutsherrin versuchte, sich nicht anmerken zu lassen, wie sich die Gedanken in ihrem Kopf überschlugen. Wenn es stimmte und Anna Seidler die Wahrheit erfahren hatte, konnte es womöglich auch sein, dass sie tatsächlich etwas mit dem plötzlichen Tod des Gutsherrn zu tun hatte. Dass ihr Mann vergiftet worden war, daran gab es keinen Zweifel, wenn sie und Matthias auch das Gegenteil behaupteten. Der Schaum auf seinen Lippen ließ keine andere Schlussfolgerung zu.

Leider hatte sie nicht verhindern können, dass die junge Magd bereits vor ihr Zeugin des Ablebens geworden war. Doch um dieses Mädchen machte sie sich die geringsten Sorgen. Die Kleine würde von jetzt an schweigen, dafür hatte sie gesorgt. Alleine die Erinnerung an das Feuer hatte genügt, um jeglichen Verdacht eines Mordes zu ersticken.

„Warum tut Ihr das, Gutsherrin?“, fragte die Hebamme verbittert. Sie hatte gehofft, zumindest in Mathilda von Lingen eine Verbündete zu finden.

„Warum verteidigt ihr Anna?“

„Weil ich sie nicht auf dem Gewissen haben möchte, wenn sie wegen deiner Anschuldigungen auf dem Scheiterhaufen brennt. Dein Neid zerfrisst dich, aber mich wird er nicht anstecken.“ Die Herrin sprach mit fester Stimme.

„Es ist genug Unrecht geschehen, meinst du nicht? Mein Mann ist tot, nichts wird ihn wieder lebendig machen. Matthias wird von nun an das Gut leiten, frei von den Zwängen seines Vaters.“

„Ihr solltet Euch nur hören“, stieß die Hebamme verächtlich hervor. „Ihr klingt beinahe so, als würdet Ihr es begrüßen, dass Euer Gemahl nicht mehr bei Euch weilt. Fürchtet Ihr Euch nicht vor der Strafe des Herrn? Das Mädchen hat ihn vergiftet, Ihr wisst es. Und doch seht Ihr davon ab, es zu strafen.“

„Die Einzige, die sich fürchten sollte, bist du. Heute hat Matthias Gnade walten lassen. Aber übertreib es nicht!

Und nun verschwinde und lass dich hier nicht mehr blicken!“

„Ich verstehe Euch nicht.“ Die Hebamme schüttelte den Kopf. „Und ich bin sicher, dass Ihr eines Tages den Tag verfluchen werdet, an dem Ihr die Hexe geschützt habt.“

Nach einem letzten Kopfschütteln beugte sie sich hinunter und nahm ihr Bündel auf, welches die ganze Zeit über im Staub gelegen hatte. Ohne darauf zu achten, warf sie es über ihre Schultern und verließ den Hof.

***

Die Buchstaben verschwammen vor meinen Augen, während meine Lider immer schwerer wurden. Es hatte keinen Zweck. Wenn mich die Geschichte auch mehr und mehr fesselte, ich musste aufhören zu lesen, zumindest für den Moment, und endlich schlafen gehen.

Müde klappte ich das Manuskript zu und schlürfte gähnend ins Schlafzimmer. Nachdem ich mir die Decke bis zum Hals gezogen und erschöpft meine Beine ausgestreckt hatte, erinnerte ich mich an die Idee, die mir beim Lesen gekommen war. Ich würde Noel fragen, was er davon hielt, nahm ich mir vor. Dann fielen mir meine Augen endgültig zu.

„Und du bist sicher, dass du in einem Kloster heiraten möchtest?“, fragte mich Noel acht Stunden später und sah mich ungläubig an.

„Ist dir das nicht zu düster? Ich dachte immer, du wärst froh gewesen, dem katholischen Kinderheim entflohen zu sein.“

„Das war ich auch. Keine Ahnung, wie ich überhaupt darauf gekommen bin. Aber wir könnten es uns doch wenigstens anschauen, oder nicht? Vielleicht gefällt es uns ja. Ich habe gehört, dass die Location im Kloster

Neuenstein über Monate im Voraus ausgebucht ist."

„Natürlich können wir das", erwiderte Noel, wirkte aber ziemlich nachdenklich dabei. Irgendwie wurde ich das Gefühl nicht los, dass er etwas auf dem Herzen hatte.

„Nun sag schon!", forderte ich ihn auf. „Was ist los?"

„Nichts, es ist nur wegen Onkel Elias. Ich weiß, wie sehr er den jüdischen Traditionen verbunden ist. Ich bin mir nicht sicher, ob er sich in einem Kloster wohlfühlen würde. Aber es geht ja um uns. Er wird verstehen, dass wir uns dazu entschieden haben."

„Es ist die einzige Möglichkeit, Noel. Eine jüdische Hochzeit würde nie rechtskräftig sein, solange ich katholisch bin, das weißt du besser als ich."

„Natürlich, Schatz. Es war auch nur ein Gedanke."

„Was für ein Gedanke?", hakte ich nach.

„Wir könnten die Zeremonie unter freiem Himmel durchführen. Hier im Garten, er ist wunderschön. Nach unserem Glauben vermählt sich das Brautpaar unter einem Baldachin. Ich glaube, es würde Eli gefallen."

„Warum machen wir nicht einfach beides?", fragte ich. Die Idee kam mir spontan. Doch je länger ich darüber nachdachte, umso besser gefiel sie mir.

„Wir heiraten einfach zweimal. Dann sind wir rechtskräftige Eheleute und haben gleichzeitig eure Traditionen gewahrt. Was hältst du davon?"

„Was ich davon halte?" Noel lachte. „Ich finde deinen Vorschlag genial. Onkel Eli wird sich wahnsinnig darüber freuen."

„Dir geht es also nur um ihn?", fragte ich misstrauisch. Noel verheimlichte mir etwas, ich konnte es in seinen Augen lesen.

„Natürlich", antwortete er ohne zu zögern und zog mich an sich. Dennoch blieb mir sein Grinsen nicht verborgen. Ich schob ihn von mir.

„Nun sag schon! Da ist doch noch etwas. Was führst du im Schilde, Noel Reichenbaum?"

„Du kennst mich ziemlich gut, stimmt's?" Er zog

spöttisch die Augenbrauen hoch.

„Das tue ich wirklich. Und jetzt raus mit der Sprache! Was hast du geplant?"

„Eine Überraschung."

„Eine Überraschung? Welche?"

„Wenn ich dir jetzt davon erzähle, wäre es keine mehr. Allerdings würde ich jetzt gerne noch ein paar Vorbereitungen treffen. Warum legst du dich nicht einfach ein wenig auf die Liege im Garten und entspannst dich?"

„Weil ich mich nicht entspannen kann, wenn ich nicht weiß, was du vorhast. Aber gut, wenn du unbedingt ein Geheimnis daraus machen willst, dann lasse ich dich eben alleine. Ich wollte sowieso noch ein wenig lesen."

„Die Geschichte lässt dich wieder einmal nicht los, nicht wahr?"

„Stimmt, aber das liegt nur daran, dass so viele Fragen offen sind. Ich möchte einfach wissen, was sie mit dem Unfall zu tun hat."

„Möglicherweise gibt es da keinen Zusammenhang", gab Noel zu bedenken. „Frau Mehring ist Autorin und hat sicher nicht nur einen Roman geschrieben."

„Vielleicht hast du recht und ich spinne mir etwas zusammen. Aber irgendetwas sagt mir, dass ich mich nicht irre. Bei Jonah hatte ich dasselbe Gefühl."

„Warum gehst du der Sache dann nicht auf den Grund? Frag nach, was sie in der Klinik wollte! Sprich mit ihrem Ehemann! Er sollte wohl am besten wissen, was in seiner Frau vor sich ging. Unternimm irgendwas, Marie, aber tu es! Ansonsten wirst du keine Ruhe finden. Ich kenne dich."

„Möglicherweise besser, als ich mich selbst kenne. Und nun verschwinde, bevor ich es mir anders überlege und dich nur heirate, wenn ich vorher erfahre, was es mit dieser Überraschung auf sich hat. Kannst du mir nicht wenigstens einen Anhaltspunkt geben?"

„Das habe ich bereits getan und wärest du nicht so sehr mit deiner Patientin beschäftigt, hättest du es vielleicht auch bemerkt. Also bis nachher, ich werde bis zum Abendessen fertig sein. Bis dahin hattest du mit deinen Nachforschungen hoffentlich Erfolg."

***

Ich beherzigte Noels Rat und rief sofort in der Klinik an. Leider konnte mir die Dame an der Rezeption nicht mit Gewissheit sagen, ob Claudia Mehrings Ehemann noch im Haus oder bereits gegangen war. Kurzerhand schlüpfte ich in meine Jacke und nahm den Autoschlüssel, bevor ich einen Blick in Noels Arbeitszimmer warf. Er saß am Telefon und legte eine Hand über den Hörer, als er mich bemerkte.

„Bin kurz weg", flüsterte ich und warf ihm einen Luftkuss zu.

Er nickte lächelnd. Ich schloss die Tür. Dann fuhr ich zur Klinik. Erst auf dem Parkplatz blieb ich unschlüssig stehen. Die Kollegen würden den Kopf schütteln, wenn ich in meinem Urlaub in der Klinik auftauchte. Vermutlich zu Recht, wie ich zugeben musste. Vielleicht war die Aktion doch etwas zu spontan. Anstatt dem Ehemann meiner Patientin nachzujagen, sollte ich mich mit den Hochzeitsvorbereitungen beschäftigen. Allerdings hatte Noel bis zum Abend zu tun und ich dadurch genügend Zeit. Außerdem würde ich mit meinen Gedanken sowieso ständig bei der Geschichte sein. Es sei denn, Herr Mehring könnte mir sagen, was seine Frau dazu getrieben hatte, vor das Auto zu laufen.

Ich atmete tief durch, bevor ich die Klinik betrat. Dann sollten meine Kollegen mich eben für verrückt erklären. Ich würde nicht eher Ruhe finden, bis ich das Rätsel um meine Patientin gelöst hatte. Entschlossen betrat ich die Station, auf der es ungewöhnlich ruhig für diese Tageszeit war.

Ein ungutes Gefühl machte sich in mir breit. Ohne länger darüber nachzudenken, steuerte ich Lindas Zimmer an. Mein Herz klopfte unnatürlich laut, als ich die Tür leise öffnete. Dann atmete ich erleichtert auf. Linda lag wie gewohnt in ihrem Bett. Ihre Schwester saß auf dem Stuhl daneben und hielt ihre Hand. Sie sprach mit ihr und bemerkte mich nicht. Leise schloss ich die Tür.

„Was machst du denn hier?"

Plötzlich stand Corinna hinter mir.

„Musst du mich so erschrecken?"

„Entschuldige, aber du hast Urlaub, schon vergessen?"

„Natürlich nicht, ich war gerade in der Nähe", log ich. „Da dachte ich, ich könnte kurz nach Linda schauen."

„Und ich habe angenommen, ihr könnt es gar nicht erwarten, eure Hochzeit vorzubereiten. Aber wenn du schon einmal da bist, kann ich dir auch gleich die Neuigkeiten erzählen. Du wirst es nicht glauben."

„Was werde ich nicht glauben?"

„Das mit Frau Mehrings angeblichen Blähungen …" Corinna kicherte. „Schau mich nicht so an! Du hast das dokumentiert."

„Ich weiß, was war falsch daran?"

„Doktor Werner hat sich ihren Bauch angeschaut und Doktor Schilling dazugerufen. Sie haben …"

„Was hat denn Doktor Schilling damit zu tun?"

„Wenn du mich endlich aussprechen lassen würdest, wüsstest du es. Doktor Schilling ist Frau Mehrings Frauenarzt. Er hat sie in den letzten Jahren bei ihren Schwangerschaften und Fehlgeburten betreut. Kurz bevor der Unfall geschah, war sie bei ihm."

„Ich weiß, vermutlich musste sie eine neue Enttäuschung hinnehmen."

„Das musste sie tatsächlich", bestätigte Corinna, wobei ich ihr ansah, wie sehr sie es genoss, die Spannung zu erhöhen. „Aber nur, weil es noch zu früh war. Der Arzt konnte nicht erkennen, dass sie schwanger ist."

„Willst du damit sagen, sie …?"

Ich brachte den Satz nicht zu Ende. Es erschien mir einfach zu unglaublich.

„Sie erwartet ein Kind“, platzte Corinna heraus. „Ist das nicht Wahnsinn?“

Oh ja, das war es, dachte ich. Allerdings konnte ich mich nicht so darüber freuen wie meine Kollegin. Im Gegensatz zu ihr schockierten mich diese Neuigkeiten. Immerhin lag Claudia Mehring im Koma. Und sie war schwanger. Ihr Wunsch, endlich Mutter zu werden, hatte sich erfüllt und sie bekam nichts davon mit. Wie übel konnte das Schicksal einem Menschen wohl mitspielen?

„Und jetzt?“, fragte ich. Mir persönlich war kein weiterer Fall bekannt, in dem eine Patientin mit appalischem Syndrom schwanger gewesen wäre. Die Vorstellung, dieses kleine lebendige Wesen würde in einem leblosen Körper heranwachsen, erschreckte mich. Aber vielleicht kannte ich mich auch nur zu wenig damit aus.

„Ihr Mann möchte, dass die Schwangerschaft fortgesetzt wird“, antwortete Corinna. „Er glaubt offenbar fest daran, dass seine Frau mitbekommt, wie das Leben in ihr wächst und sie irgendwann aufwacht.“

„Und wenn nicht?“, fragte ich skeptisch. Natürlich gefiel mir die Alternative ebenso wenig. Für mich wäre eine Abtreibung nie infrage gekommen, es sei denn, es lägen schwerwiegende Gründe vor, eine Vergewaltigung zum Beispiel. Ich war mir nicht sicher, ob Frau Mehrings momentaner Zustand nicht ein ähnlicher Grund war.

„Die Klinik wird das Ethikkomitee mit einbeziehen. Aber letztendlich liegt die Entscheidung wohl bei Herrn Mehring, und wenn du mich fragst, hat er sich längst festgelegt. Du hättest seinen Blick sehen sollen, als er von der Schwangerschaft erfuhr.“

„Ist er bei ihr?“

„Ja, ich glaube schon. Er weicht kaum noch von ihrer Seite.“

„Meinst du, ich kann kurz zu ihm?“

„Warum nicht? Du arbeitest hier. Außerdem hat Herr

Mehring sich schon mehrere Male nach dir erkundigt, nachdem Doktor Werner ihm von dir erzählt hat. Aber du hattest ja immer Nachtdienst. Er freut sich bestimmt, dich kennenzulernen."

„Okay, dann versuche ich mein Glück. Ich ziehe mich nur eben um."

Corinna nickte und wandte sich zum Gehen. In diesem Moment fiel mir Linda ein.

„Ich habe eben kurz bei Linda reingeschaut. Ihr scheint es ganz gut zu gehen, oder?"

„Der Eindruck täuscht leider", antwortete Corinna. „Ihre Werte haben sich verschlechtert. Aber du hast recht, sie scheint regelrecht aufzublühen. Es sieht fast so aus, als bereite sie sich auf ihre letzte Reise vor."

„Vielleicht spürt sie es wirklich." Ich nickte traurig. „Dann bis später, Corinna."

Ich zog mich um, ging zum Ende des Ganges und klopfte an die Tür von Frau Mehrings Krankenzimmer. Als ich hörte, wie mich eine männliche Stimme hereinbat, musste ich lächeln. Es geschah zum ersten Mal, dass ich aufgefordert wurde, einzutreten.

„Guten Tag, ich bin Schwester Marie", stellte ich mich dem Mann vor, der sofort höflich aufstand, als ich ihm die Hand hinstreckte. „Darf ich kurz stören?"

„Sie stören nicht." Herr Mehring lächelte mich an. „Es freut mich, Sie kennenzulernen. Doktor Werner hat mir erzählt, dass Sie meiner Frau vorlesen."

„Genau darum geht es", kam ich zur Sache. Wenn mich Claudias Mann schon darauf ansprach, konnte ich die Gelegenheit auch nutzen.

„In ihrem Roman schreibt sie über Missbrauch von Kindern. Mich würde interessieren …"

„Lassen Sie uns das doch bei einer Tasse Kaffee besprechen." Er warf einen Blick auf seine Frau, die offensichtlich schlief. „Haben Sie Zeit?"

Ich zögerte kurz und dachte an Noel, der sicherlich schon auf mich wartete. Doch dann schob ich meine

Bedenken beiseite. Wer konnte schon sagen, wann sich mir wieder die Möglichkeit bot, mich mit Herrn Mehring zu unterhalten. Außerdem war es Noel gewesen, der mir zu dem Gespräch geraten hatte. Er würde es verstehen, wenn ich später kam.

„Sehr gerne, wir könnten in die Cafeteria gehen“, schlug ich vor, woraufhin mir Herr Mehring zunickte und aus dem Zimmer folgte. Vorher warf ich noch einen Blick auf den Bauch der Patientin. Doch unter der Decke konnte ich die Wölbung nicht erkennen.

„Sie haben vielleicht davon gelesen, dass der Bruder meiner Frau einen Suizid beging. Die Presse hat sich damals wie die Geier darauf gestürzt“, sagte Herr Mehring, nachdem wir an einem ruhigen Tisch Platz genommen hatten.

„Ja, ich hörte davon“, bestätigte ich. „Glauben Sie, Ihre Frau verarbeitet seinen Tod in dem Buch?“

„Wenn ich ehrlich bin, weiß ich es nicht. Natürlich habe ich die Geschichte gelesen und an einigen Stellen ähneln sich die Schicksale von Niklas und Gabriel. Das ist nicht zu bestreiten. Allerdings glaubte ich, Claudia hätte das Ganze verarbeitet. Sie war lange in Therapie und es machte den Eindruck, dass sie darüber hinweg sei.“

„Und nun haben Sie Ihre Meinung geändert?“

„Nein, das ist ja das Seltsame.“ Herr Mehring schüttelte den Kopf. „Ich denke noch immer, dass ihr Manuskript nichts mit ihrem Leben zu tun hat. Zumindest hatte sie bestimmt nicht vor, sich damit an der Kirche zu rächen, wenn Sie das annehmen. Für sie war es ein Neuanfang. Sie wollte ernsthafter schreiben und die Romanheftchen hinter sich lassen. Das war es auch schon.“

„Es liegen sehr viele Emotionen darin“, gab ich zu bedenken.

„Das stimmt, aber die gab es auch in ihren anderen Romanen. Ich gebe ja zu, dass das Thema Missbrauch sie beschäftigte und möglicherweise trug diese Geschichte zu der Aufarbeitung bei. Aber Claudia war nicht länger darin gefangen, verstehen Sie? Sie hatte nur einen Wunsch. Sie wollte Mutter werden und sie wusste, dass es ihr nicht half, wenn sie der Vergangenheit mehr Raum gab als der Zukunft.“

„Und jetzt hat sich ihr Wunsch erfüllt“, sagte ich leise und versuchte, mir vorzustellen, was gewesen wäre, wenn Doktor Schilling die Schwangerschaft an diesem verhängnisvollen Abend hätte feststellen können, an dem der Unfall geschehen war.

„Sie ist nicht absichtlich vor das Auto gelaufen“, durchbrach ihr Mann in diesem Moment meine Gedanken, als ahne er meine. „Sicherlich war meine Frau enttäuscht und traurig. Doch sie hätte niemals ihr Leben aufs Spiel gesetzt, das müssen Sie mir glauben. Es war ein Unfall.“

„Sind Sie sich da sicher?“

„Ja, das bin ich.“ Herr Mehring nickte, wobei ich mich fragte, woher er diese Gewissheit nahm. „Genauso, wie ich mir sicher bin, dass Claudia wieder aufwacht. Das Kind wird ihr dabei helfen.“

Wir schwiegen. Ich dachte über seine Worte nach. Möglicherweise hatte er recht. Wer wusste das schon? Gleichzeitig bewunderte ich diesen Mann, der den momentanen Zustand seiner Frau akzeptierte und sich seine Hoffnung bewahrte. Ein warmes Gefühl machte sich in mir breit. Ich stellte mir vor, wie Noel reagieren würde, wäre ich in Claudia Mehrings Situation. Er hätte nicht anders reagiert.

„Irgendwann wird sie wieder bei uns sein“, stimmte ich ihm zu. Er lächelte, während ihm gleichzeitig Tränen in den Augen standen. Dankbar drückte er meine Hand.

„Wenn ich irgendetwas tun kann, lassen Sie es mich wissen!“

Meine Stimme klang heiser. Die tiefe Verbundenheit dieser beiden Menschen berührte mich. Wieder dachte ich an Noel. Ich wollte zu ihm, ihn in den Arm nehmen und ihm sagen, wie sehr ich ihn liebte.

Ich stand auf und verabschiedete mich. Herr Mehring

nickte mir zu.

„Sie können tatsächlich etwas tun“, sagte er zu mir, bevor ich ging. „Lesen Sie ihr weiterhin vor! Es ist wichtig für sie, eine vertraute Stimme zu hören. Und auch für das Kind“, fügte er hinzu.

***

Ich hielt mein Versprechen. Nachdem ich die letzten Wochen mit Noel verbracht und kein weiteres Kapitel des Romans gelesen hatte, schlug ich das Manuskript in meinem nächsten Nachtdienst auf. Inzwischen hatte ich mich an den Gedanken gewöhnt, nun zwei Menschen vorzulesen. Ich hatte ein wenig recherchiert und erfahren, dass Herr Mehring gar nicht so falsch mit dem lag, was er mir erzählt hatte. Selbst Babys im Mutterleib spürten, wenn man mit ihnen sprach und ihnen Zuneigung schenkte. Und normalerweise übernahmen die Mütter diese Aufgabe nur allzu gerne.

Claudia war dazu leider nicht in der Lage. Doch ich wusste von den Kolleginnen, dass ihr Mann stundenlang an ihrem Bett saß und mit ihr und dem Ungeborenen sprach. Aber auch er musste arbeiten. Also nahm ich mir vor, ihn zu unterstützen, wie ich es versprochen hatte.

„Ich hoffe, du spürst, wie das Herz deines Kindes schlägt“, sagte ich zu ihr und strich über ihren Bauch. Es geschah fast automatisch, ich konnte mich dieser Berührung nicht entziehen. Irgendwie hatte ich das Gefühl, dieses Kind brauchte mich.

„Gut, dann will ich euch jetzt ein wenig vorlesen, bis ich zu den anderen Patienten muss, okay? Aber ich möchte, dass du mir etwas versprichst, Claudia.“

Ich sah in ihr hübsches Gesicht und glaubte, ein Lächeln auf ihren Lippen zu erkennen. Vielleicht bildete ich mir das auch nur ein. Schließlich wirkten alle werdenden Mütter glücklich, oder nicht?

„Ich möchte, dass du dein Kind in den Armen hältst, wenn es so weit ist. Abgemacht?"

In diesem Moment bewegte die Patientin ihren Arm. Die rechte Hand blieb auf ihrem Bauch liegen. Ich schluckte, auch wenn ich mir bewusst war, dass Claudia das unmöglich gesteuert haben konnte. Dennoch war es rührend zu sehen, wie ihre Finger das Ungeborene zu schützen schienen. Ich nickte zufrieden. Dann begann ich zu lesen.

Sieben Monate waren seit Annas Flucht vergangen. Inzwischen hatte das Mädchen eine Anstellung auf einem Gut gefunden, weit entfernt von dem der von Lingens. Sie half in der Küche, wusch Wäsche und bediente die Herrschaft an der Tafel.

Anders als in ihrer einstigen Heimat begegnete man ihr freundlich und wohlgesonnen. Es gefiel ihr auf dem Hof. Hier gab es keine Hebamme, die sie als Hexe verschrie, und auch keine Mägde und Knechte, die ihr mit Argwohn begegneten. Und doch drohte ihr nun Gefahr von anderer Seite. Immer häufiger hatte sie in den letzten Wochen die bohrenden Blicke der Gutsherrin bemerkt, in denen eindeutiges Misstrauen lag, das sich in den letzten Tagen in Hass gewandelt hatte.

Anna spürte es mit tiefem Bedauern. Seufzend packte sie am Abend ihr Bündel. Es machte keinen Sinn, sich länger dem Traum hinzugeben, sie könne ihr Leben auf dem Hof weiterführen. Der Gutsherr suchte nun fast täglich ihre Nähe, was seiner Frau offensichtlich nicht verborgen geblieben war. Ebenso wenig wie das Geheimnis, das sie in sich trug. Die Gutsherrin wusste darum, da war sie sich sicher.

Vor drei Tagen hatte sie Anna überrascht, als sie sich am Brunnen gewaschen hatte. Wie jeden Morgen war sie früher aufgestanden und hatte geglaubt, dass die Herrschaft und das Gesinde noch schliefen. Doch ausgerechnet an diesem Tag war die Gutsherrin zu einem frühen Spaziergang aufgebrochen.

Seitdem hatte sich ihr freundlicher Ton ihr gegenüber in Abneigung verwandelt. Sie ließ Anna nur noch die niederen Tätigkeiten ausführen, die oft viel zu schwer für ihren Zustand waren. Vermutlich glaubte sie, ihr Gemahl hätte sich ihr genähert, und quälte sich nun mit Eifersucht. Was Annas Leben in Zukunft sicher nicht einfacher machen würde. Sie vom Gegenteil zu überzeugen, schien wenig aussichtsreich. Schließlich wusste niemand von ihrer Nacht mit Matthias. Die Leute würden ihr nicht glauben

Keiner bemerkte sie, als sie sich am späten Abend mit schnellen Schritten vom Hof schlich und den Weg zum Wald einschlug. Unbeirrt lief sie durch das Dickicht, über Wiesen und Felder, bis ihre Fußsohlen brannten und ihr die Beine fast den Dienst versagten. Dennoch kämpfte sie sich weiter. Sie durfte nicht aufgeben und musste ein Obdach finden für sich und das Kind.

Es war bereits Nacht, als sie an dem alten Kloster ankam. Mit letzter Kraft hämmerte sie an das Tor. Doch im Hof blieb es still. Nicht einmal ein Licht war zu sehen. Verzweifelt klopfte sie noch einmal mit der Faust gegen das Holz und betete, dass dieses Kloster bewohnt sei. Dann endlich hörte sie schlurfende Schritte. Ein kleines Fenster öffnete sich. Dahinter tauchte das Gesicht einer alten Nonne auf. Misstrauisch musterte sie Anna.

„Was willst du?“

Anna konnte deutlich den Argwohn aus ihrer Stimme hören. Sie sah an sich herunter. Ihr Kleid war schmutzig, an einigen Stellen eingerissen. Ihr langer geflochtener Zopf hatte sich beinahe vollständig gelöst und hing in wirren Strähnen auf ihren Schultern. Sie musste einen ziemlich heruntergekommenen Eindruck machen.

„Ich benötige ein Quartier für die Nacht. Mir genügt auch ein Stall. Ich komme von weit her und bin erschöpft."

„Das hier ist ein Kloster, kein Wirtshaus."

„Bitte, gute Frau, nur eine Nacht. Es ist dunkel. Ihr wisst, wie gefährlich das sein kann."

Mit einem dumpfen Knall schloss sich die Luke. Anna seufzte verzweifelt. Die Hoffnung, endlich auf ein Lager aus Stroh sinken zu können, schwand. Müde nahm sie ihr abgelegtes Bündel auf und wandte sich zum Gehen. In diesem Moment hörte sie, wie der schwere Riegel des Tores zurückgeschoben wurde. Dann öffnete sich die Tür cinen Spaltbreit.

„Komm herein, mach schnell! Bevor sich irgendwelche zwielichtige Gestalten hier Zutritt verschaffen."

„Habt Dank." Anna konnte ihr Glück kaum fassen. Rasch folgte sie der Nonne in den Innenhof des Klosters. Ohne ein Wort lief ihr die Frau voraus und führte sie tatsächlich zu einer Scheune. Dort zeigte sie auf den Boden, der mit Stroh bedeckt war.

„Du kannst hier schlafen. Morgen früh komme ich wieder. Dann sehen wir weiter."

„Vergelt's Gott", sagte Anna und legte ihr Bündel ab. „Mein Name ist übrigens Anna."

„Gute Nacht", erwiderte die alte Nonne, ohne darauf einzugehen. Dann entfernte sie sich schlurfend. Erst jetzt bemerkte das Mädchen, dass sie ihr Bein kaum merklich nachzog. Die Beschwerden erinnerten sie an den Schmied, dessen Leiden sie durch ihre Kräuter hatte lindern können. Ein Lächeln stahl sich in ihr Gesicht. Vielleicht konnte sie der gütigen Nonne einen Dank erweisen.

Anna ließ sich erschöpft auf das trockene Stroh fallen. Durch den Gedanken an Gertraudes Mann musste sie unweigerlich auch an Matthias denken. Wehmütig erinnerte sie sich an ihre einzige gemeinsame Nacht. Niemals würde sie ihr Zusammensein vergessen, das ihr förmlich den Atem geraubt hatte. Umso schwerer war es ihr gefallen, ihn am frühen Morgen zurückzulassen. Doch ihr war keine Wahl geblieben.

Inzwischen hatte Matthias natürlich längst erfahren, unter welchen Umständen sein Vater das Zeitliche gesegnet hatte. Auch ihm musste klar sein, dass sie damit in Verbindung stand. Anders war ihre Flucht kaum zu deuten. Sie hatte Eberhardt von Lingen gehasst und Matthias wusste darum. Vermutlich bereute er, sie jemals auf den Hof geholt zu haben. Immerhin hatte sie ihm den Vater genommen, wenn der den Tod auch mehr als verdient hatte. Einen Vater, den Gabriel nie besessen hatte. Matthias hatte sicher längst sein Erbe angetreten. Den anderen Kindern, die der Gutsherr als Bastarde bezeichnet hatte, war nur der Makel einer Schandtat geblieben.

Anna richtete sich auf. Nein, sie bereute nicht einen Augenblick, was sie getan hatte. Denn noch größer als die Zuneigung zu Matthias war die Liebe zu Gabriel, die auch durch dessen Tod nicht erloschen war. Eberhardt von Lingen hatte für seine Taten gebüßt. Und dennoch hatte Anna in den vergangenen Wochen vergeblich nach dem Gefühl der Befreiung gesucht. Statt dieser spürte sie nur weiter den Hass in sich. Gabriels Freitod war noch nicht gesühnt und ihre Mission nicht beendet, war ihr letzter Gedanke, bevor sie einschlief.

***

„Deine Kräuter haben mir tatsächlich geholfen“, staunte die Nonne zwei Wochen später. „Wie kommt es, dass du dich so gut damit auskennst?“

„Meine Mutter lehrte es mich. Sie nahm mich schon als Kind mit hinaus in die Wälder und erklärte mir die Wirkung der Heilpflanzen.“

„Wo ist deine Mutter jetzt?“ Die alte Nonne hatte den Stolz in der Stimme des Mädchens wohl gemerkt. Aufmerksam musterte sie die junge Frau, die mitten in der

Nacht an die Tür des Klosters geklopft und um Einlass gebeten hatte.

„Sie starb bei der Niederkunft ihres letzten Kindes."

Unwillkürlich fasste sich Anna an ihren Leib. Doch sofort bereute sie diese unbedachte Bewegung. Nervös strich sie über ihre Schürze. Aber dem aufmerksamen Blick der alten Augustinerschwester war nicht entgangen, was Anna zu verbergen versuchte. Ihr war der gewölbte Leib des Mädchens längst aufgefallen. Und nicht nur ihr, in den letzten Tagen hatte sich Unruhe unter den Nonnen breitgemacht. In genau vier Wochen würde eine bischöfliche Gesandtschaft zur jährlichen Wallfahrt bei ihnen vorüberziehen. Wenn dann bekannt wurde, dass sie eine junge Frau beherbergten, die ein Kind erwartete, konnte das schlimme Folgen haben. Aus diesem Grund hatte die Oberin des Klosters verkünden lassen, dass ein Urteil über Anna gefällt werden müsste.

Die Nonne seufzte. Sie hatte sich die ganze Nacht Gedanken darüber gemacht, was aus Anna werden sollte, wenn die anderen Nonnen gegen sie entschieden. Im Kloster konnte sie dann nicht länger bleiben, so viel war sicher. Dabei wuchs ihr das Mädchen von Tag zu Tag mehr ans Herz. Nicht nur, dass sie tatsächlich etwas davon verstand, ihr Leiden mit ihren Kräutern zu lindern. Sie bereute auch sonst nicht einen Augenblick, Anna eingelassen zu haben.

„Weißt du, wer der Vater ist?"

Die Nonne entschied sich dazu, Anna direkt darauf anzusprechen. Es nützte nichts, dieses unangenehme Gespräch länger vor sich herzuschieben. Viel Zeit blieb ihnen sowieso nicht mehr. Anna würde schon bald erfahren, dass ihr Geheimnis keines mehr war und die Nonnen über ihr Schicksal entscheiden würden.

„Wessen Vater meinst du?"

Anna errötete. Die Schuldgefühle in ihrem Gesicht waren deutlich zu erkennen. Trotz allem glaubte sie, die alte Frau täuschen zu können.

„Den Vater deines Kindes natürlich.“ Voller Mitgefühl nahm Marlis ihre Hand. „Du kannst es nicht länger verbergen, Anna. Die Oberin weiß es und verlangt nach einem Gespräch. Deshalb bitte ich dich, mir zu verraten, wie es dazu kam. Bist du etwa vergewaltigt worden und deshalb fortgelaufen?“

Anna wollte ihr gerade sagen, dass dies nicht die Gründe waren. Sie wollte von Matthias berichten, von dieser unglaublichen Nacht unter dem Sternenhimmel. Doch dann erkannte sie die einzigartige Möglichkeit, die sich ihr bot. Ihr Geheimnis, von dem sie geglaubt hatte, es vorerst verbergen zu können, war aufgeflogen. Nie und nimmer würden die Nonnen zustimmen, dass sie weiterhin im Kloster leben durfte. Ihr waren die missbilligenden Blicke der älteren Ordensschwestern nicht entgangen. Wenn die Nonnen gegen sie entschieden, würde sie obdachlos sein und müsste ihr Kind, das sie schon jetzt über alles liebte, ohne Hilfe zur Welt bringen. Die Wahrscheinlichkeit, dass es dann überlebte, war verschwindend gering. Sie hatte keine Wahl. Sie musste den Strohhalm nutzen, den Marlis ihr zuwarf, oder sie würde die schützenden Mauern verlassen müssen.

„Ja, ich wurde vergewaltigt“, sagte sie deshalb und beobachtete erleichtert, wie die Nonne zustimmend nickte. „Es war der Gutsherr, bei dem ich in Lohn und Brot stand. Als ich seine Absichten erkannte, war es bereits zu spät.“

Anna wunderte sich selbst darüber, wie leicht ihr diese Lügen über die Lippen kamen. Dabei verdiente die alte Nonne die Wahrheit, sie wusste es. Aber sie musste an sich und das Kind denken und was machte eine Lüge mehr oder weniger noch aus?

„Wenn du nicht leichtlebig gehandelt hast und den Schwestern davon erzählst, gestatten sie dir vielleicht, dass du bleiben kannst. Du könntest weiterhin in der Küche arbeiten. Außerdem möchte ich nicht mehr auf deine Kräuter verzichten.“

Die alte Frau sprach diese Sätze energisch aus. Doch Anna spürte, wie ihr Herz ihr zuflog. Einem Impuls folgend stand sie auf und umarmte Marlis, die sich scheinbar zufällig über die Augen wischte.

„Ich hoffe sehr, dass ich bleiben kann“, antwortete sie und dachte an Matthias, der sie niemals in einem Kloster vermuten würde. Noch immer kroch manchmal die Angst in ihr hoch, er könnte nach ihr suchen und sie für den Tod des Gutsherrn zur Verantwortung ziehen.

„Der Herrgott wird schon tun, was nötig ist“, sagte die Nonne, die nichts von den qualvollen Gedanken Annas ahnte. „Lass uns gehen, die Oberin erwartet uns!“

Marlis trat zu ihr und nahm ihre Hand. Trotz ihrer aufmunternden Worte war ihr die Sorge um Anna deutlich anzusehen.

„So Gott will, darfst du bei uns bleiben. Wir müssen darauf vertrauen.“

Anna nickte, obwohl ihr auf der Zunge lag, dass sie viel mehr an die Überzeugungskraft von Marlis glaubte als an das Wohlwollen des Herrn. Er hatte sie in der Vergangenheit zu oft enttäuscht und stattdessen zugelassen, dass sie ihre Heimat verlor. Doch sie schluckte die Worte hinunter, um die alte Nonne nicht zu erzürnen, deren Glaube an den Allmächtigen unerschütterlich war. Stattdessen folgte sie ihr schweigend über den Hof bis zur Kammer der Oberin, in der sich bereits weitere Ordensschwestern eingefunden hatten. Die Oberin nickte ihnen zu und bot ihnen Platz an. Dann folgte ein Gebet.

„Im Namen des Vaters, des Sohnes und des Heiligen Geistes“, sprach die älteste der Nonnen laut vor. Die anderen wiederholten die Worte.

„Ihr wisst, dass wir ein Urteil fällen müssen, was aus unserer Schwester wird“, begann die Oberin, die Anna wohlgesonnen war. Leider konnte man das nicht von allen Anwesenden behaupten. Sie hatte kaum ausgesprochen, als sich eine der jüngeren Frauen zu Wort meldete.

„Sie ist nicht unsere Schwester, Mutter Oberin. Wie Ihr

Euch vielleicht erinnert, waren einige von uns bereits dagegen, sie überhaupt aufzunehmen. Wir führen ein Kloster, keine Herberge. Wenn sich herumspricht, dass unvermählte Frauen mit ihren Kindern hier Zuflucht finden, wird es nicht lange dauern, bis sämtliche Huren des Landes vor unseren Toren stehen."

„Anna ist keine Hure!" Marlis erhob ihre Stimme und schaute die junge Nonne verärgert an. „Sie wurde von einem Mann gefügig gemacht. Es ist nicht ihre Schuld."

„Wie dem auch sei", antwortete ihr Gegenüber unbeeindruckt. „Wir sind ein Kloster. Möchtest du wirklich, dass hier die Unsittlichkeit einkehrt?"

Verächtlich schaute sie auf Annas Leib. Ihr war es völlig unverständlich, wie man sich jemand anderem als dem Herrn hingeben konnte.

„Ich kann keine Unsittlichkeit erkennen. Glaubst du etwa, es wäre in Gottes Sinn, dieses arme Mädchen zusammen mit einem Neugeborenen sich selbst zu überlassen?", fragte Marlis scharf. „Liebt Gott nicht jeden von uns, auch die Sünder?"

„Das ändert nichts daran, dass der Bischof kommt", warf die Oberin ein. Im Gegensatz zu ihrer Vorrednerin wirkte sie sanft und weniger vorwurfsvoll. Doch der Gedanke, den geistlichen Abgesandten hinters Licht zu führen, bereitete auch ihr Unbehagen.

„Wir könnten sie solange verstecken. Der Bischof und sein Gefolge bleiben nicht länger als fünf Tage. Sie müssen Anna überhaupt nicht zu Gesicht bekommen. Der Altbau wäre der rechte Ort dafür und abgelegen genug, um sie vor neugierigen Blicken zu schützen. Ich glaube kaum, dass sich das geistliche Gefolge dahin verirrt.

„Das wäre tatsächlich eine Möglichkeit", lenkte die Oberin ein. Auch ihr behagte der Gedanke nicht, Anna einfach fortzuschicken. Besonders das Kind in ihrem Leib rührte sie.

„Aber was geschieht, wenn sie gerade dann gebärt? Der Zeitpunkt stimmt in etwa überein, soweit ich das einschätzen kann. Dann kann das Mädchen nicht alleine in den Gemäuern liegen. Sie wird Hilfe brauchen."

Marlis dachte nach. Der Einwand der Oberin war durchaus berechtigt. Ein Blick auf Annas gewölbten Leib zeigte nur zu deutlich, dass es wahrlich nicht länger als diese vier Wochen dauern würde. Außerdem erkannte man, dass es ein großes Kind sein würde. Nie und nimmer konnte die zarte Anna die Niederkunft alleine bewältigen.

„Ich werde mit ihr gehen", verkündete sie. „Mich wird der Bischof kaum vermissen. Wir sind uns nur ein einziges Mal begegnet. Damals nahm er mich kaum wahr, was auch daran gelegen haben kann, dass er dem Wein sehr zugesprochen hatte."

„Gut, dann ist es beschlossen", bestimmte die Oberin. „Schwester Marlis geht mit Anna in den Altbau. Ihr erhaltet alles, was Ihr braucht", fügte sie gütig hinzu. „Ich hoffe, die Geburt verläuft ohne Schwierigkeiten. Sobald der Bischof und sein Gefolge weitergezogen sind, lasse ich Euch Bescheid geben. Aber eines noch …"

Sie brach ab und sah erst Marlis und dann Anna eindringlich an.

„In der Not werden wir dir beistehen, unser Herr verlangt es von uns. Helfet denen, die eure Hilfe benötigen, heißt es. Wenn das Kind aber auf der Welt und du von der Niederkunft genesen bist, wirst du uns verlassen."

Anna nickte ergeben. Sie war mit diesem Urteil mehr als zufrieden. Ihr Kind würde in der Obhut des Klosters das Licht der Welt erblicken und die treue Marlis ihr zur Seite stehen. Mehr konnte sie in diesem Augenblick nicht verlangen. Was später geschah, würde man sehen. Bisher war es ihr noch immer gelungen, einen Ausweg zu finden. Dankbar sah sie zu Marlis, die ihr aufmunternd zunickte, bevor beide in das Gebet der Schwestern einstimmten.

***

Über drei Wochen lebten Anna und Marlis nun schon in den alten und feuchten Gemäuern. Notdürftig hatten sie sich Lager aus Stroh bereitet und auch sonst alle notwendigen Vorkehrungen für die bevorstehende Geburt getroffen. Jeden Morgen ging Marlis zum Kloster und versorgte sie mit Wasser und Lebensmitteln. Der Weg war für die alte Nonne beschwerlich, der das Rheuma in ihren Knochen durch die Feuchtigkeit zusetzte.

Aber sie mussten vorsichtig sein. Inzwischen war der Bischof mit seinem Gefolge eingetroffen. Auf gar keinen Fall durfte er Anna, deren Niederkunft kurz bevorstand, zu Gesicht bekommen. Und auch Marlis versuchte zu vermeiden, ihm oder seinen Männern über den Weg zu laufen. Wie immer nutzte sie den Hintereingang des Klosters, um in die Küche zu gelangen. Doch sie hatte nicht damit gerechnet, dass der Bischof bereits früh am Morgen dem Wein zugetan war. Mit glasigen Augen saß er am Tisch und ließ sich von der Oberin persönlich bewirten.

„Eure Gastfreundlichkeit ist wirklich außerordentlich“, hörte Marlis ihn sagen, die zögernd in der Tür stand. Sie war sich nicht sicher, ob sie wie gewohnt ihre Vorräte einpacken und danach einfach gehen sollte. Was, wenn der Bischof ihr unangenehme Fragen stellte? Andererseits machte der im Moment nicht den Eindruck, überhaupt klar denken zu können. Unsicher schaute sie zur Mutter Oberin, die zähneknirschend auch die letzten Weinvorräte anbrach, bevor sie zu Marlis trat.

„Wenn sie noch länger so schlemmen und nicht bald aufbrechen, weiß ich nicht, wie wir den Winter überstehen sollen“, flüsterte sie der alten Nonne zu. Daraufhin vergaß Marlis ihre Vorsicht und wandte sich direkt an den Geistlichen.

„Wann werdet Ihr Eure Pilgerreise fortsetzen, Bischof?“, fragte sie ihn direkt und achtete nicht darauf, dass die Oberin erschrocken nach Luft schnappte. Der Geistliche schien den unterschwelligen Vorwurf nicht einmal zu bemerken. Stattdessen füllte er seinen Krug erneut mit dem kostbaren Honigwein. Erst als er diesen in einem Zug zur Hälfte leer getrunken hatte, antwortete er ihr.

„Wir wären längst weitergezogen, Schwester. Aber leider liegt einer meiner Priester krank darnieder. Seit zwei Tagen spuckt er grünes Sputum aus. Eine Eurer Schwestern versorgt ihn bereits, doch noch ist keine Besserung in Sicht. Womöglich müssen wir unsere Abreise um weitere drei Tage verschieben. Ihr habt doch nichts dagegen einzuwenden, Oberin?"

„Sicher nicht", beeilte sich die Nonne zu sagen und warf Marlis einen vielsagenden Blick zu, den diese kopfschüttelnd erwiderte. Die Frauen waren sich einig. Grünes Sputum ließ auf Beschwerden der Galle schließen. Vielleicht hätte der Priester ein klein wenig asketischer leben sollen, wie es seiner Rolle als Diener des Herrn zukam. Wenn das so weiterging, würde er nicht der Einzige bleiben, den die Fresssucht niederstreckte.

Es war wirklich ein Dilemma, doch Marlis blieb keine Zeit, sich damit auseinanderzusetzen. Sie musste zurück zu Anna, die am Morgen über heftige Schmerzen im Unterleib geklagt hatte. Was nur bedeuten konnte, dass die Niederkunft kurz bevorstand. Dennoch oder gerade deswegen hatte sie noch einmal zum Kloster gehen müssen, um alle dafür notwendigen Dinge zu holen. Sie war nur ungern gegangen. Der Gedanke, Anna alleine in den Gemäuern zurückzulassen, hatte ihr nicht behagt.

Marlis seufzte. Es war schon ein Jammer, dass Annas Kind so früh kam. Es wäre um einiges leichter gewesen, die Geburt wäre erst nach dem Besuch des Bischofs vonstattengegangen. Dann hätten sie ins Kloster zurückkehren und die feuchten Gemäuer des Altbaus verlassen können. Sie konnte nur hoffen, dass das Mädchen ein kräftiges gesundes Kind zur Welt brachte, welches die widrigen Umstände überlebte. So, wie es aussah, hatte der Bischof nicht vor, ihr Kloster zu verlassen, bis auch der letzte Tropfen Wein ausgetrunken war.

Schnell packte Marlis zusammen, was sie benötigte und verließ die Küche. Unruhe machte sich in ihr breit. Sie war länger fort gewesen, als sie beabsichtigt hatte. Nun kroch die Angst in ihr hoch, dass es Anna nicht gut gehen könnte. Und tatsächlich, als sie beim Altbau ankam, stand sie nicht wie gewohnt an der Tür. Ihre Sorge erwies sich also als nicht unbegründet.

„Anna?“, rief sie beunruhigt und betrat die Räume. Sie erschrak beim Anblick der werdenden Mutter, die schweißgebadet auf dem Stroh lag, das von Blut durchtränkt war. Ihre Lippen hielt sie fest aufeinandergepresst, während ihr junger Körper von Wehen geschüttelt wurde. Die alte Nonne erkannte sofort, dass Anna höllische Pein ertragen musste und doch stieß sie nicht einen Schrei aus. Nur ihre Augen waren jetzt angstgeweitet auf die Nonne gerichtet. Die aber zögerte nicht lange. Rasch holte sie saubere Tücher und breitete sie unter Anna aus. Dann verlangte sie von dem Mädchen, sie anzusehen.

„Hör zu, mein Kind!“, forderte sie. „Irgendwie, mit Gottes Beistand, werden wir es schon schaffen, dem Kind auf die Welt zu helfen. Und nun schrei! Keine Angst, niemand wird uns hier hören. Halte es nicht zurück, Anna! Schrei!“

Als hätte Anna auf diesen erlösenden Moment gewartet, schrie sie alle Qual heraus. Ihre Schreie hallten in den feuchten Mauern und wurden zurückgeworfen. Marlis erschauderte, fuhr jedoch unbeirrt fort, auf Anna einzureden.

„So ist es richtig, Mädchen! Lass es raus! Der Herrgott möchte, dass wir dein Kind begrüßen.“

Sie lachte, während ihr gleichzeitig Tränen über das faltige Gesicht liefen. Durch das kleine Fenster hatte sich ein Sonnenstrahl in die Gemäuer verirrt und hüllte Annas schmerzverzerrtes Gesicht ein. Der Nonne wurde es warm ums Herz. Sie spürte ganz deutlich die Anwesenheit des Herrn. Die anderen Schwestern konnten noch so viel darüber reden, dass Anna ein uneheliches Kind in sich trug. Gott hatte dem Mädchen verziehen.

Wenig später hielt Anna erschöpft ihren Sohn in den Armen.

„Welchen Namen soll der Kleine haben?“, fragte Marlis, der beim Anblick des gesunden Jungen Tränen über die Wangen liefen.

„Er soll Gabriel heißen“, antwortete Anna ohne zu zögern und streichelte über die kleine Hand, auf der ein Muttermal zu sehen war.

***

Am nächsten Morgen wartete die Oberin ungeduldig, bis sich der Bischof zurückgezogen hatte. Dann lief sie eiligen Schrittes in die Wäschekammer des Klosters. Sie fand sofort, wonach sie suchte. Zufrieden hielt sie ein weiches Schafsfell in den Händen.

Die Nonne kannte die zugigen Gemäuer, in denen die junge Mutter gezwungen war zu leben. Durch dieses Fell würde es zumindest das Kind wohlig warm haben.

Schnell griff sie dann nach einem Kleid der Nonnen sowie einer Haube. Noch regten sich leise Zweifel in ihr, ob ihr Plan gelingen könnte. Immerhin war es gerade mal fünf Tage her, seit Anna die schwere Geburt überstanden hatte. Außerdem war sie sich nicht sicher, ob das widerspenstige Mädchen die Kleidung überhaupt tragen würde. Obwohl sie Schutz im Kloster gesucht hatte, war die Oberin nie das Gefühl losgeworden, dass Anna nicht wirklich an die Güte des Herrn glaubte. Aber das war im Moment nebensächlich. Notfalls musste sie Anna das

Zugeständnis machen, auch weiterhin im Kloster leben zu können. Im Moment war es wichtiger, den Bischof und sein gefräßiges Gefolge loszuwerden. Gelang es ihnen nicht, würden sie bald selber um Almosen betteln müssen.

Anna stillte gerade den kleinen Gabriel, als die Oberin eintraf. Marlis, die noch immer äußerste Vorsicht walten ließ, sah sie auf die alten Gemäuer zukommen und ging ihr entgegen. Der Besuch überraschte, erfreute sie aber auch. So gerne sie ihre Zeit mit Anna und dem Kleinen verbrachte, vermisste sie doch auch das Treiben im Kloster. Sie war einfach nicht zur Untätigkeit, die ihr hier bis auf wenige Ausnahmen auferlegt war, geschaffen. Der Besuch der Oberin versprach zumindest für kurze Zeit etwas Abwechslung, wenn sie auch ahnte, dass deren Kommen nicht ohne Grund geschah.

„Grüß Gott, Schwester Marlis“, keuchte die Oberin. „Wie kannst du nur jeden Tag diesen weiten Weg laufen? Er kann deinem Knie unmöglich guttun.“

„Keine Sorge, meinem Knie geht es gut, seit ich es mit Annas Tinktur einreibe. Ich nehme an, Ihr seid gekommen, um den Kleinen zu sehen?“

Die Oberin errötete. Plötzlich schämte sie sich, den Weg nur aus Eigennutz auf sich genommen zu haben. Dennoch war sie zu keiner Lüge fähig und teilte Marlis die Wahrheit mit.

„Natürlich möchte ich das Kind sehen. Aber hauptsächlich komme ich, um Anna um Rat zu bitten. Das Kloster benötigt ihre Hilfe. Wir müssen sobald wie möglich diese Heuschrecken loswerden. Ich hoffe doch, ihr geht es gut?“

„Anna ist wohlauf, ebenso wie Gabriel, ihr Sohn. Ich habe sie gebeten, sich auch weiterhin zu verstecken. Zumindest so lange, wie der Bischof unter dem klösterlichen Dach weilt. Sind die Fässer etwa noch immer nicht geleert?“

Die Oberin folgte Marlis und lachte bei ihren Worten. Ohne es zu wissen, hatte diese den Nagel auf den Kopf getroffen. Eben deshalb war sie hier.

„Das ist ja der Jammer, nicht nur der Weinkeller leert sich“, verriet sie. „Aber lasst uns zu Anna gehen, dann werde ich euch in meine Pläne einweihen.“

Falls Marlis erstaunt über das Anliegen der Oberin war, ließ sie es sich nicht anmerken. Genauso wenig wie ihre Erleichterung darüber, dass Anna und dem Jungen zumindest vorerst keine Gefahr drohte. Allerdings war ihr noch immer nicht klar, welche Rolle das Mädchen in den Plänen der Oberin spielte. Aber das würde sie sicher gleich erfahren.

Doch Marlis irrte, wenn sie glaubte, die Oberin würde sofort zur Sache kommen. Kaum hatte sie den kleinen Gabriel zu Gesicht bekommen, schien sie den Grund für ihren Besuch vergessen zu haben. Damit erging es ihr nicht anders als Marlis, die das Kind vom ersten Augenblick an in ihr Herz geschlossen hatte.

„Grüß Gott, Anna.“ Die Oberin lächelte die junge Mutter an. „Darf ich dein Kind halten?“

„Wenn Ihr es möchtet.“

Anna reichte ihren Sohn an sie weiter. Friedlich lag der Kleine in den Armen der Oberin, die zu strahlen begann. Stolz zog sie mit der freien Hand das Schafsfell aus ihrem Korb und bettete den Jungen unter den erstaunten Augen von Marlis und Anna sanft darauf nieder. Daraufhin schloss der Kleine augenblicklich die Augen und schlief ein. Marlis, die sonst nie um einen Kommentar verlegen war, fehlten die Worte.

„Vergelt’s Gott, Mutter Oberin“, sagte Anna, die bisher schweigend zugeschaut hatte. „Ihr seid sehr gütig. Aber nun sagt, was ist Euer Anliegen? Ihr seid sicher nicht den weiten Weg gegangen, um meinem Sohn ein Geschenk zu machen.“

„Obwohl sich auch dieser Weg gelohnt hätte, du hast einen hübschen Sohn, Anna. Aber es stimmt“, antwortete die Oberin ehrlich. „Ich benötige deine Hilfe, deshalb bin ich gekommen.“

„Ihr bittet mich um Hilfe?“ Anna konnte sich kaum vorstellen, wie diese aussehen sollte.

„Du hast richtig gehört. Wir müssen schleunigst die bischöfliche Meute loswerden, bevor nur noch ein paar Brotkrumen für uns übrig bleiben. Unsere Vorräte sind fast aufgebraucht. Der Bischof und sein Gefolge müssen verschwinden. Der Herrgott wird es mir verzeihen.“

Sie sah zur Zimmerdecke und bekreuzigte sich.

„Und was sollte Anna dagegen tun können?“ Marlis blieb skeptisch, auch wenn sie die Besorgnis der Oberin nachvollziehen konnte. „Ihr wart es, die verlangte, dass sie sich versteckt hält.“

„Ja, solange sie in Erwartung war. Doch nun erfordert die Situation unser Handeln. Wie du weißt, liegt einer der Priester darnieder und spuckt die blanke Galle. Das geht nun schon seit Tagen so, eine Besserung ist nicht in Sicht. Der Bischof jedoch weigert sich, seine Reise fortzusetzen, solange der Priester krank ist. Deshalb bitte ich dich, Anna, ihm mit deinen Kräutern zu helfen. Ich habe dir ein Kleid der Schwestern mitgebracht. Niemand wird daran zweifeln, dass du eine von uns bist.“

„Ich könnte Euch eine Tinktur mischen, die Ihr ihm verabreicht“, gab Anna zu bedenken, der nicht wohl dabei war, ihren gewohnten Schutz aufzugeben. Doch die Oberin winkte ab.

„Nein, ich möchte, dass du dir den Kranken ansiehst. Du kennst dich am besten damit aus.“

Anna zögerte und auch Marlis war nicht wohl bei dem Gedanken, dass ihr Schützling sie mit dem Kleinen alleine zurücklassen sollte. Doch die Oberin blieb hartnäckig.

„Du kommst morgen in der Früh, wenn er noch schläft. Kein Mensch wird dich sehen. Der Bischof und sein Gefolge stehen nicht vor Mittag auf. Finde heraus, was dem Kranken fehlt! Dann kannst du meinetwegen deine Tinkturen und Säfte mischen. Eine unserer Schwestern kann sie ihm verabreichen.“

„Damit würde Anna uns einen großen Dienst

erweisen“, mischte sich Marlis ein, die die Gunst der Stunde zu nutzen gedachte. „Und Ihr wisst sicher selbst, dass sie eigentlich noch zu schwach für den beschwerlichen Weg ist.“

„Der Herrgott wird es ihr danken“, seufzte die Oberin, die ahnte, worauf die alte Nonne hinauswollte. Als sie Marlis’ enttäuschten Blick bemerkte, lächelte sie.

„Und ich auch. Als Zeichen unserer Dankbarkeit werden wir Anna gestatten, weiterhin im Kloster zu bleiben. Sie muss ja nicht unter uns Schwestern leben, aber eine Kammer über der Scheune stünde zur Verfügung. Ich bin sicher, dort wären sie und das Kind gut aufgehoben.“

„Das wären sie wahrlich“, antwortete Marlis, der ein Stein vom Herzen fiel. Sie hatte nicht vergessen, dass die Oberin Anna angekündigt hatte, das Kloster nach der Geburt des Kindes zu verlassen, und aus Sorge in den letzten Nächten kaum ein Auge zugetan. Nun, da die Oberin mit ihrem Zugeständnis Annas Zukunft gesichert hatte, atmete sie auf. Mochte der Bischof auch noch so gefräßig sein, dachte die alte Nonne, schien er doch vom Herrgott gesandt, um Anna und Gabriel zu retten.

„Ich werde kurz nach dem ersten Läuten da sein“, versprach Anna, die das Angebot der Oberin zu schätzen wusste. „Sorgt dafür, dass der Priester bis dahin nichts zu sich nimmt! Ich bin sicher, ihm helfen zu können.“

Nach einem letzten Blick auf den Kleinen wandte sich die Oberin der Tür zu.

***

Der Priester schlief, als die junge Frau in dem grauen Kleid der Schwesternschaft in sein Zimmer trat. Selbst das Knarren der Tür nahm er nicht wahr. Laut schnarchend wälzte er sich auf seinem Lager. Anna hielt die Luft an. Ein widerwärtiger, stickiger Gestank nahm den Raum ein.

Es roch nach Essensresten, Schweiß und Ausscheidungen. Angewidert rümpfte sie die Nase. Kein Wunder, dass der Kranke sich nicht erholte. Ein offenes Fenster hätte ihm sicher gutgetan.

Leise trat sie an sein Bett. Die Zeit drängte. Lange würde es nicht mehr dauern, bis die Schwestern zur ersten Messe gingen. Und wenn sie auch nicht recht daran glaubte, konnte es doch sein, dass sich unter dem bischöflichen Gefolge der eine oder andere fromme Mann befand, der es ihnen gleichtat.

Vorsichtig schlug sie die Decke zurück und besah sich den aufgedunsenen Leib des Priesters. Dabei ging sie vorsichtig vor, um ihn nicht zu wecken. Aber der Kranke bemerkte sie nicht. Den Kopf zur Wand gedreht, schnarchte er munter weiter. Selbst als Anna ihr Ohr auf seinen Wanst legte und horchte, zeigte er keine Regung.

Neben dem Bett stand eine Tonschale, die die Oberin in weiser Voraussicht hatte hinstellen lassen, nachdem eine der Schwestern sich über die Flecken am Boden beklagt hatte. Der Speichel darin besaß eine grüne Färbung, wie ihn die Oberin beschrieben hatte. Es handelte sich tatsächlich um die Galle, die dem Kranken zu schaffen machte. Anna entschied, in die Küche des Klosters gehen, wo sie noch immer ihre Kräuter aufbewahrte. Wenn der Priester den Wein und die fettigen Mahlzeiten ausließ und dafür ihren Tee aus frischer Minze und Kamille trank, würde es ihm schon bald besser gehen.

In diesem Moment wälzte sich der Kranke auf die andere Seite. Anna erschrak. Doch ihre Angst erwies sich als unbegründet, gleich darauf ertönte das Schnarchen erneut. Sie atmete auf und beschloss, die Gelegenheit zu nutzen, um auch sein Gesicht näher zu untersuchen. Lautlos beugte sie sich über ihn und erstarrte.

Ein leiser Schrei entfuhr ihrer Kehle, noch bevor sie ihn unterdrücken konnte. Zitternd hielt sie sich an der Wand fest. Ihre Gedanken überschlugen sich, während sie noch glaubte, einem Irrtum erlegen zu sein. Angespannt sah sie genauer hin und stellte fest, dass es sich um kein Trugbild handelte. Aber wie war es möglich, dass gerade dieser Mann vor ihr lag? Suchte er gar nach ihr, oder befand er sich tatsächlich auf göttlicher Mission? Glaubte er etwa, eine Pilgerreise könnte seine Sünden auslöschen?

Schwer atmend versuchte sie, ihre Beherrschung zurückzugewinnen. Und tatsächlich gelang es ihr, ruhiger zu werden. Nun glaubte sie nicht länger daran, dass sie der Grund für seine Anwesenheit sein könnte. Wie hätte er ahnen sollen, dass Anna Seidler gerade in diesem Kloster lebte? Aber waren Gottes Wege nicht unergründlich? Hatte dieser Mann das nicht jeden Sonntag gepredigt? Er als Diener des Herrn musste es schließlich wissen, und möglicherweise lag auch diese Begegnung in den Plänen des Allmächtigen.

Mit erstarrtem Gesicht sah sie nun auf den Kranken hinunter. Sie hatte nicht erwartet, gerade ihn im Kloster anzutreffen. Die Überraschung hatte sie überwältigt. Jetzt beherrschte sie nur noch ihr Hass.

Während sie seinem ungleichmäßigen Atem lauschte, dachte sie zurück an den Tag, als er ihr herablassend gegenübergestanden und ihr den einzigen Gulden genommen hatte.

„Dein Bruder ist unbezahlbar."

Die Worte hallten in Annas Ohren. Dieser Mann verkörperte all die schrecklichen Erinnerungen, die sie seit dem Tod ihres Bruders begleitet hatten. Gleichzeitig hatte sie auf diesen Tag gewartet. Sie war sich so sicher gewesen, dass er kommen würde. Und nun war es so weit. Heute konnte der Priester seine Schulden begleichen.

Mit einem Ruck wandte sie sich um und ging zur Tür. In diesem Augenblick erwachte der Geistliche. Erstaunt bemerkte er ihre Anwesenheit.

„Warum seid Ihr hier, Schwester?", fragte er arglos.

Anna blieb nichts weiter übrig, als ihm zu antworten. Dabei fiel es ihr sichtlich schwer, eine freundliche Miene aufzusetzen.

„Die Oberin schickt mich zu Euch. Sie berichtete mir von Eurem Leiden. Ich werde Euch einen Tee kochen, der Euch genesen lässt."

„Meint Ihr wirklich?"

Der Kranke wirkte erleichtert. Vermutlich hoffte er, durch ihre Hilfe endlich die Schmerzen loszuwerden. Schmerzen, die ihm bei den Knaben, derer er sich bedient hatte, gleichgültig gewesen waren. Selbst nachdem sich der Junge des Schwalbingers das Leben nahm, hatte er nicht damit aufgehört und stattdessen auch ihren Bruder in den Tod getrieben. Die Schmerzen, unter denen er im Moment litt, waren nichts gegen die ihren, die eben erneut aufflammten.

„Ich denke, Ihr könnt spätestens in zwei Tagen weiterreisen", presste Anna heraus und vermied es, dem Priester ins Gesicht zu sehen. Die Angst, erkannt zu werden, war zu groß. Nun war sie froh, dass sie die Haube trug, die nicht nur ihr Haar, sondern auch die Stirn bedeckte.

„Wenn Ihr das schafft, bin ich Euch zu großem Dank verpflichtet", sagte er gönnerhaft. Anna gelang es nur mühsam, sich zu beherrschen und ihm nicht ins Gesicht zu spucken, wie er es in die Tonschale tat. Aber sie musste ihre Wut im Zaum halten. Alles wollte gut durchdacht sein. Ihre Zeit, den Priester für seine Schandtaten büßen zu lassen, war gekommen. Viel eher, als sie es erwartet hatte. Nun durfte sie ihre Rache nicht durch unüberlegte Handlungen gefährden.

Ohne ein weiteres Wort wandte sie sich zum Gehen. Die Kräuter in der Klosterküche würden nicht ausreichen, um den Kranken vollständig von seinem Leiden zu befreien. Sie musste in den Wald. Dort würde sie finden, wonach sie suchte. Sie lächelte bei diesem Gedanken.

„Keine Sorge, ich verlange keinen Dank", sagte sie zum Abschied. „Ihr werdet schon bezahlen, wenn der Herrgott es für richtig hält."

***

Nachdenklich lief sie zurück zum Altbau, wo Marlis sie bereits erwartete. Als sie Anna sah, machte sich Erleichterung in ihrem Gesicht breit.

„Dem Herrgott sei es gedankt, dass du wieder da bist", empfing sie die junge Frau. „Ich weiß auch nicht, was mit mir los ist. Aber ich hatte kein gutes Gefühl dabei, dich im Kloster zu wissen. Zum Glück bist du wohlbehalten zurück. Auf Dauer tut mir die Aufregung bestimmt nicht gut."

Erleichtert drückte sie Anna an sich, der warm ums Herz wurde. Längst hatte die Nonne die Stelle einer Mutter eingenommen.

„Du musst dich nicht ständig sorgen", mahnte sie die alte Frau. „Ich passe auf mich auf."

„Ich weiß, Anna, und ich bin froh darum. Vermutlich werde ich einfach alt und sehe den Teufel an der Wand."

Marlis lachte und bemerkte nicht, wie Anna zusammenzuckte. Ohne es zu wissen, war die Ordensschwester der Wahrheit ziemlich nahegekommen. Auch sie hatte den Teufel gesehen. Nur dass sich der in kirchliche Gewänder hüllte und sich die Seele aus dem Leib spuckte.

„Konntest du dem Priester helfen?"

Erst jetzt bemerkte Marlis, wie blass Anna plötzlich wurde.

„Was ist denn los, Kind? War der Weg doch zu anstrengend nach der Entbindung? Wir hätten warten sollen. Komm! Setz dich!"

„Es geht mir gut", beschwichtigte Anna sie. „Vergiss nicht, dass ich für diesen Dienst im Kloster bleiben darf. Glaub mir, dafür wäre mir kein Weg zu weit. Wenn es dem Priester besser geht, können wir diese feuchten Gemäuer endlich verlassen."

„Dafür muss er erst einmal gesund sein. Ich bin mir nicht sicher, ob ein paar Kräuter genügen", blieb Marlis skeptisch.

„Dafür bin ich es. Der Priester leidet unter einer

empfindlichen Galle, wie es die Oberin voraussagte. Ich werde gleich ein paar Kräuter mischen, die ich auf dem Rückweg gesammelt habe. Dann wird Ruhe einkehren und das Kloster ist die Plage los."

„Tu das!", pflichtete Marlis ihr bei. „In der Zwischenzeit bereite ich uns einen Tee zu. Die feuchte Luft hier macht meinen Knochen doch mehr zu schaffen als erwartet. Gut möglich, dass du deine Heilpflanzen auch in Kürze für mich anrühren musst."

Anna erschrak. Es geschah zum ersten Mal, dass Marlis ihr gegenüber zugab, dass es ihr nicht gut ging. Es wurde höchste Zeit, ins Kloster zurückzukehren.

„Ich werde die Heilkräuter sofort mischen", beschloss sie. „Danach bringe ich sie zum Kloster. Wenn ich mich beeile, kann ich in zwei Stunden zurück sein."

„Aber du bist doch gerade erst angekommen. Es genügt, wenn dein Tee zum Abend im Kloster ist. Hat die Oberin nicht gesagt, sie schickt eine der Schwestern danach? Dann muss der Priester eben warten."

„Um den Priester geht es nicht, sondern um dich. Ich würde es mir nie verzeihen, wenn du wegen mir Schaden nimmst."

„Ach, Mädchen", antwortete die Nonne gerührt. „Auf mich musst du keine Rücksicht nehmen. Ich bin alt. Ob mich der Herrgott nun ein paar Jahre früher zu sich ruft oder nicht, was macht das schon? Wichtig ist nur, dass es dir und dem Jungen gut geht."

„Da bin ich anderer Meinung. Der dort oben hat mir bereits genug genommen. Ich werde nicht auch noch auf dich verzichten. Und jetzt genug von dem Gerede!", bestimmte Anna. „Du musst raus aus den kalten Gemäuern und zurück ins Kloster und deshalb werde ich mich an die Arbeit machen. Je eher der Bischof verschwindet, umso besser."

Marlis sah ein, dass ein Widerspruch zwecklos war. Im Grunde genommen freute sie sich, dass Anna so besorgt um sie war. Das Mädchen nahm tatsächlich mehr und mehr die Rolle einer Tochter ein. Schweigend sah sie ihr zu, wie sie ihren Korb hob. Bevor sie ging, warf die junge Mutter einen Blick auf ihren Sohn, der in sein Schafsfell gehüllt friedlich schlief. Ihr Blick ruhte etwas länger als gewöhnlich auf dem Mal an seiner Hand. Dann ging sie lächelnd zur Tür.

Bereits zwei Tage später reisten der Bischof und seine Gefolgschaft ab. Erleichtert begleitete die Oberin die Herren zum Tor. In ihrer Hand hielt sie ein Säckchen, das einen angenehmen Duft verbreitete. Anna hatte es ihr noch am Morgen überreicht mit der Mahnung, nicht zu vergessen, es dem Priester zu übergeben, dem es tatsächlich gut ging. Selbst der Bischof beobachtete mit Wohlwollen, dass sein Begleiter nun nicht länger den Weg mit seinem widerlichen Speichel säumte.

„Vergesst nicht Eure Medizin!“, wandte sich die Oberin an den einstmals Kranken, der gerade dabei war, sein Pferd zu besteigen. Der nahm dankbar das Säckchen entgegen. Den Lohn, den er Anna dafür versprochen hatte, schien er vergessen zu haben. Auch der Ursache seiner Erkrankung schenkte er keinen Gedanken mehr. Stattdessen aß und trank er ebenso reichlich wie vorher. Von Zurückhaltung den irdischen Genüssen gegenüber konnte keine Rede sein. Verärgert hatte die Mutter Oberin gesehen, wie er sich vor der Abreise in der Küche am Mittagsmahl der Nonnen bedient hatte. Offensichtlich war er in dem Glauben, dass die Kräuter ihm sofort Linderung verschafften, sollte es nötig sein.

„Der Herrgott wird es Euch danken“, sagte er zum Abschied der Oberin, die sichtlich froh war, die Männer los zu sein. Lächelnd winkte sie dem Gefolge des Bischofs nach, bis sie hinter der Biegung verschwunden waren. Niemand bemerkte die schmale Gestalt, die sich ganz in der Nähe hinter einem Baum verbarg. Sie beobachtete jede Geste und jeden Schritt des Priesters. Trotz seines Leidens, welches unmöglich schon völlig ausgeheilt sein konnte, saß er aufrecht im Sattel. Doch in seiner Hand hielt er das

Säckchen mit den auserwählten Kräutern. Anna war zufrieden. Sie war sich sicher, dass er ihren Rat, den Tee in großer Menge zu trinken, befolgen würde.

„Im Namen des Vaters“, flüsterte sie in die Stille des Waldes. „Sein Leiden wird bald vorüber sein.“

Mit einem zufriedenen Lächeln im Gesicht wandte sie sich ab. Die bischöfliche Gesandtschaft aber hatte nicht einmal einen Tagesritt zurückgelegt, als der Zug ins Stocken geriet und plötzlich ganz zum Stehen kam.

„Was ist da los? Warum reitet ihr nicht weiter?“, fragte der Bischof und schaute ungeduldig zu den hinteren Reihen seines Gefolges. Als er erkannte, dass einige der Reiter abstiegen, fluchte er laut. Diese Unterbrechung kostete unnötig Zeit. Dabei wollte er noch vor der Dunkelheit das Marienkloster erreichen, von dem er sich nicht nur eine reichliche Mahlzeit, sondern auch ein weiches Lager versprach. Außerdem schmerzte ihn sein Gesäß, welches den harten Sattel nicht gewohnt war. Nicht zum ersten Mal wünschte er sich, diese Pilgerreise würde endlich vorbei sein.

„Sieh nach, welchen Grund es für diese Verzögerung gibt!“, befahl er dem jungen Diener, der neben ihm lief. „Ich will wissen, warum die Männer nicht weiterreiten.“

Der Diener an seiner Seite nickte und rannte nach hinten. Es dauerte geraume Zeit, bis er an die Spitze des Zuges zurückkehrte und dem Bischof Mitteilung machte. Dabei ahnte er, dass sein Herr nicht erfreut sein würde über die Nachricht, die er ihm übermitteln musste.

„Einer der Priester ist nicht reisetauglich“, teilte er dem Bischof mit, dessen Gesicht sogleich vor Wut errötete.

„Was soll das heißen? Natürlich reisen wir weiter. Denkt er etwa, ich verbringe die Nacht im Wald?“

„Er wird es nicht schaffen, glaubt mir! Schon jetzt hängt er mehr tot als lebendig im Sattel. Vielleicht erinnert Ihr Euch, dass es ihm im Kloster bereits sehr schlecht ging. Die Krankheit scheint erneut ausgebrochen zu sein.“

„Ist es der Priester von Schaffeld?“, fragte er,

woraufhin der Bursche bestätigend nickte.

„Ja, Herr, er ist es."

Der Zorn des Bischofs wuchs. Längst bereute er, den Priester auf die Pilgerreise eingeladen zu haben. Er kannte dessen Vorliebe für guten Wein und junge Knaben, die er zeitweise teilte. Da kein Ministrant anwesend war, hatte er seine Wollust womöglich mit übermäßigem Weingenuss betäubt. Kein Wunder, wenn ihn jetzt die Strafe des Herrn traf. Aber musste es ausgerechnet auf seiner Wallfahrt sein?

„Alle absitzen!", rief er und ließ sich aus dem Sattel gleiten. Erfreut über diese unerwartete Rast sprangen die Männer von den Pferden. Einige zogen die Stiefel aus und besahen sich ihre schmutzigen Füße, die von Blasen und Pusteln übersät waren. Andere wiederum warteten gespannt darauf, wie der Bischof auf den Priester reagieren würde, der die Schuld an dieser Verzögerung trug. Und tatsächlich marschierte der Geistliche direkt auf die Ansammlung der Leute zu, die den stöhnenden Priester gerade vom Pferd hoben.

„Beeilt euch!", forderte er die Männer auf. „Ich werde keinesfalls warten, bis unser Bruder zu Kräften gekommen ist. Wir müssen Marienstein noch heute erreichen, habt ihr verstanden?"

Der Kranke stöhnte erneut. Bleich lag er auf dem staubigen Weg und atmete schwer. Seine Stirn war von kaltem Schweiß bedeckt. Mehrmals versuchte er, den Mund zu öffnen, um etwas mitzuteilen, doch es kamen nur unverständliche Laute heraus, die von einer großen Menge Speichel begleitet wurden. Angewidert wandte sich der Bischof ab.

„Gebt ihm seine Kräuter!", forderte er den Nächstbesten auf und zeigte auf das Säckchen, welches am Sattel hing und längst nicht mehr prall gefüllt war. Daraufhin stöhnte der Kranke noch lauter und schüttelte wild den Kopf.

„Er ist in einem Delirium", stellte der Bischof

ungerührt fest. „Macht schon, die Kräuter! Legt sie auf seine Zunge!“

Der Angesprochene tat, wie ihm geheißen. Rasch nahm er ein Bündel von den getrockneten Pflanzen und stopfte sie dem Priester in den Mund, sodass dieser fast daran erstickte. Unterdessen standen die Männer, allen voran der Bischof, neben ihm und warteten auf die Wirkung. Und tatsächlich schien sich der Kranke zu beruhigen.

Gerade als der Bischof darüber nachzudenken begann, die Reise fortzusetzen, röchelte der Mann am Boden und rang nach Luft. Entsetzt sahen die Anwesenden zu, wie dessen Körper sich aufbäumte, während ihm weißer Schaum von den Mundwinkeln rann und in den staubigen Boden tropfte. Dann fiel er wie ein nasser Sack nach hinten und rührte sich nicht mehr.

Der Bischof erschrak. Gleichzeitig wurde er sich der Bedeutung dieser Situation bewusst. Sie befanden sich auf einer Pilgerreise. Wenn sich herumsprach, dass unter seiner Obhut ein Priester zu Tode gekommen war, würde ihm im nächsten Jahr kaum noch jemand folgen. Die Menschen waren abergläubisch, was ihm nur allzu oft gelegen kam. Sie würden es als Zeichen sehen, als Strafe Gottes. Sein Ruhm, den er sich schwer erkämpft hatte, würde unweigerlich verblassen. Also musste er handeln, und er wusste auch schon, wie.

„Seht her, Männer“, rief er und hob theatralisch die Hände zum Himmel. „Ihr wurdet gerade Zeugen, wie der Herrgott über unsere Wallfahrt wacht. Er selbst nahm unseren Bruder zu sich, um unsere Mission nicht zu gefährden“, verkündete er und war beglückt, dass ihm diese List einfiel. Möglicherweise erwies sich das Ableben des Priesters sogar als Segen. Wenn er es geschickt anstellte, konnte er dessen Tod nutzen, um noch mehr Brüder um sich zu scharen.

„Der Herr ist euer Hirte, er wird euch führen.“

Beifälliges Geraune war zu hören, das sich verstärkte, als in diesem Moment ein Windzug durch die Blätter der

Bäume rauschte. Niemand nahm jetzt noch Anstoß an dem plötzlichen Tod des Priesters.

„Wir werden die Nacht hier verbringen."

Der Bischof vergaß, dass er noch kurze Zeit zuvor alles dafür getan hätte, um eben das zu verhindern.

„Unser Bruder wird genau an dieser Stelle seine letzte Ruhe finden. Ein Kreuz wird sein Grab schmücken und uns bei jeder Pilgerreise daran erinnern, dass der Herr unser Gast war."

Wohlgefällig sah er auf den toten Priester hinunter. Nun war er froh, gerade ihn dabeigehabt zu haben. Wen kümmerte es schon, was er in seiner Kammer tat? Er hatte eine Vorliebe für hübsche Knaben gehabt, na und? Hatte nicht jeder ein Laster mit sich zu tragen?

***

Währenddessen hatten Marlis und Anna keine Zeit vergeudet und waren ins Kloster zurückgekehrt, wo die anderen Ordensschwestern sie freudig begrüßten. Von ihrer einstigen Abneigung gegen die junge Mutter war nichts mehr zu spüren. Im Gegenteil, sie zeigten Anna, wie dankbar sie ihr waren, dass im Kloster endlich Ruhe einkehrte. Damit war auch von der Scheune keine Rede mehr. Anna und das Kind bekamen eine warme Kammer in den eigenen Gemäuern. Der Kleine eroberte die Herzen der Schwestern schon jetzt im Sturm.

Umso schwerer fiel es Anna, Marlis von ihren Plänen zu berichten, die sie gleich nach dem Verlassen der bischöflichen Gesandtschaft gefasst hatte. Sie ahnte, dass die alte Nonne nie und nimmer damit einverstanden sein würde, und bereitete sich auf einen heftigen Disput vor. Aber auch Marlis würde es nicht gelingen, sie davon abzuhalten. Das sah die alte Nonne wohl ähnlich. Sie versuchte gar nicht erst, Anna ins Gewissen zu reden, wenn deren Wunsch sie auch völlig unerwartet traf.

„Überleg es dir noch einmal!“, bat sie nur. Die Angst, Anna und den Kleinen zu verlieren, trieb ihr Tränen in die Augen. Die Vorstellung, dass sie in der einstigen Heimat willkommen sein könnte und für immer dorthin zurückkehren würde, bedrückte sie. Aber Anna schüttelte den Kopf.

„Ich kann nicht anders, Marlis. Ich muss zurück, zumindest dieses eine Mal noch. Gabriel ist kräftig, was er auch dir zu verdanken hat. Er wird die Reise überstehen.“

„Du willst den Kleinen mitnehmen?“

Marlis war entsetzt. Bisher hatte sie geglaubt, Anna wolle alleine zum Gut. Schon dieses Vorhaben erschreckte sie. Schließlich glaubte sie noch immer, dass der Gutsherr sie vergewaltigt hatte. Doch wenn sie auch nur daran dachte, was dem Kind alles geschehen könnte, schnürte es ihr die Kehle zu.

„Nein, Anna, das werde ich nicht zulassen. Es genügt, wenn du den weiten Weg auf dich nimmst. Du kannst das deinem Kind unmöglich zumuten. Ich würde keine Nacht ein Auge zutun können vor Sorge um euch.“

Aufgeregt sprang sie auf und warf Holz in das offene Feuer, dass die Funken flogen. Marlis achtete nicht darauf. Ihr Blick war starr auf die rote Glut gerichtet. Sie dachte zurück an den Tag, an dem Anna in ihrem zerrissenen Gewand vor ihr gestanden hatte. Niemals hätte sie es für möglich gehalten, dass dieses heimatlose Mädchen einen solchen Platz in ihrem Herzen einnehmen würde. Doch genauso war es geschehen. Und den kleinen Gabriel liebte sie, wie sie ein eigenes Kind nicht mehr hätte lieben können. Und nun wollte Anna ihr dieses Glück einfach so nehmen?

„Ich hatte gehofft, du hättest hier im Kloster eine Heimat gefunden“, sagte sie traurig zu Anna, die erkannte, wie sehr ihr Plan die alte Nonne schmerzte. Es tat ihr in der Seele weh, gerade sie leiden zu sehen. Aber sie hatte sich die Entscheidung nicht einfach gemacht und die ganze

Nacht wach gelegen. Dabei hatte sie nach der Abreise des Priesters geglaubt, endlich Ruhe zu finden. Sie wünschte sich nichts mehr als eine unbeschwerte Kindheit für Gabriel, die er hier im Kloster wohl hätte. Wären da nur nicht diese Stimmen in ihr, die ihr sagten, dass ihre Mission noch nicht beendet war.

„Lass den Kleinen bei mir!“, unterbrach Marlis ihre Gedanken. „Wenn du unbedingt gehen musst, dann geh! Aber setz dein Kind nicht diesen Strapazen aus! Du weißt, dass es hier besser aufgehoben ist.“

Anna dachte nach. Vielleicht hatte Marlis gar nicht so unrecht. Ihr Sohn würde sich als unnötige Last erweisen, obgleich sie sich nicht vorstellen konnte, auch nur einen Tag ohne ihn zu sein. Außerdem konnte sie nicht wissen, wie die Leute auf dem Gut auf den Kleinen reagieren würden. Auf gar keinen Fall durfte jemand das Mal an seiner Hand entdecken. Aber wie sollte sie es verbergen?

„Also gut“, stimmte sie zu und versuchte, nicht daran zu denken, wie schwer ihr der Abschied fallen würde. Einziger Trost war, dass Marlis und die Schwestern gut auf ihren Sohn aufpassen würden. Außerdem hatte sie nicht vor, lange fortzubleiben. Sie wollte nur Gewissheit haben. Wenn sie erfahren hatte, dass ihre Kräuter gewirkt hatten und der verhasste Priester endlich tot war, wollte sie auf schnellstem Wege zu ihrem Kind zurück. Vielleicht gelang es ihr dann, den ersehnten Frieden zu finden.

„Was hast du eigentlich vor?“, fragte Marlis, der die Erleichterung über Annas Entscheidung deutlich anzusehen war. „Ich glaubte, du hättest keine Verwandten.“

„Das habe ich auch nicht“, bestätigte Anna und dachte an ihren verstorbenen Bruder. „Und dennoch geht es um einen von ihnen. Jede Nacht sehe ich sein Bild vor Augen. Ich höre sogar seine Stimme.“

„Was ist mit ihm geschehen?“, fragte Marlis, die spürte, wie tief die Liebe zu diesem Menschen in Anna verwurzelt war.

Sie vermisste ihn, daran konnte auch ihr Sohn nichts ändern.

„Als meine Mutter starb, konnte der Vater keinen Gulden aufbringen, um ihr und dem totgeborenen Kind das letzte Geleit zu geben. Der Priester des Dorfes kam uns zur Hilfe. Er gab uns Aufschub und bestattete meine Mutter und den Jungen. Doch der Preis dafür war hoch. Ohne dass ich es verhindern konnte, nahm er mir meinen Bruder, den ich innig liebte. Er wurde Ministrant, wir sahen uns kaum noch."

Sie unterbrach ihre Erzählung. Gabriel wachte auf und stieß gurgelnde Laute aus. Als sie ihn hochnahm und in den Armen wiegte, lag ein engelsgleiches Lächeln in seinem Gesicht. Ohne Scham öffnete Anna ihr Kleid und gab dem Kleinen die Brust. Während er gierig saugte, nutzte Marlis die Gelegenheit, um mehr zu erfahren.

„Viele Jungen werden Ministranten", sagte sie vorsichtig und ahnte gleichzeitig, dass mehr hinter der Sache steckte.

„Du hast recht", erwiderte Anna. „Viele Jungen werden Ministranten. Aber wie viele von ihnen werden wohl der Wollust sogenannter Gottesdiener unterworfen?"

„Willst du damit sagen, der Priester hat deinen Bruder geschändet?"

Marlis schnappte nach Luft. Natürlich wusste sie, dass nicht alle Geistlichen Heilige waren. Die Gerüchte um ihre Vorlieben für junge Burschen waren auch ihr zu Ohren gekommen. Geglaubt hatte sie dem Gerede aber nicht einen Atemzug lang. Sie war ein gläubiger Mensch und konnte sich nicht vorstellen, dass der Herrgott solch abscheuliche Dinge duldete. Aber warum sollte Anna sie belügen?

„Jede Nacht kam er in die Kammer meines Bruders und verging sich an ihm. Er konnte die Pein kaum ertragen. Und dennoch diente er weiter der Kirche. Was sollte er auch sonst tun? Für ihn gab es keinen Ausweg. Zumindest keinen, der ihn zu mir zurückführte."

Nun liefen Tränen über Annas Wangen. Die Erinnerung schmerzte. Nur der Gedanke an den Priester, der hoffentlich seine gerechte Strafe empfangen hatte, tröstete sie.

„Ist er noch immer Ministrant?“

Marlis wagte kaum, die Frage zu stellen. Sie wollte nicht hören, dass der Junge möglicherweise auch heute noch diesen Qualen ausgesetzt war. Ihr Glaube würde dadurch unweigerlich erschüttert werden. Doch sie musste die Antwort erfahren, wenn sie Annas Beweggründe verstehen wollte.

„Nein, mein Bruder ist kein Ministrant mehr. Er wählte die Freiheit.“

„Heißt das, er ist geflohen? Aber wo willst du ihn dann suchen? Oder weißt du, wo er sich aufhält?“ Marlis sah sie fragend an.

„Mein Bruder entschied sich, zu dem zu gehen, der ihn am meisten im Stich gelassen und tatenlos zugesehen hat, wie er gedemütigt wurde. Ihm blieb nur, sich selbst zu richten, wollte er dem nächtlichen Grauen entfliehen.“

Sie schwiegen. Lediglich das Schmatzen des kleinen Mundes an ihrer Brust unterbrach die Stille. Marlis war tief erschüttert. Doch nun glaubte sie zu wissen, warum das Mädchen bei Nacht und Nebel fortgelaufen war. Sie konnte nicht ahnen, dass der Grund weitaus schwerwiegenderer Natur war.

„Du möchtest also das Grab deines Bruders besuchen? Ist das der Grund, Anna? Ich könnte es verstehen.“

Anna schüttelte den Kopf. Sie hatte der alten Nonne von Gabriel erzählt, nun konnte sie ihr auch die ganze Wahrheit offenbaren. Ihre Sünden würden ihr dadurch nicht vergeben. Wer wusste das besser als sie? Aber es tat gut zu wissen, eine Vertraute zu haben, auch wenn diese ihre Ansichten nicht teilte.

„Erinnerst du dich an den kranken Priester, der die Pilgerreise des Bischofs begleitete? Er litt an seiner Galle, ich half ihm mit den Kräutern.“

„Natürlich erinnere ich mich.“ Marlis nickte bestätigend. „Ich bin ihm auch jetzt noch dankbar, dass er gerade hier im Kloster darniederlag. Nur deshalb gewährte dir die Oberin weiterhin Obdach.“

„Ich habe ihm meinen Dank dafür erwiesen.“ Anna lachte bitter auf. „Denn er war es, der meinen Bruder in den Tod trieb.“

„Dieser Mann war der Priester deines Dorfes?“

Marlis konnte es kaum glauben. Anna hatte kein Wort davon erwähnt. Sie hatte sogar geholfen, den Kranken zu heilen. Marlis wusste aus Erfahrung, dass Anna ein gutes Herz besaß. Doch ganz sicher tat sie nicht gerade dem Gutes, der ihren Bruder auf dem Gewissen hatte. Unsicher sah sie Anna an.

„Ich gab ihm Kamille und Minze, um seine Galle zur Ruhe zu bringen.“

Annas Augen funkelten plötzlich kalt und standen nicht im Einklang mit ihren Worten.

„Für die Reise aber verordnete ich ihm eine besondere Mischung. Ich hoffe, er starb einen grausamen Tod, Marlis. Im Namen des Vaters, ich hoffe so sehr, dass seine letzten Gedanken seinen Sünden galten und er direkt in die Hölle ging.“

Sie atmete heftig und achtete nicht auf Marlis, deren Augen sich vor Entsetzen weiteten. Nun bereute die alte Nonne, nach Gründen gefragt zu haben. Wie konnte sie das Mädchen weiterhin im Herzen tragen, obwohl diese sich als Mörderin erwies? Es würde allem widersprechen, woran sie glaubte.

„Willst du immer noch, dass mein Sohn in deiner Obhut bleibt?“, unterbrach Anna ihre Gedanken. „Ich kann verstehen, wenn du uns nicht länger ertragen kannst.“

Marlis rang mit sich. Sie wusste, dass Annas Vorschlag vernünftig war. Sie durfte keine Mörderin im Kloster verbergen. Aber wie sollte sie ohne das Mädchen und den Kleinen weiterleben? Sie vermisste die beiden bereits, wenn sie sich nur zum Kräutersammeln entfernten. Die alte Nonne schüttelte den Kopf. Sie brachte es einfach nicht über sich. Wenn der Herrgott darin eine Sünde sah, sollte er sie strafen. Sie war gewillt, es zu ertragen.

„Ich kann dir diese Sünde nicht verzeihen, Anna“, sagte sie. „Keiner besitzt das Recht, ein Leben zu beenden, wenn es auch auf widerwärtigste Weise geführt wurde. Du hättest den Herrn richten lassen müssen. Doch das ändert nichts an meiner Entscheidung. Du regelst deine Angelegenheiten und der Junge bleibt hier. Wenn du zurück bist, werden wir weitersehen. Aber um eines bitte ich dich, Anna.“

„Alles was du willst, Marlis.“

„Behalte weitere Geheimnisse für dich! Lass mich nicht daran teilhaben! Je weniger ich davon weiß, umso besser ist es für meinen Seelenfrieden. Das verstehst du doch?“

Anna nickte. Dankbar sah sie Marlis an, während sie aufstand und den Kleinen zurück in den Korb legte.

„Dann werde ich jetzt mein Bündel schnüren. Morgen in der Früh breche ich auf. Ich denke, die Milch im Kübel wird ausreichen. Es wäre nicht das erste Mal, dass mein Sohn Ziegenmilch trinkt.“

„Viel Glück, Kind. Ich hoffe, du kommst ohne diesen Hass, der in dir kämpft, zurück.“ Marlis stand nicht auf, um sich zu verabschieden. Sie war müde und die nächsten Tage würden anstrengend sein. Deshalb wünschte sie Anna lediglich eine gute Reise.

„Wie war eigentlich der Name deines Bruders?“, fragte sie noch, bevor Anna den Raum verließ. „Du erwähntest ihn nicht.“

„Gabriel“, antwortete Anna. „Man nannte ihn Gabriel.“

***

Ich klappte das Manuskript zu. Diese Wendung der Geschichte schien mir geeignet, um für heute damit abzuschließen. Der Gedanke, dass Anna ihr Kind nach ihrem Bruder benannt hatte, gefiel mir. Ich mochte es, wenn Namen eine Bedeutung hatten, was mich auf eine Idee brachte. Noch war es nicht so weit und ich wusste nicht, wie Noel überhaupt darüber dachte, dennoch musste ich lächeln. Eines Tages würde ich mich an diese Nacht erinnern und meine Idee in die Tat umsetzen, da war ich mir sicher.

Aber jetzt musste ich erst einmal nach den anderen Patienten schauen. Als Letztes betrat ich Lindas Zimmer, sodass ich genügend Zeit für sie hatte. Wie in den vergangenen Nächten saß ihre Schwester am Bett. Ich sah, dass sie eingeschlafen war, was mich nicht wunderte.

Sie brauchte dringend etwas Ruhe, ließ sich jedoch nicht überzeugen, wenigstens für eine Nacht nach Hause zu gehen. Stattdessen fuhr sie erst am Morgen, nachdem der Frühdienst mit seiner Arbeit begann. Ich wurde das Gefühl nicht los, dass sie glaubte, ihre Schwester würde nicht gehen, wenn genügend Personal um sie herum war.

Vorsichtig wechselte ich die Infusion, wobei ich versuchte, kein Geräusch zu machen. Aber Lindas Schwester schien wohl zu spüren, dass sich jemand im Raum aufhielt und wachte auf. Schlaftrunken rieb sie sich die Augen. Sie sah wirklich erschöpft aus. Am liebsten hätte ich sie nach Hause geschickt. Aber das lag nicht in meiner Befugnis.

„Guten Morgen“, sagte ich leise nach einem Blick auf die Uhr. Es war fast sechs.

„Guten Morgen, Schwester Marie. Stimmt etwas nicht?“

Ich hörte die Besorgnis in ihrer Stimme und schüttelte den Kopf.

„Alles in Ordnung“, beruhigte ich sie. „Ich wollte nur nach Linda schauen und die Infusion erneuern. Sie können gerne noch ein wenig schlafen, wenn ich auch finde, dass der Stuhl nicht gerade geeignet dafür ist."

„Das geht schon. Hauptsache ich bin bei ihr. Aber ich würde gerne einen Kaffee trinken und die Cafeteria hat um diese Uhrzeit noch geschlossen. Sie haben nicht zufällig welchen in ihrem Dienstzimmer?"

„Doch, natürlich habe ich Kaffee. Wenn Sie möchten, können Sie mich begleiten. Ich trinke gerne einen mit Ihnen."

„Ich bin mir nicht sicher."

Sie sah zu Linda, die gleichmäßig atmete. Wie immer ließ sie sie ungern alleine. Allerdings konnte diese Selbstaufopferung auf Dauer nicht gesund sein. Wenn Lindas Schwester nicht aufpasste, würde sie demnächst selbst in der Klinik landen.

„Also gut."

Sie stand auf und folgte mir aus dem Zimmer. Gemeinsam gingen wir ins Büro, wo ich frischen Kaffee ansetzte. Es dauerte nicht lange, bis der Duft der braunen Bohnen durch die Luft schwebte.

„Mir ist bewusst, dass es egoistisch von mir ist", sagte Lindas Schwester plötzlich. Dabei hatten wir gar nicht über die Patientin gesprochen. Etwas überrascht sah ich sie an, woraufhin sie den Blick senkte. Plötzlich kam mir der Verdacht, dass sie mich gar nicht wegen des Kaffees in das Schwesternzimmer begleitet hatte. Offensichtlich lag ihr etwas auf dem Herzen.

„Was meinen Sie?"

„Glauben Sie, ich weiß nicht, dass es besser wäre, sie gehen zu lassen. Jede Nacht stelle ich mir diese Frage. Was wäre, wenn wir meine Schwester einfach von den Maschinen befreien? Wenn sie in Frieden einschlafen würde."

Sie brach ab und schüttelte den Kopf.

„Aber ich kann nicht. Ich bringe es einfach nicht übers Herz. Irgendwie hätte ich das Gefühl, sie umzubringen. Wissen Sie, Schwester Marie, wir wurden sehr gläubig erzogen. Wenn ich diesen Glauben nicht verlieren möchte, muss ich Gott vertrauen. Dann ist er es, der bestimmt, wann Linda zu ihm kommt. Aber warum fühle ich mich dann so schlecht dabei?“

Ich antwortete nicht. Wohl auch, weil ich nicht wusste, was ich dem entgegnen konnte. Claudias Manuskript fiel mir ein. Dabei konnte ich nicht verhindern, dass ich plötzlich fror. Der Glaube der Menschen hatte in der Vergangenheit nicht nur Gutes bewirkt, im Gegenteil. In seinem Namen waren unzählige Kriege geführt worden, von der Hexenverfolgung und dem Missbrauch an unschuldigen Knaben ganz zu schweigen.

Und dennoch durfte ich nicht darüber urteilen und genauso wenig meine persönliche Meinung zum Thema Sterben kundtun. Dann müsste ich Lindas Schwester nämlich auch verraten, dass ich den Gott, an den sie glaubte, nur sehr selten auf dieser Station gespürt hatte. Aber das stand mir nicht zu. Ich hielt die ethischen Grundlagen meines Berufes ein, was ein würdevolles Sterben mit einschloss. Mehr konnte ich nicht tun.

„Hören Sie“, versuchte ich, ihr das schlechte Gewissen zu nehmen. „Keiner macht Ihnen einen Vorwurf.“

„Das ist es ja gerade“, antwortete sie leise. „Vielleicht wäre es besser, mir würde jemand sagen, was das Richtige für meine Schwester wäre. So liegt die Entscheidung bei mir und ich bin mir nicht sicher, ob ich dem noch lange gewachsen bin.“

„Sie sollten sich ein paar Tage freinehmen“, riet ich ihr. „Linda ist bei uns in den besten Händen. Tun Sie etwas für sich, schlafen Sie sich aus und denken Sie einmal nicht an die Klinik. Möglicherweise fällt es Ihnen dann leichter, diese Situation zu ertragen.“

„Sie haben sicher recht.“ Lindas Schwester seufzte resigniert. „Aber ich würde es keinen Tag aushalten. Solange die Maschinen sie am Leben erhalten, muss ich bei ihr sein.“

Ich nickte. Eigentlich hatte ich nichts anderes erwartet. Dennoch fühlte ich nicht nur Mitleid mit der Frau.

Immerhin war sie es gewesen, die den Ärzten die Vollmacht gegeben hatte, die Patientin an die Maschinen anzuschließen. Auch ihr musste klar sein, dass diese nur Lindas Leben verlängerten, das schon lange keins mehr war.

„Vielen Dank für den Kaffee." Sie stand auf. „Und fürs Zuhören."

„Gerne", antwortete ich und sah ihr nach, wie sie zu Lindas Zimmer zurückschlurfte. Erst nachdem sie die Tür geschlossen hatte, widmete ich mich den Akten. Doch kaum hatte ich das erste Dokument aufgeschlagen, hörte ich einen spitzen Schrei, der mir in der nächtlichen Stille unheimlich laut vorkam. Einen Moment blieb ich stehen und lauschte, ob sich der Schrei wiederholen würde, dann rannte ich los.

Da sich nur eine Person auf meiner Station aufhielt, die überhaupt in der Lage war, sich bemerkbar zu machen, musste es sich um Lindas Zimmer handeln. Und tatsächlich, als ich die Tür öffnete, fand ich ihre Schwester völlig aufgelöst vor. Sie stand am Bett der Patientin und rüttelte wie wild an ihr.

„Hören Sie auf!", rief ich. Schon der Anblick, wie sie den Körper schüttelte, ließ mich erschaudern. Lindas Kopf war zur Seite gekippt und erinnerte mich an eine Marionette, deren Glieder gebrochen waren. Mit leblosen Augen schaute sie mich an.

Leblos! In diesem Moment wusste ich, dass dieser Begriff, der so oft für unsere Patienten verwendet wurde, zutraf. Linda hatte die Abwesenheit ihrer Schwester genutzt, um zu gehen.

Ohne auf ihren Widerstand zu achten, drückte ich Lindas Schwester auf den Stuhl und bettete die Patientin in die Kissen. Dann drückte ich den Knopf des Piepers. Wir brauchten einen Arzt. Nur er durfte den Tod feststellen.

Es kam mir wie eine Ewigkeit vor, bis ich endlich Schritte auf dem Gang hörte. In der Zwischenzeit wechselten sich lautes Schluchzen und leises Weinen bei

Lindas Schwester ab. Aus den wenigen Worten, die sie sagte, hörte ich heraus, dass sie sich heftige Vorwürfe machte. Offenbar glaubte sie, dass Linda nicht gestorben wäre, wenn sie auf den Kaffee verzichtet hätte.

Auch Doktor Werner, der die notwendigen Untersuchungen durchführte und Lindas Tod bestätigte, gelang es nicht, ihre Schwester zu beruhigen. Als sie uns bat, mit ihr alleine sein zu dürfen, blieb uns nichts weiter übrig, als ihren Wunsch zu erfüllen.

„Sie haben sicher frischen Kaffee da, oder?"

Doktor Werner seufzte und steuerte das Dienstzimmer an. Es gab einige Unterlagen auszufüllen. Irgendwann in der Vergangenheit hatte der Arzt einmal gescherzt, dass der Tod bürokratischer als jede Geburt sei und er nicht sicher, ob es den lieben Gott da oben tatsächlich interessierte, was er da schrieb. Aber auch er musste den offiziellen Dienstweg einhalten.

„Es nimmt sie ganz schön mit", stellte er fest, nachdem er die Tür hinter sich zugezogen hatte. „Dabei ist sie aufgeklärt worden. Es war nur eine Frage der Zeit, trotz der Dialyse. Die Patientin hat sogar viel länger durchgehalten, als wir vermutet hatten."

„Linda war eine Kämpferin", bestätigte ich und erinnerte mich daran, wie ich mich vor meinem Urlaub von ihr verabschiedet hatte. Nun musste ich es wieder tun.

„Sollte ihre Schwester sich nicht beruhigen, kann ich ihr gerne etwas spritzen. Die nächsten Stunden werden sicher nicht einfach für sie. Vor allem, da sie offensichtlich unter Schuldgefühlen leidet."

„Sie war es, die wollte, dass man Linda am Leben erhält."

Doktor Werner sah überrascht auf. Meine Worte hatten schärfer geklungen, als ich beabsichtigt hatte.

„Höre ich da etwa einen Vorwurf heraus?", fragte er.

„Nein." Ich spürte, wie ich errötete. „So eine Entscheidung ist sicher nicht einfach und die unterschiedlichen Meinungen sind ziemlich umstritten.

Wie hätten Sie entschieden, wenn es sich bei Linda um Ihre Schwester gehandelt hätte?“

„Sie wissen, dass unsere persönliche Einstellung in der Klinik nichts verloren hat“, erwiderte der Arzt. „Ich nehme an, Sie hätten keinen lebensverlängernden Maßnahmen zugestimmt, oder? Ich denke, darin sind wir uns einig.“

Er brach kurz ab und trank einen Schluck Kaffee.

„Aber wir standen auch noch nicht vor dieser Entscheidung, Schwester Marie. Menschen reagieren in Extremsituationen manchmal völlig anders, als sie selbst im Vorfeld vermutet hatten. Denken Sie an Jonah! Was wäre gewesen, wenn er die Wahl gehabt hätte und Sie hätten entscheiden dürfen. Hätten Sie ihn sterben lassen?“

Ich antwortete nicht und Doktor Werner schien auch keine Antwort zu erwarten. Stattdessen beugte er sich erneut über die Papiere. Ich hingegen ging noch einmal zu Lindas Zimmer. Zu meiner Überraschung kam mir ihre Schwester auf dem Gang entgegen. Als sie mich sah, lächelte sie. Kein frohes Lächeln, eher eine Art Entschuldigung oder Dank, ich wusste es nicht.

„Ich fahre nach Hause“, teilte sie mir mit. „Am Nachmittag werde ich zurück sein.“

„Tun Sie das.“ Nun lächelte auch ich. Sie tat das Richtige.

Nachdem sie gegangen war, schaute ich zur Uhr. In ungefähr einer halben Stunde würde der Frühdienst anrücken. Mir blieb also nicht mehr viel Zeit, mich endgültig von Linda zu verabschieden. Leise öffnete ich die Tür zu ihrem Zimmer. Es war kühl im Raum. Lindas Schwester hatte das Fenster gekippt. Ich war ihr dankbar dafür.

Es mochte sich kitschig anhören, aber es gehörte auch hier bei uns zum festen Ritual. Gleichgültig, welchem Glauben wir Schwestern folgten oder welcher Nationalität wir angehörten, in diesem Punkt waren wir uns einig. Die Seelen der Verstorbenen sollten frei sein und wie könnte ihnen das gelingen, wenn wir sie nicht nach draußen entweichen ließen?

Ich wandte mich Linda zu. Ihre Augen waren geschlossen. Eigentlich sah sie aus wie immer, nur die wächserne Blässe in ihrem Gesicht verriet, dass kein Leben mehr in ihr war. Die Körper der Verstorbenen ähnelten sich und erinnerten mich an leere Hüllen, aus denen jemand den Inhalt gezogen und damit die Persönlichkeit genommen hatte.

Ich fragte mich, wie Linda wohl vor dem Koma gewesen sein mochte. Hatte sie viel gelacht, gerne gesungen oder eher zu den zurückhaltenden Menschen gehört? Wie hatte ihre Stimme geklungen und warum hatte sie nie Kinder bekommen, die nun um sie hätten trauern können?

Ich hatte keine Ahnung. Wenn die Patienten bei uns ankamen, war keiner von ihnen mehr zu einer Äußerung in der Lage. In diesem Moment bedauerte ich, dass wir ihr Wesen nie kennenlernten. Und dennoch wuchsen sie uns ans Herz, vielleicht mehr, als es andere Patienten jemals tun konnten.

Sanft streichelte ich ihr über die Wange, die sich kalt anfühlte. Dann setzte ich mich auf den Stuhl und tat das, was ich immer getan hatte. Ich sprach mit ihr.

„Hallo, Linda“, begann ich. „Jetzt hast du es also geschafft. Vielleicht siehst du mich ja gerade von da oben, wer weiß das schon? Dann denkst du bestimmt, ich sei verrückt, weil ich hier heulend an deinem Bett sitze, obwohl es dir endlich gut geht. Aber das liegt nur daran, dass du mir jetzt schon fehlst.“

Ich wischte mir über die Wangen. Durch das geöffnete Fenster streifte ein kalter Windhauch mein Gesicht.

„Ich wünschte, du hättest mir ein einziges Mal geantwortet.“

Meine Worte verhallten im Raum. Plötzlich musste ich trotz der Tränen lächeln.

„Aber das hast du ja. Wie hätte ich sonst mit dir reden können?"

Vom Flur her drangen leise Stimmen zu mir. Ich hörte Schritte, die sich näherten. Die Kollegen des Frühdienstes begannen ihre Arbeit. Vermutlich warteten sie bereits auf mich. „Mach's gut, Linda."

Ich stand auf und ging zur Tür, wobei ich mir vornahm, mich nicht noch einmal umzudrehen und den Abschied noch schwerer zu machen. Ich tat es dennoch.

„Grüß Jo von mir, hörst du?", bat ich und wischte mir die Tränen aus den Augen. „Sag ihm, dass ich ihn vermisse!"

***

Am Nachmittag wollte ich mit Noel zu dem alten Kloster fahren, das wir als Location für unsere Hochzeit ausgesucht hatten. Er war extra früher von der Arbeit gekommen und hatte schon frischen Kaffee gekocht, als ich aufstand.

Natürlich bemerkte er sofort, dass etwas nicht stimmte. Ich versuchte zwar, mir die Ereignisse der Nacht nicht anmerken zu lassen. Doch mein Verlobter schien zu riechen, wenn es mir nicht gut ging. Mit gerunzelter Stirn sah er mich an, während ich den heißen Kaffee trank.

„Was ist los, Marie? Ich dachte, du freust dich auf unseren Ausflug."

„Tue ich auch", murmelte ich, während ich darüber nachdachte, ob Linda wohl eine Trauerfeier bekam oder still und leise beerdigt wurde.

„Das sieht aber nicht so aus. Wenn man dich anschaut, könnte man meinen, du müsstest auf eine Beerdigung."

Der Kaffee in meiner Hand schwappte über und hinterließ einen unansehnlichen Fleck auf der Tischplatte.

Ohne den Kopf zu heben, nahm ich die Serviette und wischte ihn fort.

„Habe ich etwas Falsches gesagt?"

Noel hob mein Kinn zu sich hoch, sodass ich ihn anschauen musste. Ich kam mir blöd vor. Wir hatten diesem Tag förmlich entgegengefiebert und nun verdarb ich ihn.

„Linda ist gestorben", sagte ich leise.

Ich weiß nicht, was ich in diesem Moment erwartete. Vielleicht, dass Noel mich wieder bat, endlich die Nachtdienste aufzugeben. Oder mich daran erinnerte, was für ein wichtiger Tag heute war und ich die Klinik vergessen sollte, zumindest für den Moment. Aber er tat nichts dergleichen. Stattdessen zog er mich vom Stuhl hoch und nahm mich in seine Arme.

„Es tut mir leid", flüsterte er in mein Haar und wiegte mich wie ein Kind. „Wenn du möchtest, verschiebe ich den Termin."

„Nein!" Ich schüttelte den Kopf. „Gib mir nur noch einen Moment, okay?"

„Bist du sicher?"

„Ja, Noel, ich freue mich wirklich darauf, den Ort auszusuchen, an dem wir uns das Jawort geben, und irgendwann werde ich hoffentlich lernen, die Arbeit in der Klinik zu lassen. Aber Linda war eben …"

„… eine besondere Patientin?"

„Ja." Plötzlich musste ich lächeln. Noel schüttelte den Kopf.

„Das sind sie für dich doch alle, Marie."

„Vielleicht hast du recht. Aber jetzt lass uns damit aufhören. Ich mache mich kurz frisch. Dann können wir los. Ich bin so gespannt, wie es in dem Kloster aussieht."

***

Das Kloster war ein Traum. Wir hatten es noch nicht einmal betreten, als ich schon wusste, dass ich dort heiraten wollte. Die Kulisse war einfach atemberaubend. Auf einem bewaldeten Hügel erhoben sich die alten Gemäuer, die mir wie ein Märchenschloss erschienen. Gleichzeitig strahlten die Gebäude auch etwas Modernes aus. Es gab eine riesige Terrasse, auf der kleine Tische unter Sonnenschirmen standen. Ich konnte die Gäste unserer Feier förmlich vor mir sehen, wie sie auf den weißen Stühlen saßen und Cocktails tranken.

„Und? Was sagst du?" Noel sah mich erwartungsvoll an. An seinem Blick erkannte ich, dass er ebenso begeistert war.

„Vermutlich müssten wir uns erst einmal die Räumlichkeiten im Kloster anschauen und uns vor allem nach dem Preis erkundigen. Ich könnte mir vorstellen, dass es ein Vermögen kostet, hier zu heiraten. Aber weißt du was? Es ist mir egal. Ich möchte hier heiraten, Noel. Ich finde es perfekt."

„Mir geht es genauso." Er nahm mich in den Arm. „Aber noch wichtiger ist mir, dass du endlich meine Frau wirst. Ich würde auch am nächsten Kiosk heiraten, wenn es sein müsste. Hauptsache, du sagst Ja."

„Oh, Noel." Vor Rührung stiegen mir Tränen in die Augen. „Natürlich werde ich Ja sagen. Ich bin so glücklich."

„Dann lass uns reingehen und die Einzelheiten klären", forderte er mich auf. „Wir werden sicher schon erwartet. Aber tu mir einen Gefallen: Um die Dekoration und die Hochzeitstorte kümmerst du dich. Das wäre von einem Mann zu viel verlangt."

„Maja hat sich längst angeboten, mich dabei zu unterstützen", beruhigte ich ihn und lachte. „Natürlich auch, was mein Kleid betrifft. Du darfst es vor der Hochzeit sowieso nicht sehen."

„Das muss ich auch nicht. Ich bin sicher, du wirst wunderschön darin aussehen."

Noel gab mir einen Kuss, bevor wir in das Kloster gingen und das Büro des Veranstalters betraten. Eine halbe Stunde später hatten wir alles geklärt und beschlossen, das Angebot des freundlichen Herrn anzunehmen und eine Führung mitzumachen. Gemeinsam mit anderen Gästen sahen wir uns nun die Räume an, die nicht für Veranstaltungen genutzt wurden. Danach aßen wir im angrenzenden Restaurant zu Mittag, bevor wir nach Hause fuhren.

Dort angekommen, hatten wir eigentlich vor, uns gemütlich auf die Terrasse zu setzen und eine Gästeliste zu erstellen. Doch kaum waren wir zur Tür herein, klingelte das Telefon. Leider machte ich den Fehler abzunehmen, obwohl mich Noel mit einem Kopfschütteln warnte. Seine Lippen formten das Wort Klinik und vermutlich hatte er sogar recht damit. Ich musste zugeben, beinahe etwas schadenfroh zu sein, als ich den Hörer an ihn weiterreichte, nachdem ich erkannt hatte, wer der Anrufer war.

„Für dich", flüsterte ich ihm zu. „Die Stiftung."

Mein Verlobter rollte mit den Augen. Doch schon Sekunden später breitete sich ein Lächeln auf seinem Gesicht aus. Im gleichen Moment hielt er mit der Hand den Hörer zu und drehte sich zu mir.

„Ich muss noch mal los, Schatz. Es ist wichtig. Könntest du mir bitte mein blaues Jackett von oben holen?"

Ich nickte. Aber vorher wollte ich ihn noch fragen, was so wichtig war, dass er seinen freien Nachmittag dafür opferte, den er eigentlich mit mir verbringen wollte. Außerdem, warum er nicht einfach das schwarze Jackett anbehielt und ich das Gefühl nicht loswurde, dass er mich gerade nur wegschicken wollte.

Aber bevor ich dazu kam, nahm er die Hand vom Hörer und sprach weiter. Allerdings nicht viel, sodass ich unmöglich erfahren konnte, um was es ging. Mehr als ein paar kurze Worte sagte er nicht. Kopfschüttelnd holte ich ihm das gewünschte Jackett. Als ich zurückkam, stand er schon in der Tür.

„Ich habe mich doch für das schwarze entschieden", rief er mir zu. „Bis später, Schatz. Es ist wirklich eilig."

„Bis später", antwortete ich, doch Noel hörte es nicht mehr. Vor mir schlug die Tür zu.

„Was war das denn?", murmelte ich vor mich hin und ging nachdenklich in die Küche. Ich wollte mir einen Kaffee kochen, um mich dann eben alleine auf die Veranda zu setzen. Plötzlich fiel mir die Überraschung ein, von der mein Verlobter gesprochen hatte. Das musste es sein. Deshalb benahm er sich so komisch. Meine Neugier wuchs. Ich hätte zu gerne gewusst, was er plante. Allerdings war mir auch klar, dass er mir kein Wort verraten würde. Da konnte ich noch so betteln.

Seufzend ließ ich mich in den Gartenstuhl fallen und schloss die Augen, während die warmen Sonnenstrahlen meine Haut kitzelten. Dabei erinnerte ich mich an das Kloster und die anschließende Führung. Der Rundgang hatte mich wirklich beeindruckt. Im Verlies, in dem es ziemlich düster und unheimlich gewesen war, hatte ich sogar eine Gänsehaut bekommen.

Ob Claudia Mehring wohl auch zu diversen Burgen und mittelalterlichen Klöstern gefahren war, um für ihr Buch zu recherchieren? Wie hätte es ihr sonst gelingen sollen, diese Details in ihrem Manuskript zu verarbeiten?

Das Manuskript!

Warum holte ich es nicht einfach und las weiter? Noel würde sicher nicht so bald zurückkehren und ich musste erst in zwei Stunden zum Nachtdienst. Da ich davon ausgegangen war, die Zeit mit ihm zu verbringen, hatte ich mir nichts vorgenommen.

Kurz entschlossen stand ich auf und holte den Roman auf die Terrasse. Dann legte ich die Beine hoch und begann zu lesen.

***

Es dauerte vier Tage, bis Anna endlich in der Heimat ankam. Sie war erschöpft, ihre Fußsohlen brannten wie Feuer und sie vermisste ihren Sohn. Dennoch ging ihr das Herz auf, als sie endlich die vertrauten Wiesen und Wälder ihrer einstigen Heimat erblickte. Tief berührt blieb sie stehen und warf einen Blick zur Lichtung, auf der die alte Eiche noch immer Wind und Stürmen trotzte.

Eigentlich hatte sie vorgehabt, ohne Umwege zum Gut zu gehen, um zu erfahren, was aus dem Priester geworden war. Doch nun entschied sie sich dagegen. Ihr Marsch war lang gewesen und beschwerlich. Auf ein paar Stunden kam es nun nicht mehr an. Außerdem konnte sie sich im warmen Gras unter dem Baum ein wenig ausruhen.

Anna schloss die Augen, nachdem sie sich mit dem Rücken an die rissige Rinde der Eiche gelehnt hatte. Sie wählte den Platz zum Wald hin, nicht zu den Feldern. So blieb sie vor fremden Blicken geschützt und konnte ihre Heimkehr ungestört genießen.

Ihre Gedanken wanderten zu Matthias, den sie vermutlich schon bald wiedersehen würde. Noch hatte sie keine Ahnung, wie sie ihm gegenübertreten sollte. Er war der Vater ihres Kindes, das sie in Liebe gezeugt hatten. Das würde auch Matthias nicht leugnen können. Allerdings musste er erst einmal erfahren, dass es Gabriel gab. Anna war sich nicht sicher, ob und wann das geschehen würde.

„Und du bist sicher, diese Entscheidung niemals zu bereuen?“

Plötzlich hörte Anna eine Frauenstimme. Unwillkürlich duckte sie sich tiefer ins Gras. Sie wusste nicht, wer sich da der Lichtung näherte, verspürte jedoch wenig Lust, erklären zu müssen, wo sie herkam und was sie hier machte.

„Nein, du bist die Richtige“, hörte sie und fühlte gleichzeitig, wie sie errötete. Es schien sich offensichtlich um ein sehr persönliches Gespräch zu handeln und sie hatte nicht vorgehabt zu lauschen. Doch für eine Flucht war es nun zu spät. Wenn sie sich jetzt zu erkennen gab, würde es die Situation nur noch peinlicher machen. Also blieb sie sitzen und versuchte, kein Geräusch zu verursachen.

„Bist du auch wirklich ehrlich zu mir, Matthias? Hat es nie ein anderes Weib gegeben, wonach du dich sehntest?“

Annas Herzschlag setzte beinahe aus. Die Frau, deren Stimme sie nicht kannte, sprach mit dem Mann, an den sie eben noch gedacht hatte. Warum hatte sie ihn nicht gleich erkannt? Aber das war es nicht, was sie so erschreckte. Wenn sie richtig gehört hatte, ging es in dem Gespräch um ihre Verbindung zueinander. Das konnte nur bedeuten, dass der junge Gutsherr sich längst getröstet hatte und eine andere Frau liebte. Annas Herz schlug bis zum Hals, als sie nun genauer hinhörte. Sie fieberte der Antwort förmlich entgegen, doch sie blieb aus.

„Willst du mir keine Antwort geben?“, fragte die Frau nun mit einer Schärfe in der Stimme, die Anna erkennen ließ, wie die Eifersucht an ihr nagte.

„Wer ist sie und warum vermählst du dich nicht mit ihr?“

„Es gab niemanden, um den ich werben konnte“, erklärte Matthias endlich. „Aber du hast recht, ich hatte Gefühle für eine andere Frau. Sie war die Tochter eines Lehnsbauern. Eine Vermählung kam deshalb nie infrage. Der Hof braucht einen Erben, Siglinde, und als ich um dich warb, waren meine Absichten tatsächlich dahingehend. Doch mit der Zeit änderten sich meine Gefühle dir gegenüber. Wir werden eine gute Ehe führen, glaube mir!“

„Liebst du sie noch immer?“

Die Frage war gestellt. Anna presste ihre Hand vor den Mund. Sie fürchtete sich vor der Antwort, dabei sollte es ihr längst gleichgültig sein, was Matthias ihr gegenüber empfand. Hatte er nicht eben seine Gefühle für diese Frau offenbart? Warum hoffte sie dann, er könnte nun gestehen, sie nie vergessen zu haben?

„Nein, Siglinde, das tue ich nicht. Du bist meine Braut. Du musst dich nicht sorgen, sie ist fort.“

„Aber wenn du …“

„Genug, Siglinde!“ Matthias stand auf und nahm seinen Mantel. „Lass uns nicht länger darüber reden. Wir werden uns morgen vermählen. Es gibt wichtigere Dinge als die Erinnerung an eine kindliche Liebelei. Und nun werde ich zu den Feldern reiten. Ich möchte mich selbst davon überzeugen, dass die Bauern vor lauter Feierlichkeit nicht das Korn vergessen. Findest du alleine zurück?“

„Natürlich, meine Mutter erwartet mich sicher schon. Sie war entsetzt, dass ich einen Tag vor unserer Vermählung mit dir ausreiten wollte, anstatt mich um die Vorbereitungen zu kümmern.“

„Richte ihr Grüße aus“, antwortete Matthias und lachte. Wenig später hörte Anna das Trampeln von Pferdehufen, das sich rasch entfernte. Dennoch blieb sie hinter dem Baum hocken, während sie zu begreifen versuchte, was sie gerade gehört hatte.

Matthias würde also heiraten. Wenn sie richtig verstanden hatte schon morgen. Der Zeitpunkt, in die Heimat zurückzukehren, hätte nicht ungünstiger gewählt sein können. Aber wie sollte sie auch ahnen, dass er sie so schnell vergessen würde? Hatte sie tatsächlich geglaubt, er würde auf sie warten, auf eine einfache Magd? Sie hatte doch gerade mit eigenen Ohren gehört, dass sich seine Gefühle geändert hatten. Was sie von den ihren nicht behaupten konnte.

Anna stand auf. Nie und nimmer würde sie zuschauen können, wie der Mann, den sie immer noch liebte, eine andere heiratete. Schon jetzt bohrte sich der Stachel der Eifersucht tief in ihr Herz. Fast ein Jahr lang hatte sie sich eingeredet, irgendwann ohne Matthias glücklich werden zu können. Nun musste sie einsehen, wie unrealistisch dieser Wunsch war.

Für einen kurzen Moment zögerte sie. Vielleicht sollte sie einfach umkehren und zurück zum Kloster laufen. Mit ihrem Kind im Arm gelang es ihr möglicherweise, Matthias zu vergessen. Aber zum einen waren ihre Vorräte von dem langen Marsch aufgebraucht und zum anderen wollte sie erfahren, was aus dem Priester geworden war. Außerdem besaß Gabriel das Muttermal der von Lingens. So sehr sie es auch verhindern wollte, sie würde immer an Matthias denken, wenn sie es ansah.

„Ich werde nur eine Nacht bleiben", redete sich Anna gut zu und ging zum Weg Richtung Gut. Schließlich war Matthias wohl kaum der Grund gewesen, dass sie das Kloster verlassen hatte. Bei dem Gedanken, Gertraude und Magda wiederzusehen, kehrte ihr Lächeln zurück. Sollte Matthias doch seine hübsche Braut aus gutem Hause zum Altar führen, dachte sie wütend. Ihr konnte es gleichgültig sein. Irgendwann würde der Schmerz, der sich um ihr Herz gelegt hatte, vergehen.

Wie vor Jahren blieb Anna hinter den Torgebäuden stehen und schaute sich um. Für den Augenblick vergaß sie sogar Matthias und das belauschte Gespräch. Ihre Augen begannen zu leuchten, als sie den Knechten und Mägden zusah, die unentwegt über den Hof liefen und Säcke, Körbe und Stoffballen trugen. Der Anblick wirkte so vertraut und ihr wurde erst jetzt bewusst, wie sehr sie dieses Treiben in dem stillen Kloster vermisst hatte.

Suchend schaute sie sich weiter um, bis sie Gertraude entdeckte. Die Köchin saß vor der Küche auf einem Schemel und rupfte energisch Federn aus Hühnern und Gänsen, die sie in den Korb warf, den Magda ihr hinhielt.

Langsam ging Anna auf die Frauen zu. Ein frohes Lächeln umspielte ihre Lippen. Sie freute sich aufrichtig, die Köchin wiederzusehen, die sich in den letzten Monaten kaum verändert hatte.

„Das wird die prächtigste Hochzeit weit und breit", hörte sie Gertraude schwärmen, als sie näher trat.

„Wird sie das?", fragte Anna. „Könnt Ihr etwa hellsehen?"

„Gütiger Himmel!"

Die halb gerupfte Gans fiel in den Korb. Dann stand die Köchin auf und nahm Anna energisch in den Arm. Fest drückte sie das Mädchen an sich, das den Duft von Kümmel und Knoblauch einatmete. Sofort stellte sich ein heimisches Gefühl bei Anna ein. Das Leben im Kloster tat ihr gut und Marlis' Freundschaft war von unschätzbarem Wert für sie. Doch das hier war es, was sie wirklich brauchte. Niemals hätte sie es für möglich gehalten, dass der Hof und die Menschen darin ihr so viel bedeuteten.

„Grüß dich Gott, Gertraude", sagte sie, nachdem die Köchin sich endlich von ihr löste und sich zurück auf den hölzernen Schemel fallen ließ. Das gab Anna Zeit, auch Magda zu begrüßen. Freundlich reichten sie sich die Hände, wobei Anna bemerkte, dass Gertraudes Tochter um einiges ansehnlicher wirkte, was an der frischen Luft liegen mochte, der sie nun nicht länger beraubt wurde.

„Was machst du hier? Wo kommst du her?" Gertraudes Stimme zitterte vor Aufregung.

„Ich möchte Gabriels letzte Ruhestätte besuchen", wich Anna aus. Sie hatte nicht vor, ihr die Wahrheit zu sagen. Es genügte, wenn Marlis ihr Geheimnis kannte, die schwer daran zu tragen hatte. Stattdessen wollte sie mehr über die Hochzeit erfahren, ohne zugeben zu müssen, dass sie bereits davon wusste.

„Erzählt ihr mir lieber, welchen Grund dieses Treiben hier hat. Beinahe könnte man glauben, es fände eine Vermählung statt."

Sie lachte. Gertraude stimmte mit ein.

„Du hast wie immer das richtige Gespür, Anna. Es findet tatsächlich eine Hochzeit statt. Der junge Gutsherr freit die Tochter des Tübingers."

„Matthias vermählt sich mit Kathie Tübinger?"

„Nein, nicht mit Kathie." Die Köchin schüttelte den Kopf. „Siglinde, die ältere der Schwestern, wird seine Frau."

Anna überlegte. Sie kannte die Töchter des Tübingers kaum. Nur bei den sonntäglichen Kirchgängen hatte sie sie hin und wieder gesehen. Dann waren sie in schmucke Kleider gehüllt und rochen nach parfümierter Seife. Was leider nichts daran hatte ändern können, dass Siglinde mit ihrer großen spitzen Nase und den schmalen verkniffenen Lippen nicht gerade eine Schönheit war. Und ausgerechnet mit ihr wollte sich Matthias vermählen?

Sie spürte erneut den Stich, der in ihr Herz eindrang und eine schmerzhafte Wunde hinterließ. Die Vorstellung, dass ihre einzigartige Nacht auf der Lichtung ihre Bedeutung verlor, vielleicht nie eine besessen hatte, stimmte sie traurig.

Gleichzeitig schalt sie sich töricht. Hatte sie etwa erwartet, der wohlhabende Gutsherr würde sie um ihre Hand bitten? Sie war eine Bettlerin gegen Siglinde Tübinger. Er hatte sich mit ihr vergnügt, wie es sein Vater mit vielen Mägden getan hatte. Sie selber hatte dem Ganzen viel zu viel Bedeutung beigemessen.

Dabei hätte doch gerade sie schlauer sein müssen. Matthias war der Sohn Eberhardt von Lingens. Der wiederum hatte sich ihre Mutter gefügig gemacht und sich nicht einmal zu Gabriel bekannt, obwohl der das Mal der von Lingens trug. Sie selber war so dumm gewesen, dass sich das Schicksal wiederholen konnte. Und wieder war das Resultat ein Kind. Ein Bastard, wie die von Lingens ihn nennen würden.

In diesem Moment dankte Anna Gott dafür, dass Matthias nicht einmal ahnte, dass sie seinen Sohn geboren hatte, und sie wollte alles dafür tun, dass er es nie erfahren würde.

„Nun, dann komme ich ja gerade recht, um dem Brautpaar meine Glückwünsche auszusprechen. Wo ist Matthias überhaupt?“

„Er ist mit Siglinde im Garten. Seine zukünftige Frau ist wohl lieber bei ihm als auf dem elterlichen Gut. Dabei wird sie von ihrer Mutter erwartet. Die Gutsherrin ist ebenfalls dabei. Sie lauschen Siglindes Künsten. Matthias’ Braut kann nämlich ganz vortrefflich lesen.“

„Du schwärmst ja richtiggehend von ihr."

Anna verspürte Neid, versuchte ihn aber im Keim zu ersticken. Matthias war nicht der Grund, weshalb sie gekommen war. Die Vermählung war nebensächlich. Und doch gab es etwas, was sie in diesem Zusammenhang aufhorchen ließ.

Siglinde Tübinger konnte also lesen. Damit besaß sie eine Fähigkeit, die offenbar immer mehr Einfluss gewann, genau wie das Schreiben. Außerdem schien sie verborgene Türen zu öffnen, wie es bei Matthias und Siglinde wohl der Fall war. Wie sonst sollte sie sich seine Wahl erklären? Auch im Kloster gab es Bücher. Marlis hatte ihr einige davon gezeigt, vor allem jene, die von der Wissenschaft der Kräuter handelten. Doch Anna verließ sich lieber auf ihren Geruch und Geschmack und auf die Kenntnisse der Mutter, die sie ihr weitergegeben hatte, bevor sie starb.

Doch nun überlegte sie, ob sie nicht vorschnell geurteilt hatte, indem sie das Erlernen der Schrift ablehnte. Ihr Blick fiel auf das Gutshaus. Es war festlich geschmückt für das besondere Ereignis. Unter diesem Dach lebte der Vater ihres Sohnes.

„Du wirst kein weiterer Bastard sein", flüsterte Anna und traf eine Entscheidung. Ihr Sohn würde lesen und schreiben lernen, wenn er alt genug war, koste es, was es wolle.

„Was hast du gesagt?", schreckte Gertraude sie im nächsten Augenblick auf. Anna schüttelte den Kopf. Zu ihrer Erleichterung wies Magda ihre Mutter darauf hin, dass es fast Mittag war. Dabei lächelte sie Anna verschwörerisch zu.

„Ach du meine Güte, nun aber schnell", rief Gertraude erschrocken. „Vor lauter Wiedersehensfreude vergesse ich noch die Arbeit."

Sie seufzte und schaute auf den vollen Korb Federvieh.

„Wir reden später, Anna. Es gibt gerade alle Hände voll zu tun. Die ersten Gäste kommen heute auf den Hof. Der Priester ist auch schon da. Er hat drei Tagesritte auf sich genommen, um die Zeremonie durchzuführen. Du musst wissen, dass unser Pfarrer auf Pilgerreise war und nicht wiedergekehrt ist. Seitdem ist das Gotteshaus verwaist. Es wird wohl einige Zeit dauern, bis sich ein neuer Prediger findet."

„Der Pfaffe ist tot?"

Anna atmete auf. Ohne es zu ahnen, hatte Gertraude ihr die Antwort auf die Frage gegeben, wegen der sie gekommen war. Zum ersten Mal seit Gabriels Tod spürte sie Erleichterung. Die Stimmen in ihr verstummten. Ihre Mission war erfüllt.

„Hör zu, Anna, hier hat sich nicht viel verändert. Pass also auf, was du sagst!"

Die Köchin sah sich misstrauisch um, bevor sie leise fortfuhr.

„Es gab Gerüchte, dass der Priester eines seltsamen Todes gestorben ist. Wie bei Eberhardt von Lingen sei ihm weißer Schaum aus dem Mund gelaufen. Und natürlich war es die alte Hebamme, die diese Gerüchte nährte, indem sie von Hexerei und Gift sprach. Doch wenn du mich fragst, gebe ich nicht viel auf deren Geschwätz. Schließlich haben Magda und ich am eigenen Leib erfahren, wie dieses Weib Lügen verbreitet. Ich bin nur froh, dass dieses Mal keine falschen Verdächtigungen ausgesprochen wurden. Ich habe die Hitze der Flammen nicht vergessen, Anna. So etwas wünsche ich keinem unschuldigen Menschenkind. Und jetzt muss ich in die Küche. Du kannst dich währenddessen in Magdas Kammer ausruhen. Du siehst erschöpft aus."

Gertraude rannte fast ins Gebäude, während Magda ihr langsam folgte. Anna hingegen beherzigte ihren Rat. Sie war tatsächlich müde. Kaum hatte sie sich auf das Schlaflager gelegt, fielen ihre Augen zu.

***

Es dunkelte bereits, als sie erwachte. Doch von Magda, der die Kammer gehörte, war nichts zu sehen. Dafür entdeckte Anna einen Krug frischen Wassers und einen Korb mit Brot und Wurst, den jemand auf den Boden gestellt hatte. Sie musste so fest geschlafen haben, dass sie nicht bemerkt hatte, wie Magda oder Gertraude selbst nach ihr gesehen hatte.

Hungrig machte sich Anna über die Mahlzeit her. Sie beeilte sich. Noch genügte das wenige Tageslicht, um das Grab ihres Bruders zu besuchen. Nun, da der Pfaffe nicht mehr lebte, brauchte sie nicht einmal mehr neugierige Blicke zu befürchten. Und auch sonst achtete niemand auf sie, als sie wenig später den Gutshof verließ. Die Leute waren mit den Vorbereitungen für die Hochzeit beschäftigt, was ihr nur recht sein konnte.

Sie selbst versuchte, jeglichen Gedanken daran zu verdrängen. Sie wollte sich nicht vorstellen, wie Matthias die Dinge mit seiner Braut tat, von denen sie geglaubt hatte, er könne sie nur mit ihr tun. Ein Irrtum, wie sich jetzt herausstellte, und sie tat gut daran, diese eine Nacht zu vergessen, ihre Zukunft zu planen und die Vergangenheit hinter sich zu lassen.

Sie fragte sich, wie es wohl gerade ihrem Kind ging, als sie plötzlich das Schlagen von Pferdehufen hörte. Vorsichtshalber machte sie den Weg frei. Vermutlich kamen weitere Gäste zum Gut, wie Gertraude angekündigt hatte.

Sie bemerkte ihren Irrtum erst, als Matthias direkt auf sie zuritt. Mit einem heftigen Ruck an den Zügeln brachte er das Pferd zum Stehen. In seinem Gesicht machte sich Erstaunen breit, als könne er nicht glauben, dass es tatsächlich Anna war, die da vor ihm stand.

Und auch ihr schlug das Herz bis zum Hals. Sie hatte nicht damit gerechnet, gerade ihn zu treffen, und war sich nicht sicher, ob es ein guter Zeitpunkt für ein Wiedersehen war. Allerdings konnte sie auch nicht einfach davonrennen, wie sie es gerne getan hätte. Schon ein Blick in das vertraute Gesicht verunsicherte sie. Gleichzeitig wollte sie sich das auf keinen Fall anmerken lassen. Also hob sie stolz den Kopf und lächelte dem jungen Gutsherrn entgegen.

„Grüß Gott, Matthias“, rief sie ihm zu. „Solltest du nicht mit Vorbereitungen für deine Vermählung beschäftigt sein?“

In ihrer Stimme lag Spott und doch klang auch Eifersucht in diesen Worten mit. Ohne es zu wollen, drängten sich ihr die alten Bilder auf. Aber schon im nächsten Moment dachte sie an ihren Sohn und dankte Gott dafür, dass sie ihn bei der alten Nonne zurückgelassen hatte. Wenn Matthias ihn zu Gesicht bekommen und das Muttermal an seiner Hand erkannt hätte, hätte er sofort Bescheid gewusst. Es würde jedoch nichts daran ändern, dass er sich vermählen und es nicht allzu lange dauern würde, bis Siglinde ihm Kinder gebar. Dann sollte Gabriel nicht der ungeliebte Bastard des Gutsherrn sein.

„Grüß Gott, Seidlerin.“ Matthias stieg ab und ging auf Anna zu, die bei seinen Worten lachen musste. Es geschah zum ersten Mal, dass er sie so ansprach.

„Warum so förmlich, Gutsherr von Lingen?“, fragte sie. „Ich erinnere mich, dass du mich in der Nacht, in der unsere Körper sich vereinten, nicht ein einziges Mal so nanntest. Stattdessen …“

„Sei still, Anna!“

„Warum? Denkst du etwa nicht gerne daran zurück? Oder hast du dasselbe Glück in den Armen deiner Braut gefunden?“

Matthias konnte nicht verhindern, dass er errötete. Anna bemerkte es und lachte erneut. Sie musste nur an die spröde Siglinde denken und wusste, dass auch sie zu den Frauen gehörte, die den Beischlaf lediglich als unnötige Pflicht ansahen. Offensichtlich hatte Matthias sich eine Frau gesucht, die unfähig war, ihre Begierde zu zeigen.

„Du erinnerst dich also“, stellte Anna zufrieden fest. Sie genoss es zu sehen, wie er sich wand. Dennoch wollte sie ihm nicht zu sehr zusetzen.

„Schon gut, Matthias“, besänftigte sie ihn. „Lass uns über etwas anderes reden. Ich habe gehört, die Vermählung findet morgen statt?“

„Du hast richtig gehört, ich heirate Siglinde Tübinger. Vielleicht erinnerst du dich an sie.“

„Nur sehr vage, was daran liegen mag, dass sie ziemlich unscheinbar auf mich wirkte, wenn mich mein Gedächtnis nicht trügt“, platzte es aus Anna heraus, bevor sie sich wütend auf die Lippen biss. Sie ärgerte sich, dass sie ihre Eifersucht, die sie zu solch gehässigen Worten veranlasste, nicht besser verbergen konnte.

„Siglinde mag unscheinbar wirken, aber sie ist eine gute Frau.“

Matthias sagte es ohne Überzeugung. Verwundert sah Anna ihm in die Augen, die er verlegen niederschlug.

„Zweifelst du etwa?“, fragte sie.

„Nein, das tue ich nicht.“ Matthias straffte sich und war wieder ganz der Gutsherr.

„Was willst du hier, Anna, und was sollen diese Fragen? Ich hoffe, du bist nicht gekommen, um Unruhe zu stiften? Ich werde Siglinde heiraten und unsere Güter verbinden. Sie wird mir den Erben schenken, den der Hof braucht. Auch du wirst nichts daran ändern.“

Er stockte kurz. Doch die Worte lagen bereits auf seiner Zunge.

„Vergiss diese eine Nacht! Es gab viele davon. Du warst nicht die einzige Magd, deren Körper ich besaß.“

Anna wurde blass. Matthias' Worte verletzten sie mehr, als sie zugeben wollte. In ihren Augen brannten Tränen, die sie mit aller Macht zurückdrängte. Sie zweifelte nicht einen Moment daran, dass er die Wahrheit sagte. Er war der Sohn seines Vaters, vermutlich mehr denn je. Nun bereute sie, überhaupt zurückgekehrt zu sein. Hätte sie geahnt, was sie erwarten würde, wäre sie den weiten Weg niemals gegangen. Doch für diese Erkenntnis war es zu spät. Jetzt musste sie ihren Stolz wahren. Auf keinen Fall sollte Matthias spüren, wie sehr seine Worte sie schmerzten.

„Keine Sorge, Matthias", erwiderte sie kalt. „Das habe ich längst getan. Diese Nacht bedeutete auch mir nicht das Geringste."

„Das freut mich zu hören. Wie du weißt, hätte ich mich nie mit einer einfachen Magd vermählen können."

Anna schluckte. Krampfhaft versuchte sie, sich nicht anmerken zu lassen, dass dieser Schlag noch tiefer traf. Matthias hatte recht. Sie war nicht mehr als eine Magd. Doch dass gerade er, der sich ihr gegenüber nie anmaßend und hochmütig benommen hatte, sie darauf hinwies, traf sie bis ins Mark. Dennoch hob sie ihren Kopf und schaute ihm in die Augen.

„Wie gut, dass du mich daran erinnerst, Matthias. Ich bin mir meiner Herkunft durchaus bewusst. Du jedoch wirst deinem Vater immer ähnlicher."

„Ich bin sein Sohn", entgegnete der Gutsherr heftig. „Und wäre er noch am Leben, würde er dich sicherlich fragen, warum du damals so überstürzt den Hof verlassen hast."

Matthias wusste sehr gut, dass er nur einen Vorwand suchte, um zu verhindern, dass er Anna in seine Arme riss. Bereits beim ersten Blick hatte er erkannt, dass sie noch schöner geworden war. Am liebsten hätte er sie an sich gezogen, ihren Körper berührt und ihre Lippen mit seinen verschlossen. Aber er war vernünftig genug einzusehen, dass es ihn in sein Verderben stürzen würde, gäbe er dem Verlangen nach. Ihm blieb keine Wahl. Er musste sie verletzen, um sich zu schützen.

Anna indes ahnte nichts davon. Sie glaubte ihm jedes Wort und fragte sich, wie ein Mensch sich so verändern konnte. Der Mann, der da vor ihr stand, schien nichts mehr gemeinsam zu haben mit dem jungen Gutsherrn, den sie nach einer unvergesslichen Nacht zurückgelassen hatte.

Möglicherweise veranlasste sie gerade das zu unbedachten Worten.

„Zum Glück hatte der Herr ja ein Einsehen und es raffte ihn dahin“, sagte sie leise und wandte sich ab. Sie wollte zum Friedhof. Hier verschwendete sie nur ihre Zeit.

„Ich wünsche dir viel Glück, Matthias. Du wirst es brauchen, wenn Siglinde dir trotz ihres reifen Alters einen Erben schenken soll. Es ist gut, einen Sohn zu haben, glaub mir.“

Matthias verstand nicht, was sie damit meinte. Aber auch er wusste, dass sie genau ins Schwarze getroffen hatte, was den Erben anging. Siglinde war einige Jahre älter als er. Vermutlich hatte sie auch deshalb seinem Werben nachgegeben. Er konnte nur hoffen, dass Anna mit ihrer Vermutung, seine Braut könne kein Kind gebären, falsch lag. Aber diese Befürchtungen konnte er mit Anna auf keinen Fall teilen.

„Leb wohl.“

Mehr sagte er nicht. Dann gab er dem Pferd die Sporen und ritt davon. Anna sah ihm nach. Nun erst ließ sie den Tränen ungehinderten Lauf. Wie gerne hätte sie sich in Matthias’ Arme geworfen und ihn nie wieder losgelassen. Ihre Liebe zu ihm war stärker als je zuvor. Eine Liebe, die er nicht erwiderte.

Anna wischte sich die Tränen von den Wangen und setzte ihren Weg fort. Am Grab ihres Bruders würde sie Frieden finden, da war sie sich sicher. Danach musste sie zu ihrem Sohn zurück. Ihr Entschluss stand fest. Sie würde nicht mit ansehen, wie sich Matthias mit Siglinde vermählte.

***

Als Anna auf den Hof zurückkam, machte sie sich sofort auf den Weg in die Küche. Gertraude und Magda waren noch immer damit beschäftigt, Speisen für die Vermählung vorzubereiten. Hektisch kommandierte die Köchin die Mägde umher und sah kaum auf, als Anna zu ihr trat. Erst als sie das Bündel in deren Hand bemerkte, legte sie den Kochlöffel weg und sah sie fragend an.

„Was hat das zu bedeuten?“

„Ich möchte mich von euch verabschieden“, antwortete Anna. „Ich muss gehen.“

„Aber du bist doch gerade erst gekommen. Warum bleibst du nicht wenigstens, bis die Vermählung vorüber ist? Möchtest du denn nicht das Kleid der Braut sehen?“

„Nein, Gertraude.“ Anna schüttelte traurig den Kopf. „Das möchte ich nicht. Vielmehr ist das der Grund, warum ich nicht bleiben kann.“

„Was willst du damit sagen?“

Die Köchin horchte auf und forschte in Annas Gesicht nach weiteren Hinweisen. Dann plötzlich fiel es ihr wie Schuppen von den Augen. Sie erinnerte sich an vergangene Tage, an denen der junge Gutsherrnsohn und das Mädchen beinahe unzertrennlich gewesen waren. Vor allem nach dem Tod ihres Bruders war sie kaum von Matthias’ Seite gewichen.

Das Gesinde hatte sogar schon darüber zu reden begonnen. Schon damals hatte Gertraude ein ungutes Gefühl im Leib gespürt. Aber selbst die Gutsherrin hatte darüber hinweggesehen und vermutlich nie ernsthaft daran geglaubt, dass mehr zwischen ihrem Sohn und der Magd sein könnte. Gertraude hingegen war sich da nicht so sicher gewesen.

„Ich kann dir meine Beweggründe nicht nennen, so gerne ich es auch täte. Es ist besser, du vergisst meine Worte.“

Die Köchin nahm sich einen riesigen Topf und begann Kartoffeln zu schälen. Geräuschvoll fiel eine nach der anderen in das Wasser. Offensichtlich war sie anderer Meinung.

„Es stört dich also, dass Matthias sich vermählt“, stellte

sie fest. „Liebst du ihn etwa?“

„Ich weiß es nicht“, wich Anna aus. „Vielleicht tat ich es einst.“

„Bist du deshalb zurückgekehrt?“

„Nein.“ Anna war froh, bei dieser Frage einmal nicht zum Lügen gezwungen zu sein. „Ich wollte nur erfahren, ob es dir und Magda gut geht. Doch jetzt muss ich zurück.“

„Was drängt dich so? Warum bleibst du nicht ein paar Tage bei uns?“

„Mein Sohn wartet auf mich.“

„Dein Sohn?“, schrie Gertraude auf, sodass die Mägde sich nach ihr umschauten. Die halb geschälte Kartoffel plumpste in den Topf, dass das Wasser herausspritzte.

„Und das erzählst du mir erst jetzt?“ Sie brach ab und schaute Anna durchdringend an. „Hattest du überhaupt vor, mir davon zu erzählen?“

Anna schwieg. Gertraude hingegen schüttelte den Kopf.

„Wo ist er? Warum hast du ihn nicht mitgebracht? Glaubst du, ich hätte ihn nicht gerne im Arm gehalten?“

„Er ist noch klein, der Weg wäre zu beschwerlich gewesen. Eine alte Nonne kümmert sich um ihn, solange ich fort bin. Ihr Name ist Marlis, du würdest sie mögen.“

„Er heißt also Gabriel“, stellte die Köchin fest. „Du hast ihn nach deinem Bruder, Gott hab ihn selig, benannt. Hat er auch einen Vater?“

Anna antwortete nicht, sondern senkte den Kopf. Es war besser, ihr Geheimnis zu hüten. Keiner sollte erfahren, dass ausgerechnet Matthias der Vater ihres Sohnes war. Doch Anna hatte nicht mit der Hartnäckigkeit der Köchin gerechnet, die sie verärgert ansah.

„Vertraust du mir etwa nicht? Nach allem, was geschehen ist?“

Anna dachte darüber nach und erinnerte sich an den Tag, an dem die Inquisition auf dem Gut gewesen war. Bis zuletzt hatte Gertraude die Schuld auf sich genommen und mit keinem Wort erwähnt, dass es Anna gewesen war, die die Kräuter gesammelt hatte. Die Köchin hätte ihr Leben gegeben, um sie und Magda zu schützen. Ihr Geheimnis würde bei ihr sicher sein, daran gab es nicht den geringsten Zweifel.

„Verzeih mir, Gertraude", bat sie. „Wenn jemand die Wahrheit verdient hat, dann du. Matthias ist der Vater meines Sohnes."

„Um Gottes willen, Kindchen", stöhnte die Köchin. „Worauf hast du dich nur eingelassen? Ein Kind vom Gutsherrn. Etwas Besseres konnte dir wohl nicht einfallen?"

Die Sorge um Anna stand ihr ins Gesicht geschrieben.

„Was hast du nun vor? Matthias von Lingen vermählt sich morgen. Dennoch musst du es ihm sagen! Er muss erfahren, dass er einen Sohn hat."

„Niemals!"

Annas Antwort kam so heftig, dass die Köchin erschrak. Doch gleich darauf besann sich die junge Frau. Eindringlich sah sie Gertraude an.

„Versprich mir, keiner Menschenseele von Gabriel zu erzählen, und schon gar nicht den Herrschaften. Gabriel ist mein Sohn und so wird es bleiben. Soll Matthias ruhig die Tochter des Tübingers heiraten. Ich komme sehr gut ohne ihn zurecht."

„Ach, Anna, warum machst du es dir nur so schwer? Du warst schon immer viel zu stolz. Dabei könnte der Gutsherr doch zumindest dafür sorgen, dass du ein Auskommen hast. Er ist nicht wie sein Vater. Matthias …"

„Genug, Gertraude!", unterbrach Anna sie, die selbst wusste, dass Matthias und der ehemalige Gutsherr nicht viel gemeinsam hatten. Er würde für Gabriel sorgen, da war sie sich sicher. Allerdings konnte sie das nicht von Siglinde behaupten. Wenn sie erfuhr, dass ihr zukünftiger Gemahl bereits einen Sohn besaß, würde sie vor Eifersucht vergehen, und Anna wollte gar nicht wissen, wozu eine solche Frau fähig war.

„Zu niemandem ein Wort!“, verlangte sie deshalb von Gertraude. „Schwör es mir bei Magdas Leben!“

„Nein, Anna.“ Die Köchin schüttelte traurig den Kopf. „Das werde ich ganz sicher nicht tun. Ich habe schon einmal geschworen und dennoch wäre mein Kind beinahe verbrannt worden. Wenn du es möchtest, werde ich schweigen. Von mir erfährt keiner ein Wort, vertrau mir! Aber schwören werde ich nie wieder und schon gar nicht auf das Leben meiner Tochter. Was denkst du dir nur dabei, Mädchen?“

Der Köchin liefen bei diesen Worten Tränen über die Wangen, die sie energisch mit dem Zipfel ihrer Schürze wegwischte. Abrupt wandte sie sich den Töpfen zu und rührte darin herum.

„Es tut mir leid.“ Anna trat hinter sie. „Ich habe nicht nachgedacht. Außerdem weiß ich, dass mein Geheimnis bei dir sicher aufgehoben ist. Du bist wie eine Mutter zu mir, ich könnte mir keine bessere Vertraute wünschen.“

„Also steckt doch noch ein Funken Vernunft in dir“, antwortete Gertraude verärgert. Aber Anna wusste, dass sie mit ihrer schroffen Art nur ihre Rührung zu verbergen suchte.

„Ach, Mädchen, was hatte sich der liebe Herrgott da nur wieder einfallen lassen? Irgendetwas sagt mir, dass es nicht vorbei sein wird, wenn du das Gut verlässt. Ich kenne dich.“

„Was meinst du damit?“

„Ich weiß es nicht, es ist mehr eine Ahnung.“ Gertraude zog Anna in einen ruhigen Winkel der Küche, wo sie vor den Ohren der anderen Mägde sicher waren.

„Sag mir eins, bevor du gehst! Hast du den Gutsherrn auf dem Gewissen?“

Für einen kurzen Moment sahen sich die Frauen in die Augen, bevor Gertraude ihren Blick resigniert senkte. Sie kannte die Wahrheit längst. Dennoch wollte sie es aus Annas Mund hören, die jetzt nickte.

„Ja, das habe ich, und ich bereue es nicht eine Sekunde."

Die Köchin schwieg. Das Entsetzen stand ihr ins Gesicht geschrieben. Nicht nur, dass die Gerüchte stimmten, Anna gab auch offen zu, keine Reue zu empfinden. Unter diesen Umständen war ihre Entscheidung, den Gutshof wieder zu verlassen, wahrlich die vernünftigste.

„Ich muss gehen. Ich danke dir für alles, liebe Gertraude." Sie nahm ihr Bündel auf.

„Leb wohl, mein Kind", sagte die Köchin, die sich vergeblich einredete, dass Anna ein Verbrechen begangen hatte. Für sie blieb sie dennoch das Mädchen, das sie von Herzen liebte. „Umarme deinen Sohn für mich, ja?"

„Das werde ich tun. Ich erzähle ihm von dir, wenn er alt genug ist zu verstehen."

„Werde ich ihn eines Tages zu Gesicht bekommen?"

„Das weiß nur der Herrgott, Gertraude. Er hat uns schon so oft gezeigt, dass seine Wege verworren sind. Bis dahin aber wird sicher einige Zeit ins Land ziehen."

Die Köchin nickte. Wieder liefen Tränen über ihre Wangen, während sie wahllos von den Speisen nahm, die für die Vermählung vorgesehen waren, und sie in einen Korb packte. Obenauf legte sie ein Tuch, sodass niemand erkannte, was sich darin befand. Das Mädchen sollte nicht hungern auf ihrem Weg.

„Nimm schon!" Sie hielt Anna den Korb hin. „Aber lass es niemand sehen!"

„Wenn einer von den Speichelleckern der Herrschaft davon erfährt, verrät er es womöglich dem Gutsherrn."

Anna lachte, als sie die Worte benutzte, die Gertraude ihr bei ihrem ersten Zusammentreffen sagte. Sie erinnerte sich gut daran, wie sie den Schleifstein unter dem Kleid verborgen hatte.

„Also weißt du jetzt, was ein Speichellecker ist?"

„Ja, Gertraude, ich habe viel von dir gelernt."

„Das will ich auch hoffen. Und nun verschwinde und

mach es mir nicht so schwer! Außerdem habe ich zu tun, das Essen kocht sich nicht von alleine."

Sie drehte sich um und ging zu den Töpfen am Herd zurück. Doch Anna sah, dass ihre Hände untätig blieben. Ohne ein weiteres Wort verließ sie die Küche und ging auf den Hof. Dort schaute sie sich ein letztes Mal um, bevor sie das Gut verließ.

***

Noel war noch nicht nach Hause gekommen, als ich mich für den Nachtdienst vorbereitete, und auch auf meine Anrufe reagierte er nicht. Es musste sich schon um eine große Überraschung handeln, wenn er mich nicht einmal anrief und mir den Grund für seine Verspätung nannte. So langsam, aber sicher zweifelte ich daran, dass ich mich überhaupt darüber freuen würde. Ich mochte kein großes Theater, wonach es immer mehr aussah. Allerdings würde ich Noel vermutlich auch nicht davon abhalten können.

Ich seufzte und nahm meine Tasche. Vielleicht sollte ich es einfach auf mich zukommen lassen. Jetzt musste ich mich jedenfalls auf die Arbeit konzentrieren und vor allem damit zurechtkommen, dass Lindas Zimmer leer war. Schon der Gedanke machte mir zu schaffen. Doch das würde nichts daran ändern, dass der Klinikbetrieb weiterging.

Was Lindas Zimmer betraf, irrte ich mich, wie ich bei meiner Ankunft auf der Station feststellte. Bevor ich das Dienstzimmer betrat, sah ich, wie eine junge Frau herauskam, die sicher keine Angehörige der verstorbenen Patientin war. Ich wusste, dass Linda nur ihre Schwester hatte.

Dennoch hätte man annehmen können, dass die Frau trauerte. Ihre Augen waren rot, sie hatte geweint. Ohne mich wahrzunehmen, ging sie mit gesenktem Kopf an mir vorbei zum Fahrstuhl.

„Ist Lindas Zimmer etwa schon belegt?", fragte ich Maja, die im Büro saß. Ich hörte selbst, dass es wie ein Vorwurf klang und vermutlich war es das sogar. Mir wäre es lieber gewesen, wenigstens einen Tag verstreichen zu lassen, bevor ein neuer Patient dort einzog. Gleichzeitig war mir klar, dass die Klinik keine Rücksicht darauf nehmen konnte, was eine der Schwestern sich wünschte.

„Ja, die Verlegung kam auch für uns überraschend. Das Mädchen von dem Treppensturz, Amelie Kaiser, du erinnerst dich?"

„Bitte nicht, Maja!"

Ich ließ mich auf den Stuhl fallen. Nun war mir klar, warum die Frau so verheult ausgesehen hatte, die aus dem Zimmer gekommen war. Vermutlich handelte es sich um die Mutter.

„Wie geht es ihr?"

„Wenn ich ehrlich bin, nicht besonders. Sie hat eine Harnwegsinfektion und reagiert nicht auf das Antibiotikum. Es könnte sich also jederzeit eine Sepsis daraus entwickeln."

Maja seufzte und strich über ihren Bauch.

„Dabei ist es so ein hübsches Mädchen. Mit braunen Kulleraugen, so groß …"

Meine Kollegin formte mit den Fingern zwei Kreise, bevor sie traurig hinzufügte.

„Leider ist kein Leuchten darin."

„Weiß der Bereitschaftsarzt Bescheid?", fragte ich und hoffte, dass Doktor Werner Dienst hatte. Ich arbeitete inzwischen am liebsten mit ihm, auch wenn seine Kollegen nett und kompetent waren.

„Natürlich, er wird regelmäßig vorbeikommen. Sollte sich ihr Zustand verschlechtern, sollst du auch die Mutter informieren. Schwester Heike hat es mit ihr besprochen. Sie kann ihre Tochter jederzeit besuchen."

„Das hört sich nicht gerade gut an", antwortete ich und fühlte mich schon jetzt erschöpft. „Hoffentlich geht es der

Kleinen bald wieder besser. Ich …“

„Lindas Tod macht dir zu schaffen, nicht wahr?“

Ich nickte.

„Wir vermissen sie alle, Marie. Linda war lange bei uns. Trotzdem müssen wir uns jetzt auf die Zukunft konzentrieren und dazu gehört die kleine Amelie. Lass uns dafür kämpfen, dass sie eine hat.“

„Du hast recht.“ Ich lächelte Maja an, die plötzlich so warmherzig reagierte. Von ihrer poltrigen Art, die ich in der Vergangenheit häufig kritisiert hatte, war nicht mehr viel übrig. Die Schwangerschaft tat ihr offensichtlich gut.

„Es ist nur dieses Zimmer“, rechtfertigte ich mich.

„Richtig.“ Auch Maja lächelte verstehend. „Ein Krankenzimmer, nicht mehr. Linda ist längst da oben und fragt sich, warum wir uns so anstellen.“

„Danke, Maja.“ Ich nahm meine Freundin spontan in den Arm und drückte sie. „Du wirst eine tolle Mutter sein.“

„Gut, dass du das erwähnst. Da fällt mir gleich Frau Mehring ein.“

Maja löste sich von mir und setzte sich zurück an den Tisch. Ich nahm den Stuhl gegenüber.

„Was ist mit ihr?“

„Keine Sorge, es geht ihr gut. Doktor Schilling war heute bei ihr und hat ihr Baby untersucht. Es ist alles in Ordnung. Aber das ist nicht die Überraschung.“

„Eine Überraschung?“

„Ja, und nun rate!“

„Bitte nicht, ich habe von Überraschungen erst einmal genug“, stöhnte ich. „Noel plant da irgendetwas für die Hochzeit und tut mächtig geheimnisvoll. Dabei wäre es mir lieber, er würde es mir einfach sagen. Also tu du mir wenigstens den Gefallen und fang nicht auch noch damit an!“

„Weißt du, dass du die einzige Frau bist, die ich kenne, die keine Überraschungen mag? Ich an deiner Stelle würde mich freuen, dass Noel offenbar etwas Besonderes vorhat und …“

„Maja!“, fiel ich ihr ins Wort. „Jetzt sag endlich, was mit Frau Mehring ist!“

„Sie hat reagiert.“

„Sie hat reagiert? Worauf?“

„Als Doktor Schilling das CTG machte und die Herztöne des Kindes zu hören waren, hat sie gelächelt.“

„Und das geschah nicht zufällig? Du weißt, dass solche Reaktionen häufig vorkommen.“

„Nicht in diesem Fall. Doktor Schilling hat sofort Doktor Werner hinzugezogen, der die bekannten Tests durchgeführt hat. Claudia Mehring hat auf Fingerdruck reagiert, Marie. Das bedeutet, sie ist gerade dabei, sich eine Brücke zurück ins Leben zu bauen.“

„Wow!“ Ich blies die Luft aus. „Ich glaube, ich beginne, mich doch auf Überraschungen zu freuen. Das sind tolle Neuigkeiten, Maja. Es hört sich fast wie eine der kitschigen Storys im Fernsehen an. Schwangere Frau im Wachkoma findet durch ihr Baby zurück ins Leben.“

„Lass das nicht die Presse hören!“ Maja lachte. „Es wäre die perfekte Schlagzeile. Sie würden sich wie die Geier darauf stürzen. Du hättest Journalistin werden sollen.“

„Um Gottes willen, ganz sicher nicht. Mir gefällt es bei meinen Patienten ganz gut und zu denen werde ich jetzt auch gehen, wenn es sonst nichts mehr gibt.“

„Geh nur! Den Rest findest du in den Akten, nichts Ungewöhnliches. Ich wünsche dir einen ruhigen Dienst, wir sehen uns morgen. Mein letzter Spätdienst übrigens, danach arbeite ich nur noch morgens.“

„Eine gute Idee, du wirst doch noch vernünftig. Und jetzt ab nach Hause, schlaf schön.“

***

Ich zögerte, bevor ich Amelies Zimmer betrat. Ich hatte vorher noch nie ein Kind auf dieser Station versorgt und musste zugeben, dass ich ein wenig Angst davor hatte. Mit der Türklinke in der Hand erinnerte ich mich an den Tag, an dem Mark bei uns eingeliefert worden war. Damals war er der jüngste Patient meiner beruflichen Laufbahn gewesen.

Es hatte mir das Herz gebrochen, den viel zu jungen Mann in diesem Zustand zu sehen. Tagelang hatte ich an nichts anderes denken können und sogar darüber gegrübelt, ob diese Arbeit wirklich die richtige für mich war. Ich konnte einfach keine emotionale Distanz aufbauen, wie es Maja gelang.

Natürlich arbeitete auch sie mit der notwendigen Empathie und verrichtete ihren Job hingebungsvoll. Dennoch konnte sie beim Verlassen der Klinik den Schalter umlegen, wie sie es nannte. Ich hingegen wusste nicht einmal, ob ich einen Schalter besaß.

Und nun lag hinter dieser Tür ein Kind! Ein kleines Mädchen, dessen Leben durch einen winzigen unachtsamen Moment zerstört worden war. Das vielleicht nie wieder zur Schule konnte, keine erste große Liebe kennenlernen und möglicherweise nicht einmal selbstständig atmen würde. Ich wusste schon jetzt, dass es mir nicht leichtfallen würde, damit umzugehen.

Bevor ich die Tür öffnete, atmete ich tief durch. Dann trat ich ein und näherte mich dem Bett. Ich erschrak beinahe, als mich zwei kullergroße Augen direkt anzustarren schienen, die an eine Puppe erinnerten. Leider hatte Maja mit ihrer Beschreibung genau ins Schwarze getroffen. Die Augen waren wunderschön, wirkten aber genauso tot wie die einer Puppe.

Meine Kehle schnürte sich zu, als ich die Kleine frischmachte.

„Hallo, Amelie“, begrüßte ich sie. „Ich bin Marie.“

Vorsichtig wechselte ich die Einlagen unter ihr. Ihr Körper war so zart und meiner Meinung nach nicht geschaffen für diese Station. Danach nahm ich eine Urinprobe, sah aber schon an der Trübung, dass die Infektion weiterhin stark ausgeprägt war. Der Test, den ich gleich darauf machte, bestätigte meinen Befund. Allerdings hatten sich die Keime etwas verringert, sodass es zumindest einen Hauch Hoffnung gab, dass Amelie den Harnwegsinfekt ohne weitere Komplikationen überstehen könnte.

„Als ich in deinem Alter war, ging es mir auch nicht besonders gut, weißt du."

Ich ließ mich auf den Stuhl fallen und sah sie an.

„Damals verlor ich meine Eltern und musste in ein Kinderheim. Ich kam mir dort fremd vor und wusste immer, dass ich da nicht hingehöre. Aber niemand konnte mir helfen, nur ich alleine. Hörst du, Amelie?"

Ich beugte mich über sie. Eine Träne tropfte auf ihr Gesicht. Doch es blieb regungslos.

„Du musst kämpfen, meine Kleine! Die Zukunft liegt noch vor dir, wie sie damals vor mir lag. Manchmal gelangt man an Orte, die nicht für einen bestimmt sind, ohne es verhindern zu können. Dann muss man sich seinen Weg neu suchen, verstehst du?"

Ich stand auf. Die anderen Patienten warteten. Noch einmal streichelte ich über das blonde Haar des Mädchens und lächelte.

„Du gehörst nicht hierher, Kleines. Und deshalb wirst du kämpfen und bald aufwachen, okay?"

In diesem Moment wurde mir übel. Gleichzeitig fühlten sich meine Beine seltsam weich an. Einen kurzen Moment dachte ich darüber nach, mich erneut auf den rettenden Stuhl fallen zu lassen, bevor ich noch umkippte. Doch dann würde ich mich hier auf der Stelle übergeben. Also rannte ich los und schaffte es gerade noch zur Personaltoilette, in der ich die nächsten fünf Minuten würgend über der Toilettenschüssel hing. Erst dann gelang es mir, auf die Beine zu kommen und ins Dienstzimmer zu gehen, um ein Glas Wasser zu trinken.

Leider konnte ich auch danach nicht behaupten, dass ich mich besser fühlte. Meine Beine gehorchten mir zwar wieder, aber das flaue Gefühl im Magen blieb. Offenbar hatte mir die Begegnung mit der kleinen Amelie mehr zugesetzt, als ich befürchtet hatte.

Ich seufzte, mir blieb keine andere Wahl. Wir hatten strenge Vorschriften und eine davon besagte, sofort Hilfe einzufordern, wenn es einem selbst nicht gut ging. Da ich diese Regel durchaus als unbedingt notwendig betrachtete, befolgte ich sie natürlich und rief die Kollegin von der Station gegenüber an. Schon zwei Minuten später kam sie zu mir.

„Was ist los? Hast du etwas Falsches gegessen?“, fragte sie mich besorgt.

„Ich hoffe nicht.“ Das würde nämlich bedeuten, unser Mittagessen im Klosterrestaurant wäre schuld. Ich wollte nicht einmal daran denken. Immerhin hatten wir vor, dort beinahe fünfzig Gäste zu bewirten.

„Es könnte auch ein Virus sein“, unterbrach die Kollegin meine Gedanken, wofür ich ihr mehr als dankbar war. Ein Virus würde zumindest nicht meine Location für die Hochzeit in ein anderes Licht stellen.

„Ich rufe am besten den Arzt an. Er kann dich untersuchen.“

„Nein!“, hielt ich sie zurück. „Mir geht es schon viel besser, ehrlich.“

Ich zögerte. Doch dann überwand ich mich, auch wenn ich schon jetzt wusste, dass ich dann erneut Gesprächsthema bei den Kollegen sein würde.

„Wir haben eine neue Patientin, ein kleines Mädchen. Es hat mich ganz schön mitgenommen.“

„Bist du sicher, dass es nur das war?“

„Ja, ich denke schon.“

„Okay.“ Sie nickte. „Dann werde ich jetzt den Kontrollgang zu Ende führen. Du ruhst dich solange aus. Dann entscheiden wir, ob du weiterarbeiten kannst oder besser nach Hause gehst.“

„Danke."

„Nicht dafür, Marie. Weißt du, wir haben alle manchmal zu kämpfen. Mach schon, trink einen Tee und versuch dich zu entspannen. Den Rest übernehme ich."

Ich hörte auf ihren Rat und trank einen heißen Kamillentee. Als sie nach dem Kontrollgang zu mir zurückkehrte, fühlte ich mich, als wäre nichts gewesen, was mich darin bestätigte, dass mir der Anblick des Mädchens zugesetzt hatte. Aber auch daran würde ich mich gewöhnen, nahm ich mir vor.

Ich bedankte mich noch einmal bei der Kollegin, bevor sie zurück auf ihre Station ging. Ich hingegen blieb unschlüssig stehen. Der nächste Kontrollgang stand in zwei Stunden auf dem Plan und die Dokumentation hatte ich beim Teetrinken erledigt. Ich hatte also genug Zeit, um zu Claudia Mehring zu gehen. Erst jetzt fiel mir wieder ein, dass sie tatsächlich auf den Test reagiert hatte. Doktor Werner hatte Majas Aussage in der Akte bestätigt.

Umso gespannter war ich, wie es nun weitergehen würde. Noch konnte niemand sagen, ob sie sich wirklich auf dem Weg befand, der sie in die Realität zurückführte. Für diese Prognose war es eindeutig zu früh. Aber trotzdem bestand die Möglichkeit, und das erschien mir für den Anfang ziemlich vielversprechend. Vielleicht geschah ja doch das ersehnte Wunder und meine Patientin könnte ihr Kind aufwachsen sehen. Ich wünschte es ihr so sehr.

***

„Hallo, Claudia", begrüßte ich sie und legte das Manuskript auf dem Nachttisch ab. „Wie ich höre, gibt es fantastische Neuigkeiten. Du hast endlich vor aufzuwachen."

Vorsichtig schlug ich die Decke zurück und schaute auf

ihren Bauch. Plötzlich musste ich lächeln. Ich hatte ihre Schwangerschaft tatsächlich für Blähungen gehalten, was wieder einmal bewies, dass es uns Menschen ziemlich schwerfiel, an etwas Unvorstellbares zu glauben. Ich hatte nicht einmal eine einzige Sekunde darüber nachgedacht, dass die Autorin schwanger sein könnte. Dabei gehörte sie doch zu den wenigen Patienten, die ich vor dem Wachkoma ziemlich lebendig gesehen hatte. Vermutlich lag es daran, dass sie keine anderen typischen Symptome gezeigt hatte, Übelkeit zum Beispiel.

Ich hatte den Gedanken kaum zu Ende gedacht, als ich erschrak. Mein Herz begann schneller zu schlagen, doch noch redete ich mir ein, dass ich mich irrte. Mir war einmal schlecht gewesen, na und? Wahrscheinlich hatte die Kollegin sogar recht und mit dem Essen hatte etwas nicht gestimmt.

Ich musste also ruhig bleiben und nachdenken. Wann hatte ich meine Periode zum letzten Mal bekommen? Waren seitdem fünf Wochen vergangen oder acht? Es fiel mir nicht ein. Außerdem reagierte mein Körper nicht gerade vorschriftsmäßig, seit ich die Nachtdienste übernommen hatte. Ähnlich sah es nämlich mit meinem Gewicht aus. Ich hatte in den letzten Wochen drei Kilo zugenommen und befürchtete schon, niemals in mein Traumkleid zu passen, das ich mir für die Hochzeit ausgesucht hatte.

„Oh, verdammt“, stöhnte ich. Es passte alles zusammen. Noch einmal an Blähungen zu glauben, wäre ziemlich naiv. Aber noch war nichts bestätigt und bevor es so weit war, wollte ich lieber nicht daran denken, was meine Pflegedienstleiterin dazu sagen würde, wenn ich tatsächlich schwanger war. Maja würde in ein paar Wochen in Mutterschutz gehen und ich selbst, falls ich mit meiner Vermutung richtig lag, keine Nachtdienste mehr übernehmen können. Ich wusste, dass es dann ziemlich eng wurde. Wie überall herrschte auch bei uns Personalknappheit.

Viel wichtiger war aber die Frage, was Noel dazu sagen würde. Wir hatten nie darüber gesprochen, wann wir mit unserer Familienplanung beginnen wollten. Natürlich wünschten wir uns Kinder und hatten auf Verhütung verzichtet. Dass es so schnell gehen würde, hatte ich jedoch nicht erwartet.

Ich nahm das Manuskript zur Hand. Ich musste mich ablenken und da ich wusste, dass ich alles um mich herum vergaß, wenn ich in diese Geschichte eintauchte, zögerte ich nicht lange. Außerdem war es nun besonders wichtig, zu Claudias Mehrings Unterbewusstsein vorzudringen. Das Kind in ihrem Bauch hatte offensichtlich etwas bei ihr ausgelöst und vielleicht tat es ihr Roman ja auch.

„Erzählt weiter, Bruder Martin!" Gebannt hing der kleine Gabriel an den Lippen des Mönches. Sie saßen im Garten des Klosters in einer lauschigen Ecke, wohin der Mönch sich sehr gerne zurückzog und in großen Büchern las. Heute aber hatte der Junge ihm einen Strich durch die Rechnung gemacht, wie Anna lächelnd feststellte, die in den Beeten stand und Unkraut aus den Reihen zwischen den Rüben zog.

„Aber du kennst die Geschichte bereits", sagte der Mönch, der sich nur zu gerne von dem aufgeweckten Jungen ablenken ließ. Er hatte das Buch, welches er studieren wollte, längst beiseitegelegt. Er mochte die Fragen des wissbegierigen Kindes.

Anna hörte seine Worte und richtete sich auf. Gedankenverloren sah sie zu ihrem Sohn, der inzwischen fast sieben Jahre alt war. Ohne es zu wollen, erinnerte sie der Anblick an die heißen Sommertage unter der alten knorrigen Eiche ihrer Kindheit. Damals war sie es gewesen, die den Geschichten gelauscht hatte. Nun war es Gabriel, der neugierig jedes Wort aufsaugte. Er betete Martin, den Mönch, der seit einiger Zeit im Kloster weilte, förmlich an. Ähnlich, wie sie es bei Matthias getan hatte.

Anna stieß einen Seufzer aus und bückte sich, um mit ihrer Arbeit fortzufahren. Dabei hörte sie, wie Martin dem Jungen seine Erlebnisse schilderte, die jeder im Kloster bereits kannte.

„Es herrschte tiefe Nacht in der Gemeinde. Ich war alleine unterwegs, als sich plötzlich die Wolken zusammenbrauten und ein heftiges Gewitter losbrach. Es regnete stark, gleißende Blitze erhellten die Nacht. Das Unwetter nahm unheimliche Ausmaße an, sodass ich mich zu fürchten begann und schneller lief. Doch plötzlich schlug unmittelbar neben mir ein Blitz ein. Glaub mir, Junge, ich erlitt Todesängste und glaubte, dass nun mein Ende nahte und der Blitz mich erschlagen würde. Mit letzter Kraft betete ich und flehte die heilige Anna an, mir zu helfen. Ich versprach ihr, Mönch zu werden, wenn sie mir helfen würde, das Gewitter heil zu überstehen."

„Meine Mutter heißt Anna", unterbrach ihn Gabriel. „Ist sie eine Heilige?"

Der Mönch schmunzelte, Anna sah es. Auch sie konnte sich ein Lachen nicht verkneifen, wenn auch nur sie wusste, warum sie ganz und gar nicht zu den Heiligen gehörte.

„Deine Mutter ist nach der heiligen Anna benannt", klärte der Martin den Jungen auf. „Und nun hör auf, Fragen zu stellen! Du willst doch erfahren, wie es weiterging?"

„Ja." Gabriel nickte und der Mönch fuhr fort.

„Ich flehte also um Hilfe. Und das Wunder geschah. Das Gewitter zog vorüber, ich aber blieb unverletzt."

„Was geschah dann?", fragte Gabriel ehrfürchtig.

„Ich änderte mein Leben. Statt Jurist zu werden, wie es mein Vater vorgesehen hatte, beschloss ich, mein Gelübde zu erfüllen. Ich ging ins Kloster und wurde Mönch. Im letzten Jahr weihte man mich zum Priester und wie du weißt, studiere ich seitdem Theologie und erlangte dadurch so manche Erkenntnis. Weißt du, mein Sohn, der Mensch wird nicht aufgrund seiner Werke, sondern vielmehr durch die Gnade Gottes gerecht. So steht es im Brief des Apostels Paulus an die Römer."

„Könnt Ihr mich lehren, diese Bücher zu lesen?"

Der Junge sah ihn bittend an, woraufhin der Mönch unerwartet ernst wurde. Anna schaute auf. Sie dachte an den Schwur, den sie sich einst gegeben hatte. Gabriel sollte lesen und schreiben lernen. Doch bisher hatte sich dieser Wunsch nicht erfüllt. Ihr Herz begann schneller zu schlagen, während sie auf Martins Antwort wartete.

„Wenn du es wirklich möchtest, werde ich dich nicht nur lesen, sondern auch schreiben lehren. Aber du musst sehr fleißig sein! Es ist eine Kunst. Wer sie beherrscht, gewinnt Macht."

„Macht?" Gabriel schaute ihn neugierig an. „Ich glaubte, Macht hätten nur der Kaiser und seine Armeen."

Anna bemerkte, wie Martin lachte. Liebevoll strich er ihrem Sohn über seinen blonden Schopf.

„Weißt du, Gabriel", klärte er ihn auf. „Kriege und Feldzüge werden vielleicht auf dem Schlachtfeld geführt, da stimme ich mit dir überein. Aber begonnen werden sie durch Worte! Nichts auf der Welt ist mächtiger."

Gabriel nickte. Anna konnte nur staunen, wie ihr Sohn das Wissen aufsog. Man konnte wahrlich kaum glauben, dass seine Mutter ein einfaches Bauernmädchen war. Möglicherweise hatte er mehr von Matthias mitbekommen als nur dieses Muttermal.

„Ich möchte es lernen."

Gabriel war aufgesprungen. Seine Augen glänzten vor Erwartung. Doch der Mönch bremste ihn.

„Nicht heute, alles braucht seine Zeit. Auch du musst lernen, dich in Geduld zu üben. Heute werde ich meine Aufzeichnungen beenden, wie ich es vorgesehen hatte. Morgen beginnen wir. Und nun lass mir ein wenig Ruhe, damit ich mich den Büchern widmen kann!"

Gabriel gehorchte und rannte zu seiner Mutter, die die Worte des Mönches nachdenklich machten. Sie freute sich aufrichtig, dass ihr Sohn lesen und schreiben lernen würde, wie sie es sich gewünscht hatte. Damit würde er sich abheben vom üblichen Armeleutestand. Aber auch das würde es ihm nicht ermöglichen, jemals seinen ihm gebührenden Platz einzunehmen. Und der war ihrer Meinung nach auf dem Hof. Matthias war der Vater des Jungen, Gabriel sein Erbe. Zumindest solange es keinen rechtmäßigen Erben gab.

„Hast du gehört, was mir Martin versprochen hat, Mutter?"

Aufgeregt zupfte der Junge an ihrem Kleid.

„Ja, Gabriel, ich habe es gehört und ich freue mich für dich."

Anna lachte und schob die Gedanken an Matthias beiseite. Noch war die Zeit nicht gekommen, doch eines Tages, da war sie sich sicher, würde Gabriel das Gelernte zu nutzen wissen.

***

In den nächsten Tagen wich Gabriel kaum von Martins Seite. Anna sah es mit Wohlgefallen. Der Junge lernte schnell und konnte bereits die ersten Worte lesen und schreiben. Doch ihre Freude blieb nicht ungetrübt. Kaum hatte sich der goldene Herbst verabschiedet und der feuchten kalten Luft Platz gemacht, begann Marlis unter einem furchtbaren Husten zu leiden. Dazu schmerzten ihre Knochen wie nie zuvor.

Anna wich nur selten von ihrer Seite und kümmerte sich rührend um sie. Sie machte sich Sorgen um die alte Nonne. Gleichzeitig versuchte sie, sich diese vor Gabriel nicht anmerken zu lassen, der mit ganzem Herzen an Marlis hing. Umso dankbarer war sie Bruder Martin, der sich mehr denn je um Gabriel bemühte. Dadurch blieb ihr Zeit, Marlis zu pflegen.

Auch heute saß sie am Bett der Kranken, der kalter Schweiß auf der Stirn stand. Bei jedem Atemzug hörte Anna das Pfeifen, was darauf hindeutete, dass es sich um mehr als einen einfachen Husten handelte. Ohne Unterbrechung versuchte sie, der alten Frau ihre Säfte aus Heilkräutern einzuflößen. Doch mehr als ein paar wenige Schlucke brachte die alte Frau nicht herunter.

„Du musst mehr trinken, Marlis!", redete Anna auf sie ein. Dabei nahm sie ein Tuch zur Hand und wischte den Schweiß von Marlis' Stirn. Sie erschrak, als sie die feuchte Haut berührte. Rasch zog sie die dicke Wolldecke zurück. Wie sie befürchtete, klebte Marlis' Hemd an deren dünnem Körper. Sie zitterte.

Schnell sprang Anna auf und lief nach draußen. Wenig später kehrte sie mit einem Bottich kalten Wassers und Tüchern zurück, die sie tränkte, bevor sie sie um die Beine der Kranken wickelte. Doch das Zittern hörte nicht auf. Angestrengt überlegte Anna, was sie noch tun könnte, um das Fieber zu vertreiben.

„Du kannst mir nicht mehr helfen, Anna", röchelte Marlis indes, die von Annas Fürsorge gerührt war. „Meine Zeit ist gekommen, ich spüre es."

„Nein, sag so etwas nicht!" Anna wechselte die Tücher. Die Knöchel ihrer Hände färbten sich bereits rot vor Kälte. „Du wirst noch lange leben, Marlis. Du musst nur mehr trinken", flehte sie.

„Du meinst es gut, aber dafür ist es zu spät, mein Kind. Der Herrgott ruft mich. Ich bin bereit, zu ihm zu gehen."

„Hör auf damit!", schrie Anna sie an. „Dann soll der Herrgott eben jemand anderen zu sich rufen. Aber nicht dich, Marlis, hörst du! Nicht dich!"

„Du versündigst dich, Mädchen."

„Was macht das schon? Du solltest besser wissen, dass es bei mir auf eine Sünde mehr oder weniger nicht ankommt."

„Ich glaubte, du hättest daraus gelernt, Anna." Marlis seufzte. „Denk an deinen Jungen! Er braucht dich. Lass nicht zu, dass der Allmächtige dich straft, weil du seine Wege anzweifelst."

„Ach, Marlis, ich wünschte, ich könnte das Vertrauen teilen, das du in den Herrn hast. Aber das ist unmöglich. Mein Bruder versündigte sich nicht und trotzdem hat der Herrgott ihn nicht beschützt. Glaub mir, ich fürchte kein Fegefeuer. Hier auf Erden gibt es einiges, was mir mehr Angst einjagt als eine Strafe Gottes."

Marlis wollte etwas antworten, doch ihr Husten hinderte sie daran. Erst nachdem sie wieder Luft bekam, brachte sie röchelnd hervor:

„Versprich mir einfach, vorsichtig zu sein, bitte, Anna! Nicht jeder ist dir wohlgesonnen und du wärest nicht die Erste, die wegen unbedachter Worte auf dem Scheiterhaufen landet."

„Mach dir um mich keine Sorgen, ich kann gut auf mich aufpassen. Und nun trink, Marlis! In ein paar Tagen wirst du genesen sein."

„Ich glaube, dieses Mal irrst du dich." Marlis legte Anna dankbar ihre Hände in die ihren. „Du bist ein guter Mensch und Gabriel ist ein guter Junge. Du weißt, wie sehr ich ihn liebe. Deshalb mache ich mir auch Sorgen um ihn."

„Aber das musst du nicht, Gabriel ist im Kloster gut aufgehoben."

„Für wie lange, Mädchen? Du weißt, dass die Schwestern ihn in ihr Herz geschlossen haben. Aber was wird sein, wenn er älter wird? Einen jungen heranwachsenden Mann können sie hier nicht dulden."

„Was soll ich deiner Meinung nach tun?" Forschend sah Anna die Kranke an.

„Bewahre dir dein Geheimnis, Anna. Auch für den Jungen ist es sicherlich besser so. Aber denk daran, eines Tages wird die Wahrheit ans Licht kommen. Dann wäre es gut, gewisse Vorkehrungen getroffen zu haben."

„Was meinst du damit?" Anna verstand nicht, worauf die alte Nonne hinauswollte.

„Du wirst es wissen, wenn die Zeit gekommen ist, mein

Kind. Dann erinnere dich an meine Worte! Ich werde von oben ein Auge auf euch haben."

„Wirst du nun endlich damit aufhören!", rief Anna barsch. Über ihre Wangen liefen Tränen. Sie wusste selbst, wie recht Marlis hatte. Man konnte förmlich zusehen, wie das Leben sich aus ihrem gebrechlichen Körper schlich, und dennoch wollte sie es nicht wahrhaben. Selbst nachdem Marlis vor Erschöpfung einschlief, gab sie nicht auf und wechselte unaufhörlich die Wickel an deren Beinen. Dabei fielen ihr die Worte ihres Bruders ein, an dem Tag, an dem die Mutter gestorben war. Auch er hatte ihr vorausgesagt, dass ihre Kräuter der Mutter nicht mehr helfen würden. Sie hatte ihm nicht geglaubt und ebenso gekämpft wie jetzt um Marlis. Ein Kampf, den sie nicht gewinnen konnte.

In dieser Nacht schlossen sich die Augen der alten Nonne für immer. Anna musste einsehen, dass sie machtlos dagegen war. Still saß sie am Bett der Verschiedenen und weinte bittere Tränen um sie. Erst am Morgen, nachdem die Nebelfelder sich aufgelöst hatten und zaghafte Sonnenstrahlen in die Kammer eindrangen, rief sie die anderen Schwestern und ging müde zur Kammer ihres Sohnes. Gabriel lag friedlich schlafend auf seinem Lager. Nachdenklich betrachtete sie den Jungen und dachte an Marlis' Prophezeiung. Offenbar war die alte Nonne sich sicher gewesen, dass eines Tages die Wahrheit ans Licht kommen würde. Nun fragte sich Anna, was geschehen würde, wenn sie recht behielte. Würde ihr Kind auf ewig der ungeliebte Bastard sein? Oder gab es für sie gar eine Möglichkeit, dies zu verhindern?

Marlis' Worte gingen Anna auch die nächsten Tage und Wochen nicht aus dem Kopf. Unentwegt dachte sie darüber nach, welche Vorkehrungen die Nonne gemeint haben könnte. Sollte sie zurück auf den Hof? Matthias beichten, dass Gabriel sein Sohn war? Hatte Marlis das damit sagen wollen?

Aber selbst wenn es so wäre, wie sollte sie das

anstellen? Matthias war längst vermählt. Nie und nimmer würde seine Frau bereit sein, dessen uneheliches Kind anzuerkennen. Dennoch gefiel ihr der Gedanke, in die Heimat zurückzukehren. Vor allem jetzt, wo Marlis nicht mehr lebte und sie ihre engste Vertraute verloren hatte. Seit deren Tod fühlte Anna sich unwohl im Kloster. Die Nonnen verhielten sich ihr gegenüber zunehmend zurückhaltend, manchmal sogar feindselig. All jene, die schon vor Jahren dagegen waren, dass sie mit ihrem Kind unter ihnen lebte, sahen jetzt die Möglichkeit, Anna aus ihren Reihen zu verbannen.

Selbst die Oberin äußerte in letzter Zeit immer häufiger Zweifel, dass das Kloster für Anna und Gabriel die richtige Heimat war. Gabriel wuchs zu einem jungen Mann heran, doch Anna ließ ihn weder als Ministrant ausbilden, noch konnte sie sich vorstellen, dass ihr Sohn eines Tages Mönch wurde. Ihre Tage hinter den schützenden Mauern waren gezählt, sie spürte es. Trotz allem konnte sie sich nicht dazu durchringen, die vertrauten Gemäuer des Klosters zu verlassen.

Die Entscheidung wurde ihr wenige Tage darauf abgenommen. Martin, der Mönch, kam zu ihr und bat sie um ein Gespräch. Er zeigte, im Gegensatz zu den meisten anderen, immer noch offen, wie sehr ihm an dem Jungen lag.

„Mein Beichtvater, der Generalvikar der Kongregation, schickt mich nach Wittenberg zum Theologiestudium“, eröffnete er das Gespräch. Sie saßen in der Klosterküche. Anna hatte ihnen einen Tee aus Salbei und Minze bereitet, von dem sie nachdenklich trank, während sie sich fragte, was Martins Worte für sie und Gabriel bedeuteten.

„Der Kurfürst von Sachsen hat gerade eine Universität gegründet. Dort möchte ich zum Doktor der Theologie promovieren. Das bedeutet, dass ich euch verlassen werde.“

Anna schluckte. Also würden sie auch noch Martin verlieren. Sie wusste schon jetzt, wie sehr Gabriel unter dem Verlust leiden und auch sie dessen ruhige, besonnene Art vermissen würde. Außerdem war es von Vorteil gewesen, ihren Jungen in der Gesellschaft eines Mönches zu wissen. Selbst die Nonnen tolerierten es. Wenn Martin nun ging, würde es damit endgültig vorbei sein.

„Könnt Ihr nicht auch hier studieren, Bruder Martin? Ihr seid einer der wenigen, die noch zu uns halten. Wenn Ihr geht, wird es für Gabriel und mich schwer werden, uns unter den Nonnen zu behaupten. Und wer soll meinen Sohn weiterhin unterrichten, wenn nicht Ihr?“

Martin hörte die Verzweiflung in ihrer Stimme. Auch ihm fiel es nicht leicht, den Jungen zurückzulassen. Aber es musste sein, wollte er seinen Weg gehen.

„Gabriel braucht keinen Lehrer mehr, Anna. Der Junge hat viel gelernt in den letzten Monaten. Alles, was er wissen muss, findet er in den Büchern. Mein Weg aber ist eindeutig, meine Mission klar. Ich muss diesem beklemmenden Gottesbild der Kirche, der Angst der Menschen vor himmlischer Strafe und dem Ablasshandel, der nur für die Kirche einträglich ist, entgegentreten. Es kann nicht Gottes Wille sein, dass sie sich durch materielle Bußleistungen bereichert, nur damit dem Papst sein ehrgeiziges Projekt in Rom finanziert wird.“

Martin sah Anna eindringlich an. In diesem Moment erkannte sie, dass wohl kaum jemand in der Lage war, ihn aufzuhalten. Seine nächsten Worte bestätigten es.

„Ich muss gehen, so leid es mir tut, von Euch und dem Jungen Abschied zu nehmen. Ich kann nicht länger zusehen, wie die Kirche das Evangelium verdreht und mit den Ängsten der Menschen Geschäfte macht. Damit verrät sie die Botschaft Jesu.“

Er hatte sich entschieden, Anna spürte es. Wenn sie es auch bedauerte, fühlte sie gleichzeitig Hochachtung vor dem Mönch, der nicht nur die falschen Bischöfe und Priester, sondern auch den Papst herausforderte. Sie durfte sich wahrlich glücklich schätzen, diesen ehrlichen, mutigen Menschen kennengelernt zu haben. Einen besseren Lehrer für ihren Sohn würde es wohl niemals geben. Ihr blieb nichts weiter übrig, als sich dem Schicksal zu beugen.

„Ich danke Euch für alles. Es tut mir leid, dass sich unsere Wege trennen. Deshalb versprecht mir eins!"

„Was immer Ihr wollt, Anna."

„Passt auf Euch auf! Die kirchlichen Oberhäupter werden gewiss nicht schweigend zusehen, wie Ihr Eure Vorstellungen verbreitet. Ihr plant eine gefährliche Mission, Martin."

„Und Ihr?" Martin sah in ihre Augen. „Tut Ihr nicht dasselbe?"

Anna erschrak und glaubte, mehr aus diesen Worten zu hören, als sie womöglich aussagten. Ahnte der Mönch etwa, dass sie keineswegs die reuige Sünderin war, die im Kloster Zuflucht gefunden hatte? Oder hatte Marlis ihn ins Vertrauen gezogen?

„Ich werde in acht Tagen abreisen", unterbrach der Mönch ihre Gedanken und lächelte sie an. So sehr Anna auch danach suchte, sie konnte in seinen Augen keinen Verrat erkennen. Von ihm drohte keine Gefahr. Ihr Atem wurde ruhiger. Nun galten ihre Gedanken Gabriel. Er würde den Abschied nur schwer verkraften. Als ahnte der Mönch ihre Befürchtung, kam er genau darauf zu sprechen.

„Ich möchte es dem Jungen selbst erklären, wenn Ihr nichts dagegen einzuwenden habt. Ich bin sicher, er wird es verstehen. Doch noch eines zum Schluss. Solltet Ihr oder Gabriel jemals meine Hilfe benötigen, wendet Euch ohne zu zögern an mich. Eine Botschaft genügt und ich werde Euch helfen."

„Habt Dank", antwortete Anna gerührt und hoffte doch tief im Inneren, dass sie seine Hilfe nie beanspruchen musste. Sollte es dennoch der Fall sein, waren sie wirklich in Gefahr. Ähnliche Gedanken hegte wohl auch der Mönch. Bevor er die Küche verließ, drehte er sich noch einmal zu ihr um.

„Lasst mich Euch noch einen Rat geben. Geht fort von

hier! Das Klosterleben ist nicht das Eure. Horcht in Euch! Ich bin sicher, Ihr werdet erfahren, wo Euer Platz ist."

***

Der Frühling brach bereits an, als Anna sich endlich entschied. Längst war Martin, der Mönch, auf seiner Mission und die Tränen ihres Sohnes über dessen Abschied getrocknet. Gabriel hatte Martin das Versprechen gegeben, sich selbst zu unterrichten, und genau das tat er.

Wie es sein Lehrer gewünscht hatte, widmete er sich den Büchern, die er im Kloster zur Genüge fand. So lernte er Tag für Tag dazu und überraschte Anna stets aufs Neue. Doch mit diesem neu erworbenen Wissen kamen auch die Fragen, von denen Anna befürchtet hatte, dass er sie eines Tages stellen würde.

„Ich bin nun alt genug, um zu erfahren, wer mein Vater ist. Wie lautet sein Name, Mutter?", fragte er eines Morgens beinahe beiläufig, wobei Anna nicht verborgen blieb, wie er aufgeregt an seiner Unterlippe kaute. Sie waren gerade damit beschäftigt, das Stroh ihrer Lager zu wechseln, als Gabriel sie darauf ansprach. Sie jedoch fuhr unbeirrt mit der Arbeit fort, ohne ihm eine Antwort zu geben. Dabei überschlugen sich ihre Gedanken. Sie bezweifelte, ob nun der Zeitpunkt gekommen war, an dem ihr Junge die Wahrheit erfahren sollte.

„Mutter!"

Gabriel nahm ihr das Stroh aus den Händen und zwang sie so, ihn anzusehen. Erst jetzt bemerkte sie, wie groß er geworden war. Sie sah auf seine Hände, die die ihren hielten. Das Muttermal war deutlich zu erkennen und erinnerte sie daran, wie viel Verzweiflung es in ihrem Bruder ausgelöst hatte. Wenn sie ihrem Sohn in diesem Moment die Wahrheit über dessen Herkunft verriet, würde ihm unweigerlich Ähnliches widerfahren.

„Nicht jetzt, Gabriel“, versuchte sie das Unvermeidliche abzuwenden. „Hab Geduld! Wenn du noch ein paar Jahre älter bist, werde ich dir von ihm erzählen. Es ist noch zu früh, glaub mir!“

Enttäuscht ließ der Junge seine Hände sinken. In seinen Augen brannten Tränen. Anna schnürte es die Kehle zu, als sie erkannte, wie sehr ihre Abweisung ihn verletzte. Sie rang mit sich, bevor sie sich dazu entschied, ihm zumindest einen Teil zu offenbaren.

„Setz dich zu mir!“, forderte sie ihn auf und hockte sich auf das frische Stroh.

„Ich werde meine Meinung nicht ändern, was deinen Vater betrifft. Aber ich möchte dir erzählen, woher du deinen Namen bekamst.“

Bis zum Mittag saßen sie auf dem Boden. Gabriel hörte seiner Mutter gebannt zu und erfuhr so von ihrem Bruder, der sich in jungen Jahren das Leben genommen hatte. Sie verschwieg ihm kein Detail, auch nicht den Brand der elterlichen Hütte und die Vorwürfe, die die Hebamme gegen sie erhoben hatte. Der Junge hörte schweigend zu. Seine Augen begannen zu strahlen, als sie von den weiten Feldern und der Lichtung erzählte.

„Warum können wir nicht dorthin zurückkehren, Mutter?“, fragte er. Die Bilder der alten knorrigen Eiche, die goldenen Ähren auf dem Feld, die grünen Hügel und Täler, von denen die Mutter sehnsüchtig gesprochen hatte, standen bildlich vor seinen Augen.

„Ich wünschte, wir würden dort leben.“

„Wir werden sehen, Gabriel“, erwiderte Anna.

Die Entscheidung fiel ihr nicht leicht. Schließlich musste sie auch daran denken, dass sie Gabriel der Gefahr aussetzen würde, als Bastard verschrien zu werden. Er würde nur schwer damit umgehen können. Ablehnung oder gar Feindseligkeit waren ihm fremd. Wenn einige Nonnen auch wollten, dass sie das Kloster verließen, hatten sie sich dem Jungen gegenüber stets freundlich und warmherzig gezeigt.

Andererseits lebte auf dem Gutshof nicht nur Matthias, sondern auch Gertraude, die die Rolle von Marlis nur zu gerne ersetzen würde. Sie und ihr Sohn hätten endlich wieder ein Heim. Allerdings hatte die Köchin ihr auch erzählt, dass es noch immer Gerüchte um die Umstände des Todes von Eberhardt von Lingen gab, und sie konnte nicht sagen, ob diese nach all den Jahren wirklich verstummt waren.

„Gib mir ein wenig Zeit, Gabriel!“, bat sie ihren Sohn. „Ich muss darüber nachdenken.“

Der Junge nickte ernst. Er hatte das Leuchten ihrer Augen längst bemerkt. Seine Mutter spürte dasselbe Verlangen wie er. Doch er ließ ihr die gewünschte Zeit, bis sie sich selber eingestand, dass es nur diesen Weg für sie gab.

„Ich werde ein wenig lesen“, sagte er und wandte sich zum Gehen. „Wer weiß, ob mir in Zukunft noch Bücher zur Verfügung stehen.“

Anna lächelte. Kopfschüttelnd sah sie ihrem Sohn nach. Gabriel war wirklich außergewöhnlich scharfsinnig. Sollten sie sich tatsächlich für den Hof entscheiden, würde er wohl recht behalten. Das Gesinde besaß keine Bücher, wozu auch? Keiner von ihnen war des Schreibens und Lesens mächtig. Blieb nur noch die Herrschaft, und die darum zu bitten, kam nicht infrage. Darüber musste sie sich jedoch im Moment nicht den Kopf zerbrechen. Noch hatte sie sich nicht entschieden.

Aber bereits am nächsten Tag fasste sie einen Entschluss. Sie hatte die ganze Nacht nachgedacht und war sich nun sicher, das Richtige zu tun. Sie würde noch heute zum Gut zurückkehren, alleine, ohne ihren Sohn. Sie musste erfahren, ob die Vorwürfe gegen sie noch immer im Raum standen. Erst dann konnte sie Gabriel nachholen.

Der Junge nickte, als sie ihm von ihrem Plan berichtete. Offenbar ahnte er, dass von diesem Besuch alles abhing.

Er ermutigte seine Mutter sogar, gleich am Morgen aufzubrechen. Dann konnte sie in wenigen Tagen zurück sein.

Anna befolgte seinen Rat und machte sich gleich nach einem Gespräch mit der Oberin auf den Weg. Die alte Nonne begrüßte es, dass Anna eine Möglichkeit suchte, das Kloster zu verlassen. Bereitwillig versicherte sie ihr, ein Auge auf Gabriel zu haben. Dem fiel der Abschied nicht sonderlich schwer, wie Anna bemerkte. Es drängte ihn, mit ihr gemeinsam auf dem Gut zu leben. Woher diese Sehnsucht kam, konnte sie sich nicht erklären. Nur, dass sie ein ähnliches Verlangen in sich spürte.

Doch je näher sie dem Hof kam, umso mehr zweifelte sie. Es waren viele Jahre vergangen seit ihrem letzten Besuch. Lange Jahre, in denen Matthias Zeit genug gehabt hatte, gleich mehrere Kinder zu zeugen und eine glückliche Ehe zu führen. Noch immer schmerzte es sie, wenn sie sich vorstellte, wie er Siglinde im Arm hielt. Ihre Liebe zu ihm war trotz der verstrichenen Zeit nicht weniger geworden. Würde sie den Anblick der Gutsherrin und deren Kinder überhaupt ertragen können?

Auch aus diesem Grund wartete Anna bis zum Anbruch der Dunkelheit, bevor sie den Gutshof betrat. Sie hatte sich vorgenommen, zuerst ein Gespräch mit Gertraude zu führen. Wenn die Köchin ihr bestätigte, dass man sie noch immer für den Tod des einstigen Gutsherrn verantwortlich machte und Matthias ein zufriedenes Leben führte, würde sie bereits vor dem Morgengrauen den Hof verlassen und ins Kloster zurückkehren. Dann mussten Gabriel und sie sich eine andere Heimat suchen. Aber vorher wollte sie Gewissheit haben, dafür war sie gekommen.

Sie fand Gertraude in der Küche. Die Köchin war gerade damit beschäftigt, den Boden aufzuwischen, als Anna sie begrüßte. Erschrocken sah die alte Frau auf. Doch nachdem sie erkannt hatte, wer da hinter ihr stand, begann sie zu strahlen. Dabei liefen ihr Tränen über das faltige Gesicht.

„Anna, was für eine Freude, dich zu sehen. Wo kommst du denn so plötzlich her? Wo ist dein Sohn? Geht es dem Kleinen gut?"

„Der Kleine ist inzwischen beinahe so groß wie du", erwiderte Anna lachend. „Und wenn du es genau wissen möchtest, bin ich wegen ihm hier."

„Was willst du damit sagen?"

„Gabriel möchte den Hof kennenlernen. Offenbar sieht er hier seine Heimat."

„Womit der Junge wohl recht hat. Es ist viel Zeit vergangen, Anna. Ich habe so oft an euch gedacht. Das Leben im Kloster kann auf Dauer nicht gut für ihn sein."

„Das sieht er wohl ähnlich." Anna seufzte. „Aber ich möchte ihn keiner Gefahr aussetzen. Deshalb komme ich dieses Mal ohne ihn. Sag mir, Gertraude! Reden die Leute noch immer?"

„Nein, Anna." Die Köchin schüttelte den Kopf. „Inzwischen sind die Zustände im Gutshaus viel interessanter. Keine Menschenseele spricht noch von dir."

„Das ist gut."

Anna atmete erleichtert auf. Wenn es stimmte, was Gertraude sagte, stand ihrer Rückkehr nichts im Wege. Gabriel würde über diese Nachricht glücklich sein.

„Wie geht es Matthias?"

Die Frage kam schneller, als sie gewollt hatte. Aber Gertraudes Andeutungen hatten sie neugierig gemacht, was sich noch steigerte, als die Köchin nun betrübt den Kopf schüttelte und sich auf einen Schemel fallen ließ.

„Ich kann nur wiederholen, was die Leute sich zuflüstern. Offenbar hat sich die Ehe mit der Tochter des Tübingers ganz anders entwickelt, als er erwartet hat. Schon kurz nach ihrer Vermählung zeigte seine frischangetraute Ehefrau ihr wahres Gesicht. Dabei war er mit den besten Absichten in diese Verbindung gegangen. Gleich nach den Feierlichkeiten hat sie sich eine eigene Kammer herrichten lassen und das, obwohl Matthias sich nichts sehnlicher wünscht als einen Erben. Aber wie soll er den bekommen, wenn sie nicht einmal das Schlafgemach teilen?"

„Das bedeutet, Matthias hat noch immer keinen Sohn?"

Angespannt hatte Anna zugehört. Also war das eingetreten, was sie schon damals prophezeit hatte. Normalerweise hätte sie nun glücklich sein müssen. Damit war Gabriel Matthias' Erbe. Doch sie empfand Mitleid mit ihm.

„Das ist längst nicht alles", unterbrach Gertraude ihre Gedanken. „Siglinde hat sich der Hebamme anvertraut, die natürlich nichts Besseres zu tun hatte, als weitere Gerüchte zu streuen. Angeblich hat Matthias sein Weib zu den ehelichen Pflichten gezwungen. Die Gutsherrin trägt ein Kind im Leib."

„Niemals, das kann ich nicht glauben", platzte es aus Anna heraus. Sie schüttelte den Kopf. Sie kannte Matthias und erinnerte sich gut daran, wie sehr er verabscheut hatte, wenn sein Vater sich genommen hatte, wonach ihn gelüstete. Allerdings waren inzwischen Jahre vergangen. Woher sollte sie wissen, ob er sich nicht verändert hatte?

„Wenn es wahr ist, erfüllt sich zumindest sein Wunsch nach einem Erben. Du weißt selbst, dass er das Recht dazu hat. Für mich könnte das bedeuten, dass ich mit Gabriel hier leben kann. Niemand wird ihn beachten, wenn das herrschaftliche Kind erst geboren ist."

Anna hätte Erleichterung spüren müssen, aber davon war sie weit entfernt. Siglinde trug ein Kind im Leib, damit würde ihr Sohn der Bastard bleiben. Das Einzige, was sie tröstete, war, dass niemand außer Gertraude davon wusste.

„Ich würde mich von Herzen freuen, Gabriel endlich kennenzulernen. Es ist viel Zeit vergangen, Anna. Niemand wird daran Anstoß nehmen, wenn du zurückkehrst. Erst recht nicht, seit Matthias den Hof führt. Er wird es nicht dulden, dass dir oder deinem Sohn ein Leid geschieht."

Da war sich Anna gar nicht so sicher, doch sie behielt ihre Bedenken für sich. Sie fürchtete auch nicht Matthias' Reaktion, wenn sie tatsächlich heimkehrte. Es war vielmehr die neue Gutsherrin und auch Matthias' Mutter, die ihr Sorge bereiteten. Frauen hatten ein Gespür für die Geheimnisse anderer. Außerdem gab es da immer noch das Muttermal.

„Ich werde eine Nacht darüber schlafen", sagte sie zur Köchin, die daraufhin nickte.

„Du kannst die Kammer haben. Ich werde in der Schmiede schlafen."

„Danke, Gertraude."

Anna umarmte sie. Dann machte sie sich auf den Weg zu dem winzigen Raum über der Küche. Doch bevor sie die Treppe erreichte, tauchte eine andere Gestalt auf. Da es bereits duster war, erkannte Anna nicht, wer da auf sie zutrat.

„Grüß Gott", sagte sie beiläufig und wandte sich zur Treppe.

„Bist du also zurückgekehrt?"

Anna erschrak. Die Stimme, die sie ansprach, hörte sich kalt und bedrohlich an. Misstrauisch blieb sie stehen, bis sie das Gesicht der Frau erkennen konnte. Es war Siglinde, die aus unerklärlichen Gründen über den Hof schlich.

„Guten Abend, Herrin", sagte sie. „Es ist lange her, seit wir uns sahen."

„Nicht lange genug", stieß die Gutsherrin hervor.

„Was wollt Ihr damit sagen? Gibt es einen Grund für Euer Auftreten?"

Siglinde schwieg und schaute Anna nur an. Diese sah, wie sie mit sich rang. Letztendlich schienen die Gefühle über die Vernunft zu siegen. Voller Hass erwiderte sie Annas fragenden Blick.

„Glaubst du wirklich, ich könnte dich vergessen, Anna Seidler? Einen Tag vor meiner Vermählung habe ich meinen zukünftigen Gemahl gefragt, ob ich wirklich die Richtige sei. Ich selbst zweifelte nicht daran und ging wie selbstverständlich davon aus, dass er seine Wahl aus denselben Gründen getroffen hatte. Doch dann sprach er von einer Magd. Ich habe sofort gespürt, dass diese unsägliche Verbindung ihm mehr bedeutete, als er zugab. Er konnte mir noch so oft versichern, dass es vorbei sei und er dieser Liebelei keine Wichtigkeit beimaß. Ich wusste es besser und konnte es in seinen Augen sehen."

Anna schluckte. Sie erinnerte sich nur zu gut an dieses Gespräch, das sie unfreiwillig belauscht hatte. Dennoch glaubte sie nicht einen einzigen Moment daran, dass Siglinde mit ihrer Behauptung richtig lag. Es war die Eifersucht, die aus ihr sprach. Vermutlich konnte sie es nicht verwinden, dass Matthias in den Armen einer anderen Frau glücklich gewesen war. Offenbar bemerkte sie nicht einmal, wie sie damit ihre eigene Liebe erstickte.

„Ich weiß nicht, wovon Ihr sprecht", wich sie aus. Die Gutsherrin konnte unmöglich erfahren haben, dass sie diese Magd gewesen war.

„Du lügst, wie du immer gelogen hast. Ich kenne die Wahrheit. Die Hebamme hat jeden deiner Schritte verfolgt. Du wirst es nicht wagen, mir gegenüber zu leugnen, dass du meinen Mann verführt hast."

„Matthias und ich …"

„Schweig!" Siglinde hob ihre Hand. Aus ihren Augen sprühte blanker Hass.

„Du wirst ihn nie wieder Matthias nennen! Für dich ist er der Gutsherr. Ich bin seine Frau und trage sein Kind unter dem Herzen. Sollte ich jemals erfahren, dass du dich ihm näherst, wirst du es bereuen."

Ihre Hände strichen über den Leib. Dann wandte sie sich um und ging.

***

Bevor ich an diesem Morgen nach Hause fuhr, ging ich in der Apotheke vorbei und besorgte mir einen Test. Natürlich hätte ich ihn auch aus der Klinik mitnehmen können. Doch dann wäre ich um eine Erklärung nicht herumgekommen und hätte vermutlich die Gerüchteküche in Gang gesetzt, bevor ich selber Gewissheit hatte. Um das zu vermeiden, nahm ich den Umweg gerne in Kauf.

Als ich zu Hause ankam, wartete Noel bereits auf mich. Er hatte frischen Kaffee gekocht und Rührei gemacht. Es roch fantastisch.

„Musst du nicht zur Arbeit?“, fragte ich und setzte mich zu ihm.

„Ich fange heute später an. Wie war die Nacht?“

„Frag lieber nicht!“

Ich stöhnte und aß ein wenig von dem Ei. Dabei bemerkte ich Noels besorgten Blick. Gleich würde er mir sagen, dass ich endlich in den Tagdienst wechseln sollte.

„Die Nachtschichten sind auf Dauer nicht gut für dich, Marie. Ich würde mir wirklich wünschen, dass du damit aufhörst.“

„Vielleicht tue ich das ja schneller, als du glaubst.“

Meine Hand glitt in meine Tasche, in der der Test lag. Am liebsten wäre ich jetzt sofort ins Badezimmer gestürmt. Ich konnte es kaum erwarten, das Ergebnis zu erfahren. Aber ein klein wenig hatte ich auch Angst davor und zögerte es deshalb zumindest so lange hinaus, bis ich Noel eingeweiht hatte.

„Du denkst tatsächlich darüber nach?“, fragte er mich erstaunt. „Die Nacht muss ja ziemlich schlimm gewesen sein. Willst du darüber reden?“

„Wo soll ich anfangen? Wir haben einen Neuzugang bekommen, ein kleines Mädchen. Du müsstest sie sehen, Noel. Sie ist so hübsch. Es bricht mir das Herz, sie in diesem Zustand zu wissen.“

Ich trank einen Schluck Kaffee, während ich an Amelie dachte.

„Aber es gibt auch gute Neuigkeiten. Frau Mehring hat

auf die Herztöne ihres Kindes reagiert. Die Ärzte gehen davon aus, dass sie möglicherweise aus dem Koma erwacht, wenn auch niemand sagen kann, wann das sein wird. Trotzdem ist es ein Wunder. Du musst dir das nur einmal vorstellen! Da wünscht sich diese Frau die ganze Zeit ein Kind und hat diesen Unfall, bevor sie erfährt, dass sie schwanger ist. Und nun hilft ihr dieses Baby, ins Leben zurückzufinden."

„Hört sich wie ein wunderbarer Roman an." Noel lächelte.

„Ja, vielleicht, dennoch ist es Realität. Es ist unglaublich, welche Wunder der Herzschlag eines Kindes vollbringen kann."

Ich atmete tief durch und legte die Gabel beiseite. Dann sah ich Noel an, der plötzlich die Stirn runzelte und meinen Blick fragend erwiderte. Natürlich hatte er längst bemerkt, wie nervös ich war.

„Was ist los, Marie? Was ist wirklich der Grund, dass du die Nachtdienste aufgeben willst?"

Er traf wie immer genau ins Schwarze. Trotz meiner Aufregung musste ich lächeln. In diesem Moment spürte ich wieder einmal, wie sehr ich ihn liebte. Deshalb konnte ich ihn auch nicht länger hinhalten.

„Mir war heute Nacht übel, eine Kollegin musste die Station kurzzeitig übernehmen."

„Was? Du bist krank und hast weitergearbeitet? Meine Güte, Marie, warum hast du nicht deine Chefin informiert, dass sie einen Ersatz für dich findet? Ich kann nicht glauben, dass du …"

„Stopp!", fiel ich ihm ins Wort. „Ich bin nicht krank, Noel. Glaube ich zumindest."

„Was soll das heißen? Sagtest du nicht eben, dass dir schlecht war?"

„Ja, Noel, das sagte ich." Ich grinste. „Aber dafür muss eine Frau nicht gleich krank sein."

„Nicht? Was ist es dann? Du …"

Er brach ab und riss die Augen auf. Dabei schüttelte er den Kopf.

„Willst du damit sagen …?"

„Ja. Nein! Ich weiß es noch nicht sicher, Noel. Aber ich denke schon. Deshalb bin ich vorhin bei der Apotheke vorbeigefahren und habe einen Test besorgt."

„Worauf wartest du dann noch?" Noel sprang auf und zog mich zu sich hoch. Im nächsten Moment jedoch drückte er mich zurück auf den Stuhl.

„Nur keine Hektik", sagte er. „Iss in Ruhe dein Ei! Wir haben Zeit. Aufregung ist jetzt nicht gut für dich. Möchtest du lieber einen Tee?"

Ohne eine Antwort abzuwarten, schaltete er den Wasserkocher ein und kramte nach einem Teebeutel, bevor er statt der Zuckerdose Salz dazustellte. Ich schüttelte lachend den Kopf. Wenn hier einer aufgeregt war, dann er.

„Okay, das reicht!" Ich stand auf und holte den Test aus meiner Tasche. „Bevor du losziehst und einen Kinderwagen kaufst, lass uns erst einmal den Test machen. Vielleicht irre ich mich ja und habe doch nur etwas Falsches gegessen."

„Denkst du?"

„Ich weiß es nicht, Noel, und jetzt hör auf damit, so nervös zu sein! In ein paar Minuten wissen wir, was los ist. Ich geh dann mal."

Ich verschwand im Badezimmer. Nun hatte es mein Verlobter tatsächlich geschafft, dass ich es kaum noch erwarten konnte, das Ergebnis zu sehen. Während ich kurz darauf angespannt auf den Test starrte, hörte ich, wie er vor der Tür hin und herlief.

„Und?", fragte er. „Bist du fertig?"

„Ja." Ich öffnete die Tür. „Lass uns gemeinsam warten, okay? Wenn zwei Streifen auftauchen, bin ich schwanger. Ansonsten war die ganze Aufregung umsonst."

Anstelle einer Antwort legte Noel den Arm um meine Schulter und drückte mich an sich. Dabei spürte ich, wie sich sein Brustkorb heftig hob und senkte. Im selben Moment stieß er hart die Luft aus. Auf dem Test tauchte gerade der zweite Streifen auf.

„Heißt das, wir bekommen ein Kind?“, presste er hervor.

„Sieht so aus“, antwortete ich mit zitternder Stimme. Das Ergebnis überwältigte mich. Bis eben hatte ich noch geglaubt, mir das Ganze nur einzubilden. Aber der Test sprach für sich.

„Ich bin schwanger, Noel!“

***

Zwei Monate behielt ich die Schwangerschaft für mich und hatte auch Noel darum gebeten. Nur Maja wusste Bescheid. Meine Freundin war völlig aus dem Häuschen gewesen, als ich ihr davon erzählt hatte, und schmiedete seitdem Pläne, was wir mit unseren Kindern alles gemeinsam machen könnten, wenn sie erst auf der Welt wären. Was bei Maja nicht mehr allzu lange dauern würde. Sie arbeitete längst nicht mehr in der Klinik, sondern war vollauf damit beschäftigt, das Kinderzimmer einzurichten.

Und natürlich wusste auch Doktor Schilling davon. Er hatte mich nach dem Test untersucht und das Ergebnis bestätigt. Allerdings war der Arzt an die Schweigepflicht gebunden, sodass keine meiner Kolleginnen davon erfuhr.

Ich brauchte diese Zeit für mich. Doch inzwischen hatte ich mich nicht nur an den Gedanken gewöhnt, Mutter zu werden und freute mich darauf, sondern besaß auch einen kleinen Bauch, den ich nicht mehr viel länger verbergen konnte. Also beschloss ich, mit Schwester Elke zu reden, die mich zum vereinbarten Zeitpunkt etwas misstrauisch empfing.

„Ich hoffe, Sie haben nicht vor zu kündigen“, platzte es aus ihr heraus, kaum dass wir in ihrem Büro saßen. „Sonst kann ich die Station bald schließen. Ich habe heute drei Krankmeldungen erhalten. Wenn das so weitergeht …"

Sie seufzte. „Also, was kann ich für Sie tun, Marie?"

„Ich …", begann ich zu stottern. Ihre Anmerkungen machten es mir nicht gerade leicht.

„Ich habe nicht vor zu kündigen."

„Aber?"

„Ich kann nicht länger im Nachtdienst arbeiten."

„Oh, ich dachte, es gefällt Ihnen, nachts zu arbeiten. Haben Sie nicht deshalb die Stelle der stellvertretenden Pflegedienstleiterin abgelehnt?"

„Das stimmt. Allerdings wusste ich da noch nicht, dass ich schwanger bin."

Es war raus. Ich atmete auf. Schwester Elke hingegen zog scharf die Luft ein. Irgendwie tat sie mir inzwischen leid. Wir waren auch so schon ständig unterbesetzt in der Klinik und nun fiel ich demnächst auch noch aus. Etwas kläglich sah ich zu ihr hin. Sie versuchte zu lächeln, was ihr nur schwer gelang.

„Ich gratuliere Ihnen natürlich, Marie. Aber bitte tun Sie mir einen Gefallen!"

„Gerne. Um was geht es?"

„Stecken Sie nicht noch mehr Kolleginnen damit an. Ich habe nämlich keine Ahnung, wie ich dann den Dienstplan machen soll."

„Es ist kein Virus", versuchte ich, auf ihren Scherz einzugehen.

„Hoffentlich", stöhnte sie. „Und nun lassen Sie uns besprechen, wie es weitergeht. Sie könnten bis zum Mutterschutz im Tagdienst arbeiten. Wäre das okay für Sie?"

„Selbstverständlich", antwortete ich und fragte mich, wer dann wohl meine Nachtschichten übernehmen würde. „Danke."

„Sie müssen mir nicht danken, es gibt klare Regeln, was die Arbeitszeiten einer Schwangeren betrifft. Ich bin schon froh, dass Sie nicht ganz ausfallen.

Ihnen geht es doch gut, oder?“

„Sehr gut.“

„Na, da bin ich ja beruhigt. Unserer Autorin übrigens auch. Doktor Schilling hat heute die Feindiagnostik durchgeführt. Frau Mehring wird einen Jungen zur Welt bringen.“

„Weiß sie es schon?“

„Ihr Mann weiß es und freut sich sehr. Was im Kopf der Patientin vor sich geht, kann leider noch immer niemand sagen. Tatsache ist, dass sie bei jedem CTG einen beschleunigten Puls hat und auf Fingerdruck reagiert. Die Fortschritte, die wir uns erhofft hatten, bleiben aber aus.“

„Sie wird aufwachen, ich glaube fest daran.“

„Ich wünsche von Herzen, dass Sie recht behalten, Marie. Das Kind braucht seine Mutter. Aber das wissen Sie ja jetzt selbst am besten. Und nun gehen Sie und überbringen Sie den Kolleginnen die freudige Nachricht. Ab nächste Woche arbeiten Sie dann im Tagdienst, bis dahin haben Sie frei.“

„Vielen Dank, Schwester Elke.“

Ich stand auf und ging zur Tür. Damit war auch das geschafft. Meinen Kolleginnen von der Schwangerschaft zu berichten, würde mir eindeutig leichter fallen.

„Schwester Marie“, rief meine Vorgesetzte mir nach. Ich drehte mich zu ihr um.

„Falls es sich eben anders angehört hat, ich freue mich wirklich für Sie. Sie werden eine richtig gute Mutter sein.“

Ich nickte. Die Worte, die ich eigentlich sagen wollte, steckten irgendwo in meiner Kehle fest. Schwester Elke war nicht gerade bekannt dafür, Gefühle zu zeigen. Sie führte die Station streng, aber gerecht. Umso mehr rührte es mich, dass sie nun eine Ausnahme machte.

Meine Kolleginnen hingegen hielten sich nicht zurück, was ihre Emotionen betraf, nachdem ich ihnen die Nachricht überbracht hatte. Sie beglückwünschten und umarmten mich. Natürlich wurde ich gefragt, was es werden würde und ob ich bereits einen Namen ausgesucht hätte. Als ich verneinte, begannen sie, mir unzählige Vorschläge zu machen.

Ich atmete auf, als sie endlich gegangen waren und ich alleine auf der Station zurückblieb, auch wenn Schwester Elke dafür gesorgt hatte, dass die Kollegin der Nachbarstation die Kontrollgänge mit mir machte. Schon aus dem Grund, da ich nicht mehr schwer heben sollte. Es war ihre Art zu zeigen, dass sie auf ihre Schützlinge achtete. Ich war ihr dankbar dafür.

Im Moment aber war ich nur froh, die gewohnte Stille zu spüren. Langsam ging ich durch den Flur. Es ist mein letzter Nachtdienst, dachte ich etwas wehmütig. In Zukunft würde ich weder an irgendwelchen Betten sitzen und Geschichten vorlesen, noch einseitige Gespräche führen. In der Hektik der Tagdienste blieb dafür leider keine Zeit.

Nachdenklich öffnete ich die Tür zu Amelies Zimmer. Von der Kollegin des Spätdienstes hatte ich erfahren, dass das Antibiotikum endlich anschlug und der Harnwegsinfekt rückläufig war. Damit sank auch das Risiko für Folgeerkrankungen deutlich.

„Hallo, Amelie, ich bin es, Marie."

Ich strich ihr übers Haar. Dabei bemerkte ich den Teddy, der über ihrem Kopf saß. Er war neu und wirkte in dieser erhöhten Position wie ein Beschützer für das Mädchen.

„Hast du einen neuen Freund?", fragte ich sie und schaute in ihre leeren Augen. Anstatt einer Antwort floss Speichel aus ihren Mundwinkeln. Ich nahm ein Tuch und wischte ihn weg.

„Wie wollen wir ihn nennen? Irgendwelche Vorschläge? Nein? Ach komm, er kann doch nicht namenlos bleiben. Was hältst du von Mischa?"

Amelies Augäpfel bewegten sich zur Seite. Ich deutete es als Ablehnung.

„Okay, dann nicht. Lass mich überlegen!"

Ich nahm das Stofftier zur Hand und sah es mir

genauer an. Der Teddy war braun, nur an den Tatzen befanden sich helle Flecken, was sehr lustig aussah. Ein wenig erinnerte er mich an den Bären, den ich als Kind in einem Zirkus gesehen hatte. Es war bei einem der seltenen Ausflüge gewesen, die das Kinderheim organisierte. Ein riesiger Bär hatte kleine Kunststücke vorgeführt und ich mich sofort in ihn verliebt. Er wirkte so fröhlich dabei.

„Weißt du was?", fragte ich meine kleine Patientin. „Wir nennen ihn Balu. Wenn du aufwachst und dir der Name nicht gefällt, wählst du einfach einen anderen, okay?"

Ich setzte den Teddy zurück an seinen Platz.

„Pass gut auf sie auf, Balu!", sagte ich, bevor ich das Zimmer verließ. Im Flur angekommen, schüttelte ich lächelnd den Kopf. Für einige meiner Kolleginnen war es schon merkwürdig, dass ich mit den Patienten sprach, als könnten sie mir antworten. Wenn eine von ihnen erfuhr, dass ich dasselbe jetzt auch mit Kuscheltieren tat, würden sie mich endgültig für verrückt erklären. Dann blieb mir nur noch, die Hormone der Schwangerschaft dafür verantwortlich zu machen.

Unwillkürlich strich ich über meinen Bauch. Noch bewegte sich das Kind nicht und dennoch spürte ich mit jeder Faser meines Körpers, dass ich es in mir trug. Ich liebte es schon jetzt so sehr. Genau wie Noel, der offensichtlich ebenso schwanger zu sein schien wie ich. Seit Kurzem teilte er sogar meinen Geschmack für Weintrauben mit Marmelade.

Lächelnd ging ich weiter, als mich das Telefon aus meinen Gedanken riss. Es war Lisa, die Kollegin, die mich unterstützen sollte. Sie wollte mich nur daran erinnern, dass sie die Lagerungen übernehmen würde und ich auf keinen Fall die schweren Wäschesäcke entsorgen sollte. Es war rührend, wie besorgt sie um mich war.

„Du kannst dich gerne zu Frau Mehring setzen und ihr vorlesen", schlug sie mir vor. „Immerhin ist es deine letzte Nacht und auch die machst du nur, weil Schwester Elke auf die Schnelle keinen Ersatz gefunden hat. Wie ich hörte, hast du es ihr heute erst gesagt."

„Stimmt, das heißt aber nicht, dass ich jetzt einen Schonplatz brauche. Ich bin nur schwanger, nicht krank."

„Keine Widerrede, es ist im Moment sowieso nicht viel zu tun. Also kannst du mit unserer Autorin beruhigt ein Gespräch von werdender Mutter zu werdender Mutter führen. Lass dir ruhig Zeit, den Rest übernehme ich."

„Danke, aber die Medikamente richte ich später selber, in Ordnung?"

„Natürlich, bis gleich."

Sie legte auf. Ich blieb einen Moment unschlüssig stehen. Normalerweise würde ich jetzt von Zimmer zu Zimmer gehen und die Patienten lagern. Da das die Kollegin übernahm, blieb mir eine Menge Zeit, bis ich mich um die Medikamente kümmern musste. Kurzentschlossen nahm ich ihren Vorschlag an und machte mich auf den Weg zu Claudia. Der Gedanke, mich von Mutter zu Mutter zu unterhalten, gefiel mir.

„Hallo, Claudia", begrüßte ich sie und setzte mich zu ihr ans Bett. „Heute bin ich es, die Neuigkeiten für dich hat. Eigentlich hätte ich es dir schon längst verraten können. Aber ich brauchte ein wenig Zeit, verstehst du?"

Ich schaute sie an. Dabei fragte ich mich, wie es wohl wäre, wenn wir uns tatsächlich über unsere Schwangerschaften austauschen könnten. Spürte sie dasselbe Glücksgefühl wie ich, trotz ihres Zustandes? Hatte sie mitbekommen, dass sie einen Jungen zur Welt bringen würde? Und wie lange dauerte es wohl, bis sie ihn in die Arme nehmen konnte. Würde sie das überhaupt jemals tun?

„Natürlich verstehst du mich", sagte ich leise. „Wer, wenn nicht du? Wir brauchten beide etwas Zeit, nicht wahr?"

Auf Claudias Stirn bildeten sich kleine Schweißperlen. Als ich zum Monitor schaute, bemerkte ich, dass ihr Puls sich beschleunigte. Ohne zu zögern nahm ich ihre Hand und drückte sie.

„Du hörst mich, nicht wahr? So, wie du den Herzschlag deines kleinen Jungen hörst. Du kannst es nur noch nicht zeigen."

Ohne es zu wollen, liefen mir Tränen über die Wangen.

„Bitte, wach auf, Claudia! Für dich, deinen Mann, aber vor allem für ihn!"

Ich legte meine freie Hand auf ihren Bauch. Dabei spürte ich, wie das Kind sich bewegte. Das Gefühl war unbeschreiblich. Unter meinen Fingern beulte sich die Haut aus. Vor Aufregung hielt ich den Atem an.

Gerade wollte ich Claudia erzählen, wie es sich anfühlte, ihr Kind zu spüren, als ich etwas in ihren Augen bemerkte. Im ersten Moment glaubte ich, mich zu irren. Wie gebannt starrte ich sie an, während sich eine einzelne Träne von ihren Wimpern löste und sich ihren Weg bahnte. Dann folgte die nächste. Meine Kehle schnürte sich zu.

Natürlich wusste ich, dass unsere Patienten fähig waren zu weinen oder auch zu lächeln. Aber Claudia tat es zum ersten Mal. Für mich stand fest, dass es kein Zufall war, wenn ich es medizinisch gesehen auch nicht beweisen konnte. Irgendein Gefühl tief in mir drin sagte mir, dass sie mich verstanden hatte.

„Ich weiß, dass du da bist, Claudia. Jetzt musst du es nur noch den anderen zeigen, okay?"

Ich atmete tief ein. Dann nahm ich das Manuskript zur Hand. Es fühlte sich gut an. Meine Zuversicht, dass mir die Patientin vielleicht schon bald erklären konnte, was es mit dem Roman auf sich hatte, wuchs. Und vielleicht konnte ich ihr ja dabei helfen, indem ich ihr weiterhin vorlas. Ich war jedenfalls bereit, es zu versuchen, und schlug das Buch auf. Schon wenige Minuten später war ich in die Geschichte versunken.

***

„Nun ist es also so weit“, sagte Anna wenige Tage später vor sich hin und seufzte, während ihr Blick über den Hof des Klosters schweifte. Sieben Jahre hatte sie hier verbracht und doch wirkte plötzlich alles so fremd, seit Marlis nicht mehr da war.

Gleich nachdem sie von Gut Lingen zurückgekehrt war, hatte sie ihrem Sohn und den Nonnen ihre Entscheidung mitgeteilt. Den Schwestern war die Erleichterung deutlich anzusehen, was Annas Entschluss noch bekräftigte. Gabriel hingegen war ihr überglücklich um den Hals gefallen. Seit Tagen bedrängte er sie mit Fragen. Er wollte alles wissen, was mit dem Gutshof zusammenhing. Doch Anna vertröstete ihn und versicherte ihm, dass er schon bald selbst erfahren würde, wie es sich anfühlte, außerhalb der klösterlichen Gemäuer zu leben.

Anna nahm ihr Bündel auf. Im selben Augenblick kam der Junge angerannt. Stolz hielt er ein eingebundenes Buch in den Händen. Mit seinen anderen wenigen Habseligkeiten schnürte er es zusammen und warf sich das Bündel über seine Schultern.

„Was ist das?“, fragte Anna misstrauisch. „Du hast doch nicht etwa gestohlen, Gabriel?“

Der Junge errötete. Aber gleich darauf begannen seine Augen ärgerlich zu funkeln.

„Ich würde das Kloster niemals bestehlen. Glaubst du etwa, ich hätte vergessen, was die Schwestern für uns getan haben?“

„Schon gut, es war dumm von mir, auch nur einen Moment an dir zu zweifeln.“

Beruhigend streichelte Anna über seinen Kopf, der mittlerweile ihre Brust erreichte. Wie hatte sie nur fragen können? Gabriel war ein guter Junge, dem man die Erziehung im Kloster deutlich anmerkte. Er wäre nicht fähig, ein Unrecht zu tun.

„Martin schenkte mir dieses Buch, bevor er ging.“

„Es ist gut“, besänftigte Anna ihn, die ihre Worte

längst bereute. „Ich glaube dir. Und nun lass uns gehen! Vor uns liegt ein weiter Weg."

Daraufhin lächelte Gabriel. Er freute sich, das Kloster endlich verlassen zu können. Schließlich hatte er nie hinter die dicken Mauern geblickt und kannte die Welt draußen überhaupt nicht. Aufgeregt trippelte er von einem Fuß auf den anderen.

„Wo werden wir uns niederlassen, wenn wir angekommen sind, Mutter? Du selbst hast mir erzählt, dass die Hütte dem Feuer zum Opfer fiel."

„Wir werden auf dem Hof leben", antwortete Anna und lief ihm voraus zum Tor.

„Vielleicht können wir eine Zeit lang bei Gertraude unterkommen. Später suchen wir etwas Geeignetes."

„Was ist, wenn der Gutsherr Einwände erhebt?"

Gabriel war erstaunt über die Zuversicht der Mutter.

„Mach dir keine Sorgen, mein Sohn! Das wird er nicht, und wenn …"

Anna schloss das Tor hinter sich und warf einen Blick zurück. Doch niemand war gekommen, um ihnen zu winken. Gleichgültig zuckte sie die Schultern und wandte sich ab. Erst dann beendete sie ihren Satz.

„Und wenn er es tut, werde ich ihn dazu bringen, seine Meinung zu ändern."

„Wie willst du das anstellen?"

„Ich kenne Matthias von Lingen. Glaub mir, er wird tun, was ich verlange."

Schweigend liefen sie weiter. Erst als die Sonne längst untergegangen war und sie kaum noch erkennen konnten, wohin sie liefen, machten sie Rast und schlugen unter den Bäumen, die auf der Lichtung standen, ihr Lager auf. Der Platz war gut gewählt. Das dichte Geäst schützte sie nicht nur vor der nächtlichen Kälte, sondern gleichzeitig vor den Blicken anderer, sollte sich wahrlich jemand in diese Einöde verirren.

Sobald der Morgen graute, weckte Anna den Jungen. Schweigend aßen sie einen Kanten Brot und kalte

Kartoffeln, die Anna aus der Klosterküche mitgenommen hatte. Dann liefen sie weiter. Kein Mensch begegnete ihnen, bis Anna in der Ferne Gut Lingen erkannte.

„Wir sind angekommen. Das ist der Hof", sagte sie zu ihrem Sohn, während ihr Herz laut zu schlagen begann. Nur zu gerne hätte sie ihm jetzt versichert, dass es auch sein Hof sei. Bei dem Gutsherrn handelte es sich schließlich um seinen Vater. In Gabriels Adern floss das Blut der von Lingens. Aber es war zu früh, dieses Wissen preiszugeben. Auch ihr Junge durfte zumindest zu diesem Zeitpunkt kein Wort davon erfahren.

Sie waren stehen geblieben und sahen von der Anhöhe andächtig auf das Gut hinunter. Selbst von hier oben war zu erkennen, wie emsig Knechte und Mägde ihrer Arbeit nachgingen. Sogar der Hammer des Schmiedes war zu hören. Bei diesem Gedanken stieg Vorfreude in Anna auf. Sie konnte es kaum erwarten, Gertraude wiederzusehen. Die Köchin gehörte zu den wenigen Menschen, denen sie bedingungslos vertraute. Es würde guttun, einen solchen in ihrer Nähe zu wissen.

„Lass uns gehen", wandte sie sich an Gabriel. „Gertraude wird vielleicht Augen machen, wenn sie dich zu Gesicht bekommt."

Doch als sie den Hof betraten, war es ausgerechnet die Gutsherrin, der sie über den Weg liefen. Siglinde von Lingen wartete auf die Hebamme, nach der sie eine Magd geschickt hatte, nachdem sie ein schmerzhaftes Ziehen im Leib verspürte. Doch statt der erwarteten Hebamme betrat Anna den Hof, die tatsächlich zurückkehrte. Siglindes Blick fiel auf den Jungen, der erschöpft, aber auch außergewöhnlich hübsch aussah.

„Grüß Gott, Seidlerin", sagte sie von oben herab. „Ist er der Grund, dass du wieder einmal deine Heimat verlässt?"

Sie zeigte auf Gabriel, der daraufhin den Kopf senkte. Es war offensichtlich, dass die Gutsherrin ihn für einen Bastard hielt. Sofort erwachte der alte Zorn in Anna.

„Gut Lingen ist meine Heimat“, antwortete sie stolz. „Ich lebte bereits hier, als von Euch noch keine Rede war.“

Der Schlag saß. Anna bemerkte, wie das Gesicht der Gutsherrin rot anlief. Gleichzeitig wusste sie, dass sie sich zügeln musste. Immerhin wollte sie mit ihrem Sohn auf dem Hof leben. Wenn sie schon bei ihrer Ankunft für Ärger sorgte, konnte es gut möglich sein, dass ihr das verwehrt wurde.

„Offenbar vergisst du, wer vor dir steht“, stieß Siglinde hervor. „Ich bin die Gutsherrin von Lingen. Du hast mir zu folgen und …“

„Anna!“

Bevor die Gutsherrin ihren Satz beenden konnte, kam Gertraude auf den Hof gerannt. Ohne auf Siglinde zu achten, riss sie die Magd in die Arme und drückte sie an sich. Dann wandte sie sich dem Jungen zu, der offenbar ahnte, dass es sich um die Köchin handelte, von der seine Mutter ihm so viel erzählt hatte.

„Du musst Gabriel sein“, stellte Gertraude fest und nahm ihn ebenfalls in den Arm. „Was für ein hübscher Junge du bist.“

„Genug der Freude“, unterbrach die Gutsherrin das Wiedersehen. Es störte sie, dass Anna so innig willkommen geheißen wurde. „Ich bezahle euch nicht fürs Rumstehen.“

„Entschuldigt“, bat Gertraude sofort und wollte der Aufforderung gerade Folge leisten, als Matthias durch das Tor geritten kam. Natürlich bemerkte auch er den kleinen Aufruhr vor der Schmiede. Daraufhin wendete er das Pferd und ritt darauf zu. Siglinde, die eben zurück ins Gutshaus gehen wollte, hielt inne und rührte sich nicht vom Fleck.

Währenddessen stieg Matthias vom Pferd und begrüßte Anna, die daraufhin verlegen den Kopf senkte. Gertraudes Blicke aber wechselten plötzlich zwischen dem Gutsherrn und dem Jungen hin und her. Siglinde glaubte, ein

Erschrecken darin zu erkennen, bevor auch die Köchin den Kopf senkte.

Nachdenklich wandte sie sich ab und ging ins Haus. Dort suchte sie ohne Umwege ihre Kammer auf, wo sie sich auf einen Stuhl fallen ließ. Ihre Gedanken arbeiteten fieberhaft. Viele Jahre war Anna weg gewesen, wie alt mochte der Junge wohl sein? Dazu kam diese Ähnlichkeit, die kaum trügen konnte. Sie stand auf und trat zum Fenster. Voller Zorn sah sie, dass ihr Gatte noch immer vor der Schmiede stand. Er schien es nicht eilig zu haben, zu seiner Frau und zukünftigen Mutter seines Kindes zu kommen.

Wütend beobachtete sie, wie der Junge etwas sagte und Matthias lachte, bevor er ihn hoch auf seinen Arm nahm. Siglinde rang nach Luft. Sie hatte ihren Mann schon lange nicht mehr so fröhlich gesehen. Dennoch zwang sie sich zur Ruhe. Sie wusste, dass Hass sie jetzt nicht weiterbrachte. Stattdessen musste sie ihren Verstand einsetzen und eine Möglichkeit finden, Anna und ihren Sohn für immer loszuwerden. Erst dann konnten sie und ihr Gatte mit ihrem Kind in Frieden leben.

Geduldig wartete sie, bis Matthias mit dem Jungen zu den Stallungen ging und die Köchin sich in die Küche verzog. Erst dann trat sie erneut in den Hof und stellte sich Anna in den Weg. Die war gerade dabei, ihr Bündel aufzunehmen und erschrak, als sie in die wütenden Augen der Gutsherrin blickte.

„Ich warne dich“, zischte Siglinde ihr zu. „Halte dich von meinem Gatten fern!“

„Ich habe nicht vor, ihm etwas zu tun“, erwiderte Anna spöttisch. Für sie gab es keinen Zweifel, dass die Gutsherrin sie beobachtet hatte. Die Eifersucht stand ihr förmlich ins Gesicht geschrieben.

„Dann ist ja alles gesagt“, antwortete sie. „Vielleicht verrätst du mir auch, wer der Vater deines Kindes ist.“

Anna erschrak, versuchte jedoch im nächsten Moment zu verbergen, wie sehr sie diese Worte ängstigten.

Während sie schnell den Kopf senkte, fragte sie sich, ob Matthias' Frau mehr wusste, als sie zugab. Sie selbst hatte ja eben noch die Ähnlichkeit zwischen Vater und Sohn bemerkt, die ihr jetzt, nachdem sie sich zum ersten Mal gegenübergestanden hatten, mehr denn je auffiel. Wenn es der Gutsherrin ebenso erging, würde ihr Leben auf dem Gut sicher nicht einfach werden.

„Gabriels Vater weiß nichts von ihm", wich sie aus. „Deshalb tut sein Name auch nichts zur Sache."

„Ein Bastard also."

Siglinde sah zu den Stallungen, vor denen ihr Gatte mit dem Jungen stand und ihm etwas erklärte. In diesem Moment hob Gabriel den Blick und schaute ihr direkt in die Augen. Nun war es die Gutsherrin, die erschrak. Dennoch gelang es ihr, sich zu beherrschen. Wenn sie Anna und den Knaben jetzt vom Hof jagte, würde sich ihr Gatte gegen sie stellen. Daran gab es kaum einen Zweifel. Schließlich hatte sie die Blicke bemerkt, die er Anna zugeworfen hatte. Er liebte sie noch immer, auch wenn er sich dessen womöglich selbst nicht bewusst war. Umso bedachter musste sie vorgehen und Ruhe bewahren. Derweil würde sie ihre Pläne schmieden.

Ohne ein weiteres Wort drehte sie sich um und ging den Weg zurück, den sie gekommen war. Dabei spürte sie nur zu deutlich, dass Anna ihr nachstarrte. Die Magd machte sich Sorgen um ihren Jungen. Sie hatte es in ihren Augen sehen können. Das Gefühl befriedigte sie zumindest vorerst und veranlasste sie dazu, boshaft zu lächeln. Sie hatte nicht umsonst gelernt, ihre wahren Gefühle zu verbergen. Anna und der Junge sollten bereuen, jemals in ihre Nähe gekommen zu sein.

Währenddessen kehrte Matthias mit Gabriel zu Anna zurück. Der Junge strahlte. Immerhin war er gerade zum ersten Mal in der Nähe von Pferden gewesen und hatte die Tiere sofort in sein Herz geschlossen. Aufgeregt berichtete er seiner Mutter davon, deren Herz sich erwärmte, als sie sah, wie glücklich ihr Sohn war.

„Dann ist es also beschlossen", Matthias nickte Anna zu. „Du kannst mit dem Jungen auf dem Hof leben und wie früher in der Küche arbeiten. Und für deinen Sohn werde ich auch eine Beschäftigung finden."

Er sah Gabriel an. Der Junge gefiel ihm. Er schien aufgeweckt und deutlich reifer als andere Knaben seines Alters.

„Ich nehme ihn in den nächsten Tagen mit auf die Felder", entschied er und wunderte sich selbst, wie er darauf kam.

„Du kannst doch reiten, oder?", fragte er ihn. Gabriel schüttelte den Kopf. Im Kloster hatte ihn Martin vieles gelehrt, aber noch nie hatte er auf einem Pferd gesessen.

„Nun, dann werde ich es dir beibringen." Matthias lächelte. „Sei morgen nach Sonnenaufgang bei den Ställen! Du wirst sehen, es gibt kaum ein schöneres Gefühl, als auf dem Rücken eines Pferdes zu sitzen. Und nun will ich zu meiner Frau."

Er stockte kurz und sah Gabriel noch einmal an.

„In ein paar Monaten bekomme ich hoffentlich auch so einen prächtigen Burschen, wie du einer bist."

Dann wandte er sich um und ging Richtung Gutshaus. Anna indes spürte, wie ihr Herz schneller schlug. Sie hatte es geahnt. Es war ein Fehler gewesen, auf den Hof zurückzukehren. Nicht nur, dass Matthias offenbar mühelos eine gewisse Zuneigung zu Gabriel empfand. Auch ihre Gefühle für ihn waren keineswegs gestorben. Dabei war die Gutsherrin schon jetzt eifersüchtig. Wozu würde sie wohl fähig sein, wenn sie hinter ihr Geheimnis kam?

Anna erschauderte. Sie konnte nur hoffen, dass das Kind, wenn es erst geboren war, Siglinde ablenken würde, sodass sie und ihr Sohn in Frieden auf dem Hof leben konnten.

„Wenn du möchtest, kannst du meinem Mann bei der Arbeit zuschauen."

Gertraude trat zu ihnen und strich Gabriel übers Haar,

der augenblicklich in der Schmiede verschwand. Erst dann sah sie Anna besorgt ins Gesicht.

„Wir müssen reden!“, forderte sie. „Aber nicht hier, ich möchte nicht, dass uns jemand belauscht!“

Sie zog Anna hinter sich her in die Küche. Dort schaute sie sich zuerst um, ob sie auch wirklich ungestört waren. Nachdem sie sich davon überzeugt hatte, konnte sie sich nicht länger beherrschen.

„Bist du wahnsinnig?“, platzte es aus ihr heraus, wobei sich hektische rote Flecken auf ihrem Gesicht ausbreiteten. „Weißt du eigentlich, in welche Gefahr du dich und den Jungen bringst?“

„Was sollte ich denn tun?“, fragte Anna, die nur allzu gut wusste, was Gertraude Sorgen machte. „Wir mussten das Kloster verlassen. Wo sollten wir denn hin?“

„Jedenfalls nicht auf den Hof!“ Die Köchin schüttelte energisch den Kopf. „Selbst ein Blinder sieht, was los ist. Ich kann mich nur wundern, dass dem Gutsherrn die Ähnlichkeit nicht aufgefallen ist. Bei seiner Frau bin ich mir da nicht so sicher. Hast du nicht ihre Blicke bemerkt?“

„Natürlich habe ich das. Allerdings hätte sie wohl kaum nach Gabriels Vater gefragt, wenn sie mehr wüsste.“

„Da wäre ich mir nicht so sicher.“ Die Köchin seufzte. „Ich kenne Siglinde, sie ist eine Meisterin in Selbstbeherrschung und an Hinterlist kaum zu übertreffen. Ich kann nur hoffen, du behältst recht und sie ahnt nichts. Sollte sie jemals erfahren, dass Matthias Gabriels Vater ist, dann Gnade dir Gott“, fügte sie finster hinzu.

„Ich brauche Gottes Gnade nicht.“ Der alte Trotz brach in Anna auf. „Ich kann gut auf mich selber achtgeben. Und was sollte mir die Gutsherrin schon anhaben können? Sie hat keine Beweise, Gertraude. Wenn du den Mund hältst, wird niemand davon erfahren. Glaub mir, du siehst die Dinge zu schwarz.“

„Wenn du damit nur nicht falsch liegst, Kindchen. Ich kenne sie besser. Ihre Seele ist schmutzig, Anna. Genauso schmutzig, wie es die von Eberhardt von Lingen war. Sie hätte gut seine Tochter sein können. Eines ist jedenfalls sicher. Sie wird nicht zulassen, dass du ihr schaden könntest."

„Wie sollte ich der Gutsherrin schaden können? Ich möchte nur in Frieden hier leben. Gabriel soll unbeschwert aufwachsen können, mehr nicht."

„So einfach ist es leider nicht", stöhnte die Köchin. „Matthias hat die falsche Frau geheiratet und er hat es wohl kaum verdient, diese kalte Gutsherrin an seiner Seite zu haben. Aber so ist es nun mal. Siglinde ist sein Eheweib und sie erwartet sein Kind. Da kann es nicht angehen, dass er dich noch immer liebt."

„Was sagst du denn da?"

Anna schüttelte den Kopf. Matthias hatte sie nie geliebt und lediglich ein kurzes Abenteuer mit ihr gesucht. Die Köchin meinte es sicher gut, aber in diesem Punkt lag sie falsch.

„Ich irre mich nicht", erwiderte Gertraude mit fester Stimme, obwohl Anna ihre Gedanken nicht laut aussprach.

„Er liebt dich! Ich konnte es in seinen Augen sehen."

***

Anna schien tatsächlich recht zu behalten und Gertraudes Sorge war unbegründet. Das Gesinde vom Hof hatte nicht viel Aufhebens um ihre Rückkehr gemacht und es als gegeben hingenommen, was ihr nur recht sein konnte. Wie früher half sie Gertraude in der Küche. Gabriel arbeitete indessen in der Schmiede, in der er Gertraudes Mann zur Hand ging, der ihn wie einen Sohn behandelte und stolz bemerkte, wie der Junge kräftiger wurde.

Erst am Abend, wenn es still im Hof wurde, saß er häufig über dem Buch Martins, das er wie einen Schatz hütete. Nur seine Mutter wusste davon. Niemand ahnte, dass Gabriel nicht nur lesen, sondern auch schreiben konnte. Er erzählte es nicht einmal dem Gutsherrn, der ihn häufig mit zu den Feldern nahm, nachdem er ihm das Reiten beigebracht hatte. Inzwischen verband sie ein freundschaftliches Verhältnis. Man konnte nur zu deutlich erkennen, dass Matthias den Jungen ins Herz geschlossen hatte, wie auch das Gesinde. Lediglich der Gutsherrin ging Gabriel aus dem Weg und brachte sich außer Sichtweite, sobald sie in seine Nähe kam.

An diesem Tag jedoch sah er sie nicht kommen, als er vor der Schmiede verschnaufte. Sein Blick war auf die Stallungen gerichtet, vor denen der Stalljunge gerade eines der Pferde striegelte. Als er die Herrin bemerkte, war es zu spät, die Flucht zu ergreifen, wie es seine Mutter geraten hatte. Unsicher sah er zu ihr hoch, nachdem sie ihn begrüßt hatte.

„Grüß Gott, Herrin“, sagte er wohlerzogen und bemerkte erstaunt, wie sie ihn anlächelte. „Grüß Gott“, erwiderte Siglinde und hob mit spitzen Fingern sein Gesicht nach oben, um es näher anzuschauen. Gabriel erschauderte bei dieser Berührung, zwang sich jedoch, sich seine Abneigung nicht anmerken zu lassen.

„Deine Augen sind fast schwarz“, stellte sie fest. „Du hast sie von deiner Mutter. Deine Lippen jedoch und diese hohen Wangenknochen …“

Sie brach ab. Ein harter Zug legte sich um ihren Mund. Wie gebannt starrte sie auf das Muttermal an seinen Händen, während sie nach ihrem Leib fasste, der sich stark nach vorn wölbte. Gabriel wünschte, die Gutsherrin würde von ihm ablassen. Ihr Interesse an ihm war ihm unangenehm. Außerdem erinnerte er sich an die mahnenden Worte seiner Mutter, sich von der Gutsherrin fernzuhalten. Deshalb atmete er erleichtert auf, als Siglinde von Lingen ihr seltsames Benehmen ablegte und ihn herablassend wie immer ansah.

„Du kannst weiterarbeiten“, befahl sie von oben herab und blickte auf den Steigbügel, der zur Hälfte poliert war. Gabriel tat, wie ihm befohlen wurde und nahm seine

Arbeit wieder auf, während sie ihren Rock raffte und über den Hof zurück ins Haus ging. Doch kaum in ihrer Kammer angekommen, durchfuhr ihren Leib ein weiteres schmerzhaftes Ziehen. Besorgt setzte sie sich auf einen Stuhl. Sie musste endlich etwas tun, nicht nur, was die Schmerzen betraf, aber dafür benötigte sie Hilfe.

Als das Ziehen in ihrem Leib stärker wurde, rief sie eine Magd und flehte Gott an, ihr zumindest für den Moment die Rachegelüste zu nehmen. In diesem Augenblick war nur das Kind wichtig, das einzige Bindeglied zwischen Matthias und ihr. Sie musste es schützen. Tat sie es nicht, würde sie Matthias verlieren.

„Lauf zur Hebamme!“, befahl sie der Magd, die in ihre Kammer gestürzt kam, nachdem sie das Rufen der Herrin gehört hatte. „Und mach schnell, hörst du!“

Die Magd rannte los. Auch sie wusste, dass es besser war, die Befehle sofort zu befolgen. Schon eine gute Stunde später klopfte es an die Tür und die Hebamme trat ein. Ihrem Gesicht war anzusehen, wie sehr sie sich freute, der Gutsherrin zu Diensten zu sein. Im Gegensatz zu Matthias und dessen Mutter mochte sie Siglinde, die stets ein offenes Ohr für ihren Tratsch hatte und sie immer reichlich entlohnte.

Mit gekonnten Griffen tastete sie den Bauch der Gutsherrin ab.

„Die Niederkunft wird nicht mehr allzu lange auf sich warten lassen“, beruhigte sie die werdende Mutter. „Euer Kind sucht sich bereits den Weg, deshalb spürt Ihr diese Schmerzen. Sicherlich wird es ein prächtiger großer Junge sein“, fügte sie schmeichelnd hinzu.

„Wenn Ihr Euch ein paar Tage Ruhe gönnt, sind Eure Beschwerden rasch gelindert. Ihr müsst Euch keine Sorgen machen.“

„Dein Wort in Gottes Ohr“, antwortete Siglinde dankbar, woraufhin die Hebamme aufstand. Noch gab es hier nichts für sie zu tun. Doch bevor sie gehen konnte, hielt die Gutsherrin sie zurück.

„Warte! Ich habe ein weiteres Anliegen an dich."

„Was immer Ihr wollt."

Die alte Frau blieb stehen. Neugierig geworden, wartete sie darauf, was Siglinde von Lingen von ihr verlangte. Indes kam die Gutsherrin sofort zur Sache.

„Ich möchte dich etwas fragen und denke, dass du mir sicherlich Auskunft geben kannst."

Die Hebamme nickte. Sie war nur zu gerne bereit, der Gutsherrin alle Informationen zu geben, die diese benötigte.

„Was weißt du über Anna Seidler?"

„Warum fragt Ihr?"

Die Alte war sichtlich überrascht. Anna hatte den Hof vor Jahren verlassen. Kein Mensch sprach mehr von ihr. Warum sich nun ausgerechnet die junge Gutsherrin nach ihr erkundigte, war ihr ein Rätsel.

„Weißt du nicht, dass sie heimgekehrt ist und mit ihrem Sohn auf Gut Lingen lebt?"

„Die Hexe ist zurück?", entfuhr es der Hebamme, die sofort befürchtete, dass die ihr ihren Verdienst streitig machen würde. Schon damals waren viele Frauen lieber zu dem Seidlermädchen gerannt als zu ihr.

„Die Hexe?"

Siglinde horchte auf und beglückwünschte sich im Stillen, auf ihren Instinkt gehört und die Hebamme gerufen zu haben. Hatte sie doch geahnt, dass sie ihr von Nutzen sein würde. Offenbar hegte auch sie einen Groll gegen die Magd. Jetzt musste sie nur noch herausfinden, was Wahrheit oder nichtssagendes Geschwätz war.

„Ihr habt richtig gehört."

Die Hebamme war nun nicht mehr aufzuhalten. Endlich konnte sie ihren Hass auf Anna loswerden, ohne befürchten zu müssen, vom Hof gejagt zu werden, wie es Matthias ihr einst angedroht hatte. Dessen Gemahlin fragte nicht ohne Grund, sie spürte es. Auch ihr schien Anna Seidler ein Dorn im Auge zu sein, was ihr selbst eine gewisse Genugtuung verschaffte.

„Wäre es nach mir gegangen, hätte man die Hexe längst auf dem Scheiterhaufen verbrannt", begann sie. „Ihr wisst vielleicht nicht, dass der Vater Eures Gemahls keineswegs einen natürlichen Tod starb. Er wurde vergiftet, daran gibt es keinen Zweifel, auch wenn Euer Gemahl etwas anderes behauptet. Anna Seidler hat ihn auf dem Gewissen."

„Warum hätte sie das tun sollen?", fragte Siglinde, die nicht glauben konnte, dass Matthias und dessen Mutter eine solche Tat wirklich ungestraft ließen.

„Weil sie ihn abgrundtief hasste", stieß die Hebamme hervor. „Ihr Bruder, sein Name war Gabriel, war der Bastard des Gutsherrn. Er trug das Mal auf seiner Hand, ein eindeutiger Beweis dafür. Wie auch der Freitod des Jungen, nachdem er die Wahrheit erfuhr."

Ohne darauf zu achten, wie bleich die Gutsherrin wurde, fuhr sie fort, vom Brand der Hütte der Seidlers zu erzählen. Dabei sprach sie offen den Verdacht aus, dass Anna selbst das Feuer gelegt habe, in dem der Seidler umgekommen war. Doch niemand, so beteuerte sie, hatte ihr glauben wollen.

„Ich glaube dir." Siglinde hatte genug gehört. Ihre Ahnung hatte sie also nicht getrogen. Matthias war der Vater des Jungen.

„Ich danke Euch", erwiderte die Hebamme. „Aber Ihr sollt noch etwas wissen. Es war kein Geringerer als Euer Gatte, der das Mädchen damals vor der Inquisition bewahrte. Hätte er nicht seine schützende Hand über sie gehalten, wäre sie längst Gottes gerechter Strafe zugeführt worden."

„Genug!"

Siglinde hob die Hand und brachte die Frau damit zum Schweigen. Sie wollte nicht hören, dass Matthias Anna geschützt hatte, obwohl diese seinen Vater vergiftet hatte. Sie wusste selbst, dass er nur aufgrund seiner bedingungslosen Liebe zu ihr dazu fähig gewesen sein konnte. Es aus dem Mund der Hebamme zu hören, würde sie nur noch mehr schmerzen.

„Gib mir dein Wort, keinem Menschen von diesem Gespräch zu erzählen“, forderte sie und drückte der Hebamme einen Beutel mit Gulden in die Hand.

„Du hast am eigenen Leib erfahren, wie der Gutsherr mit solchen Anschuldigungen umgeht. Ich hingegen glaube dir. Anna Seidler ist eine Sünderin und ich befürchte, dass sie fähig ist, meinen Ehemann erneut zu verhexen. Deshalb ist es wichtig, dass du schweigst. Wenn die Zeit reif ist und ich deine Hilfe benötige, lasse ich dich rufen.“

„Ich werde da sein“, versprach die Hebamme und freute sich schon jetzt auf den Tag, an dem die Gutsherrin gegen Anna vorging. Gierig steckte sie den Beutel ein und ging auf den Hof, auf dem wie immer emsiges Treiben herrschte. Neugierig schaute sie sich um, konnte Anna jedoch nirgends entdecken. Dafür fiel ihr Blick auf den hübschen Jungen, der vor der Schmiede saß. Unauffällig ging sie näher und bemerkte sofort das Muttermal an dessen Hand. Als sie dann auch noch die schwarzen Augen sah, grinste sie wissend.

Nun verstand sie die Beweggründe der Gutsherrin. Es gab also noch einen Bastard. Die Gutsherren von Lingen schienen wahrlich keine Gelegenheit auszulassen, dabei hatte sie Matthias ganz anders eingeschätzt. Andererseits erklärte das, warum er Anna immer wieder in Schutz genommen hatte. Kein Wunder, dass Siglinde die Seidlerin hasste. Sie jedenfalls war froh, ihrem Geheimnis auf die Schliche gekommen zu sein. Noch würde sie schweigen, aber eines Tages konnte sie dieses Wissen sicherlich zu ihrem Nutzen einsetzen.

Nach einem letzten Blick auf den Jungen ging sie zufrieden vom Hof.

***

Matthias indes ahnte nichts von den dunklen Gedanken seiner Gemahlin. Er fühlte nur, dass er ihre Nähe kaum noch ertrug und sich wünschte, dass er sie nie zur Frau genommen hätte. Und dennoch musste er seine Gefühle verbergen. Mehr noch, um seiner selbst willen versuchte er, sie zu verdrängen. Doch es gelang ihm nur selten, seit Anna auf den Hof zurückgekehrt war.

Tief in Gedanken sattelte er sein Pferd und schwang sich auf dessen Rücken. Am Morgen hatte Siglinde ihn gebeten, Anna auszurichten, dass sie wünschte, sie würde ihr bei der Geburt beistehen. Auf seine Frage hin, warum sie nicht die Hebamme beauftragte, hatte sie ihm glaubhaft versichert, dass sie sich aufgrund der Gerüchte fürchtete. Noch immer sprach das Gesinde davon, dass es bei ihr ungewöhnlich viele Totgeburten gab.

Dennoch war Matthias nicht wohl bei dem Gedanken. Doch wenn er ihre Bitte ablehnte, würde er nur Siglindes Misstrauen heraufbeschwören. Sie sah ihn in letzter Zeit auch so schon oft mit diesen seltsamen Blicken an.

Nachdenklich ritt er weiter, bis er bei der Lichtung ankam. Bereits aus der Ferne sah er eine Gestalt im Gras liegen. Für einen Moment überlegte er, einfach umzukehren. Noch hatte die junge Frau ihn nicht gesehen. Dann aber entschied er sich dagegen. Er hatte längst erkannt, dass es sich um Anna handelte. Bei dieser Gelegenheit konnte er sie gleich über die Absichten seines Weibes unterrichten.

„Grüß dich Gott, Matthias“, rief ihm Anna entgegen, die den Hufschlag des Pferdes gehört und sich aufgesetzt hatte.

„Grüß Gott, Anna.“ Matthias trat lächelnd näher und setzte sich zu ihr. „Was tust du hier?“

„Vermutlich das Gleiche wie du. Ich floh vor deiner Frau“, spottete sie. Schließlich war es kein Geheimnis und hatte sich inzwischen auch beim Gesinde herumgesprochen, dass der Gutsherr seine Zeit lieber auf den Feldern verbrachte als bei seinem Weib.

„Ich wüsste nicht, warum du ihre Nähe scheuen solltest“, erwiderte er. „Erst heute bat sie mich, dich zur Niederkunft unseres Kindes zu bestellen.“

„Bist du dir da sicher?“ Annas Lächeln verschwand. Ein ungutes Gefühl machte sich in ihr breit. „Warum lässt sie nicht die alte Hebamme rufen? Steckst du etwa dahinter?“

„Nein, Anna.“ Er schüttelte den Kopf. „Ich wunderte mich selbst, als Siglinde mir den Wunsch vortrug, dass du ihr helfen sollst, das Kind zur Welt zu bringen. Offenbar hat sie Angst aufgrund des Geschwätzes am Hof. Du weißt, welche Geschichten sich über die Hebamme erzählt werden.“

„Dann soll sie die Hebamme aus dem Nachbardorf bitten. Ich kann ihr nicht helfen.“

Anna hatte viel heftiger reagiert, als sie vorhatte. Erstaunt sah Matthias sie an. Er konnte verstehen, dass Anna seiner Frau gegenüber gewisse Bedenken hatte. Dieser Widerwille jedoch überraschte ihn.

„Sie ist deine Herrin, Anna. Du musst tun, was sie verlangt! Außerdem wäre es nicht das erste Kind, dem du zur Welt hilfst.“

„Das stimmt wohl“, antwortete Anna. „Und ich bin gerne bereit, auch weiteren Geburten beizuwohnen. Aber nicht in diesem Fall. Es tut mir leid, Matthias. Deine Frau muss sich jemand anderen suchen.“

„Offenbar hast du mich nicht richtig verstanden. Es ist keine Bitte. Warum sträubst du dich so dagegen. Immerhin haben wir dir ein Obdach gegeben.“

„Weil es dein Kind ist, Matthias“, stieß Anna heftig hervor. Inzwischen war sie aufgesprungen und schaute wütend auf den Gutsherrn herab. Warum konnte er sie nicht verstehen?

„Dieses Kind wird der rechtmäßige Erbe des Hofes sein. Ich werde nicht bei der Geburt helfen, ob es dir nun gefällt oder nicht.“

„Du irrst, ich befehle es dir! Auch mir ist bei dem

Gedanken wohler, die alte Hebamme nicht auf dem Hof zu haben."

Anna traten Tränen in die Augen. Nun benahm sich Matthias wieder wie Eberhardt von Lingen. Doch was sollte sie tun? Sie musste ihm gehorchen, wollte sie länger auf dem Gut bleiben.

Matthias, der sah, wie sie in Tränen ausbrach, bereute seine harten Worte. Tröstend nahm er sie in den Arm. Dabei spürte er, wie sie zitterte.

„Was spricht denn dagegen, Anna? Siglinde wird dir dankbar sein."

„Glaubst du das wirklich?" Anna lachte hart. „Dann bist du blauäugiger, als ich annahm. Ich hingegen habe deine Frau längst durchschaut. Sie hasst mich und wenn mein Gefühl mich nicht trügt, verfolgt sie einen Plan, mich loszuwerden."

„Warum sollte sie das tun?" Matthias glaubte ihr kein Wort. Siglinde hatte Anna bis zum heutigen Tag mit keinem Wort erwähnt. Sie ahnte nicht einmal, was ihn mit der Magd verband. Anna sah Gespenster, da war er sicher.

„Willst du die Wahrheit wirklich wissen?", fragte Anna spöttisch. „Die Wahrheit, die deine Frau längst kennt?" Die Worte waren über ihre Lippen gekommen, bevor sie sie aufhalten konnte. Und dennoch fühlte sie die Erleichterung, die sie überkam. Nun endlich würde sie ihr Geheimnis lüften. Als Matthias nur schweigend nickte, hob sie stolz den Kopf.

„Gabriel ist dein Sohn, Matthias. Du musst blind sein, es nicht längst bemerkt zu haben."

„Was sagst du da?"

Jetzt sprang auch der junge Gutsherr auf und packte sie hart am Arm.

„Du weißt hoffentlich, was für Folgen derartige Lügen nach sich ziehen können. Wenn Siglinde davon hört …"

„Sie weiß es", unterbrach Anna ihn. „Warum verschließt du die Augen davor? Hast du vergessen, wie wir hier auf der Wiese lagen? Er ist dein Sohn, schau ihn dir doch an!“

Matthias wollte kaum glauben, was er da hörte. Dennoch konnte er sich nicht vor Annas Worten verschließen. Wenn er jetzt an den Jungen dachte, erinnerte er sich, wie sehr er sich vom ersten Moment an zu ihm hingezogen fühlte. Und auch Gabriel verehrte ihn. Aber wer wusste schon, ob Anna sich nicht auch anderen Männern hingegeben hatte?

„Er trägt euer Mal“, sagte Anna leise. Matthias’ Zweifel verletzte sie mehr, als sie sich eingestehen wollte. „Hast du es nicht gesehen?“

„Natürlich sah ich es“, antwortete er. „Aber ich schob es auf eine Laune der Natur. Selbst dein Bruder trug ein ähnliches Mal, das ist noch längst kein Beweis.“

„Doch, das ist es, und zwar in beiden Fällen. Mein Bruder war auch der deine, Matthias. Dein Vater machte sich meine Mutter gefügig. Das ist einer der Gründe, warum Gabriel in den Tod ging. Frag die Hebamme, sie wird es dir bestätigen!“

Anna stand auf. Es schmerzte sie, dass Matthias ihr gegenüber so misstrauisch war. Aber hätte sie sich das nicht denken können? Die Herren von Lingen standen nicht zu ihren außerehelichen Kindern. Warum sollte Matthias eine Ausnahme sein?

„Das muss ich nicht. Als du damals den Hof verlassen hast, behauptete sie das Gleiche. Aber ich glaubte ihr nicht und nahm an, dass der Hass auf dich sie zu diesen Worten trieb. Und nun kommst du und erzählst mir, dass Gabriel mein Sohn ist. Mehr noch, dass Siglinde dein Geheimnis kennt. Weißt du, was das bedeutet? Sie ist mein Weib und sie erwartet meinen Sohn.“

„Gabriel ist ebenfalls dein Sohn, ob du es nun wahrhaben willst oder nicht. Warum freust du dich auf den einen und verleugnest den anderen? Glaubst du, er ist weniger wert?“

„Er ist nicht der rechtmäßige Erbe, Anna.“

„Er ist es nur deshalb nicht, weil ihr feudalen Herren

zu stolz seid. In deinen Kreisen zählen nur Herkunft und Reichtum. Ihr könnt eure Lust an den Mägden und Bauernmädchen stillen, ihre Kinder aber verachtet ihr. Was seid ihr nur für Väter?“

„Ich verachte ihn nicht, das weißt du. Gabriel ist ein guter Junge. Doch ich kann nichts weiter für euch tun, als euch ein Dach über dem Kopf zu geben. Bitte erwarte nicht mehr von mir!“

In diesem Moment bereute Anna, ihm überhaupt die Wahrheit gesagt zu haben. Es machte keinen Sinn, Matthias davon überzeugen zu wollen, in Gabriel mehr zu sehen als einen Bastard. Müde stand sie auf.

„Wenn du möchtest, werden wir den Hof verlassen“, sagte sie traurig. „Du bekommst deinen rechtmäßigen Erben. Siglinde wird überglücklich sein.“

„Warte!“

Matthias kam zu ihr und schaute ihr in die Augen. All die verdrängten Gefühle brachen bei ihm auf. Er sah auf das Gras der Wiese und erinnerte sich an ihre heißen Körper, die sich umschlungen hatten. Ein Schauer lief ihm über den Rücken. Mit einem Ruck zog er Anna an sich und küsste sie gierig.

***

Es dämmerte bereits, als er glücklich auf den Hof zurückkehrte. Wieder hatte er in Annas Armen gefunden, was er bei Siglinde vergeblich suchte. Anna trug eine Leidenschaft in sich, wie er sie noch bei keiner Frau verspürt hatte. Sie gab sich ihm hin, ohne Forderungen zu stellen, zumindest was ihre Beziehung betraf. Was aber den Jungen anging, musste er sie enttäuschen. Ihren Wunsch, Gabriel als seinen Sohn anzuerkennen, konnte er niemals erfüllen. Er würde für ihn sorgen und ihm und seiner Mutter ein sicheres Auskommen gewähren. Zu mehr war er nicht imstande, so leid es ihm tat.

Als er tief in Gedanken versunken durch das Tor ritt, wurde er bereits erwartet. Seine Mutter persönlich stand auf dem Hof und hielt Ausschau nach ihm.

„Endlich, mein Sohn, wo bist du nur gewesen?“, empfing sie ihn. „Ich habe mehrere Knechte ausgesandt, nach dir zu suchen.“

„Nun bin ich ja da, Mutter.“

Matthias, der die Aufregung nicht verstand, lächelte sie an. Nichts, so glaubte er, konnte ihm nach diesen glücklichen Stunden seine Laune verderben.

„Dem Herrn sei es gedankt, mach schnell, Matthias!“, forderte Mathilda von Lingen ihn auf. „Siglinde liegt in den Wehen. Irgendetwas stimmt mit dem Kind nicht. Die Hebamme ist bereits bei ihr.“

Das genügte, um Matthias in die Realität zurückzuholen. Mit einem Satz sprang er vom Pferd. Anna und die Lichtung waren vergessen. Jetzt zählten nur noch seine Frau und das ungeborene Kind. Ohne auf seine Mutter zu warten, rannte er ins Haus und die Treppe hinauf. Dort kam ihm die Hebamme bereits entgegen. Ihr Gesicht war ernst, mehr noch, sie erschrak, als sie den Gutsherrn sah. In ihren Händen hielt sie ein Bündel Tücher, die blutdurchtränkt waren.

„Was ist geschehen?“, fragte Matthias, der den Blick nicht von den Tüchern wenden konnte. „Wie steht es um Siglinde?“

„Nicht gut, die Geburt war schwer. Sie hat viel Blut verloren.“

Die Hebamme räusperte sich verlegen. Matthias konnte die Angst in ihren Augen sehen, dass er sie dafür verantwortlich machen könnte. Doch den Gutsherrn quälte nur eine Frage.

„Mein Sohn? Was ist mit ihm? Er lebt doch, oder?“

Angespannt wartete er auf ihre Antwort. Die Hebamme schüttelte betrübt den Kopf.

„Euer Kind kam tot zur Welt. Es war ein Mädchen.“

Matthias stöhnte laut auf. Seine Mutter, die hinter ihn getreten war, hörte die Qual darin. Auch ihr brannten Tränen in den Augen. Sie kannte das Gefühl, ein Kind zu verlieren, nur zu gut. Aber jetzt fehlte die Zeit, sich dem Schmerz hinzugeben.

„Wir müssen uns um Siglinde kümmern", forderte sie ihren Sohn auf. „Lass nach Anna rufen! Sie wird wissen, was zu tun ist."

„Was sagt Ihr da? Ihr wollt Eure Schwiegertochter dieser Hexe überlassen?", schrie die Hebamme entsetzt. Sie konnte nicht glauben, dass Mathilda von Lingen gerade Anna um Hilfe bitten wollte. Schließlich war sie es, die den Gutsherrn auf dem Gewissen hatte. Vor Wut riss sie die Augen weit auf. Doch sie hatte nicht mit der Reaktion der Gutsherrin gerechnet, die sich daraufhin drohend vor ihr aufbaute.

„Hast du noch immer nichts dazugelernt?", fragte sie. „Was maßt du dir an, ein Urteil über Anna Seidler zu fällen? Meinst du nicht, dass wir das unserem Herrgott überlassen sollten? Und bist du es nicht gewesen, die diesem Kind eben auf die Welt half?"

Die Hebamme erblasste. Ihr Kinn begann zu zittern. Sie wollte sich rechtfertigen, doch es kam kein Ton über ihre Lippen. Erst als die Gutsherrin sich kopfschüttelnd abwandte, fand sie ihre Sprache wieder.

„Ihr wisst nur zu gut, dass ich nicht lüge, und vielleicht hat der Herr ja gerade Eure Sünden gestraft. Dieses Kind war …"

„Kein Wort mehr!" Wütend sah die Gutsherrin sich um. Sie konnte sich nur schwer beherrschen. Am liebsten hätte sie der alten Frau ins Gesicht geschlagen. Aber diese Blöße wollte sie sich nicht geben.

„Verschwinde! Sofort!", befahl sie und wies zur Tür. Dann wandte sie sich erneut an den Sohn. „Schnell, Matthias. Hol endlich Anna! Wenn deiner Frau jemand helfen kann, dann sie."

Der junge Gutsherr rannte los. Verzweifelt fragte er

sich, ob Anna überhaupt schon von der Lichtung zurück war. Außerdem hatte er die Ablehnung, die sie seiner Frau gegenüber hegte, nicht vergessen. Die Worte der Hebamme hallten in seinem Kopf. Im Gegensatz zu seiner Mutter fand er es nicht abwegig, dass ihn nun die göttliche Gerechtigkeit eingeholt hatte. Während Siglinde sein Kind zur Welt brachte, hatte er sich mit Anna der Leidenschaft hingegeben. Würde seine Gemahlin sterben, trug er alleine die Schuld daran.

Erleichtert atmete er auf, als er Anna in ihrer Kammer fand. Ohne zu zögern teilte er ihr mit, was in ihrer Abwesenheit geschehen war und bat sie um Hilfe. Dabei rechnete er nicht einen Augenblick damit, dass sie unter diesen Umständen ablehnen würde.

„Was geschehen ist, tut mir sehr leid, Matthias." Anna schüttelte wild den Kopf, als er vor ihr stand und sein Anliegen vortrug. „Aber das kannst du nicht von mir verlangen. Nach diesem Tag weniger denn je."

„Bitte, ich flehe dich an. Du musst ihr helfen, sonst stirbt sie."

Verzweifelt nahm er ihre Hände. Doch Anna schüttelte erneut den Kopf.

„Ich trauere um deine Tochter", antwortete sie ihm und meinte es ehrlich. „Aber erwarte kein Mitgefühl für deine Frau von mir. Sie hasst mich, Matthias. Warum sollte ich gerade ihr helfen? Außerdem weiß ich nicht, ob in ihrem Fall meine Heilkünste genügen würden."

„Versuch es! Bitte, Anna, du sollst es nicht bereuen", flehte Matthias und tat damit genau das Falsche. Anna konnte nicht verstehen, warum er so sehr um das Leben seiner Frau bangte, die ihn nur unglücklich machte. Es sei denn, er hatte sie belogen und liebte Siglinde mehr, als er zugab. Als er ihr jetzt auch noch einen Lohn versprach, kroch Wut in ihr hoch. Spürte er denn nicht, wie dieses Angebot der Situation von damals glich?

„Willst du mir etwa einen Gulden dafür geben?", fragte sie hart. Doch Matthias bemerkte es nicht. Stattdessen nickte er bereitwillig.

„Alles, was du willst. Aber hilf ihr! Sie ist trotz allem mein Weib."

„So viel ist deine Frau dir wert?"

Anna sagte es spöttisch. Es hatte sich nichts geändert, dachte sie verbittert. Ihr Bruder hatte dieses Preises wegen sein Leben gegeben und nun kam Matthias und glaubte, damit das Leben seiner Frau zu retten. Wie naiv er doch war. Gleichzeitig spürte sie die Eifersucht, die Besitz von ihr ergriff. Matthias war deutlich anzusehen, dass er in diesem Augenblick alles für Siglinde tun würde. Das genügte, um die glücklichen Momente auf der Lichtung zu verdrängen. Er sah nur die Magd in ihr. Das hatten seine Worte deutlich gemacht. Warum sollte sie die Gunst der Stunde nicht nutzen und ihren eigenen Vorteil daraus ziehen?

„Ich möchte deinen Gulden nicht, Matthias", lehnte sie das Angebot stolz ab. „Er ist ebenso wertlos wie der, den du mir für das letzte Geleit der Mutter gabst. Wenn ich Siglinde helfen soll, stelle ich eine Bedingung."

„Welche? Ich werde sie erfüllen."

„Du musst Gabriel als deinen Sohn anerkennen. Gib mir ein Dokument, welches beweist, dass du sein Vater bist. Dann tue ich, was du verlangst."

Sie ging zum Schrank und nahm Papier und Feder heraus, die der Junge dort aufbewahrte, und hielt es ihm hin. Fassungslos sah Matthias darauf.

„Du weißt, dass das nicht möglich ist. Außerdem würde es dir nichts bringen. Es wäre ein Papier, nicht mehr."

„Wenn es so ist, kannst du es ja schreiben." Annas Stimme klang kalt. „Denk daran, die Zeit drängt. Wenn deine Frau noch mehr Blut verliert …"

„Gib mir die Feder!"

Mit zitternder Hand schrieb der Gutsherr. Anna konnte nicht lesen, doch sie war sich sicher, dass Matthias sie nicht betrog. Das bewies auch der Zorn in seinen

Augen. Als er fertig war und ihr das Dokument reichte, sah er sie voller Verachtung an. Anna erwiderte seinen Blick. In diesem Moment ahnte sie, dass es nie wieder Zärtlichkeiten zwischen ihnen geben würde. Sie hatte sich gerade Gabriels Zukunft für das Leben seiner Frau erkauft. Niemals würde Matthias das vergessen. Aber der Preis schien ihr gerechtfertigt. Zufrieden legte sie das Dokument in den Schrank und folgte ihm.

***

„Bring diese Botschaft zum Bischof!" Siglinde überreichte der Hebamme eine Papierrolle. „Gib sie nicht aus der Hand! Nur der Bischof persönlich darf den Inhalt dieses Schreibens erfahren! Hast du verstanden?"

„Ja, Herrin. Ihr könnt Euch auf mich verlassen."

Die Hebamme nickte. Ein zufriedenes Lächeln machte sich auf ihrem Gesicht breit. Sie half der Gutsherrin nur zu gerne und war längst zu deren engster Vertrauter geworden. Deshalb kannte sie ihre Pläne gut und begrüßte sie.

Noch heute dankte sie Gott dafür, dass Siglindes Kind tot zur Welt gekommen war. Hatte die Gutsherrin bereits vorher kein weiches Herz besessen, war sie nun nach Monaten der Genesung kalt wie ein Stein und führte den Hof mit harter Hand.

Das Gesinde stöhnte unter ihrer Willkür und hoffte, dass der Gutsherr bald zur Besinnung kommen und seiner Frau Einhalt gebieten würde. Doch Matthias schien nicht die Absicht zu haben, seinem Weib Vorschriften zu machen.

Seit der Totgeburt seines Kindes sprach er beinahe täglich dem Wein zu oder schwang sich aufs Pferd und ritt wie besessen über die Felder. Dann kam er erst am Abend erschöpft und verschmutzt auf den Hof zurück, wo er mit

Anna kein Wort wechselte und über Gabriel hinwegsah.

Siglinde beobachtete sein Verhalten mit einer tiefen Befriedigung. Sie war sich sicher, dass die verhasste Magd ihr nichts mehr anhaben konnte. Allerdings linderte das nicht ihren Hass auf sie. Nur zu deutlich hatte sie das Leuchten in den Augen ihres Gatten gesehen, als er am Tag der Geburt ihres Kindes zu ihr kam. Für sie hatte es keinen Zweifel gegeben, dass er sich bei Anna geholt hatte, was sie ihm verwehrte, wenn die Schmerzen sie auch fast um den Verstand gebracht hatten.

Möglicherweise hätte sie sogar damit leben können. Anna bedeutete Matthias nichts mehr, sie konnte zufrieden sein. Aber da war noch der Junge, der ihm immer ähnlicher sah, was inzwischen wohl auch ihre Schwiegermutter bemerkt hatte. Offensichtlich war auch sie dahintergekommen, wer der Vater von Annas Sohn sein musste. Seitdem benahm sie sich dem Jungen gegenüber mehr als freundlich. Fast sah es so aus, als würde dieser Bastard den Platz ihres Kindes einnehmen, zumindest im Herzen der Gutsherrin.

Siglinde stand auf und ging zur Tür. Ihr Plan war gefasst und niemand würde ihn verhindern können. Ein zufriedenes Lächeln lag auf ihrem Gesicht. Sie würde dem Ganzen ein Ende bereiten. Die Hexe musste brennen. Deshalb hatte sie nach reiflicher Überlegung die Botschaft an den Bischof geschrieben. Nun musste sie nur noch abwarten. Bis dahin aber wollte sie diese Hure in Ungewissheit lassen. Sie würde nicht das Geringste tun, um ihr Misstrauen zu erregen.

Denn eines war sicher. Matthias durfte nie davon erfahren, wer der Inquisition den entscheidenden Hinweis gegeben hatte. Er würde sie dafür hassen, so gut kannte sie ihn. Vor allem, wenn er erfuhr, dass sie in der Botschaft nicht nur von ihrem Verdacht gegen Anna, sondern auch gegen deren Sohn geschrieben hatte.

Mit langsamen Schritten ging sie über den Hof. Belustigt nahm sie wahr, wie das Gesinde bei ihrem

Erscheinen augenblicklich schneller arbeitete und sich die Köpfe senkten. Sie hatten Angst vor ihr, was sie mehr erregte, als es eine Nacht mit ihrem Gatten vermochte. Deshalb zeigte sie ihre Macht, wann immer es möglich war, und strafte die Mägde und Knechte bei den geringsten Vergehen. Nicht nur einmal hatte sie in der Vergangenheit zufällig mit angehört, dass sie ihrem verstorbenen Schwiegervater immer ähnlicher wurde.

Es gab nur einen Menschen, der nicht zusammenzuckte, wenn sie in der Nähe war. Aber auch dieses Problem würde sie lösen.

Zielstrebig lief sie zur Küche des Hofes. Wie erwartet fand sie dort Anna vor, die ihr für einen kurzen Moment erschrocken entgegensah. Siglinde spürte, wie sich Hass und Vorfreude in ihr breitmachten. Freundlich ging sie auf die Magd zu, die gerade dabei war, die Töpfe zu schrubben.

„Grüß Gott, Seidlerin", sagte sie von oben herab, sodass Anna gezwungen war, ihr zu antworten.

„Grüß Gott, Herrin."

Ohne aufzusehen schrubbte sie weiter.

„Ich komme, um mir deine Kräuter anzusehen. An mir scheinen sie ja wahre Wunder vollbracht zu haben. Die Hebamme jedenfalls glaubte nicht daran, dass ich nach der Geburt überleben würde. Also zeig sie mir! Ich möchte etwas über deren Wirkung erfahren."

Annas Gedanken überschlugen sich. Bereits bei den ersten Worten wurde sie misstrauisch. Siglinde kam nicht ohne Grund, sie führte etwas im Schilde. Sie konnte es in ihren Augen sehen. Und doch blieb ihr keine Wahl. Vor ihr stand die Gutsherrin. Sie musste tun, was sie verlangte.

Etwas zögernd ging sie in den hinteren Teil der Küche. Dabei warf sie Gertraude einen fragenden Blick zu. Aber auch die Köchin war ratlos und senkte den Kopf, als Siglindes Blick auf ihr ruhte.

„Dieses hier ist Johanniskraut", begann Anna und nahm ein Bündel getrockneter Halme, die sie Siglinde hinhielt.

„Welche Wirkung hat es?"

„Es beruhigt."

Natürlich hätte Anna ihr viel mehr darüber berichten können. Doch sie spürte, dass das Interesse der Gutsherrin nur geheuchelt war. Deshalb nahm sie eine Pflanze nach der anderen und erklärte knapp, wofür sie diese nutzte. Dabei fiel ihr auf, dass die Gutsherrin vor allem nach den Kräutern fragte, die weder heilten noch linderten.

„Was ist das?" Siglinde deutete auf einen Korb in der Ecke.

„Getrockneter Fingerhut, Herrin. Ihn verwende ich nur in äußerst geringen Mengen. Nimmt man zu viel davon, verursacht er Übelkeit und Krämpfe."

„Und den Tod?" Siglindes Blick war undurchdringlich, Anna jedoch auf der Hut. Das Interesse der Herrin für giftige Pflanzen war kaum zu übersehen.

„Wie ich bereits sagte, ich verwende ihn nur sehr sparsam."

„Und ich fragte, ob dieses Kraut tödlich sein kann." Siglinde schaute Anna herausfordernd an, was diese dazu brachte, nach Gertraude zu sehen. Aber wieder zuckte die Köchin nur hilflos mit den Schultern.

„Ja, auch diese Wirkung kann er haben."

Anna nickte und hoffte, Matthias' Frau würde entweder endlich gehen oder ihr den wahren Grund für ihre plötzlich entflammte Neugier an den Heilpflanzen nennen. Sie atmete auf, als Siglinde sich tatsächlich umwandte. Doch anstatt die Küche zu verlassen, setzte sie sich auf einen Schemel und strich sich scheinbar erschöpft über die Stirn.

„Ruf meine Magd!", forderte sie Anna auf. „Sie soll mich begleiten, ich fühle mich ein wenig unwohl. Ich hoffe, du hast mir nicht die falschen Kräuter zum Riechen gegeben."

Anna erblasste. War das etwa Siglindes Plan? Wollte sie Gerüchte gegen sie streuen? Siglinde jedoch lachte laut beim Anblick ihres erschrockenen Gesichtes.

„Lauf schon! Ich habe das nur so dahingesagt, du musst dich nicht gleich fürchten!"

Anna kam der Aufforderung nur zögernd nach. Ihr Gefühl sagte ihr, dass die Gutsherrin sie aus einem bestimmten Grund fortschickte. Nur die Tatsache, dass Gertraude ein Auge auf Siglinde haben würde, ließ Anna die Küche verlassen und zum Gutshaus gehen.

Doch kaum war sie aus der Tür, forderte Siglinde auch die Köchin auf, in den Hof zu laufen. Sie sollte ihr einen Krug frischen Wassers aus dem Brunnen holen. Gertraude, die ahnte, dass es sich um einen Vorwand handelte, bot ihr das Gewünschte aus dem bereitstehenden Krug an. Aber die Herrin forderte, dass sie ihrem Wunsch nachkam. Der Köchin blieb nichts anderes übrig, wenn ihr auch nicht wohl bei dem Gedanken war, Siglinde von Lingen alleine in der Küche zu wissen.

Kaum waren beide Frauen außer Reichweite, nahm sich Siglinde etwas von den zuvor angesehenen Pflanzen. Sie schaffte es gerade noch, sie in einem kleinen Sack aus Leinen zu verstecken, ehe die Köchin zurückkam. Ihr Gesicht war gerötet, so schnell war sie gelaufen. Deshalb entging ihr auch nicht, dass die Gutsherrin etwas unter ihrem Kleid versteckte. Ihr Verdacht erhärtete sich, als die Gutsherrin plötzlich munter aufsprang.

„Ich benötige das Wasser nicht mehr. Mir geht es bereits viel besser."

Nachdenklich sah Gertraude ihr nach. Als wenig später Anna zu ihr kam und ebenfalls ratlos den Kopf schüttelte aufgrund des sonderbaren Verhaltens der Herrin, konnte die Köchin nicht umhin, sie zu warnen.

„Ich weiß nicht, was Siglinde von Lingen da ausheckt", sagte sie. „Aber es ist nichts Gutes, glaub mir! Und irgendwie werde ich das Gefühl nicht los, dass es etwas mit dir zu tun hat. Sei vorsichtig, Anna! Versprich es mir!"

„Ich denke ähnlich, Gertraude. Auch ich weiß nicht, was diese Frau vorhat. Ich bin auf der Hut und werde auch auf Gabriel besonders achten. Doch möglicherweise irren wir uns. Immerhin habe ich ihr nach der Geburt des Kindes geholfen."

„Ich hoffe, du hast recht", antwortete Gertraude, die das ungute Gefühl in ihrem Leib zu ignorieren versuchte.

***

Bereits zwei Tage später wurde Anna erneut zur Gutsherrin befohlen. Gleichzeitig mit ihr kam aber auch die Hebamme am Gutshaus an, die Anna misstrauisch beäugte.

„Was willst du denn hier?", fragte sie verächtlich und rümpfte die Nase.

„Die Herrin hat nach mir rufen lassen. Ich kenne den Grund ebenso wenig wie du", antwortete Anna und drängte sich an ihr vorbei. Sie wollte der Frau keine Gelegenheit geben, ihr Gift erneut zu versprühen.

„Da irrst du dich aber gewaltig."

Auf dem Gesicht der Alten erschien ein heimtückisches Grinsen.

„Ich kenne den Grund. Die gesamte Herrschaft liegt krank darnieder. Wieder einmal nach einer Mahlzeit, die du und Gertraude zubereitet habt", fügte sie hämisch hinzu. „Würde es nach mir gehen, hätte man euch schon längst …"

Sie ließ offen, was sie tun würde. Doch Anna wusste auch so, was sie ihr damit zu verstehen geben wollte. Aber das war es nicht, was sie beunruhigte, sondern vielmehr der Vorwurf, dass etwas mit dem Essen nicht stimmte. Ließ die Gutsherrin deshalb nach ihr rufen?

„Nun bekommst du Angst, nicht wahr?"

Die lauernden Blicke der Hebamme lagen auf ihr. Anna

zwang sich zur Ruhe. Noch handelte es sich nur um das Geschwätz dieses Weibes. Außerdem blieb ihr keine Zeit, länger darüber nachzudenken. Die Herrin war sicherlich nicht gewillt, auf sie zu warten. Ohne ein weiteres Wort ging sie ins Haus. Dort wurde sie bereits erwartet. Eine Magd führte sie in die Gemächer der Gutsherrin. Es waren die von Mathilda von Lingen, wie Anna erleichtert feststellte.

Erschrocken sah sie, dass Matthias' Mutter bleich und kraftlos auf ihrem Bett lag und Schweißtropfen auf ihrer Stirn standen. Nur zaghaft brachte sie ein Lächeln zustande, als Anna eintrat.

„Wie gut, dass du kommst, Anna."

Anna bemerkte überrascht, dass die Gutsherrin sie zum ersten Mal beim Namen nannte.

„Ich weiß nicht, was geschehen ist. Aber seit wir am Abend die Mahlzeit zu uns nahmen, geht es uns erbärmlich. Ich bin nicht die einzige Kranke, um Matthias und seine Frau steht es nicht besser."

„Glaubt Ihr wirklich, es lag an dem Essen?", fragte Anna vorsichtig. Sie konnte sich kaum vorstellen, dass Gertraude etwas Verdorbenes übersehen hatte. Gerade sie überprüfte jede Zutat peinlichst genau, seit sie und Magda in letzter Minute vor dem Scheiterhaufen gerettet worden waren.

„Eine andere Erklärung gibt es nicht. Wenn nur ich betroffen wäre, würde ich niemals solch eine Behauptung aufstellen. So aber ist es ziemlich eindeutig. Nur wir drei aßen davon. Und nun haben wir alle das gleiche Leiden."

Anna spürte, wie Angst in ihr hochkroch. Mit einem Mal erinnerte sie sich an den seltsamen Besuch Siglindes in der Küche. Hatte sie sich nicht genau nach den Pflanzen erkundigt, deren Auswirkungen sie nun sah? Aber würde Matthias' Frau wirklich so weit gehen, nicht nur ihren Gatten und dessen Mutter, sondern sogar sich selbst dieser Gefahr auszusetzen? Und wenn es so war, was konnte der Grund dafür sein? Warum nahm Siglinde die Schmerzen und Krämpfe in Kauf? Das alles musste doch einen Sinn ergeben.

„Ich brauche deine Hilfe, Anna“, unterbrach die Gutsherrin ihre Gedanken. „Ich vertraue dir, wenn Siglinde es auch strikt abgelehnt hat, dich zu bitten. Dennoch ist mir wohler, wenn du dich um mich kümmerst.“

Anna nickte. Dann rief sie nach der Magd und bat sie um einen Krug Wasser und einen Becher Salz. Als sie beides in den Händen hielt, schüttete sie eine großzügige Menge des Salzes ins Wasser und gab den Krug der Gutsherrin.

„Trinkt es aus!“, forderte sie Mathilda von Lingen auf, die bereits beim ersten Schluck angewidert den Mund verzog. „Ich weiß, dass es kein Vergnügen bereitet. Doch es wird Euch rasch helfen.“

Anna behielt recht. Nachdem sich die Gutsherrin sämtliche Gedärme herausgewürgt hatte, wie es schien, ging es ihr besser. Anna sah es mit Erleichterung und wandte sich zum Gehen. Wenn Mathilda von Lingen nun ein wenig schlief, würde sie schon bald vollständig genesen sein. Doch die Gutsherrin dachte nicht daran, Annas Rat zu befolgen. Stattdessen setzte sie sich auf.

„Warte!“, hielt sie Anna zurück. „Erzähl mir von deinem Sohn!“

Anna erschrak erneut. Ihr war durchaus bewusst, wer sie in diesem Moment nach Gabriel fragte. Ein falsches Wort und sie verriet sich. Die Gutsherrin schien ihre Bedenken zu spüren. Aufmunternd lächelte sie die Magd an.

„Weißt du, er ist meinem eigenen Sohn sehr ähnlich. Ich erinnere mich oft an die Zeit, als er in seinem Alter war. Du hast einen guten Jungen.“

Anna schwieg. Was hätte sie auch antworten können? Die Aussage der Gutsherrin kam der Wahrheit gefährlich nahe, möglicherweise kannte sie diese sogar.

„Wie geht es Eurem Sohn?“, wich sie aus und

versuchte, sich ihre Anspannung nicht anmerken zu lassen.

„Matthias leidet ebenso wie ich. Er kann nicht einmal sein Lager verlassen. Ich wünschte, du könntest auch ihm helfen. Leider hat Siglinde verboten, dass du auch nur in seine Nähe kommst. Sie vertraut stattdessen lieber der Hebamme und lässt kein gutes Haar an dir. Ist irgendetwas zwischen euch vorgefallen? Mein Gefühl trügt mich nur selten. Und ich spüre, dass die Frau meines Sohnes dir nicht sonderlich zugeneigt ist."

„Da mögt Ihr durchaus recht haben."

Anna nickte und mischte erneut einen Krug Wasser mit Salz.

„Ruft Eure Magd, damit sie Eurem Sohn diesen Trank gibt! Dann wird es auch ihm bald besser gehen. Ihr müsst nicht sagen, dass ich ihn zubereitet habe."

„Du bist klug", stellte Mathilda von Lingen anerkennend fest und tat, was Anna vorgeschlagen hatte. Die wandte sich bereits zum Gehen.

„Aber du bist mir noch immer eine Antwort schuldig. Warum hasst meine Schwiegertochter dich so?"

„Ich habe einen Sohn, Herrin, und Siglinde hat ihr Kind verloren. Möglicherweise ist das der Grund." Anna spürte, wie sie errötete und auch Mathilda bemerkte es.

„Schon gut, du musst nicht mehr sagen. Ich danke dir für deine Hilfe. Solltest du irgendwann meine benötigen, zögere nicht, mich darum zu bitten! Dasselbe gilt für deinen Sohn", fügte die Gutsherrin hinzu und ließ sich zurück in ihre Kissen sinken. Anna warf ihr einen letzten nachdenklichen Blick zu, bevor sie die Gemächer verließ. Die Augen der Kranken sprachen eine eindeutige Sprache. Sie kannte ihr Geheimnis.

In Gedanken versunken ging sie über den Hof, auf dem Gertraude ihr aufgeregt entgegenkam.

„Schnell, Anna! Ich muss mit dir reden. Am besten ist es, wir gehen auf den Boden der Schmiede. Dort hört uns ganz sicher niemand."

„Was ist passiert?"

Ohne es zu wollen, ließ Anna sich von der Unruhe Gertraudes anstecken. Doch die Köchin tat, als höre sie die Frage gar nicht.

„Sei so wie immer, Anna! Wir dürfen nicht auffallen, hörst du? Wir gehen jetzt nur zu meinem Gatten, um ihn und Gabriel zum Essen zu holen. Lächle, Anna, bitte!“

Sie selber grinste plötzlich von einem Ohr zum anderen. Nur Anna erkannte, wie unecht und aufgesetzt es war. Kaum war die Tür der Schmiede hinter ihnen ins Schloss gefallen, verschwand das Grinsen in Gertraudes Gesicht.

„Du bist in Gefahr, Mädchen“, begann sie, ohne Zeit zu verlieren. „Du musst fort von hier, und zwar schnell.“

„Warum? Was ist geschehen?“

„Als du bei der Herrin warst, konnte ich ein Gespräch belauschen. Ich brachte dem Gutsherrn gerade einen Krug Wasser und Salz, als ich an den Gemächern Siglindes vorüberkam. Nenn es eine Ahnung oder eine göttliche Fügung, ich weiß es nicht. Aber sicher ist, dass die junge Herrin einen teuflischen Plan gegen dich ausheckt, zusammen mit der Hebamme. Sie wird dir die Schuld an ihrem Leiden geben und behaupten, dass du sie vergiften wolltest. Sogar von der Inquisition war die Rede. Ich hörte deutlich, wie sie die Hebamme fragte, ob die Botschaft auf dem Weg sei.“

Gertraude nahm Anna an den Schultern und sah sie eindringlich an. Die Sorge um sie war deutlich zu erkennen.

„Sie wird dich der Hexerei bezichtigen, mein Kind. Habe ich dir nicht immer gesagt, dass es nicht gut ausgeht, wenn Matthias dich mehr liebt als sein Weib?“

„So weit wird es nicht kommen“, erwiderte Anna und erinnerte sich an das Versprechen der alten Gutsherrin. Vermutlich würde sie deren Hilfe schneller benötigen, als sie geahnt hatten. Siglinde war intrigant und es gab keinen Zweifel daran, dass sie heimtückische Pläne gegen sie schmiedete. Aber selbst sie würde es nicht wagen, sich ihrer Schwiegermutter in den Weg zu stellen.

„Ich werde nicht noch einmal fliehen“, teilte sie Gertraude mit, die daraufhin aufstöhnte. „Ich habe nichts Unrechtes getan.“

***

Noch am selben Tag traf die Inquisition am Hof ein. Mit entschlossenen Mienen bezogen sie auf Gut Lingen Quartier, ohne dem Gutsherrn oder sonst jemandem ihr Anliegen vorzutragen. Das wäre allerdings auch nur schwer möglich gewesen, denn außer Mathilda von Lingen lagen die Herrschaften noch immer krank darnieder.

Gertraude stand vor der Schmiede, als der Bischof und sein Gefolge das Tor passierten. Es fiel ihr schwer, ihr Erschrecken zu verbergen. All ihre Ängste schienen sich nun zu bewahrheiten. Noch einmal ging sie zu Anna und flehte sie an, ihr Bündel zu packen und mit dem Jungen zu fliehen.

Doch die wollte davon nichts wissen. Erst recht nicht, als sich herausstellte, dass die Herren kein sonderliches Interesse an ihr zu haben schienen. Stattdessen liefen sie emsig auf dem Gut herum, stellten hier und da Fragen und kritzelten etwas in ihre Pergamentrollen.

Doch gerade als die Köchin Anna und den Jungen in Sicherheit glaubte, wurde sie zum Bischof und seiner Begleitung, dem Großinquisitor, gerufen. Am ganzen Körper zitternd stand sie dem Geistlichen gegenüber und betete, dass sie in der Aufregung nichts Falsches sagte. Vor allem, als sie erkannte, dass die Aufmerksamkeit des Geistlichen nicht auf ihr, sondern auf Anna lag.

„Was könnt Ihr mir zum Lebenswandel der Anna Seidler sagen?“, fragte der Großinquisitor und sah die Köchin freundlich an.

Offenbar hatte er vergessen, dass er es gewesen war,

der sie beinahe bei lebendigem Leib verbrannt hätte.

„Sie ist ein gutes Mädchen." Die Köchin hatte Mühe, ihre Gedanken zu ordnen. Sie zitterte am ganzen Leib. „Anna Seidler arbeitet redlich. Sie tut nichts Unrechtes, wenn Ihr das meint."

Der Mann lächelte. Doch Gertraude wusste, dass es keinen Grund zur Freude gab und sie schon einmal auf sein falsches Wohlwollen hereingefallen war. Sie hoffte nur, dass diese Befragung schnell vorüberging. Dann wollte sie Anna sogleich warnen. Jetzt musste das Mädchen endlich einsehen, wie ernst die Lage war. Die Herren waren wegen ihr gekommen, daran gab es keinen Zweifel mehr.

„Stimmt es, dass sie mit Heilkräutern und Pflanzen hantiert?"

„Ja, Herr, es stimmt. Aber sie tut damit Gutes. Erst vor ein paar Tagen half sie der Gutsherrin, ihr Leiden zu lindern."

„Woher kam dieses Leiden?"

„Das weiß ich nicht, Eure Eminenz."

„Seid Ihr an diesem Tag in der Küche gewesen?"

„Nein, nicht an diesem Tag. Ich musste …"

„Wer dann?", wurde sie unterbrochen. Jetzt verstand die Köchin, worauf der Geistliche hinauswollte. Sie zögerte mit der Antwort.

„Sagt es!"

„Ich glaube, es war Anna, doch sicher bin ich mir nicht."

„Wisst Ihr davon, dass es bereits früher zu ungewöhnlichen Vorkommnissen kam. Starb nicht auch der einstige Gutsherr ganz plötzlich?"

Gertraudes Zittern nahm zu. Nur mühsam konnte sie sich beherrschen. Die Angst, nun erneut verdächtigt zu werden, umklammerte sie mit eiserner Faust.

„Ich weiß darum", stotterte sie und spürte gleichzeitig, wie sich Schweißperlen auf ihrer Stirn sammelten. „Beinahe hättet Ihr mich dafür verbrannt."

Der Bischof wiegte bedauernd seinen Kopf. Auch er erinnerte sich nun.

„Ihr habt Euch an besagtem Tag der Hexerei schuldig bekannt. Aber ich will heute darüber hinwegsehen und schiebe es auf Eure Angst, die Ihr um Eure Tochter hattet. Dennoch erwarte ich, dass Ihr meine Fragen wahrheitsgemäß beantwortet. Immer wenn es zu solchen Vorfällen kam, war Anna Seidler auf dem Hof, nicht wahr?“

Gertraude schwieg. Sie hatte das Gefühl, jedes Wort könnte falsch sein. Doch ihr Gegenüber war unnachgiebig.

„Antwortet mir! War diese Magd auf dem Hof?“

Die Köchin nickte, unfähig die Frage durch Worte zu bestätigen. Längst liefen ihr Tränen über die Wangen. Ihr war bewusst, dass sie Anna geradewegs ins Verderben schickte. Allerdings machten die Männer nicht gerade den Eindruck, als wüssten sie nicht auch ohne sie, wer die erwähnten Mahlzeiten zubereitet hatte.

„Wir sind fertig. Ihr könnt gehen.“

Der Bischof hob die Hand und zeigte zur Tür. Gertraude ging mit weichen Beinen Richtung Küche. Sie war erschöpft. Die Befragung hatte ihr mehr zugesetzt, als es tagelange Arbeit vermocht hätte. Doch sie musste Anna suchen. Wenn sie das Mädchen jetzt noch retten wollte, durfte sie keine Zeit verlieren.

Leider konnte sie Anna weder in der Küche noch in ihrer Kammer finden. Selbst Gabriel, der sich gewöhnlich bei ihrem Mann in der Schmiede aufhielt, war nirgendwo zu sehen. Dabei drängte die Zeit. Von einer düsteren Ahnung erfasst, ging Gertraude schneller und suchte den gesamten Hof ab. Dabei vermied sie es, den Leuten der Inquisition über den Weg zu laufen. Aber so sehr sie sich auch mühte, sie fand weder Anna noch den Jungen. Erschöpft ließ sie sich in der Küche nieder und faltete die Hände. Jetzt half nur noch beten.

Die Köchin konnte zu diesem Zeitpunkt nicht ahnen, dass sie mit ihrem Gebet nicht die Einzige war. Auch

Anna flehte gerade um Gottes Hilfe. Inzwischen bereute sie, nicht auf Gertraude gehört zu haben und mit Gabriel geflohen zu sein.

Schon Stunden bevor ihre Vertraute befragt wurde, hatte man sie und Gabriel abgeholt. Ohne auch nur den geringsten Versuch zuzulassen, sich zu rechtfertigen, hatte man sie der Hexerei beschuldigt. Mit letzter Kraft hatte sie die Männer gebeten, wenigstens ihren Sohn gehen zu lassen, und erst daraufhin erfahren, dass auch Gabriel unter diesem Verdacht stand. Voller Sorge um ihr Kind bemerkte Anna, wie schlau die Inquisitoren dieses Mal vorgingen. Offenbar hatten sie aus dem vergangenen fehlgeschlagenen Versuch gelernt. Sie verursachten keinerlei Aufsehen. Es gab vorerst keine öffentliche Anklage und keine Gefängniskarre. Stattdessen forderte man sie auf, gemeinsam mit Gabriel vor dem Hoftor aufs Pferd zu steigen. Von dort aus ritten sie ins Dorf, wo man sie und ihren Sohn in den Kerker des Klosters einsperrte.

„Hab keine Angst“, sagte Anna zu ihrem Sohn und konnte selbst nicht verhindern, dass ihr selbige die Kehle zuschnürte. „Es wird sich alles aufklären. Dann müssen sie uns freilassen.“

Gabriel, der die ganze Zeit über geschwiegen hatte, selbst als die Männer ihn grob in das dunkle Verlies stießen, suchte die Hand seiner Mutter.

„Was bedeutet das alles?“, flüsterte er. „Warum sperrt man uns ein?“

Anna dachte nach. Konnte sie ihrem Sohn wirklich die ganze Wahrheit sagen? Andererseits wusste sie nicht, was sie erwartete, und Gabriel war längst kein kleiner Junge mehr. Sie war es ihm schuldig, ihn endlich über seine wahre Herkunft aufzuklären.

Also begann sie, ihm im Dunkel des Kerkers von Eberhardt von Lingen, dem Priester und ihrer Liebe zu Matthias zu erzählen. Selbst ihr wohlgehütetes Geheimnis, dass sie beide Männer vergiftet hatte, verschwieg sie nicht.

„Du siehst, ich bin nicht unschuldig angeklagt, Gabriel.

Aber ich tat all das, um meinen Bruder zu rächen. Mit Hexerei hat das nicht das Geringste zu tun. Dennoch bin ich bereit, für meine Taten zu büßen. Aber niemals, das schwöre ich zu Gott, werde ich zulassen, dass du dafür zahlst."

„Wie willst du das verhindern?", fragte ihr Sohn, der entsetzt zugehört hatte.

„Ich habe mit Mathilda von Lingen gesprochen. Sie ist auf unserer Seite. Ich bin sicher, sie findet einen Weg, zumindest dich zu befreien."

„Und warum sollte sie das tun? Du hast ihren Ehemann vergiftet."

Anna zögerte einen Moment. Dann entschied sie, ihm auch ihr letztes Geheimnis anzuvertrauen. Fest drückte sie die Hand des Jungen.

„Weil sie Matthias' Mutter ist. Matthias von Lingen ist dein Vater."

Gabriel schnappte nach Luft, doch es kam kein Wort über seine Lippen. Anna konnte sein Gesicht nicht sehen, spürte aber, wie er zu zittern begann. Liebevoll streichelte sie seine Wange und fühlte die Feuchtigkeit seiner Tränen unter ihren Fingern. Er weinte. Anna ließ ihn gewähren. Sollte er seinen Schmerz ruhig herauslassen. Später würde keine Zeit dafür sein. Dann war es wichtig, dass sie ihren Verstand einsetzten.

„Bedeutet das, ich bin der Erbe des Hofes?"

Gabriel schien sich schnell gefangen zu haben. Nun klang seine Stimme kühl und nachdenklich. Er war klug, dachte Anna, viel klüger als sie. Nur deshalb fragte er sich bereits, welche Konsequenzen dieses Wissen für ihn haben konnte.

„In ihren Augen bist du nur ein Bastard", antwortete sie. „Du besitzt keinerlei Rechte und erst recht keinen Anspruch auf ein Erbe. Siglinde von Lingen würde nie zulassen, dass Matthias sich als dein Vater bekennt. Du siehst ja, zu welchen Mitteln sie greift, um uns loszuwerden. Doch es gibt etwas, wovon nicht einmal sie weiß. Ich habe ein Dokument in Besitz, in dem dein Vater dich als seinen Sohn anerkennt. Ich gebe zu, er unterschrieb es nicht ohne Zwang. Doch das ist gleichgültig. Dieses Dokument, Gabriel, ist das Wertvollste, was wir im Moment besitzen."

„Und wo befindet es sich? Was geschieht, wenn es in falsche Hände fällt?"

„Auch dafür habe ich gesorgt. Es ist gut und sicher aufbewahrt, mehr musst du im Moment nicht wissen. Wenn die Zeit dafür reif ist, kommt die Wahrheit ans Licht, mein Sohn. Eines Tages …", Anna sah zur feuchten Gewölbedecke und bekreuzigte sich, „eines Tages wirst du der Gutsherr von Lingen sein."

„Marie?", hörte ich plötzlich eine Stimme hinter mir und erschrak. Als ich mich umschaute, stand Sabine, die Kollegin der Nachbarstation, vor mir. Als sie bemerkte, wie verstört ich reagierte, hob sie beide Arme.

„Entschuldige, ich habe geklopft."

„Ja, sicher, schon gut", winkte ich ab und versuchte, die Gedanken an Anna und Gabriel zu verdrängen. „Ich war nur so vertieft."

„Wenn das Buch veröffentlicht ist, werde ich es mir kaufen." Sie lächelte. „Scheint ja ziemlich spannend zu sein."

„Das ist es wirklich", bestätigte ich. „Kann ich dir irgendwie helfen?"

„Ich wollte dir nur Bescheid geben, dass ich jetzt den Kontrollgang mache. Du kannst ruhig hierbleiben, ich bin über alles informiert."

„Nein, ich begleite dich. Es ist meine letzte Nacht, ich würde gerne noch einmal die Stille genießen. Außerdem geht es mir gut. Du musst nicht alles alleine machen."

„Wie du möchtest, aber ich lagere."

Ich nickte und legte das Manuskript zur Seite. Es waren

nur noch wenige Seiten, bis ich zum Ende kommen würde. Ich war mehr als gespannt darauf zu erfahren, wie es weiterging. Gleichzeitig wollte ich mir den besonderen Moment aufbewahren.

Es war irgendwie seltsam. Als ich damals Jonahs Tagebuch gelesen hatte, war er wenig später gestorben. Fast so, als würde das Ende seiner Geschichte auch sein eigenes bedeuten. Wir hatten Eli gefunden, die Brüder waren vereint gewesen und das Versprechen erfüllt.

Aber was würde mit Claudia Mehring geschehen? Würde sie tatsächlich aufwachen oder ihr Kind nie in den Armen halten können? Irgendetwas sagte mir, dass es auch bei ihr einen Wendepunkt geben würde, sobald ich die letzten Seiten gelesen hatte. Aber vielleicht spann ich mir auch nur etwas zusammen, ich hatte keine Ahnung.

„Okay, dann los!“, forderte ich meine Kollegin auf, die bereits an der Tür stand.

„Bis später, Claudia“, sagte ich leise und folgte ihr.

***

Zwei Tage danach traf ich mich mit Maja. Heute würde ich mein Brautkleid anprobieren, das ich hatte ändern lassen müssen. Inzwischen passte ich unmöglich in diesen schmal geschnittenen Traum aus weißem Satin und Tüll. Zum Glück fand die Hochzeit schon in einer Woche statt, sodass ich nicht befürchten brauchte, die Dienste der Schneiderin noch einmal in Anspruch nehmen zu müssen.

„Du bist sicher aufgeregt, nicht wahr?“, fragte Maja. Gemeinsam standen wir vor dem Brautladen und sahen ins Schaufenster, in dem eine Puppe stand, die wie eine Braut gekleidet war.

„Und wie“, antwortete ich. „So in etwa werde ich aussehen, Maja. Es kommt mir immer noch alles so unwirklich vor.“

„Ist es aber nicht. In ein paar Tagen kannst du deinem Traummann das Jawort geben. Wohlgemerkt in einem wunderschönen und furchtbar teuren Kleid. Ihr werdet in einer Kutsche zum Kloster fahren, vermutlich nur edle Speisen serviert bekommen und alle Blicke auf euch ziehen." Maja nahm meine Hände in ihre und lächelte mich an.

„Jonahs Bruder führt dich zum Altar, Marie. Du wirst diesen Tag niemals vergessen."

Ich nickte. Dabei liefen mir Tränen über die Wangen. Maja hatte, ohne es zu wollen, meinen wunden Punkt getroffen. In all den Jahren hatte ich meine Eltern nie so sehr vermisst wie jetzt. Ich hätte alles dafür gegeben, sie an diesem Tag bei mir zu wissen.

„Hey, keine Tränen, verstanden!", riss meine Freundin mich aus meinen Gedanken, als ahne sie, was in meinem Kopf vor sich ging. „Oder willst du, dass ich mich aufrege? Du weißt, dass es jederzeit losgehen kann und Aufregung …"

„Oh nein. Bitte nicht, Maja! Warte mit der Geburt einfach bis nach der Hochzeit. Ich möchte unbedingt, dass du dabei bist."

„Sag das ihr!" Maja tippte auf ihren Bauch und lachte. „Und nun lass uns endlich reingehen. Ich möchte das Kleid sehen."

„Wow", rief sie eine halbe Stunde später begeistert. „Du siehst bezaubernd aus. Noel wird völlig aus dem Häuschen sein, wenn sein Onkel dich zu ihm führt."

„Das hoffe ich doch." Ich seufzte und strich beinahe zärtlich über den Stoff. „Und du bist sicher, dass man den Bauch nicht sieht?"

„Ganz sicher, dafür ist er auch noch ein wenig zu klein. Bei mir sähe das schon anders aus, glaub mir! Und selbst wenn, wir leben nicht mehr im achtzehnten Jahrhundert. Heutzutage schlafen zukünftige Ehemänner mit ihren Bräuten auch vor der Hochzeit."

„Du bist unmöglich, darum geht es doch gar nicht. Wir

haben Onkel Eli noch nicht verraten, dass ich schwanger bin. Wir wollten es ihm am Tag der Trauung sagen."

„Dass ihr es auch immer so spannend machen müsst. Was wäre, wenn der alte Mann morgen umkippt und stirbt? Dann würde er nie erfahren, dass sein Großneffe Vater wird, und das nur, weil ihr ihn überraschen wollt."

„Maja!", schrie ich entrüstet auf, woraufhin die Verkäuferin, die bis eben schweigend an meinem Schleier herumgezupft hatte, zusammenzuckte und verlegen zu Boden schaute. Meine Freundin hingegen schüttelte nur den Kopf.

„Ich würde mich gerne wieder umziehen. Es passt perfekt, vielen Dank. Sie können es an die angegebene Adresse liefern."

„Sehr gerne, Frau Schwarzer."

Die Verkäuferin atmete sichtlich auf. Ich sah ihr an, wie froh sie war, dass Maja das Geschäft gleich verlassen würde, bevor eine andere Kundin kam. Meine Freundin schien ähnlich zu denken. Als wir gingen, drehte sie sich mit übertrieben freundlichem Lächeln zu der Dame um.

„Wenn mein Kind da ist und sein Vater es endlich schafft, mir einen verdammten Heiratsantrag zu machen, werde ich mein Kleid auch bei Ihnen kaufen. Netter Laden, wirklich."

„Ähm, sehr gerne, ich …", stotterte die Verkäuferin.

„Auf Wiedersehen", beendete ich das Ganze, bevor es noch peinlicher wurde, und zog Maja mit mir nach draußen.

„Du bist unmöglich", raunzte ich sie auf der Straße an. „Das ist das angesehenste Brautmodengeschäft in der ganzen Stadt. Die Dame ist es sicher nicht gewohnt, dass dort über Sex vor der Ehe und dann auch noch übers Sterben gesprochen wird."

„Wobei all das zum Leben gehört, nicht nur das Heiraten. Das müsste die Dame wohl auch wissen."

„Ach Maja, du bist unverbesserlich."

„Und lustig."

„Stimmt, auch lustig. Nur bei Onkel Eli verstehe ich keinen Spaß. Ich möchte, dass er noch lange lebt und unser Kind auf dem Schoß hält."

„Ich weiß, Marie. Ich wünsche es ihm auch. Er hat es verdient. Wann genau wollt ihr es ihm sagen? Bevor er dich zum Altar führt?"

„Nein, nicht im Kloster. Noel und ich werden zweimal heiraten."

„Was?" Maja riss die Augen auf und schüttelte den Kopf.

„Noel wünscht sich, dass ich auch nach jüdischer Tradition seine Frau werde. Allerdings wäre diese Ehe gesetzlich nicht gültig, da ich nicht seinem Glauben angehöre. Das bedeutet aber nicht, dass wir nicht die Zeremonie durchführen können. Es gibt sogar einen Rabbiner, der uns vermählt."

„Und das erzählst du mir erst jetzt? Ich war noch nie auf so einer Hochzeit."

„Das wirst du leider auch dieses Mal nicht. Tut mir leid, Maja. Wir werden nur im engsten Kreis heiraten. Noels Familie, Doktor Klingenberg und natürlich Onkel Eli, das sind alle. Du verstehst das doch, oder?"

„Natürlich." Maja nahm mich in den Arm. „Eine fantastische Idee und vermutlich liege ich zu der Zeit sowieso gerade im Kreißsaal und schreie mir die Lunge aus dem Hals. Wobei wir beim Stichwort wären. Ich habe nämlich auch eine Überraschung."

„Bitte nicht", flehte ich. Majas Überraschungen verhießen selten etwas Gutes. „Ich hoffe, du hast nicht vor, die Hochzeit mit einer Showeinlage zu sprengen."

„Wer sagt denn, dass es um die Hochzeit geht?", fragte sie leise. Erstaunt schaute ich sie an und bemerkte die Tränen in ihren Augen. Was mehr als ungewöhnlich für meine Freundin war. Ich konnte mich nicht erinnern, sie jemals weinen gesehen zu haben, und es machte mir Angst.

„Was ist denn los?", fragte ich. „Maja! Sprich mit mir!"

„Das habe ich ja die ganze Zeit vor“, schniefte sie. „Schon vorhin, als du das Kleid anprobiert hast. Aber diese arrogante Verkäuferin ist nicht ein einziges Mal von deiner Seite gewichen und ich möchte dir die Frage nicht stellen, wenn mich jemand dabei stört. Selbst auf die Gefahr hin, dass meine Tochter dann ohne Patentante zur Welt kommt und ich …“

„Was? Stopp, Maja! Hast du mich gerade gefragt, ob ich die Patin deiner Tochter werden möchte?“

„Nach was hat es sich denn angehört? Natürlich habe ich dich gefragt, wen denn sonst?“

Maja wischte sich energisch mit dem Ärmel ihrer Jacke die Wangen trocken. Doch ich sah, wie gerührt sie war, was sie selbstverständlich nie zugeben würde.

„Ich würde sehr gerne Patentante deines Kindes sein“, sagte ich und umarmte sie.

„Danke, Maja.“

***

Ich war immer noch völlig aufgedreht, als ich nach Hause kam. Deshalb wartete ich auch nicht und rief schon im Flur nach Noel, der versprochen hatte, für uns zu kochen. Ich freute mich auf den Abend mit ihm, von denen es in den letzten Monaten viel zu wenige gegeben hatte.

„Noel!“, rief ich laut. „Ich bin da. Du glaubst nicht, um was Maja mich eben gebeten hat. Ich war selbst erstaunt, obwohl es eigentlich gar nicht so ungewöhnlich ist. Wir sind beste Freundinnen.“

Nachdem ich meine Tasche auf die Garderobe gelegt hatte, ging ich zur Küche und öffnete die Tür.

„Ich werde Paten…“

Die Küche war leer. Auf dem Tisch lagen die Einkäufe, Hähnchenbrust, Reis, Gemüse und eine Packung Eis. Alles sah danach aus, als hätte jemand gerade die

Vorbereitungen fürs Essen getroffen. Allerdings fehlte von meinem Verlobten jede Spur.

„Noel?“ Ich ging von Raum zu Raum. „Wo steckst du?“

Als ich keine Antwort erhielt und auch die Dusche kontrolliert hatte, unter der er mich unmöglich hören konnte, gab ich auf und marschierte zurück zur Küche. Dort öffnete ich die Eispackung, holte mir einen Löffel und aß direkt aus der Schachtel. In diesem Moment fiel mir der Zettel auf. Er hatte sich am Boden der Eispackung festgeklebt.

„Musste kurz weg“, stand darauf. „Sorry, Noel.“

Ich starrte das Stück Papier an. War das etwa alles? Er hatte mir versprochen zu kochen und ich mich auf einen entspannten Abend gefreut. Ich wollte ihm von meinem Traumkleid erzählen, ohne natürlich zu verraten, wie es aussah. Und er verschwand einfach, ohne mir den Grund zu nennen?

Ich griff zum Telefon. Plötzlich glaubte ich nämlich zu ahnen, wo mein Verlobter sich aufhielt. Ich vermutete, dass er bei Onkel Elias war, um ihn auf seine Rolle als Brautführer vorzubereiten. Eli war seit Tagen aufgeregt, wozu meiner Meinung nach kein Grund bestand. Wir hatten bereits geprobt, er machte das gut. Sogar so gut, dass mir die Tränen gekommen waren.

Nach dem dritten Klingeln nahm Onkel Elias ab. Er hörte sich verschlafen an, was nicht gerade dafür sprach, dass Noel sich bei ihm aufhielt.

„Entschuldige die Störung“, begrüßte ich ihn. „Habe ich dich geweckt?“

„Ja, ich muss eingedöst sein. Kann ich dir irgendwie helfen, Marie?“

„Ich wollte nur fragen, ob Noel bei dir ist. Als ich nach Hause kam, war er verschwunden und hat nur einen Zettel hinterlassen. Dabei wollten wir einen gemütlichen Abend miteinander verbringen.“

„Ihr werdet noch viele gemeinsame Abende haben,

mein Kind. Lass ihn, er weiß, was er tut."

Täuschte ich mich, oder hörte ich da ein leises Kichern? Ich war mir nicht sicher.

„Onkel Elias?"

„Ja?"

„Hat sein Verschwinden etwa mit der Überraschung zu tun?"

„Ich habe keine Ahnung, wovon du sprichst."

Wieder dieses Kichern, ich hatte mich also nicht geirrt.

„Du bist ein schlechter Lügner. Noel hat dich eingeweiht, nicht wahr? Du weißt, was er plant."

„Gut möglich."

„Verrätst du es mir?", bat ich. Einen Versuch war es wert und bisher hatte mir Eli nie einen Wunsch abschlagen können.

„Von mir erfährst du kein Wort, Marie. Ich muss jetzt auch auflegen, wir hören uns später."

Bevor ich antworten konnte, klickte es in der Leitung.

„Onkel Elias?", rief ich und konnte kaum glauben, dass er mich abgewürgt hatte. Aber die Leitung war tot. Kopfschüttelnd legte nun auch ich auf. Dann ging ich ins Wohnzimmer und wartete auf Noel, der ja irgendwann nach Hause kommen musste.

Mein Blick fiel auf das Manuskript, das ich aus der Klinik mitgenommen hatte. In den Tagdiensten würde ich wohl kaum dazu kommen, Claudia vorzulesen. Und irgendwie hatte ich das Gefühl, dass es auch nicht mehr nötig war. Inzwischen glaubte ich nämlich nicht mehr daran, dass es sich dabei um die Aufarbeitung ihrer Vergangenheit handelte. Es gab gewisse Zusammenhänge, das schon. Letztendlich war es jedoch so, wie ihre Agentin damals gesagt hatte. Claudia hatte etwas Neues beginnen wollen, was ihr offensichtlich gelungen war.

Die Geschichte hatte mich von Beginn an mitgezogen. Umso mehr freute es mich, dass Frau Mahler und Claudias Ehemann die Veröffentlichung planten. Herr Mehring hatte mir gegenüber erwähnt, wie schwer er sich mit dieser

Entscheidung getan, letztendlich jedoch dem Drängen der Agentur zugestimmt hatte.

Ich nahm das Manuskript und schlug es auf. In diesem Moment waren es nur noch beschriebene Blätter. Es verhielt sich wie mit Jonahs Tagebuch. Beide Schriftstücke hatten mir einen Zugang zu den Patienten geschaffen und für sie das Tor zur realen Welt geöffnet. Aber es waren die Menschen um sie herum, die die Verbindung zum wahren Leben schufen. In Claudia Mehrings Fall ihr Baby. Ich war mir sicher, dass sie es irgendwann in ihren Armen halten würde. Bis es so weit war, würde ihr Roman dafür sorgen, dass sie auch bei ihren Lesern lebendig blieb.

Ich lächelte und begann zu lesen.

***

Entsetzt hörte Mathilda von Lingen von der Festnahme Annas und deren Sohnes. Sofort machte sie sich auf den Weg zu Matthias. Er musste endlich zur Besinnung kommen und dem Treiben seiner Frau Einhalt gebieten. Für sie stand fest, dass nur Siglinde dahinterstecken konnte. Zum Glück wusste die Frau ihres Sohnes nicht, dass auch sie längst in Gabriels Herkunft eingeweiht war. Nun wollte sie dieses Wissen nutzen, um Anna und ihm zu helfen.

Sie fand Matthias in seiner Kammer. Wie die Tage zuvor saß ihr Sohn auf beide Arme gestützt am Tisch und starrte mit gesenktem Kopf auf den halbleeren Krug Wein. Er schaute nicht einmal auf, als seine Mutter den Raum betrat. Mathilda seufzte. Es tat ihr im Innersten weh, ihn so zu sehen. Wie so häufig in der letzten Zeit fragte sie sich, warum er ausgerechnet Siglinde Tübinger zur Frau genommen hatte.

Gleichzeitig wusste sie, dass sie die Grübelei im Moment nicht weiterbrachte. Jetzt war es nur wichtig, ihren Sohn zur Vernunft zu bringen, bevor es zu spät war.

„Ich muss mit dir reden", eröffnete sie ihm und schob den Krug beiseite. „Matthias! Sieh mich an!"

Der Gutsherr reagierte nicht, sondern starrte weiterhin auf die Tischplatte. Mathilda wurde ungeduldig.

„Ich kann verstehen, wie schwer der Verlust deines Kindes auf dir lastet. Aber so ist es nun mal. Gottes Wege sind unvorhersehbar. Aber ist das ein Grund, dein eigenes Leben zu verschwenden? Du bist der Gutsherr. Es ist deine Pflicht, den Hof zu führen, mein Sohn. Warum überlässt du es deinem herrischen Weib?"

„Lass mich in Ruhe, Mutter!" Matthias sah nicht einmal auf. Stattdessen füllte er den Krug erneut mit Wein.

„Was ist nur los mit dir? Ich erkenne dich nicht wieder."

Die Enttäuschung stand Mathilda ins Gesicht geschrieben. Entschlossen erhob sie sich, um zu gehen. Sie hatte keine Zeit zu verlieren. Wenn ihr Sohn nicht fähig war, Anna zu helfen, musste sie es tun.

„Während du dich hier betrinkst, sitzen Anna und Gabriel im Kerker. Die Inquisition ist zurück auf dem Hof. Sie beschuldigen sie der Hexerei. Noch steht der Prozess aus. Aber es ist ziemlich wahrscheinlich, dass beide auf dem Scheiterhaufen landen."

„Was sagst du da?"

Endlich hob Matthias den Kopf. Doch seine Mutter bemerkte, wie schwer es ihm fiel, das Gesagte zu begreifen. Also musste sie deutlicher werden.

„Du hast richtig gehört, Matthias. Während du dem einen Kind nachtrauerst, wird dein anderes brennen. Es sei denn, du wachst endlich auf und schreitest ein."

„Ihr wisst davon, Mutter?"

Ungläubig sah er dic Gutsherrin an, die nun nicht länger gewillt war, Rücksicht auf den Gemütszustand ihres Sohnes zu nehmen.

„Die Schuld daran trägt dein Weib und du in gewisser Weise ebenso. Merkst du denn nicht, wie sie das Gesinde schikaniert und ihre Launen an jedem auslässt, dessen Gesicht ihr nicht passt? Aber dieses Mal ist sie zu weit gegangen."

„Was hat sie getan? Was hat meine Frau mit Anna zu tun?"

„Ach Matthias", seufzte seine Mutter. „Erkennst du es nicht selbst? Es ist längst kein Geheimnis mehr, wessen Blut in den Adern des Jungen fließt. Siglinde mag hochnäsig sein und hinterhältig, aber sie ist nicht dumm. Und sie hat einen Weg gefunden, nicht nur Anna, sondern auch das Kind loszuwerden. Beide werden der Hexerei bezichtigt und das, obwohl sie es war, die mich von dem Leiden befreite. Wir müssen etwas tun, Matthias!"

Flehend sah sie ihn an.

„Oder sie werden brennen."

„Das wird niemals geschehen."

Der junge Gutsherr sprang auf. Nichts erinnerte jetzt noch an den verzweifelten Mann, der, vom Schmerz überwältigt, jegliches Interesse an seinem Umfeld verloren hatte. Mathilda sah es mit Erleichterung. Ihr Sohn würde das Richtige tun, davon war sie überzeugt.

Zumindest etwas zuversichtlicher beschloss sie, Gertraude aufzusuchen. Vielleicht wusste die Köchin ja mehr. Schließlich handelte es sich bei ihr um Annas engste Vertraute.

Auf dem Weg dorthin kam sie an den Gemächern ihrer Schwiegertochter vorüber. Als sie aufgebrachte Stimmen hörte, blieb sie stehen und horchte genauer hin.

„Und Ihr seid sicher, dass Euer Plan aufgeht?"

Mathilda zuckte zusammen. Ihre Ahnung bestätigte sich. Was sonst machte die alte Hebamme in den Gemächern Siglindes? Sie hatte deren Stimme sofort erkannt und wunderte sich nicht, dass gerade diese beiden Frauen ein Verhältnis der besonderen Art pflegten.

Ein spöttisches Lachen folgte, bevor Siglinde antwortete.

„Wer sollte mich wohl hindern? Ich bin die Gutsherrin

und mein Gatte ist ein Schwächling."

„Das mag sein", stimmte die Hebamme zu. „Aber da ist immer noch seine Mutter. Mathilda von Lingen ist nicht zu unterschätzen."

„Sei unbesorgt, auch darum werde ich mich kümmern. Sie mochte mich nie, wenn sie auch versucht hat, ihre Abneigung gegen mich zu verbergen. Diesen Bastard dagegen behandelt sie wie ihr eigenes Kind. Auch dafür wird sie schon bald bezahlen."

Mathilda stand wie angewurzelt vor der Tür, unfähig, sich auch nur einen Schritt zu bewegen. Die Frauen sprachen von ihr, mehr noch, Siglinde drohte ihr ganz offensichtlich. Sie spürte, wie sie zu zittern begann. Bis eben hatte sie geglaubt, ihre Schwiegertochter durchschaut zu haben. Doch deren Seele war noch viel schwärzer, als sie vermutet hatte, und wäre sie nicht gerade im richtigen Moment an den Gemächern vorübergegangen, hätte sie Siglinde sicherlich unterschätzt. So jedoch wurde sie sich der Gefahr, die von ihr ausging, mit einem Schlag bewusst. Ihre Schwiegertochter trachtete nach ihrem Leben, sie musste vorsichtig sein.

„Was habt Ihr vor?", fragte in diesem Augenblick die Hebamme. Mathilda dankte dem Herrgott für deren Neugierde. Die Antwort kam unverzüglich.

„Zuerst müssen die Hexe und der Junge verurteilt werden. Danach werde ich mich um meine liebe Schwiegermutter kümmern. Ihr wisst doch, wie gut ich mich mittlerweile mit den Kräutern auskenne. Ich spüre noch jetzt die Wirkung in meinem Leib. Nächstes Mal werde ich einfach die Menge verdoppeln. Dann steht mir nichts mehr im Wege, diesen Hof so zu führen, wie ich es möchte."

„Ihr meint, Ihr wollt auch Euren Gatten …?", rief die alte Hebamme erschrocken. Inzwischen wurde es ihr mehr und mehr unheimlich in Siglindes Gegenwart.

„Seid still! Oder soll uns der ganze Hof hören?", fuhr diese sie scharf an. Von nun an war nur noch ein Flüstern zu vernehmen. Aber Mathilda von Lingen hatte genug gehört. Jetzt musste sie erst recht mit Gertraude reden. Es war wichtig, dass die Köchin eingeweiht wurde. Schnellen Schrittes verließ sie das Gutshaus und lief zu den Küchengebäuden.

Was hatte die alte Hebamme gesagt? Mathilda von Lingen durfte nicht unterschätzt werden. Ein Lächeln legte sich auf ihr Gesicht. Die Hebamme ahnte ganz sicher nicht, wie recht sie damit hatte.

***

Währenddessen kam Matthias von Lingen im Dorf an. Er steuerte direkt auf das Kirchengebäude zu, hinter dessen Mauern sich die Inquisition niedergelassen hatte. Mit voller Wucht trommelte er an die Tür und hörte erst damit auf, als sich Schritte näherten.

„Führt mich sofort zu Eurem Herrn“, verlangte er von dem Mann, der in eine schwarze Kutte gehüllt vor ihm stand.

„Das ist nicht möglich. Der Bischof ruht gerade. Wenn Ihr wollt, richte ich ihm Euer Anliegen aus. Oder Ihr kommt später wieder, wie es Euch beliebt.“

Er erschrak, als Matthias ihn daraufhin am Kragen packte, und versuchte, sich zu befreien. Doch der Gutsherr hielt ihn mit eisernem Griff fest.

„Bringt mich zu ihm! Ich werde Euch nicht noch einmal bitten.“

„Was ist da los?“

Von einem hinteren Raum drang die Frage zu ihnen. Matthias stieß den Mann beiseite und schritt darauf zu. Er zögerte nur kurz, bevor er die Tür öffnete und dem völlig überraschten Bischof gegenüberstand. Der lag keineswegs zur Ruhe, sondern beugte sich gerade über ein Buch.

„Was wollt Ihr?“ Fragend sah er auf. Ihm stand ins

Gesicht geschrieben, wie unangenehm ihm diese Störung war.

„Das sollte ich Euch wohl besser fragen“, kam Matthias ohne Umschweife zur Sache. „Wie könnt Ihr es wagen, jemanden von meinen Leuten einzukerkern, ohne mir auch nur Bescheid zu geben? Ich verlange von Euch, dass Ihr sie augenblicklich freilasst!“

„Das steht Euch nicht zu, Gutsherr.“

Dem Bischof schien Matthias’ Befehlston wenig zu stören. Er war sich seiner Sache sicher. Außerdem hatte er vorab bereits erfahren, dass der Gutsherr von Lingen kaum noch Interesse am Geschehen seines Hofes zeigte.

„Anna Seidler und ihr Sohn werden der Hexerei bezichtigt. Damit unterstehen sie von nun an der Inquisition. Der Prozess findet in wenigen Tagen statt. Ihr könnt ihn nicht aufhalten. Es sei denn, Ihr wollt Euch gegen die Kirche und den Papst stellen.“

Mit Genugtuung sah er, wie Matthias erblasste. Vermutlich hatte der Gutsherr nicht damit gerechnet, dass es so schnell gehen würde. Doch der Bischof war vorbereitet und hatte vom Großinquisitor erfahren, wie er und seine Männer damals vom Hof gejagt worden waren. Noch einmal würde ihnen der Gutsherr keinen Strich durch die Rechnung machen. Er freute sich regelrecht, ihm einen weiteren Hieb zu versetzen.

„Es betrübt mich zu sehen, dass Ihr offenbar nicht wisst, was auf Eurem eigenen Hof geschieht. Aber seid getröstet, Eure Gattin weiß es umso mehr. Sie war es, die uns den entscheidenden Hinweis gab. Ihr könnt Euch gar nicht vorstellen, wie sehr es mich erleichtert, dass es auf Eurem Gut auch gottesfürchtige Leute gibt.“

Voller Schadenfreude sah er den jungen Gutsherrn an, der entsetzt die Augen aufriss. In diesem Moment war es ihm gleichgültig, dass er Siglinde von Lingen sein Wort gegeben hatte, ihren Namen nicht mit dem Prozess in Verbindung zu bringen. Wen interessierte das jetzt noch? Er hatte erreicht, was er wollte. Alles andere war nicht seine Angelegenheit.

„Gebt wenigstens den Jungen frei!“, bat Matthias, als er sich gefangen hatte. Er hörte sich längst nicht mehr sicher an. Nicht nur die Tatsache, dass es wirklich Siglinde gewesen war, die das Unheil heraufbeschworen hatte, auch die Androhung eines ordentlichen Prozesses verunsicherte ihn.

„Das wird nicht möglich sein. Seine Mutter ist eine Hexe und er trägt ein ungewöhnliches Mal auf seiner Hand. Solange wir nicht den Gegenbeweis haben, dass er nicht auch mit dem Teufel im Bunde ist, bleibt er im Kerker.“

Matthias hatte entsetzt zugehört. Alles in ihm schrie danach, sein Kind zu beschützen. Hastig krempelte er den Ärmel seines Hemdes nach oben.

„Seht her!“, forderte er den Bischof auf und streckte ihm seine Hand entgegen. „Ich trage dasselbe Mal. Es hat nichts mit Hexerei zu tun. Auch mein Vater, Eberhardt von Lingen, trug dieses Zeichen.“

„Dann ist der Junge Euer Bastard?“

Die Stimme des Bischofs troff vor Hohn. Es befriedigte ihn ungemein zu beobachten, wie der Gutsherr sich wand. Dabei wusste er von dessen Frau längst um dieses Geheimnis.

„Er ist mein Sohn“, antwortete Matthias mit fester Stimme und wunderte sich selbst über die Entschlossenheit seiner Worte.

„Ihr irrt Euch, er ist ein Bastard. Oder seid Ihr mit seiner Mutter vermählt?“

„Ihr wisst selber, mit wem ich vermählt bin. Dennoch erkenne ich ihn an.“

„Dafür ist es zu spät. Keiner wird Euch glauben. Alle werden denken, dass Ihr es nur sagt, um ihn vor dem Prozess zu retten.“

„Ich kann es beweisen. Es gibt ein Dokument, in dem Gabriel Seidler als mein Kind benannt ist.“

Der Bischof horchte auf und musste sich widerwillig

eingestehen, nicht mit dieser überraschenden Wendung gerechnet zu haben. Siglinde von Lingen hatte ihm gegenüber kein Wort davon erwähnt. Oder wusste sie vielleicht gar nicht darum?

Er dachte nach. Dieses Schriftstück konnte den Prozess tatsächlich gefährden. Wenn bekannt wurde, dass er die Nachkommen von Gutsherren der Hexerei anklagte, würde er sich bei diesen unweigerlich unbeliebt machen. Gleichzeitig konnte er nun nicht einfach nachgeben, vor allem, da er nicht sicher war, ob Matthias von Lingen tatsächlich die Wahrheit sprach. Also versuchte er, Zeit zu gewinnen und sich seine Überraschung nicht anmerken zu lassen.

„Wenn Ihr Euch so sicher seid, dann braucht Ihr den Prozess nicht fürchten. Bringt mir dieses Dokument und wir sehen weiter. Heute aber werdet Ihr ohne den Jungen zurückkehren müssen."

„Ich werde wiederkommen", sagte Matthias drohend, der einsah, dass er hier nicht weiterkam. Er musste das Schriftstück vorlegen. Dann blieb zumindest Gabriel verschont und er konnte sich Gedanken darüber machen, wie er Anna zu helfen vermochte.

„Wenn Ihr meint, kommt so oft Ihr wollt", erwiderte der Bischof unbeeindruckt. „Aber denkt daran, auch Ihr seid nicht vor der Buhlschaft des Teufels gefeit. Ich kann nur hoffen, Euer Verstand bewahrt Euch vor einem unüberlegten Handeln."

Matthias achtete nicht auf seine Worte, sondern drehte sich um und ging. Der Bischof jedoch sah ihm nachdenklich hinterher. Inzwischen bereute er, dem Gutsherrn verraten zu haben, wer ihn gerufen hatte. Er ahnte, wie erzürnt Siglinde von Lingen darüber sein würde. Letztendlich aber blieb auch ihr nichts anderes übrig, als dieses Dokument zu suchen. Sie würde es finden, da war er sicher. Die junge Gutsherrin hasste die Angeklagten und würde nicht eher ruhen, bis sie bekam, was sie wollte. Der Bischof lächelte zufrieden.

Matthias hingegen ritt voller Zorn auf den Hof zurück. Kaum hatte er das Haus betreten, schrie er laut nach Siglinde. Dabei achtete er nicht auf die verwunderten Blicke der Mägde, die nur selten mitbekamen, wie der Gutsherr die Beherrschung verlor.

„Siglinde! Wo steckst du, Weib?“

Ohne anzuklopfen riss er die Tür zu ihren Gemächern auf. Siglinde, die ihn bereits vom Fenster aus beobachtet hatte und erkannte, wie wütend er war, hatte sich schnell zurück auf den Stuhl gesetzt und eine Handarbeit aufgenommen, die sie nun betont gelassen ausführte. Dennoch konnte sie ein leichtes Zucken ihrer Mundwinkel nicht unterdrücken. Auch sie erlebte zum ersten Mal, dass Matthias so voller Wut war.

„Was hast du getan?“ Matthias riss ihr das Nähzeug aus der Hand und schleuderte es auf den Boden. Seine Augen blitzten sie an.

„Ich weiß nicht, wovon du sprichst.“ Noch immer bemühte sie sich, ruhig zu erscheinen.

„Hör auf zu lügen! Du weißt genau, wovon ich spreche. Du warst es, die Anna und Gabriel der Hexerei beschuldigt hat.“

„Und wenn es so wäre?“

Siglinde stand auf und trat ihm gegenüber. Auf ihrem Gesicht lag ein zufriedenes Lächeln. Es tat gut zu spüren, wie ihn ihre Rache traf.

„Sie ist eine Hexe!“

„Du lügst!“

Matthias konnte nicht fassen, dass seine Frau nicht einmal versuchte, sich zu rechtfertigen. Ungläubig schüttelte er den Kopf. Wie hatte er sich nur so in ihr täuschen können? Dabei verstand er sogar ein wenig ihre Eifersucht, die sich gegen Anna richtete. Aber offenbar war das seiner Gattin nicht genug. Sie musste auch Gabriels Leben aufs Spiel setzen. Wobei doch gerade sie wissen sollte, was es bedeutete, ein Kind zu verlieren.

„Warum der Junge? Was hat er dir getan?“

„Du kannst nicht ernsthaft glauben, dass ich nicht wüsste, wessen Sohn er ist.“

Siglinde lachte spöttisch.

„Man muss euch nur ansehen, die Ähnlichkeit ist geradezu verblüffend. Wenn einer die Schuld trägt, bist du es, Matthias. Wie konntest du es zulassen, dass diese Hure hier auf dem Hof lebt, gemeinsam mit deinem Bastard? Hast du wirklich geglaubt, ich sehe eurem Treiben tatenlos zu? Du hast mich betrogen, ausgerechnet an dem Tag, an dem ich unser Kind verlor. Das werde ich dir nie verzeihen.“

Schweigend hatte der Gutsherr zugehört. Die Wahrheit traf ihn hart. Denn in einem musste er seiner Gattin zustimmen. Er trug die Schuld daran, dass es so weit gekommen war. Warum hatte er Anna nicht einfach vergessen können und sich stattdessen seiner Frau zugewandt? Siglinde war zu Recht eifersüchtig. Aber vielleicht war es für eine Wiedergutmachung noch nicht zu spät.

„Bitte, Siglinde, geh zum Bischof und widerrufe deine Anklage! Sag ihm, dass du dich geirrt hast! Du kannst dich doch nicht schuldig machen am Tod eines Kindes. Nimm deine Anschuldigungen zurück und ich vergesse, was du getan hast.“

„Damit du dich danach wieder heimlich mit ihr triffst?“

Sie schüttelte den Kopf. Doch Matthias glaubte zu erkennen, dass ihre sture Haltung zu bröckeln begann.

„Ich schwöre dir, dass das nicht geschehen wird. Wenn du möchtest, fordere ich Anna auf, den Hof zu verlassen. Irgendwann könnten auch wir noch ein Kind haben. Aber bitte verschone sie vor dem Scheiterhaufen!“

Für einen kurzen Moment sah es so aus, als ließe sich die Gutsherrin tatsächlich erweichen. Ohne ein Wort sah sie Matthias an und legte unbewusst ihre Hände über den Leib. Matthias, der erkannte, wohin ihre Gedanken wanderten, versuchte, den Augenblick zu nutzen.

„Also ist es beschlossen? Du gehst zum Bischof?“

Als Antwort lächelte seine Frau ihn an. Er sah es mit Erleichterung. Ohne zu zögern, nahm er sie in den Arm. Dabei spürte er, wie sie zitterte. Als sie sich von ihm löste, glaubte er, am Ziel zu sein. Doch im nächsten Moment zerstörte Siglinde seine Hoffnung.

„Für Reue ist es zu spät“, sagte sie kalt. „Ich werde meine Anschuldigung nicht widerrufen. Diese Frau und der Bastard sollen brennen. Das ist alles, was ich will.“

Wie vor den Kopf geschlagen wich Matthias zurück. In diesem Augenblick begriff er, dass er Siglinde nicht umstimmen konnte. Ihr verzerrtes Gesicht war Beweis genug. Sie hasste Anna und wenn er sich nicht täuschte, hasste sie sogar ihn. Nichts würde sie aufhalten.

„Ich hätte mich niemals mit dir vermählen sollen“, antwortete er erschöpft.

„Da sind wir ausnahmsweise einer Meinung, Matthias“, erwiderte sie verbittert. „Hätte ich geahnt, dass du diese Hure liebst, wäre ich niemals dein Weib geworden. Aber das bin ich nun einmal. Du wirst dich damit abfinden müssen.“

Matthias sah über sie hinweg und ging zur Tür. Jede Minute, die er länger bei ihr verbrachte, war vertan. Er konnte ihr hämisches Grinsen nicht länger ertragen. Erst an der Tür warf er einen letzten Blick zurück. Voller Abscheu sah er sie an.

„Lieber würde ich mit auf dem Scheiterhaufen brennen, als länger mit dir unter einem Dach zu leben“, stieß er hervor und hoffte, sie damit treffen zu können. Er wollte, dass sie den Schmerz spürte, den auch er fühlte.

„Sei vorsichtig mit deinen Wünschen! Es könnte sein, dass sie sich erfüllen.“

Siglinde lachte ungerührt, wenn in ihren Augen auch Tränen brannten. Wieder einmal schien diese Hexe zu siegen, selbst wenn sie brennen würde. Es änderte nichts an den Gefühlen ihres Mannes. Die verhasste Magd gewann auch über den Tod hinaus. Matthias würde sie immer lieben.

Zwei Tage später fand der Prozess statt. Man hatte gleich neben der Kirche Podeste aus Holz aufgebaut, auf denen in diesem Moment der Bischof und der Rest der Inquisition Platz nahmen. Vor ihnen hatte sich eine Menge Leute eingefunden, die teils erschrocken, größtenteils aber neugierig ausharrten vor dem, was kommen würde.

Es gab nur wenige unter ihnen, die Mitleid mit Anna und ihrem Sohn hatten. Dafür sorgte schon die Hebamme, die nicht ruhte, jedem, der es hören wollte, den Brand der Kate und den ungeklärten Tod des Seidlers in Erinnerung zu rufen. Dabei schmückte sie die Geschichten immer weiter aus.

Plötzlich war davon die Rede, wie Anna und der Teufel persönlich um die Flammen getanzt haben sollten. Und auch ihr Kind, dieser Junge mit dem seltsamen Mal an der Hand, konnte nur durch eine Buhlschaft mit dem Teufel entstanden sein. Immerhin war Anna weder vermählt, noch gab es einen Vater für Gabriel. Jetzt, wo sie endlich ihrer gerechten Strafe entgegensah, gab es niemanden mehr, der der Hebamme Einhalt gebot.

Plötzlich verstummte die Menge. Auf einem einfachen Karren wurden die Hexe und der Junge gebracht, begleitet vom Henker, dessen Kopf von einer Kapuze verdeckt war. Mutter und Sohn trugen weiße Folterhemden, die vor Dreck starrten. Ihre Köpfe, die geschoren waren, hielten sie gesenkt. Ihr Anblick genügte, um Leben in die Menge zu bringen. Von der Hebamme angestachelt, begannen die Leute zu schreien und die Gefangenen zu beschimpfen. Kinder warfen faules Obst nach dem Wagen, erste Steine flogen.

Anna, die völlig reglos alles hatte über sich ergehen lassen, auch die stundenlangen Verhöre, stellte sich schützend vor Gabriel, der nicht begreifen konnte, was da stattfand.

Damit erging es ihm wie Gertraude, die in einer der vorderen Reihen stand. In ihren Augen brannten Tränen. Gemeinsam mit der alten Gutsherrin hatte sie in den letzten Tagen nach einer Rettung gesucht. Aber alle Versuche waren gescheitert. Ihr blieb nur, mit anzusehen, wie Anna und der Junge, den sie tief im Herzen trug, ihrem Schicksal entgegengingen.

Verzweifelt schaute die Köchin zu der frisch gezimmerten Tribüne, auf der die Obrigkeit Platz genommen hatte. Neben dem Bischof, der gleichzeitig Richter war, saßen Ratsherren und Schöffen. Gegenüber von diesem Podest saß Siglinde mit ihrem Vater, der ebenfalls Freude an dem Spektakel zu finden schien. Nur Mathilda von Lingen und ihr Sohn Matthias waren nirgendwo zu sehen, dabei hatte sie gerade von ihnen Hilfe erhofft.

Inzwischen waren Anna und Gabriel am Richtplatz angekommen und wurden von den Knechten auf eine einfache Holzbank gedrückt. Nicht weit von ihnen entfernt befand sich bereits ein Pfahl, der von trockenem Holz, Reisig und Stroh umgeben war.

Der Bischof erhob sich. Auch er war feierlich gekleidet. Über seiner schwarzen Kutte trug er einen tiefroten Umhang. Mit Genugtuung sah er auf die Menge, die sofort verstummte.

„Lasst uns beginnen“, rief er über die Köpfe hinweg. „Anhand der geltenden Gesetze werden wir heute prüfen, ob der Verdacht der Hexerei für eine Anklage ausreicht. Die Befragungen der Leute offenbarten uns, dass dieses Weib dort“, er zeigte auf Anna, „eine Hexe und ihr Sohn das Ergebnis der Buhlschaft mit dem Satan ist. Es gibt genügend Menschen, die das bezeugen.“

„Haltet ein!“ Plötzlich drang die Stimme Mathildas nach vorn. Ärgerlich über diese Unterbrechung glitten die suchenden Blicke des Bischofs über die erhitzte Meute, bis er die Gutsherrin erkannte. Verärgert rollte er mit den Augen. Seine Freude über die Abwesenheit der von Lingens war verfrüht gewesen.

„Was wollt Ihr?“, fragte er. „Habt Ihr etwas zum Prozess beizutragen?“

„Bei Gott, das habe ich“, antwortete die Gutsherrin und hob stolz den Kopf. „Diese Frau und der Knabe sind unschuldig. Euer Prozess beruht nur darauf, dass gewisse Leute sie denunzierten.“

„Ihr irrt Euch, Gutsherrin.“ Der Bischof hob beschwörend die Hände. Er wusste, dass er Mathilda von Lingen zum Schweigen bringen musste, bevor noch mehr Leute Zweifel hegten.

„Das Gesetz verlangt, so jemand den Leuten durch Zauberei Schaden oder Nachteil zufüget, soll man ihn strafen vom Leben zum Tod. Auch Ihr müsst diesen Gesetzen folgen, Mathilda von Lingen, wie jeder andere Sterbliche.“

„Ihr mögt über Anna Seidler urteilen, aber der Junge hat keiner Menschenseele etwas zuleide getan. Gebt ihn frei!“ Die Gutsherrin ließ sich nicht beirren. „Er ist unschuldig, Ihr wisst das ebenso wie ich.“

Durch die Reihen ging ein Raunen. Der Bischof bemerkte es mit Besorgnis. Alle Blicke waren auf die Gutsherrin gerichtet, die dem Geistlichen unerschrocken gegenübertrat, der zu schwitzen begann.

„Dann soll er die Prüfung machen!“, forderte er. Ihm war bewusst, dass es der einzige Ausweg aus dieser prekären Situation war, wenn er nicht wollte, dass sich das Gesinde gegen ihn stellte.

„Wenn er die Hexenprobe besteht, soll er frei sein. Wenn nicht, wartet auch auf ihn der Scheiterhaufen.“

Er wandte sich an den Großinquisitor, der neben ihm stand und keine Miene verzog. Er durfte jetzt keine Zeit verlieren. Den Mägden und Knechten war anzusehen, dass seine Wirkung auf sie deutlich nachließ.

„Untersucht ihn! Schaut nach dem Hexenmal! Der Teufel prägt sein Zeichen jedem auf, der sich mit ihm einlässt.“

„Dieses Zeichen, von dem Ihr glaubt, es sei der Beweis der Hexerei, ist das Mal der von Lingens“, rief die Gutsherrin, die seinen Plan durchschaute.

„Hört auf zu lügen, Bischof! Ihr wisst es längst. Matthias, mein Sohn und Gutsherr, ist der Vater dieses Jungen. Ihr mögt ihn Bastard nennen, aber er ist weder mit dem Teufel im Bunde, noch tut er sonst etwas Unrechtes. Deshalb verlange ich, dass Ihr Euch besinnt. Tut Ihr es nicht, werde ich noch heute einen Boten zum Papst senden und Rechenschaft für Eure Willkür fordern."

Der Bischof wurde rot vor Wut. Nur mühsam gelang es ihm, sich zu beherrschen. Dieses Weib stellte ihn öffentlich bloß und untergrub seine Stellung. Und dennoch durfte er ihre Drohung nicht auf die leichte Schulter nehmen. Der Prozess um die Hexe machte ihm dabei keine Sorgen, doch den Jungen auf den Scheiterhaufen zu werfen, konnte wahrlich riskant sein. Sicherlich war es nicht das erste Kind, das zum Tod durch das Feuer verurteilt wurde, aber der Papst hatte darüber deutlich seine Missbilligung geäußert.

Er steckte wahrlich in einem Dilemma. Jetzt bereute er, den Sohn der Hexe auf Siglindes Wunsch hin mit auf die Anklagebank gebracht zu haben. Grübelnd blickte er auf die Menge, die verstummt war und gespannt nach vorne sah. Er schaute zum Himmel, als warte er auf ein Zeichen. Und tatsächlich schien ihn der Herrgott zu erhören und sandte ihm den rettenden Einfall.

„Wenn dem so ist, wie Ihr sagt, könnt Ihr sicher auch einen Beweis dafür bringen. Aber ich warne Euch, dieses Mal an seiner Hand lasse ich nicht gelten. Es könnte ebenso vom Teufel eingebrannt sein."

Er stockte kurz und sah erwartungsvoll zu den Zuschauern. Viele von ihnen nickten bestätigend. Sie schienen zufrieden mit dem Vorschlag.

„Ich gebe Euch drei Tage Zeit, um den Jungen von dem Verdacht reinzuwaschen. Dann wird der Prozess fortgeführt. Gelingt es Euch nicht, mir bis dahin einen eindeutigen Beweis vorzulegen, sehe ich das als Eingeständnis."

„Ich werde ihn bringen, verlasst Euch darauf!"

Mathilda von Lingen hob stolz den Kopf. Dabei warf sie einen Blick auf die Tribüne, wo Siglinde mit ihrem Vater saß und dem Schauspiel ungläubig zuschaute. Ihr Gesicht war von Wut verzerrt. Als ihre Augen sich trafen, sprühten sie vor Hass.

„Der Prozess ist verschoben“, verkündete der Bischof in diesem Moment. Man konnte deutlich sein Bedauern heraushören, dass das angehäufte Stroh nun doch nicht in Flammen aufging. „Das Schauspiel ist beendet, geht Eurer Arbeit nach!“

Anna, die schweigend und zitternd vor Angst zugehört hatte, atmete auf. Niemals hätte sie es gewagt, daran zu glauben, dass es gerade Matthias' Mutter gelingen würde, Gabriel zu beschützen. Ihr Herz quoll förmlich über vor Dankbarkeit dieser Frau gegenüber, die sich ohne Scheu über jeglichen Standesdünkel hinwegsetzte. Trotz allem wusste sie, dass ihnen lediglich ein Aufschub gewährt wurde. Nun lag es an Mathilda von Lingen, ihn zu nutzen. Anna betete, dass die Gutsherrin es schaffte, das entscheidende Dokument, das sie vorsorglich in Sicherheit gebracht hatte, rechtzeitig zu besorgen.

„Gott wird nicht zulassen, dass dir etwas geschieht“, flüsterte sie ihrem Sohn zu und nahm seine Hand. „Und auch nicht die Gutsherrin“, fügte sie hinzu. „Du wirst bald frei sein.“

„Und was ist mit dir, Mutter? Wirst auch du frei sein?“

Anna traten Tränen in die Augen. Sie musste keine Stimmen hören, um zu erfahren, was mit ihr geschehen würde. Aber sie war bereit, dieses Urteil anzunehmen. Immerhin wusste sie auch um die Schuld, die sie mit sich trug. Wenn sie auch keine Hexe war und niemandes Essen verzaubert hatte, war sie für den Tod von Eberhardt von Lingen wie auch für den des Priesters verantwortlich. Es war nur recht und billig, dass der Herrgott sie nun dafür strafte. Wie kurz zuvor der Bischof sah sie hinauf in den Himmel, der wolkenschwer verhangen war, und bekreuzigte sich unter den ungläubigen Blicken der Gaffer.

„Im Namen des Vaters", sagte sie leise, sodass nicht einmal Gabriel sie verstand.

„Ich bereue nicht!"

***

„Schick einen Boten los, Matthias!", verlangte Mathilda von Lingen von ihrem Sohn, als sie zurück im Gutshaus waren. „Wir können zumindest den Jungen retten. Wenn wir das Dokument vorlegen, in dem du Gabriel bereits vor dieser Anklage anerkannt hast, muss der Bischof ihn freigeben."

„Wisst Ihr auch, wohin ich den Boten schicken soll, Mutter? Niemand weiß, in welchen Händen es sich befindet. Ich glaube kaum, dass der Bischof es zulässt, Anna danach zu fragen."

„Das ist auch nicht nötig. Ich weiß es."

„Wollt Ihr damit sagen, sie hat sich Euch anvertraut? Warum ausgerecht Euch?"

„Weil Anna Seidler sehr klug ist mein Sohn." Mathilda schmunzelte. „Sie wusste, wie wichtig dieses Schreiben ist und auch um die Gefahr, die es birgt. Deshalb bat sie mich um Hilfe. Das Dokument befindet sich nicht auf dem Hof und ist somit, dem Herrn sei Dank, auch nicht zugänglich für Siglinde, die sicherlich mit allen Mitteln versuchen wird zu verhindern, dass wir es dem Gericht vorlegen können."

„Das wird sie bestimmt", bestätigte Matthias. „Aber Ihr habt meine Frage nicht beantwortet. Warum vertraut Anna Euch so sehr und aus welchem Grund helft Ihr den beiden?"

Die Antwort kam ohne zu zögern.

„Weil Gabriel dein Sohn ist. Er erinnert mich viel mehr an dich, als du dir vorstellen kannst. Ich habe schon einmal ein Kind verloren. Würde ich es zulassen, dass er angeklagt und verurteilt wird, könnte ich mit dieser Schuld nicht leben. Es würde sich anfühlen, als würde ich dich verlieren."

„Ich bewundere Euer großes Herz, Mutter." Matthias zog sie kurz an sich und drückte sie. „Aber nun sagt, was ich tun soll?"

„Der Bote muss nach Worms reiten. Auf dem Reichstag soll er Ausschau nach einem Mönch halten. Er wird ihn finden, er ist mittlerweile in aller Munde, da er sich gegen den Papst und die Kirche auflehnt. Sein Name ist Martin."

„Wie kommt gerade er dazu, Anna und Gabriel beizustehen?"

„Das ist eine lange Geschichte und leider fehlt die Zeit, sie dir zu erzählen. Aber dieser Mönch ist Anna, vor allem aber Gabriel sehr verbunden. Er sicherte sofort seine Unterstützung zu. Bei ihm ist das Dokument in Sicherheit. Was mir mehr Sorgen bereitet, ist die Zeit, die uns davonläuft."

„Du hast recht, deshalb werde ich selber reiten."

Matthias' Entscheidung kam überraschend. Die Gutsherrin drückte stolz seine Hand. Sie hatte sich gewünscht, dass ihr Sohn so reagieren würde.

Als Matthias wenig später vom Hof ritt, verlor sie keine Zeit. Sie musste mit Gertraude reden. Nun war es wichtig, dass alles genauestens geplant wurde. Voller Zorn dachte sie an Siglinde, die sich bis jetzt nicht hatte blicken lassen. Dabei ballte sie ihre Fäuste. Ihr Plan stand fest. Ihre Schwiegertochter würde nicht nur für den Verrat an Anna, sondern auch für ihre Pläne, sie selbst aus dem Weg zu räumen, bitter bezahlen.

„Du weißt, was du zu tun hast?", fragte sie wenig später in der Küche, wo die Köchin gerade dabei war, ein Mittagsmahl zuzubereiten. Gertraude nickte unsicher, noch immer ungläubig darüber, dass es tatsächlich die Gutsherrin war, die so etwas von ihr verlangte.

„Ich weiß, dass du ein gläubiger Mensch bist."

Mathilda spürte die Bedenken Gertraudes und auch sie

war nicht gänzlich frei davon. Trotzdem zweifelte sie nicht einen Augenblick, dass sie das Richtige taten. Gerade sie wusste, dass der Herrgott im Himmel nicht immer Gerechtigkeit übte. Die schien ihr in Anbetracht der Tatsachen jedoch nötig zu sein. Sollte sie dafür ins Fegefeuer kommen, nahm sie es in Kauf.

„Denk an Anna!“, forderte sie die Köchin auf. „Hat sie es etwa verdient, auf dem Scheiterhaufen zu brennen? Und das wird sie, Gertraude. Wir können sie nicht mehr davor bewahren, so viel steht fest. Aber wir wollen zumindest Gabriel retten und die Leute dafür bestrafen, die diesem unschuldigen Kind die Mutter nehmen. Tun wir es nicht, wird Siglinde nicht eher ruhen, bis sie ihn und auch mich vernichtet hat.“

„Vermutlich habt Ihr recht.“

Die Köchin war hin- und hergerissen. Sie vertraute dem Herrgott viel mehr als die Gutsherrin. Dennoch konnte sie nicht leugnen, dass Siglinde wirklich zu allem fähig war.

Mathilda, die sah, wie es in der Köchin arbeitete, entschied sich dafür, Gertraude auch den letzten Zweifel zu nehmen, dass es dieses Mal keinen Gott geben würde, der Anna vor dem Feuer bewahrte und die junge Gutsherrin aufhielt.

„Erinnere dich an den Tag, an dem du es warst, die zusammen mit Magda an den Pfahl gekettet dem Tod entgegensah! Sag mir, Gertraude! War es der Herrgott, der euch half? Oder vielmehr mein Sohn Matthias?“

„Es war Euer Sohn!“

Die Köchin erschauderte bei dem Gedanken. Jegliche Zweifel fielen von ihr ab. Die Gutsherrin sagte die Wahrheit. Magda und sie hatten den Himmel umsonst um Hilfe angefleht. Wäre Matthias nicht gewesen, hätten sie gebrannt wie das Feuer im Ofen vor ihr.

„Ich werde es tun.“

Ihre Haltung straffte sich. Sie war nun ganz sicher. Mathilda von Lingen nickte. Sie hatte gewusst, dass sie auf

Gertraude zählen konnte, wenn es auch gefährlich war, was sie vorhatten.

„Gut, dann bereite ich alles vor. Du redest derweil mit Anna. Sie muss erfahren, was vor sich geht. Ich sorge dafür, dass du zu ihr darfst. Gleich jetzt werde ich zum Bischof gehen und ihn darum bitten. Ich denke, das Festmahl, welches ich am Tag der Urteilsverkündung für ihn und sein Gefolge ausrichten werde, wird ihn milde stimmen."

„Und was ist mit Gabriel?"

Der Köchin wurde es schwer ums Herz, wenn sie an den armen Jungen dachte.

„Sei unbesorgt! Matthias ist bereits auf dem Weg, um das Notwendige zu tun. Ich kenne meinen Sohn. Er wird Gabriel schützen."

„Ich hoffe, Ihr behaltet auch da recht", seufzte Gertraude. „Ich jedenfalls werde tun, was Ihr verlangt. Ihr könnt Euch auf mich verlassen, Gutsherrin."

Mathilda nahm gerührt die Hand der Köchin und drückte sie.

„Das weiß ich, Gertraude", bestätigte sie. „Der Junge wird es dir danken."

***

Die Stimmung an der großen Tafel war angespannt. Siglinde schaute nicht einmal in die Richtung ihrer Schwiegermutter. Überhaupt hatten die Frauen seit Beginn des Prozesses kaum ein Wort miteinander gewechselt.

An einer der Stirnseiten saßen der Bischof und sein Gefolge. Er hatte die Einladung der Gutsherrin nur zögernd angenommen. Er hatte nicht vergessen, dass Mathilda von Lingen den Hexenprozess verurteilte. Vermutlich versuchte sie, ihn mit diesem reichlichen Mahl milde zu stimmen, was ihr jedoch nicht gelingen würde, dachte er, während er sich umsah. Dabei stellte er fest, dass der Gutsherr fehlte. Etwas verwundert darüber wollte er gerade Siglinde von Lingen nach dessen Verbleib fragen, als die Köchin den Saal betrat und die Suppe servierte.

Unsicher ging Gertraude von einem Gast zum anderen. Während sie die Schalen füllte, kreisten ihre Gedanken unentwegt um Anna. Es hatte ihr die Kehle zugeschnürt, sie und den Jungen in dem düsteren Kerker zu sehen, nachdem es der Gutsherrin tatsächlich gelungen war, ihr Zutritt zu verschaffen. Nur schweren Herzens hatte sie sich nach ihrem Gespräch verabschieden können. Sie wusste, dass es kein Wiedersehen geben würde. Die Köchin hatte nicht vor, dem Prozess zu folgen. Es überstieg ihre Kräfte.

„Nicht für mich, Gertraude“, riss Mathilda von Lingen sie in diesem Moment aus ihren Gedanken. „Ich fühle mich nicht wohl heute.“

Die Köchin nickte und ging zum nächsten Gast, um ihm Suppe auf den Teller zu schöpfen. Dabei bemerkte sie, wie Siglinde heimlich in sich hineinlachte. Es schien sie außerordentlich zu erfreuen, dass ihrer Schwiegermutter der Appetit vergangen war, so kurz vor dem Schauspiel. Zufrieden nahm sie ihren Löffel und aß.

Erst nachdem ein halbes Schwein und diverse andere Köstlichkeiten vertilgt waren, erhob sich die Runde. Genüsslich strich sich der Bischof über seinen dicken Wanst. Nun konnte der Prozess beginnen.

Wieder wurden Anna und Gabriel auf dem Karren zum Schauplatz gefahren. Wie beim letzten Mal trugen sie die Hemden, die inzwischen mehr grau als weiß waren. Ohne eine Regung ließ die junge Frau auch heute Spott und Hohn über sich ergehen. Lediglich Gabriel schützte sie mit ihren Händen vor den Essensresten, die auf sie geworfen wurden.

„Hexe! Heute wirst du brennen“, schrie jemand.

„Auf den Scheiterhaufen mit ihr!“, folgte ein anderer.

Anna nahm es kaum wahr. Sie wusste, dass diese Leute

recht behalten würden. Dieses Mal gab es kein Erbarmen und auch kein mildes Urteil. Man wollte sie brennen sehen. Der Bischof würde diesem Wunsch nur zu gerne nachkommen.

Stumm setzte sie sich auf die Bank. Sie bemerkte weder die höhnisch dreinschauende Siglinde, die sich festlich gekleidet hatte, noch Mathilda von Lingen. Die Gutsherrin hatte es abgelehnt, neben Siglinde zu sitzen und stand nun inmitten der Meute, wo sie vor Angst zitterte. Bis eben noch hatte sie gehofft, dass Matthias endlich zurückkehrte und mit ihm das entscheidende Dokument. Doch diese Hoffnung schwand im Angesicht der Folterbank. Würde ihr Sohn nicht rechtzeitig eintreffen, war all ihre Mühe umsonst gewesen.

Das sah der Bischof offensichtlich ähnlich. Nachdem er noch einmal die Anschuldigungen gegen Anna und ihren Sohn verlesen hatte, wandte er sich direkt an die Gefangene.

„Wann und wo seid Ihr die Buhlschaft mit dem Teufel eingegangen?“

Anna schwieg. Sie hatte auf dem Weg zum Schauplatz kurz zur Tribüne gesehen und festgestellt, dass Matthias fehlte. Das konnte nur eines bedeuten. Er hatte es trotz seiner Bemühungen nicht rechtzeitig geschafft.

„Antwortet!“ Der Bischof beugte sich hinunter und sah ihr mit schräg gelegtem Kopf direkt ins Gesicht. Angewidert zuckte Anna zurück.

„Ich habe keine Buhlschaft mit dem Teufel.“ Ihre Stimme war kaum mehr als ein Flüstern. Geraune kam auf, als man nicht verstand, was sie sagte.

„Gesteht und Ihr erfahrt Gottes Barmherzigkeit! Tut Ihr es nicht, wird das Gericht andere Möglichkeiten erwägen, Eure Zunge zu lösen.“

Er nickte dem Großinquisitor zu, der nur darauf gewartet hatte, verschiedene Folterwerkzeuge in die Menge zu halten. Die Meute verstummte. Von irgendwoher aus der Mitte erklang ein entsetztes Stöhnen. Doch der

Bischof ließ sich nun nicht länger aufhalten.

„Gesteht Ihr?“, fragte er erneut. Als Anna keine Antwort gab, zuckte er mit den Schultern.

„Dann sollt Ihr Läuterung erfahren! Beginnt mit dem Anlegen der Daumenschrauben!“

Er hatte kaum ausgesprochen, als Anna unter den weit aufgerissenen Augen Gabriels hochgezerrt, auf den Pflock gelegt und an Armen und Beinen gefesselt wurde. Während der Bischof seelenruhig danebenstand, begann der Inquisitor, die Folterwerkzeuge anzulegen. Das Gesicht der Angeklagten verzog sich vor Schmerz. Aber kein Laut drang aus ihrer Kehle. Nur einzelne Tränen flossen aus ihren Augen und fielen auf das Holz der Streckbank.

In diesem Augenblick erklang ein langer gequälter Schrei. Die Leute hielten den Atem an. Sie sahen zu Anna, doch deren Mund war verschlossen. Es war Gabriel, der verzweifelt versuchte, zu seiner Mutter zu gelangen, an den Männern jedoch nicht vorbeikam. Nach scheinbar endlosen Minuten hob der Bischof beide Hände in die Luft.

„Genug!“, befahl er und das Gesinde, welches eben noch Annas Tod gefordert hatte, atmete auf.

„Ihr müsst Euch nicht länger quälen“, sagte er freundlich zu Anna. „Legt einfach ein Geständnis ab!“

Anna hob den Kopf und schaute zu ihrem Sohn, dessen hübsches Gesicht durch die Angst um seine Mutter entstellt war. In diesem Moment spürte sie, dass sie dem Ganzen ein Ende bereiten musste. Gabriel sollte nicht zusehen, wie man sie Stück für Stück auseinanderzerrte, als wäre sie Vieh. Es war ihre Pflicht als Mutter, ihm diese Bilder zu ersparen.

„Lasst meinen Sohn gehen und ich gestehe.“

Der Bischof horchte auf. Selbst für ihn kam diese Wandlung überraschend. Nach einem letzten bedauernden Blick auf die Seilwinde, die er nur allzu gerne in Gebrauch genommen hätte, entschied er sich dagegen. Er wusste, dass es in der Vergangenheit bei ähnlichen Anklagen nur selten Geständnisse gegeben hatte. Häufig wurde deshalb die Wasserprobe oder eine Ohnmacht als Schuldeingeständnis gedeutet. Wenn dieses Mädchen nun aber beschwor, eine Hexe zu sein, konnte sich selbst der Papst nicht länger gegen die Prozesse aussprechen und musste seine Zustimmung für weitere Verfolgungen geben.

„Ihr gesteht also?“, fragte er noch einmal.

„Wenn Ihr meinen Jungen freilasst, nur dann.“

„Euch scheint entfallen zu sein, dass er ebenfalls angeklagt ist.“

„Er ist unschuldig!“

Anna ließ sich nicht beirren. Sie wusste, dass sie sterben würde. Aber niemals konnte sie es zulassen, dass Gabriel etwas angetan wurde.

„Dann habt Ihr jetzt die Gelegenheit, es zu beweisen.“

Der Bischof und gleichzeitige Richter sah in die Menge, als suche er etwas.

„Wo ist denn dieses Dokument, von dem Ihr behauptet, es bezeuge seine Unschuld?“

Er grinste spöttisch und auch aus der Menge erklang vereinzeltes Lachen.

„Es ist hier!“

Plötzlich kam Matthias angeritten. Ohne Rücksicht auf die Leute zu nehmen, preschte er durch die Zuschauer, die erschrocken zur Seite wichen. Erst vor dem Portal stoppte er das Pferd und stieg ab, während Siglinde aufschrie und voller Hass von der Tribüne auf ihn herabsah. Sein Interesse galt einzig und allein den Angeklagten.

„Nun dann“, lenkte der Bischof ein, der erkannte, keine andere Wahl zu haben.

„Dann bringt mir den Jungen! Wir möchten uns mit eigenen Augen und Ohren überzeugen, dass er tatsächlich Euer Sohn und nicht ein Abkömmling des Teufels ist.“

Gabriel wurde vorgeführt und stellte sich neben Matthias. Man sah ihm an, dass er nicht wusste, wie ihm geschah. Hilflos schaute er zu seiner Mutter, die ihm aufmunternd zunickte. Viel Zeit zum Nachdenken blieb ihm ohnehin nicht. Der Bischof begann erneut zu reden.

„Wenn dieser Knabe tatsächlich Euer Sohn ist, Matthias von Lingen, kann er uns den Beweis sicher selbst liefern."

Die Augen des Geistlichen begannen listig zu funkeln. Es erfreute ihn außerordentlich, auf diesen Gedanken gekommen zu sein. Niemals konnte der einfache Sohn einer Magd diese Aufgabe erfüllen. Doch tat er es nicht, würde er es endgültig als Schuldeingeständnis werten und niemand würde ihm dann noch im Weg stehen.

„Was meint Ihr damit?", fragte Matthias argwöhnisch, der spürte, dass der Bischof etwas im Schilde führte. Aber der lächelte ihn freundlich an.

„Der Junge soll uns die Schrift vorlesen. Ihr müsst doch zugeben, dass ein wirklicher Stammhalter von Euch wohl des Lesens und Schreibens mächtig ist, nicht wahr?"

Matthias erschrak. Gleichzeitig hörte er ein lautes Lachen von der Tribüne und sah auf, direkt in Siglindes Gesicht, in dem er deutlich Bewunderung für den Scharfsinn des Bischofs erkennen konnte. In Matthias brannte Zorn auf. Tagelang war er geritten, um dieses Dokument zu beschaffen. Sein einziger Gedanke galt der Rettung seines Sohnes. Und jetzt sollte alles umsonst gewesen sein?

„Ihr wisst genauso gut wie ich, dass der Junge nicht bei mir aufgewachsen ist."

Grob packte er den Bischof am Arm. Der aber blieb ungerührt.

„Das tut nichts zur Sache. Wenn es sich bei ihm um ein Kind Gottes handelt, wird er es können. Ihr behauptet selbst, dass Euer Blut in seinen Adern fließt. Warum lasst Ihr es nicht darauf ankommen? Kein einfacher Bauernjunge wird in der Lage sein, die Schrift zu offenbaren."

Die Menge begann erneut zu rufen. Dem Richter war es gelungen, sie zurück in seinen Bann zu ziehen. Laut forderten sie nun nach der Prüfung. Matthias war machtlos dagegen. Verzweifelt schaute er auf seinen Sohn. Er würde ihn verlieren, wie er Anna verlor. Wortlos reichte er ihm das Schreiben.

Gabriel rollte es vorsichtig auf. Mit einem Blick überflog er die Zeilen, wagte jedoch nicht, den Mund zu öffnen.

„Bist du bereit?", fragte der Bischof und grinste. Gabriel antwortete nicht.

„Das ist der Beweis", verkündete der Geistliche in die Menge der Zuschauer. „Seht ihr nun, wessen Werk hier betrieben wird?"

Zufrieden drehte er sich erneut zu Gabriel, um ihm das Dokument zu entreißen. Doch der Junge hielt es mit eiserner Hand fest. Verblüfft sah der Bischof auf. Bevor er auch nur erahnen konnte, was der Knabe vorhatte, begann der zu lesen. Laut und klar klangen seine Worte über die Menschen hinweg, die ihm gebannt lauschten.

In diesem Moment achtete niemand auf Anna, der heiße Tränen über die Wangen liefen. Auch nicht auf die Gutsherrin, die erleichtert aufatmete, und erst recht nicht auf Siglinde, deren Gesicht sich vor Wut in eine Fratze verwandelte.

Als Gabriel verstummte, herrschte Totenstille. Selbst der Bischof wagte es nicht, ein Urteil darüber abzugeben. Ihm war bewusst, dass er dieses Mal verloren hatte. Wie hätte er auch ahnen sollen, dass dieser Knabe die Künste der Reichen und Edlen beherrschte? Wohl oder übel musste er das Kind laufenlassen. Dabei tröstete er sich damit, dass ihm immer noch dessen Mutter, die Hexe, blieb.

***

Überglücklich umarmte Anna ihren Sohn. Sie wusste, dass ihnen nicht mehr viel Zeit blieb. Doch ein Blick in die Augen der alten Gutsherrin sagte ihr, dass es Gabriel gut ergehen würde. Sie musste keine Angst um ihn haben. Siglinde von Lingen konnte ihrem Sohn nichts mehr antun.

„Sei ein guter Junge, Gabriel!“, mahnte sie ihn. „Und vergiss mich nicht, hörst du?! Ich liebe dich, mein Sohn.“

„Mutter!“ Gabriel schämte sich nicht seiner Tränen. „Gibt es nicht doch einen Weg? Der Bischof verschont mich, vielleicht tut er es auch bei dir.“

Anna schüttelte den Kopf. Sie zweifelte nicht im Geringsten daran, dass der Geistliche auch nicht einen Moment zögern würde, sie dem Feuer zu übergeben. Ihren Sohn hatte er wohl oder übel freilassen müssen. Sie jedoch erwartete ein anderes Schicksal.

„Ich werde mich schuldig bekennen“, sagte sie mit fester Stimme. „Du sollst nicht dabei zusehen, wie sie mich foltern.“

„Aber du bist unschuldig! Tu es nicht!“, flehte Gabriel. Annas Kehle schnürte sich zu.

„Du irrst, mein Sohn, das bin ich nicht. Und nun geh! Mathilda wird dich zu sich nehmen. Du wirst ein gutes Leben führen, Gabriel.“

„Mutter!“ Verzweifelt warf sich der Junge in ihre Arme und schluchzte laut auf, bis der Bischof ihnen Einhalt gebot.

„Genug jetzt!“, forderte er. „Der Prozess wird fortgesetzt.“

Währenddessen hatte das Gesinde das Geschehen schweigend beobachtet. Nicht wenigen von ihnen standen Tränen in den Augen. Den Abschiedsschmerz von Mutter und Sohn mitzuerleben, hatte die Schaulustigen nachdenklich gemacht.

„Verschont sie!“, rief in diesem Moment eine alte Magd.

„Habt Erbarmen!“, stimmte ein Knecht ein, der selbst

einen kleinen Jungen an der Hand hielt. Und plötzlich rief die gesamte Menge. Der Bischof wich erschrocken zurück und warf einen Blick auf die Tribüne zu Siglinde, die ihn wutentbrannt ansah.

„Der Prozess wird fortgesetzt", schrie er über die Leute hinweg. „Gott wird nicht zulassen, dass diese Teufelshure unschuldige Menschen ins Unglück stürzt. Und jeder von Euch, der sich mit der Angeklagten verbündet, trete vor. Denn er paktiert ebenfalls mit dem Teufel."

Die Rufe verhallten. Angst breitete sich aus. Der Bischof bemerkte es zufrieden. Er hatte die richtigen Worte gefunden und war bereit, seine Drohung umzusetzen.

„Führt sie vor!", forderte er, ohne Zeit zu verlieren. Er wollte den Prozess so schnell wie möglich hinter sich bringen. Unter den wartenden Augen der Zuschauer fragte er Anna erneut.

„Gesteht Ihr nun?"

„Ich gestehe!"

Anna warf einen bedauernden Blick zu Mathilda und Matthias, die Gabriel bei sich hatten.

„Ihr seid also eine Buhlschaft mit dem Teufel eingegangen?"

Die Stimme des Bischofs klang wohlwollend. Die Erleichterung stand ihm ins Gesicht geschrieben.

„Nein, das bin ich nicht. Aber ich traf ihn tatsächlich."

Die Menge stöhnte auf. Ob es aus Entsetzen war, dass sie immer noch leugnete, oder aus Mitgefühl über das, was nun unweigerlich kommen mochte, war schwer zu deuten.

„Dann berichtet uns, wann und wo es geschah!"

Noch einmal sah Anna zu Mathilda. Die nickte ihr unmerklich zu. Die beiden Frauen wussten, was nun kommen würde.

„Es begann, als ich ein Kind war. Nach dem Tod meiner Mutter nahm der Priester meinen geliebten Bruder zu sich in die Dienste. Später erfuhr ich, wie er ihn quälte und seinen Körper missbrauchte. Gabriel wählte den

Freitod. Ich aber schwor Rache, mein Bruder sollte nicht ungesühnt bleiben. Wie Ihr wisst, starb der Priester auf Eurer Pilgerreise, nachdem ihm eine der Schwestern im Kloster Kräuter mitgab. Diese Schwester war ich. Ich habe ihn vergiftet, ebenso wie den Gutsherrn, Eberhardt von Lingen, der ein schlechter Mensch war und es mehr als verdiente."

Die Menge hielt den Atem an. Nur auf dem Gesicht des Bischofs breitete sich ein fieses Grinsen aus. Die Angeklagte selbst war es, die diesen Prozess nun zu dem Ende führte, welches er beabsichtigte. Damit war ihr das Feuer sicher.

„Wann tratet Ihr mit dem Teufel in Verbindung?", fragte er. „Flüsterte er Euch ein, so zu handeln?"

„Nein." Anna lachte verbittert auf und sah den Geistlichen beinahe mitleidig an. „Aber Ihr habt recht, ich begegnete dem Teufel mehrere Male und immer in anderer Gestalt. Bei unserer ersten Begegnung trug er ein Priestergewand. Dann steckte er in dem Gutsherrn. Heute aber trägt er eine schwarze Kutte und gleichzeitig ein feines Kleid."

„Was wollt Ihr damit sagen?", fragte der Bischof verstört, bis ihm aufging, dass die Angeklagte ihn meinte.

„Ihr seid der Teufel, ebenso wie diese Frau dort."

Anna zeigte auf Siglinde, die erschrocken die Augen aufriss. Alle Blicke waren plötzlich auf sie gerichtet. Doch Anna fuhr unbeirrt fort.

„Aber Gott wird auch Euch strafen." Sie lächelte. „Der Tag wird noch nicht vorüber sein und Ihr werdet meine Rache in Euren Gedärmen spüren. Es bedarf keiner Hexerei, glaubt mir! Ihr könnt mich verurteilen! Ihr könnt zusehen, wie ich brenne. Doch vergesst nicht, sobald der Morgen graut, werdet Ihr Euch an mich erinnern."

„Ihr lügt doch!", schrie der Bischof auf und fasste unwillkürlich an seinen fetten Leib. Von seiner Stirn tropften Schweißperlen, die er hastig fortzuwischen versuchte.

Dennoch konnte er seine Furcht nur schwer verbergen.

„Es liegt in Eurem Ermessen, mir zu glauben“, antwortete Anna ungerührt. „Ich hoffe nur, dass Euch das Festmahl eine Gaumenfreude war. Es wird Euer letztes gewesen sein. Warum glaubt Ihr, aß die Gutsherrin nicht davon?“

„Hexe!“

Siglinde war aufgesprungen und sah Anna hasserfüllt an. Sie zweifelte nicht einen Moment daran, dass die Magd die Wahrheit sprach. Bereits jetzt spürte sie ein Brennen in ihren Gedärmen.

„Auf den Scheiterhaufen mit ihr!“, schrie sie blind vor Wut, was den Bischof endlich dazu bewegte, sich aus seiner Erstarrung zu lösen. Doch von der einstmals hochmütigen Haltung war nichts mehr übrig. Jetzt fürchtete er um sein eigenes Leben.

„Wenn ich Euch verschone“, flehte er die Angeklagte an, „helft Ihr mir dann, mich von diesem Leiden zu befreien?“

„Dafür ist es längst zu spät. Euch kann niemand mehr helfen. Und Ihr werdet niemanden mehr unschuldig ins Unglück stürzen.“

Ungläubig hatte der Bischof ihr zugehört. Nur mit Mühe konnte er sich noch auf den Beinen halten. Mit letzter Kraft drehte er sich zum Großinquisitor um, der ebenso entsetzt war.

„Zündet das Stroh an! Verbrennt sie!“

Der Mann tat wie ihm befohlen. Anna nahm es reglos hin. Ihr Blick war auf die Zuschauer gerichtet, während die Flammen begannen, nach ihrem Hemd zu greifen. Plötzlich glaubte sie, ein bekanntes Gesicht in der Menge zu erkennen. Ein Junge mit blondem Haar und kräftigen Schultern. Auf seiner Hand prangte ein Mal. Lächelnd schritt er direkt auf sie zu und breitete seine Arme aus.

„Genug gekämpft, Jeanne d’Arc“, flüsterte er ihr zu. „Es ist Zeit, dass du Frieden findest.“

Anna spürte nicht mehr, wie das Feuer sich durch ihr

Haar fraß. Sie hörte weder das verzweifelte Lachen Siglindes noch die mitleidigen Rufe der Leute. Für sie gab es in diesem Moment nur ihren Bruder, der gekommen war, um sie bei ihrem letzten Kampf zu begleiten.

***

Drei Tage später brachte ich Claudia Mehring ihr Manuskript zurück. Ein letztes Mal strich ich darüber. Wehmütig erinnerte ich mich an die vielen Nächte, die ich an Claudias Bett gesessen und ihr daraus vorgelesen hatte.

Das Ende war auch für mich überraschend gewesen. Bis zum Schluss hatte ich gehofft, Anna würde vom Feuer verschont bleiben und möglicherweise sogar mit dem Gutsherrn glücklich werden. Gleichzeitig wusste ich, dass es in Romanen wie im richtigen Leben nicht immer ein Happy End gab.

Zumindest glaubte ich jetzt zu verstehen, warum meine Patientin diese Geschichte geschrieben hatte. Offensichtlich litt sie seit dem Tod ihres Bruders unter Schuldgefühlen, was auch der Grund für die häufigen Fehlgeburten sein konnte. Claudia hatte ihren Bruder nicht vor dem Missbrauch der Kirche schützen können und sich das wohl nie verziehen. Nur in ihrem Roman konnte sie dafür sorgen, dass der Junge überlebte.

„Es ist vorbei, Claudia“, sagte ich leise und schaute in ihr Gesicht, das wie immer leblos wirkte. Doch für mich war sie in diesem Moment lebendig. Ich sah die junge attraktive Frau, die erfolgreiche Autorin, vor allem aber die verzweifelte Schwester in ihr, der es durch dieses Buch gelungen war, die Vergangenheit endlich zu begraben.

Während ich zärtlich über ihre kalten Hände strich, spürte ich, wie mich eine Art innerer Ruhe überkam. Ich glaubte auch jetzt noch, dass Claudia nur darauf gewartet hatte, den Herzschlag ihres Kindes zu spüren. Nun, wo das geschehen war, ließ sie sich Zeit.

Ich stand auf. Dann legte ich das Manuskript auf den Nachttisch und ging zur Tür. Doch bevor ich sie öffnete, warf ich einen Blick zurück und lächelte.

„Du hast es geschafft, Claudia", sagte ich und wusste gleichzeitig, wie lächerlich ich mich benahm. Noch konnte davon keine Rede sein. Maja würde den Kopf schütteln, wenn sie mich so sehen könnte, und sich wieder einmal darin bestätigt fühlen, dass mit mir etwas nicht stimmte. Aber das war mir gleichgültig.

„Du hast es geschafft, Claudia", wiederholte ich. „Irgendwann wirst du eine wunderbare Mutter sein."

Zwei Wochen später stand ich aufgeregt vor dem Spiegel und schaute die Frau in dem schlichten weißen Kleid darin an, die mit der Braut vor wenigen Tagen kaum noch Ähnlichkeit besaß. Für die Hochzeit im Kloster hatte mir eine Stylistin das Haar kunstvoll hochgesteckt und mich wunderschön geschminkt. Dazu hatte ich das traumhafte Brautkleid mit langer Schleppe getragen. Noel waren beinahe die Augen herausgefallen, als er mich vor dem Altar, zu dem mich Onkel Elias führte, gesehen hatte.

Der Tag war perfekt gewesen. Nachdem wir uns das Jawort gegeben hatten, waren all die Menschen zu uns gekommen, die uns nahestanden. Noels Familie, Doktor Klingenberg, meine Kollegen und selbst Schwester Lucie, wenn ich auch keine Ahnung hatte, woher sie von der Hochzeit wusste.

Maja hatte mir als Erste gratuliert und sie war nicht alleine gekommen. An ihrem Arm führte sie einen jungen Mann, der eine weiße Rose in der Hand hielt. Sein Gang wirkte unsicher, etwas holprig, fast so, als hätte er gerade erst gelernt zu laufen. Als ich in sein Gesicht schaute, lächelte er. Mir schossen die Tränen in die Augen. Fassungslos hielt ich mir die Hand vor den Mund, um nicht laut zu schluchzen.

„Alles Gute, Marie", sagte Marc. Seine Stimme

erinnerte noch immer an einen Roboter. Aber das war in diesem Moment so gleichgültig. Ohne auf die Blume in seiner Hand zu achten, riss ich ihn in meine Arme und drückte ihn. Als ich aufsah, traf mich der Blick seiner Mutter. Auch sie weinte, bevor sie nickte und zu lächeln begann.

Ich wischte mir die Augen trocken. Die Erinnerung an diesen bewegenden Augenblick übermannte mich. Zum Glück trug ich heute nur ein dezentes Make-up, sodass ich nicht befürchten musste, alles zu verwischen.

Tief durchatmend ordnete ich ein letztes Mal mein Haar, das ich zu einem Zopf geflochten hatte. Statt eines Schleiers trug ich jetzt einen einfachen Kranz aus weißen und gelben Margeriten. Dennoch fühlte ich mich heute fast schöner als vor einer Woche.

Unwillkürlich griff ich zu dem Amulett an meinem Hals. Es war neben meinem Ehering der einzige Schmuck, den ich trug. Ich dachte an meine Eltern, die ich gerne dabeigehabt hätte. Sie fehlten mir, heute ganz besonders.

In diesem Moment öffnete sich die Tür und Onkel Eli betrat den Raum. Er trug einen dunklen Anzug und sah sehr vornehm aus. Als er mich sah, lächelte er. Doch ich erkannte auch die Tränen in seinen Augen.

„Du siehst wunderschön aus“, sagte er leise. „Ich danke dir, Marie.“

„Wofür, Onkel Elias?“

„Dafür, dass du mir meinen Bruder zurückgegeben hast. Jede Sekunde meines Lebens bin ich dankbar, dass er durch dich die Möglichkeit bekam zu erfahren, dass er sein Versprechen erfüllt hatte. Aber ich danke dir auch, dass du Noel zu deinem Mann machst, auf unsere Weise. Du machst mich damit sehr glücklich.“

Nun liefen ihm die Tränen ungehemmt über die Wangen. Ich ging zu ihm und nahm ihn in die Arme. So standen wir eine gefühlte Ewigkeit, bis der alte Mann mich energisch von sich schob.

„Wie gesagt, du siehst wunderschön aus“, wiederholte

er leise, wobei sich seine Stimme kratzig anhörte. Auch an dem Zittern seiner Finger war zu erkennen, wie aufgewühlt er war, als er hinzufügte. „Aber es fehlt noch etwas."

„Bist du sicher?" Ich sah nervös an mir herunter. Ich trug das Kleid, den Blumenschmuck und mein Medaillon. Mehr war für die schlichte jüdische Feier nicht nötig.

„Ja, Marie, ganz sicher."

Bevor ich fragen konnte, was Onkel Elias meinte, griff er in die Tasche seines Anzugs und holte eine Schachtel heraus. Seine Finger zitterten noch heftiger, sodass ich befürchtete, er könnte das kleine Päckchen fallen lassen.

„Ich weiß, dass es eigentlich die Aufgabe meines Neffen ist, dir einen Ring anzustecken", sagte er mit erstickter Stimme. „Was Noel bei eurer Trauung auch getan hat."

Er nahm meine Hand und sah auf den goldenen Reif, den ein winziger Stein schmückte.

„Er ist bezaubernd."

Wieder folgte ein kurzes Schweigen. Ich hörte, wie mein Herz laut pochte. Oder war es das von Onkel Eli? Ich wusste es nicht. Alles, was ich fühlte, war dieser besondere Moment, wenn ich auch keine Ahnung hatte, was mich erwartete.

„Ich hoffe, du erlaubst es mir trotzdem, dir dieses Geschenk zu machen", fuhr Onkel Eli fort. Dabei öffnete er die Schachtel und nahm einen Ring heraus. Eine Träne tropfte auf die leere Verpackung. Der alte Mann bemerkte sie nicht, sondern starrte auf den Ring.

„Nimm ihn als Zeichen meiner Verbundenheit." Seine Stimme brach. Er räusperte sich. „Und der Jonahs. Er hätte gewollt, dass du ihn trägst."

Ich brachte kein Wort heraus. Ungläubig sah ich auf den Ring, der einst Elis Leben gerettet hatte. Er war die einzige Verbindung, die ihm zu seinem Bruder geblieben war. Ich wusste, wie viel ihm der Ring bedeutete. Dass er ihn nun an mich weitergab, war seine Art, Jonah sprechen zu lassen.

„Doda“, flüsterte ich und meinte beide Brüder damit.

„Bist du bereit?“, fragte Onkel Eli.

„Ja.“ Ich nickte, bevor ich ihm zur Treppe folgte. „Das bin ich.“

Gemeinsam gingen wir nach unten, als es plötzlich klingelte. Vor der Tür wartete ein junger Mann, der mich sichtlich erstaunt ansah, als ich ihm in meinem weißen Kleid gegenüberstand. Grinsend hielt er mir ein Päckchen entgegen.

„Marie Schwarzer?“, fragte er.

„Ja. Nein, nicht mehr. Ich heiße Marie Reichenbaum.“

„Das Paket ist trotzdem für Sie“, antwortete er und überreichte es mir. „Alles Gute.“

Dann sprang er auf sein Rad und verschwand, ohne mir mitzuteilen, von wem das Päckchen kam. Ich legte es zur Seite. Ich würde es später mit den anderen Geschenken öffnen. Onkel Elias wartete auf mich und vermutlich auch der Rest der Familie, der sich im Garten aufhielt. Ich hatte keine Ahnung, wie es dort aussah, sie hatten mir verboten, ihn zu betreten. Umso angespannter war ich jetzt.

Ich warf einen letzten Blick an mir herunter, bevor ich tief durchatmete und mich bei Eli einhakte, der genauso nervös war wie ich. In der Mitte des Gartens, genau unter einem riesigen Apfelbaum, war ein Baldachin errichtet worden, wie er auf einer jüdischen Hochzeit üblich war. Jemand hatte ihn mit Zweigen, Blumen und unzähligen bunten Bändern geschmückt. Er war wunderschön. So, wie dieser Moment, in dem Noel mir lächelnd entgegensah, während mich Onkel Eli langsam zu ihm führte.

„Es ist traumhaft“, flüsterte ich meinem Mann zu. „Wie hast du das alles nur geschafft?“

„Du hast recht, es ist traumhaft“, antwortete er. „Der Baldachin ist das Symbol für unser gemeinsames Dach. Aber ich bin nicht dafür verantwortlich.“

„Wer dann?“, fragte ich, aber Noel schüttelte nur

vielsagend den Kopf. Gleichzeitig trat der Rabbiner zu uns und fragte, ob wir beginnen könnten. Dann las er die Hochzeitsgebete und anschließend die Ketuba vor, den Ehebrief, in dem die Brautleute versprachen, einander zu ehren und zu dienen. Dabei teilten wir uns zweimal einen Becher Wein.

Nachdem der Rabbiner die sieben Segenssprüche gesprochen hatte, die die Bedeutung des Zusammenhaltens einer jüdischen Zukunft enthielten, zertrat Noel am Ende der Zeremonie ein Weinglas. Ein Brauch, der an die vielen Liebespaare erinnern sollte, die durch Krieg und Gewalt auseinandergerissen worden waren. Und dann kam der schönste Moment. Noel zog mich an sich und küsste mich. Glücklich schmiegte ich mich in seine Arme.

„Das ist der schönste Tag in meinem Leben", versicherte ich ihm. „Ich liebe dich, Noel."

„Ich liebe dich auch", antwortete er und küsste mich noch einmal.

Als wir uns irgendwann voneinander lösten, bemerkte ich erstaunt, dass unsere wenigen Gäste ins Haus verschwunden waren. Sogar Onkel Elias war weg.

„Will uns denn niemand gratulieren?", fragte ich etwas verstört.

„Bei einer jüdischen Hochzeit ist es üblich, dass man das Brautpaar für kurze Zeit alleine lässt." Noel grinste. „Und wenn es nach mir ginge, könnte das ruhig so bleiben."

„Wir haben noch unser ganzes Leben vor uns, Schatz. Auf jeden Fall fand ich die Trauung wunderschön. Die Überraschung ist dir wirklich gelungen."

„Du glaubst, das ist meine Überraschung?"

„Ja", erwiderte ich unsicher.

„Okay, dann wirst du wohl wirklich überrascht sein. Du wolltest doch wissen, wer den Baldachin geschmückt hat."

Ich nickte. Aber bevor ich auch nur eine weitere Frage

stellen konnte, kam Onkel Eli aus dem Haus. Und er war nicht alleine. Zwei Frauen hatten sich bei ihm eingehakt, die wiederum andere Menschen an den Händen hielten. Insgesamt mussten es etwa zwanzig sein. Sie kamen in einer Reihe lächelnd auf uns zu. Ich kannte nicht einen Einzigen von ihnen.

„Wer ist das?“, fragte ich Noel und spürte gleichzeitig, wie mein Herz schneller schlug.

„Das werden sie dir gleich selbst sagen.“

Noel drückte meine Hand. Als ich zu ihm aufsah, bemerkte ich, dass er Tränen in den Augen hatte. Daraufhin wanderte mein Blick zurück zu den Fremden und blieb in der Mitte, bei Eli, hängen. Der alte Mann weinte. Unwillkürlich presste ich meine Hand auf den Mund. Irgendetwas passierte hier gerade und ich war mir nicht sicher, ob ich dem gewachsen war.

In diesem Moment kam eine alte Frau auf mich zu. Sie musste etwa in Elis Alter sein. Ihr Haar war grau und das Gesicht von unzähligen Falten durchzogen. Sie hatte sichtlich Mühe, sich auf den Beinen zu halten und wurde durch einen Mann an ihrer Seite gestützt. Über ihre Wangen liefen trotz des Lächelns unaufhörlich Tränen. Liebevoll sah sie mich an, und noch immer hatte ich keine Ahnung, wer da vor mir stand.

„Mein Name ist Mila Jassek“, stellte sie sich vor. „Ich bin Jüdin. Aber ich möchte Ihnen diesen schönen Tag nicht mit meiner Geschichte verderben. Nur so viel: Ich war Gefangene im Konzentrationslager Dachau und habe damals alles verloren, meine Eltern, mein Zuhause, meine Träume und meinen geliebten Bruder. Sein Verlust ließ mich nie los. Ich vermisste ihn jeden einzelnen Tag.“

Die alte Dame brach ab. Ich sah, wie ihr Kinn zu zittern begann. Sie tat mir leid. Vor allem aber fragte ich mich, was das mit mir zu tun hatte. Warum erzählte sie es mir?

„Mein Bruder wurde von den Nazis ermordet, das weiß ich heute. Und auch, dass er kurz vor seiner Inhaftierung geheiratet und einen Sohn bekommen hat. Dieser Sohn, mein Kind, hält gerade meine Hand. Wir verdanken es Ihrer Spende, dass wir uns gefunden haben. Ich danke Ihnen von ganzem Herzen."

Ohne ein weiteres Wort umarmte mich die Frau, die mir völlig fremd war.

„Doda", flüsterte sie in mein Haar. Dann drehte sie sich um, nahm den Arm ihres Neffen, der mir zunickte, und ging zurück in die Reihe, um einem alten Mann Platz zu machen, der mich vom ersten Moment an an Jonah erinnerte. Auch er weinte.

Während er langsam zu mir nach vorn kam, schaute ich zu Noel auf. Ich hatte ihn noch nie so gerührt gesehen, nicht einmal am Krankenbett seines Onkels. Als er meinen Blick bemerkte, nickte er mir zu. In diesem Moment begriff ich endlich, dass das seine Überraschung war. All diese Menschen waren gekommen, um mir zu danken. Dabei hatte ich außer der Spende nichts für sie getan.

„Warum, Noel?", flüsterte ich ihm zu. Meine Stimme klang gepresst und heiser.

„Weil du ihnen etwas gegeben hast", antwortete er.

„Aber das war nur Geld, nicht mehr."

„Du irrst dich, Marie." Noel schüttelte den Kopf. „Du hast durch deine Spende nicht nur dafür gesorgt, dass sie ihre Familienangehörigen gefunden haben. Es ist viel mehr. Du hast ihnen Hoffnung gegeben und den Glauben, dass es auch heute noch Menschen gibt, die sich für ihr Schicksal interessieren."

***

Erst Wochen später fiel mir das Päckchen in die Hände, das ich am Tag meiner Hochzeit achtlos auf die Garderobe gelegt hatte. Irgendjemand musste es zusammen mit unzähligen Glückwunschkarten auf einen Haufen gepackt haben, sodass es mir nicht aufgefallen war. Nun nahm ich es in die Hand.

Da es sich allem Anschein nach um ein Geschenk handelte, würde ich vermutlich eine Karte darin finden. Neugierig löste ich die Schleife. Ein Buch kam zum Vorschein und tatsächlich ein Umschlag. Als ich ihn aufriss, fiel mir ein Zeitungsartikel in die Hände. Verwundert über das ungewöhnliche Geschenk begann ich, die Überschrift zu lesen.

Erfolgreiche Autorin auf dem Weg zurück ins Leben

Wie aus sicherer Quelle bekannt wurde, befindet sich Claudia Mehring, die seit vier Monaten im Wachkoma liegt, auf dem Weg zur Besserung. Ihr Ehemann bestätigte die Gerüchte, dass seine Frau erste Reaktionen zeigt.

Gleichzeitig mit dieser erfreulichen Nachricht wird am kommenden Montag ihr neuester Roman erscheinen, den sie schon vor dem Unfall fertiggestellt hatte. Bereits jetzt reißen sich sämtliche Verlage um die Rechte. Was auch daran liegen könnte, dass im Vorfeld bekannt wurde, dass Frau Mehrings Ehemann nichts unversucht lässt, den Fall Niklas Schäfer neu aufzurollen. Dabei handelt es sich um den verstorbenen Bruder der Autorin, um den sich bereits vor Jahren Gerüchte rankten, dass er ein Opfer von sexuellem Missbrauch war.

Wir dürfen also mehr als gespannt sein auf „Annas Geheimnis".

Nachdenklich strich ich über den Einband, bevor ich das Buch aufschlug. Auf der zweiten Seite war das Foto eines jungen Mannes abgebildet. Es war Niklas, Claudias Bruder. Auf seinem rechten Handrücken trug er ein Muttermal.

Printed in Poland
by Amazon Fulfillment
Poland Sp. z o.o., Wrocław

62851765R00228